天色青灰，整个世界都十分宁静。

原来，冬天也可以如夏日那般热烈绵长。

　　　　　　　　　　　乙原苑

第一枝玫瑰

纵虎嗅花 ✦ 著

北京燕山出版社

图书在版编目(CIP)数据

第一枝玫瑰 / 纵虎嗅花著. -- 北京 : 北京燕山出版社, 2025. 7. -- ISBN 978-7-5402-7636-2

Ⅰ. I247.5

中国国家版本馆CIP数据核字第202524552Z号

第一枝玫瑰

作　　者：	纵虎嗅花
责任编辑：	王月佳
出版发行：	北京燕山出版社有限公司
社　　址：	北京市西城区椿树街道琉璃厂西街20号
邮　　编：	100052
电　　话：	010-65240430（总编室）
印　　刷：	北京兰星球彩色印刷有限公司
开　　本：	787mm×1092mm　1/32
字　　数：	288千字
印　　张：	9.25
版　　次：	2025年7月第1版
印　　次：	2025年7月第1次印刷
定　　价：	45.00元

版权所有　盗版必究

非常偶然的邂逅，

有那么一个雨天，

支撑着十几岁的少女，

最终走到了他的眼前。

目 录

CONTENTS

第一章	001
第二章	017
第三章	034
第四章	048
第五章	064
第六章	080
第七章	094
第八章	113
第九章	134
第十章	155

第十一章	174
第十二章	190
第十三章	204
第十四章	222
第十五章	239
番外一	258
番外二	263
番外三	269
番外四	276
番外五	288

第一章

五月，天色半明半暗，第一场轰轰烈烈的雨打在咖啡馆的窗玻璃上。燕回穿得无比清凉，透过玻璃，她看到窗外有一辆车打着双闪灯。雨实在是大，那灯光在玻璃上映成了流动的红色。

这中间，她一会儿看雨，一会儿看斜对面的男人。

很年轻的男人，浓眉俊目，从落座后一直安静地翻阅着咖啡馆提供的杂志，只是人太静了，就显得和这喧哗的世界格格不入。

十分钟前，她看见他抬腕瞄了眼时间，接了个电话，声音浑厚，像晚风在低吹。他说："没关系，我没什么事，可以等，不用着急。"

就是这个声音了。燕回嘴角勾了勾，终于把侵略性十足的目光从男人身上收回，随后低头，把衣服上的蝴蝶结重新打了一下，露出一截细腰。

起身的时候，有人顺其自然地把目光投过来，她直接走到门口，伸出脚，让雨水溅在纤细的脚踝上。

再进来时，她直接坐到男人对面，一头鬓发垂在白到晃眼的肩头。

仿佛是听到动静，又或者是闻到空气中雨后玫瑰园里的味道，湛清然抬头，将探究的目光落在她脸上。

燕回立刻冲他露出笑容。她是甜美型长相，但偏又生了一对张扬肆意的"野生眉"，眉毛根根分明。

湛清然看到的，便是这样一对眉毛下的明亮眼眸，她正在对他笑。

"等我很久了吗？"燕回没有一丁点初见的矜持可言。

五月,气温其实没到人可以穿得很清凉的地步,她好像淋了点雨,鬓发湿漉漉的,让她看起来像被误捞上岸的一只美人鱼,显得妩媚动人。

湛清然若目光稍有移动,就会被误会不够礼貌。他微微笑一下,心中虽觉诧异但面上不显,一边贴心地递过去纸巾,一边问:"你是——"

"对,我是。"燕回非常不礼貌地打断他的问话,她撒谎时,总是显得格外镇定,"不好意思,今天下雨,路上堵车所以迟到了,请你不要见怪。"

她伸手去接纸巾,酒红色的指甲在湛清然眼底晃了两晃。这动作显然是有意的,燕回眼高于顶,始终带着一股讨人嫌的势利劲,如果湛清然看起来不那么清高,她一定不会多看他一眼。

只要遇见喜欢的,她就要出手,就要得到,娇蛮又任性。

湛清然若有所思地看着她,眼底那抹笑意始终淡淡,眉毛略挑:"没带伞吗?"

燕回确实没带伞。明天她有场时尚杂志社的实习生面试,今天本来约了室友挑衣服,但在观察湛清然十分钟后,她果断掏出手机,告诉室友林嘉:勿来,千万不要出现在我面前。

彼时的林嘉已经坐上地铁,看到这条信息时,林嘉知道燕回一定在某个场合遇到了某个男人,还是她很感兴趣的男人。

燕回漫不经心地撩着头发:"我没带伞呀,不知道天气变这么快。"

燕回谈过很多男朋友,无一例外都是高大英俊的,而湛清然外形也同样优越,气质干干净净,衣服和鞋都恰好是她最爱的类型。

"想喝点什么?"湛清然说话时,吐字清晰利落。

她托起腮,天真又娇媚地看他:"爱尔兰咖啡,谢谢。"

湛清然点点头,下了单。

"我们正式介绍下自己吧,"燕回脸不红心不跳地说,"你先来。"

湛清然含蓄地看她一眼,淡笑道:"好,我叫湛清然,电子工程系老师,二十七岁。"

二十七!燕回觉得自己可真喜欢这个岁数。

她继续笑:"你的名字是哪三个字?"

眉毛不经意地又挑了一下,湛清然看着燕回,刚要开口,却听她说:"你等等。"

吧嗒一声,她打开包一阵乱翻,随后把一支口红递过来:"用这个。"

说着,她将白皙修长的手臂搭在桌上,掌心朝上:"写我手上。"

以湛清然所受的教育以及他的教养,他绝对做不出这种动作。

湛清然没接口红,依旧笑得含蓄,说:"'湛蓝'的'湛','清水'的'清','然而'的'然',很常见的三个字。"

她扭头就问服务员要了杯白水,樱唇微微嘟起:"你不愿意用我的口红,在桌子上写总可以吧。还有,可千万不要给我看手机,我最近眼睛总是疼。"

湛清然看得出,她年纪不大,二十岁出头的样子,明明是极其艳丽的模样,却偏带着小女孩才有的娇俏。这样的流程一点都不像相亲。难道不应该是温温暾暾地聊着没什么营养的话题,例如"工作忙吗""平时都喜欢做些什么"?

透明水杯被推到眼前,湛清然意味深长地瞥她一眼,笑了笑,蘸了两滴水,指尖在桌面上游走。

燕回很自然地靠近他,她身上的香水有柑橘和茉莉、玫瑰的味道,气息浓郁,极其霸道地攻陷人所有的嗅觉。

当乌黑的一缕秀发垂到湛清然的手面上时,她知道,湛清然的鼻间一定全部是自己的气息了。

这样非常好。

"哦,是这么写的啊。"她很自然地坐回去,"你是教什么的老师?电子工程系?那是做什么的?"

燕回不学无术,念书时只在学英语上别有天分,文科稀烂,理科更差,是标准意义上的"学渣"。一直以来她只懂得怎么穿衣服最漂亮,怎么化妆最漂亮,此刻问这话时,有种厚颜无耻的理直气壮。

湛清然从她的表情里看出了某种东西,那就是,他就算解释了,眼前这个美丽空洞的人或许也听不懂。因此,家教良好的男人做了最简洁的介绍:"电子工程系是我们学校信息科学技术学院下的一个教学系,课程体系很复杂,每年都会有导引课来告诉入学的新生他们要学什么,如果你感兴趣可以搜一搜。"

鬼才感兴趣。燕回在心里翻白眼。

但她对湛清然很感兴趣,于是依旧冲男人笑得甜甜蜜蜜:"那湛老师是教什么课的?"

"电磁场。"湛清然没做更多解释。

燕回点了点头。她确实什么都没听懂。

接着她问:"你做这工作,不会发生被电死的意外吧?"

湛清然诧异地看看她。

燕回歪着头，双脚有一下没一下地乱晃着，十个脚趾上，和手指一样涂着妖冶的红色指甲油。直觉告诉她，湛清然应该是个很会念书的人，因为他看起来有种书卷气的英俊、自律，或许还有点小洁癖。

湛清然笑了声："那倒不至于，你可能对电磁场有什么误解。"

女孩坐没坐相，好几次脚碰到他的鞋面，他佯装不觉。

"你呢？"湛清然不动声色地反问，"方便介绍自己吗？"

"我？"燕回手指戳了一点鲜奶油，"我的情况比较复杂。"

而湛清然真正的相亲对象就是这个时候进来的。

湛清然的相亲对象是个很斯文秀气的年轻姑娘，家境优渥，事业在编人员，工作稳定，在相亲市场上正是最抢手的一类人。湛清然是本市顶尖大学里的青年学者，同样抢手，介绍人介绍的自然都是条件相当的对象。

两人在微信里聊了那么几天，感觉尚可，湛清然虽在婚嫁方面不急，但这回是老师的熟人介绍的——他当年出国前就颇受恩师器重，如今更是在老师的课题组里挑大梁——这个面子他还是要给的，索性过来一见。

气氛变得微妙起来。

年轻姑娘走到湛清然座位前，反复确认，犹豫地开口："请问是湛老师吗？"

燕回动都没动，在短短几秒里就把来人打量完了，心里只有一个想法：她配不上湛清然。

谁能配得上湛清然？当然只有她燕回了，又聪明、又漂亮，还有趣。

湛清然比燕回预想的平静，他只是慢慢站起身，微笑说："我是，请坐，碰到了一个朋友所以先聊了会儿。"

男人站起来，偏过头，向燕回投去耐人寻味的目光，那是不拆穿她的意思，给足台阶。

燕回一点没有不好意思，直接起身，绕到湛清然身边，踮起脚，对着他的耳朵轻声说："湛清然，她配不上你，你别跟她浪费时间了，我知道你也看不上她。"

燕回说完这句话，抓起包，不忘顺走咖啡，往自己原来的位子上一坐，不紧不慢地点开手机。

她不走，准备气定神闲地等湛清然结束这场相亲。

燕回是美人,这样的雨天,这样美丽的人,坐在那里一点也不介意别人将肆无忌惮的目光落在她身上,心无旁骛地玩着自己的游戏。

旁边的那场相亲进行得有点尴尬,至少对年轻姑娘来说是。她没办法忽略燕回,余光扫了几次,跟湛清然有来有回聊了几个常规问题,气氛干巴巴的,连雨天的一分湿润感也没有。

湛清然轻抿咖啡,不经意间抬眸,对上那边的"小妖精"一双桃花般艳丽的眼睛。她正含笑盯着自己,笑容狡黠。

对视维持了两秒钟,湛清然先将目光错开。他放下咖啡,不知跟对方又低声交谈了什么。

雨一直下,燕回扭头瞟了瞟窗外风景,天色昏暗,乌云在城市上空飘动,像来去无定的旅人。

人影晃动,她重新回头,湛清然和他的相亲对象已经起身了。

"湛老师,你的朋友好像一直在等你。"女方有些拘谨地说。她搞不懂今天是唱的哪一出。

湛清然顺势看了眼燕回,果然,她又在对自己笑。

年轻就是有这点好处,可以正大光明地"厚脸皮"而不被过分苛责。湛清然想起自己不多的女学生们,她们一个个还在实验室里吃苦耐劳,眼前的小姑娘却已经耀武扬威地满世界怒放。

他说:"我送你回去,雨很大。"

对方抿了抿唇,矜持道:"不用,我看湛老师那朋友好像等挺久了,我坐地铁挺方便的。"

"喊我湛清然就好,"他笑笑,"还是送你吧。"

"真不用,下次我请你吃饭吧,不知道湛老师哪天有空?"姑娘尽力让后半句听起来自然些。

两人这么拉扯着,燕回徐徐走来,旁若无人地喊对方"姐姐":"那姐姐既然不需要小湛老师送,就让他送我吧,我今天穿少了,有点冷。"

年轻姑娘掩饰住不快,仓促跟湛清然道别。至于那句"改天再约",湛清然心想,多半是没后续了。

此时的麻烦制造者压根不提刚才为什么要装他的相亲对象的事。

湛清然笑意淡淡地拒绝了她之前的提议:"不好意思,我也只有一把伞。"

"那我跟你一起打吧?"燕回满不在乎,她没有被拒绝的尴尬,而是轻快地拿了包，自然地跟他出门。

在他撑伞的一瞬间，她笑靥如花："雨下得好大啊！"

雨确实大，空气微凉，燕回往后撩撩头发，让线条流畅的肩头完全露出，耳垂那一颗圆润的珍珠耳钉便露了出来。燕回一直都全心全意地爱着自己，怎么打扮最美，是她从青春期就孜孜不倦研究的人生大事。

"你……"湛清然顿了顿，而后说，"确定跟我顺路？"

"你看，你刚才请我喝咖啡，我已经欠你一个人情了，那就不介意再欠一个，你开车对吧？顺便载我一程吧。"

他莞尔："你知道我要去哪儿？"

"不知道，你随便把我放在哪个商场附近就可以了。"

湛清然委婉地暗示道："随便跟陌生人上车恐怕不是什么好习惯，我不能带你，抱歉。"

燕回两眼发光地盯着他，说："你一直都这样的，对吧？"

她记了湛清然很多年，但很显然，对方早已不记得她了。

湛清然挑眉，有些疑惑："什么？"

"我差点忘记了，你是老师，所以爱说教。"燕回嘴角往上翘，并没把真正想说的说出口。

湛清然甚至连她的名字都不知道，就这样，几分钟后，她就坐到自己车里来了。

她毫不见外地坐到副驾驶位上，就好像那个位子天生属于她。

"我淋湿了。"燕回低头看胸口，又摸了摸头发。

湛清然握方向盘的手动了动，他侧过脸，又看看她。

燕回睁着湿漉漉的大眼睛，问他："你车里有毛巾吗？"

燕回拿着方块毛巾，慢条斯理地擦着头发。

一旁，湛清然很专心地开车："你看在哪里方便下车。"

"世纪大厦吧。"燕回往外看了两眼。

"湛老师，你都没问我的名字呢。"

湛清然的笑是从鼻腔里溢出来的，就那么一声，说不出是什么意味。

他没问。

车子缓缓靠边停,他告诉她:"可以下车了。"

"我叫燕回,"燕回没动,"'燕子'的'燕','回家'的'回'。就是小燕子最终会回家,虽然,她现在不知道家在哪里。"

她一会儿像成熟妩媚的女人,一会儿又有些像稚气的孩子。

湛清然点点头,下巴一仰,示意她:"下车吧,这里不能久停。"

"那你要借我伞,雨这么大。"燕回的心眼比马蜂窝还密,语气却娇蛮,她好像完全忘记自己跟湛清然压根就不是熟人。

湛清然很有风度地把伞借给了她,她款款下车,撑着他的伞,居然没说留个联系方式。

正常的套路不应该是这时候要个联系方式吗?车里的男人有一丝意外。他若有所思地看了几秒,在收回思绪时,发现副驾驶位上落了一样东西——手机。

手机上套了个很有个性的手机壳,图案是一只张大嘴巴的小鲨鱼。他不知道,这是燕回自己手绘上去的,外面涂了层指甲油,用来保护丙烯颜料不褪色。

他拿起手机看了两眼,那只小鲨鱼就好像主人一样在对他做鬼脸。

湛清然忍俊不禁,扭过头,外面雨势不减,那个身影早已消失在了风雨中。

燕回买了件细条纹衬衫裙,回到出租屋时,林嘉正在捣鼓那个坏掉的电饭锅,还喃喃自语:"插头是不是接触不良了啊?"

出租屋不大,离学校很近。当初,这里住着四个姑娘,后来陆续离开。

燕回就是在那个时候拎包入住的。

燕回学艺术出身,只身来到本市念大学,在学校是很特别的存在。

大一那年,她就拍了相当大胆的照片,在校园网被无数人传阅。

大二时,她忽然收敛了性情,认认真真当起了穿搭博主,勤勤恳恳在公众号上写文章,一周更新三个视频。

林嘉可以对天发誓,她本来是要招能和她一起考研奋斗的小姐妹做室友的,绝对不是燕回这种。

"衣服买好了吗?"林嘉擦了把额头上的汗,扭头问她,"电饭锅好像坏了。"

这种生活琐事燕回毫不关心,如果没有林嘉,她肯定天天吃外卖。但林嘉显然是居家过日子的好姑娘,从跳蚤市场搞了全套锅碗瓢盆回来,不是煲汤就是煮粥,带着她提前过上了老年退休生活。

燕回敷衍地瞄了眼,说:"买新的不就可以了吗?我出钱。"她欢天喜地地换上衬衫裙,得意地转了两圈,"亲爱的,我明天去X杂志社面试,打算穿这个,你觉得呢?"说完她立刻摇头否定了自己,"算了,我觉得你不能像异性那样客观公正地评价我。"

林嘉对燕回的说话风格已经习惯,丢她个"滚"字,随后放弃捣鼓电饭锅,问她:"那你今晚还拍视频吗?"

燕回在赚钱方面一向态度端正,下了真功夫去学做剧本、脚本、分镜、剪辑……其间她也认识了几个小众摄影师、设计师,跟人交际很有一套,需要出外景时,便请人过来帮忙,报酬不低,前期投资砸了不少钱。

她人看着不靠谱,但做起事来,眼皮子却不浅,知道要走得远不能赚快钱,所以她这两年积累的粉丝黏性非常高。

桌子上放着某个小品牌寄来的公关包裹,里面是全套的试色口红。燕回懒得拆,钻进浴室冲了个澡,裹着丝质浴袍出来,开始拨打自己留在湛清然车里的手机。

她是故意的。她有两个手机,其中一个不怎么重要的,"忘"在了湛清然的车上。

她非常想念那张英俊的脸,一个翻身,整个人趴在枕头上,小腿自然翘了起来。

电话许久没人接听,她很不高兴地噘起嘴,食指在手机上戳了又戳。

终于,电话接通了。

她没出声,在等对方先开口。

果然,一个熟悉的男低音响起。湛清然很忙,忙组里课题,忙评职称准备材料,正对着电脑轻揉太阳穴。

手机铃声响时,他一下没反应过来,皱着眉,有被人打断工作后的不悦。他找出手机,用冷淡的眼神扫过去,是个陌生号码。湛清然在那一瞬间大概想到了点什么,并未接电话。但铃声反复响起,聒噪得要命,有一副他不接就誓不罢休的架势,他无奈只能接通。

"哪位?"他一边说,一边打字。

"是我。"燕回回答得很简短,心跳却很快。她将食指放在牙齿间轻咬——燕回在中学时代养出了很多坏习惯,比如喜欢咬笔、咬手指。

"你记得我的声音吗?"她在偷笑,吐字不清地问,"我一下就听出了你的声音,高级知识分子的声音。"

这样的她,活像个玩恶作剧的小女孩。

湛清然忽然笑了。她一出声,总是一副没安好心的语气,像小狐狸一样,尤其是在这样的夜晚,又带几分神秘莫测。

"不记得,"他似笑非笑,"不好意思,你是哪位?"

"我才不信你不记得,"燕回用手指卷着自己的长发,晃荡着小腿,"我明天要去面试,大概率会成功,会比较忙,所以呢,我改天再去找你要手机吧。不过,你要记得给我手机充电,就这样。"

她颐指气使地安排完,不等湛清然反应,把电话一挂,自顾自地笑起来。

面试这天,晴空万里。

一个月前,燕回主动联系杂志社。她问时装组编辑招不招助理,当时被婉拒,没想到一个月后,对方忽然问她可不可以去面试。

她当然可以。

燕回没有穿得过于标新立异,穿着衬衫裙,又配了一副很有设计感的耳环,除此之外,身上没有多余配饰。

燕回到了时尚大厦,是大助先接待的她。对方是一个个子高高、穿着很前卫的女孩,她见到燕回,面无表情地说:"你可以叫我 Jojo(乔乔)。"

然后,她得和一群拿着英文简历的年轻漂亮姑娘一起等。

二十分钟过去,她们的面试官一面打电话大声咒骂品牌公关把衣服寄错,一面稳稳地踩着七厘米的高跟鞋,朝办公室方向走来。

几个实习生忙得到处乱跑,见了她,纷纷打起招呼,喊"D姐好"。燕回发现她那张香肠嘴动都没动,只是略一点头,从自己身边经过时,终于抬头扫了一眼,而后目光瞟向大助。

Jojo立刻说:"面试的。"

X杂志的时装组编辑Damon(戴蒙)本身就是模特出身,燕回在网络上见过X杂志主编的照片,她很疑惑,那个浑身有着乡镇企业家气质的"女魔头"到底是怎么引领时尚潮流的。见到D姐燕回才觉得,杂志社的审美还是可以"抢救"一下的。

她绝对是今天来面试的人中最漂亮的一个,但D姐对她这种不高级的长相显然无感,眼皮都懒得抬。看简历的同时,D姐让她自我介绍一下。

"之前实习过?"D姐口气淡淡地问。

燕回简单把实习经历一说,对方忽然抬眼:"你自己做博主,粉丝不少,干自媒体多好?来这里从实习生做起,很辛苦的,有心理准备吗?"

燕回一本正经地说:"我知道这个行业不像外界想象的那么光鲜,要从最基本的琐事干起,我上次实习做过,不敢说经验丰富,但最基础的东西还是懂一点的。而且我从高中起就一直都有订阅 X 杂志的习惯,对杂志的走向趋势也是了解一点的,包括贵刊的写作风格。"

简单说,她非常懂 X 杂志的写作套路,她相信自己也能写得很吸引人。

"哦?" D 姐眉头一挑,"那你觉得我们公众号有什么需要改进的地方?"

燕回道:"我觉得排版方面可以做得更好,风格应该更突出些,让人过目不忘。另外,有的文章内容比较虚浮,干货不够多,也许加上一些设计师或者是行业采访会更好。最后,索引不是很完善。这都是我的个人之见,可能说得不对,有冒昧的地方,还请您多担待。"

D 姐终于真实地笑了一下,她问燕回还有没有准备什么。

燕回把自己的作品集拿出来递给对方,那是她几年来学习摄影的成果。D 姐翻了翻作品集,脸上重新变得没什么表情可言:"你可以自己拍摄、剪辑?"

"可以。"

"你完全可以面试我们的新媒体部,做做视频策划,来干贴发票的活有点大材小用了。"对方瞄她时,目光中总时不时泄露那么点精光,"搞自媒体多赚钱,我看你做得也不错。"

"我还是想来一线杂志社锻炼锻炼,如果有可能,当然是希望能变得像您一样优秀。"燕回恭维起人来毫不含糊。

D 姐又问了几个常规问题,燕回的回答让人挑不出毛病,她确实准备得很充分。

燕回等着对方再问点什么,这个时候,D 姐接了个电话。

明天的拍摄缺个中古包(特指那些具有一定年限和文化内涵,具有收藏价值的奢侈品包),因为看好的那款是多年前的经典款,所以不好借。

燕回在那儿侧耳倾听,谨慎细微地判断着电话里讲的棘手问题。等对方挂了电话,她才开口:"冒昧问一句,不知道杂志社拍摄需要的是不是这款包?"燕回打开手机,翻出几张图片给 D 姐看。

对方终于露出一点刮目相看的意思——寥寥几句,燕回就知道她说的是哪一年的哪一款包,并且能准确地找出图片。

"我做过一段时间中古包,自己也拍过,很巧,手头正好有这款包,您如果需要用的话,我回去取了就可以给您送过来。"燕回做过中古包生意,没想到今天还能派上用场。

D姐显然因为这个插曲对燕回颇有好感。这个漂亮姑娘脑子灵活,但又让人担心她来此的动机不纯。毕竟有一种女孩,明显就是想借杂志上位的。

包是燕回火速回去拿又火速送来的,燕回也因此顺利面试上。

一个下午,Jojo都高高在上,她领着新招的实习生把打印间、快递室、茶水间、财务室都逛了一圈。燕回主动问:"能把编辑们的座位表给我一张吗?方便发快递,我怕弄错。"

Jojo不耐烦地翻了个白眼,说:"你先到快递室把我们的快递都先取回来再说。"

因为第二天有拍摄,燕回在实习的当天,一个人在样衣间里整理登记了一百多件衣服。

"你以前干过的吧?"Jojo那双眼睛闪闪发光,她盯着燕回的耳环,"耳环哪里买的?看着不错。"

燕回懒得搭理她,一面登记,一面淡淡地说:"不记得了。"

应聘上的还有个女生,小巧玲珑的,当天还起了个英文名,但燕回只觉得拗口,还是喊她"周周"。

周周发票贴错了,被财务部的人骂得狗血淋头。周周过来找Jojo帮忙,Jojo冷淡地拒绝,说任何人都是从这个阶段过来的,来这种地方,第一件事就是学会跟财务部的人打交道。

都是二十出头的小姑娘,难免觉得委屈,周周红着眼憋泪。

燕回冲Jojo的背影翻了个白眼,对周周道:"这有什么好哭的?不会,学就是了,别理她,我教你。"

周周感激不尽,凑上来说:"燕回,以后我跟着你吧。"

燕回立马拒绝。她没打算跟周周这种一看就是应急拉来凑数干活的女生搅和在一起,她其实很懒,尤其是懒得经营对自己毫无用处的人际关系。

第二天的拍摄,燕回参加了。

她把衣服一套套搭好,装箱,一个人拎着两个大箱子跟着出外景。天气热,中间她连补涂防晒霜的空儿都没有。

只是她没想到，摄影师竟是她的熟人。

燕回看到孙见东时，只是笑了笑，然后在对方惊疑的眼神下做了个噤声的手势。

她表现得非常专业，埋头干活，跑腿打杂。

孙见东拍过燕回，不知道她为什么会跑来做实习生。他只好露出一个笑容，比了下手势。

这次的拍摄主题是科技和环境保护，拍摄没什么新意可言，就看摄影师的技术了。

燕回在一堆饰品和服装里歪着头看拍摄画面，神情专注。模特很有名，然而燕回不为所动，并不像其他人那样去求合影。

无他，燕回觉得对方压根不好看，比自己差远了。

D姐做事雷厉风行，主题定好，拍摄计划清晰，风风火火一天下来，大家彼此配合愉快。

等忙完，孙见东终于过来跟燕回搭话。

X杂志社旗下有一本视觉专刊 X Style，这两年口碑大好，捧出了几个一线摄影师，时装总监功不可没，孙见东就是冲这个来的。跟燕回这么一聊，燕回笑得没心没肺，手指头乱戳，跟他不见外。

"我以后是不是都请不到你了？"

孙见东习惯她这做派，两人结识一年有余，互相关注，互相涨粉，属于互惠互利型合作关系。他说："你怎么跑这里来吃苦？"

燕回一面收拾道具，一面皱鼻子："我怎么就不能吃苦？你太小瞧我了。"

她说得轻飘飘，孙见东上下瞄她一番，说："燕回，你要是能再长个五厘米就可以——"

燕回打断他，笑容不变："我才不想长那么高，我觉得我一米六八正好，太高了人容易显得蠢，懂不懂？"

孙见东无奈一笑，再想聊点什么，而燕回已经像只敏捷的猫，跑开了。

衣服还得寄回品牌公关处，清点时，大家发现其中一件扣子坏了，Jojo立刻跳出来，高声质问，像孓毛的花孔雀。

没人吭声。毕竟那是几万块钱的衣服，谁也不想当冤大头。

"这件是店货，怎么还？你们知不知道这么做有什么后果？" Jojo气急败坏地跺脚，"你们真是害惨我了，谁去跟 D 姐说？"

大家面面相觑，还是没人说话。

燕回冷眼瞧着。通知 D 姐的事，肯定还是 Jojo 去做。最后，对方淡淡来一句："你们自己想办法，要不然，这一个月你们白干。"

这是燕回实习后遇到的第一件糟心事。

林嘉特别不能理解燕回去杂志社的事，她咬着筷子，问燕回什么时候辞职。

燕回草草吃几口，捏着发酸的小腿，摇摇头："我有我的计划，总之都是为了以后能搞更多的'小钱钱'。亲爱的，你现在一定要好好巴结我，以后我可以考虑让你加入我的团队。"

林嘉参与过燕回的视频拍摄，一来二去，容易上瘾。她费了好大力气才想起自己还要考研这档子事，为了考研，她连异地的男朋友都很久没见了，因此她此刻立马拿出百分百的意志拒绝了燕回。她不是艺术生，深知自己吃不了自媒体这碗饭，之前跟着燕回，图一个乐子而已。

燕回实习的事，让林嘉对她又有了新的认识——本以为燕回是骄纵大小姐，实则她能屈能伸。

"我拜托你搞的课程表，你搞到了吗？"燕回一直都没忘这事，想起某人，神采奕奕，胸中郁气一扫而光。

林嘉点点头："弄到了，我同学在那边，可以带你进校园。不过你不要太奔放，要不然我同学肯定认为我交友不慎。"

周五一大早，燕回重新卷了头发，喷好香水，换上最美的小裙子，踩着高跟鞋，十分招摇地出现在了湛清然所在的大学校园里。

她跟着林嘉的高中男同学进了校园，引得人频频回头。

燕回在心里抱怨他们学校转得人头晕，但在滚动的电子屏幕前看到课表的那瞬间，又眉开眼笑。

湛清然是 MIT（麻省理工学院）海归，学校红人。他的教学风格不拘一格，会先把教学大纲发给学生，课堂上教学思路清晰，还喜欢设计有趣的作业。但湛清然要求严格，因此又被学生起外号，名曰"地狱使者"。

阶梯教室里，前排的好位子早被抢光。湛清然进教室后，没有扫视学生的习惯，自顾自准备，时间一到便开始授课。他刚要开口，门外便溜进来一道身影。

底下男生居多，出现一阵骚动。

湛清然看到的是背影：黑色露背裙，大片雪白肌肤从浓密的波浪鬈发下露出，腰很细，高跟鞋把本就修长的小腿线条勾勒得更流畅。

湛清然不记得自己课堂上有这种女学生。他和他的学生们同时怀疑来人走错了教室，甚至是走错了学校。

燕回今天烈焰红唇，眼尾轻挑，腮红用得大胆又夸张，衬得整个人极其艳丽。

"同学，麻烦你坐到后面去好不好？我想坐这个位子。"燕回弯腰，轻声跟中间过道边的男生商量。

对方耳根通红，不太好意思直视她，匆忙起身，好脾气地让了位子。

燕回坐下，一抬头，跟台上的湛清然对上目光。她冲他嫣然一笑，甜极了。

湛清然了然，眼神有点冷，一副不近人情的样子。

课上的内容，燕回一个字都听不懂。

过道上燕回的两条腿很显眼，湛清然看到了，但还是没说什么，而是让某位同学上来答题。

底下有学生在笑。

戴眼镜的男生从燕回身后站起，他要上台，燕回不得不收一收那两条腿。她心里啧了一声，又去看湛清然——湛清然已经在这种炽烈又直白的目光下上了大半节课。

湛清然不明白这种看似稚嫩又充满诱惑的吸引力到底是怎么来的。

他不动声色地上完了课，有学生围过来要课件。

燕回也站了起来，在后面喊他："湛老师。"

所有人的目光都转向她。

她站在台阶上，红唇微张："我最后一个拷贝，你不要走，要等我。"

学生们狐疑地看看她，又看看湛清然。

"你们见过她吗？"湛清然微笑，问身边的学生。

"没见过，不像我们学校的。"他们学校如果有这号人物，早就传开了。

湛清然没再说什么，等人走光，静静看燕回走下来。

湛清然语气里有淡淡的警告之意："这是在教室，麻烦保持一个安全的社交距离，燕小姐。"

"我有英文名字的，你叫我 Sissi（茜茜）吧？"燕回偏不，她偏要靠近他，"你板起脸好吓人，你的课都讲的什么呀？你的学生好像没听懂。"

燕回聒噪得不行，几乎要贴到他身上来。

湛清然皱了皱眉，但很快原谅了她的无知和肤浅。她只是年纪还小，又太漂亮，导致自我认知出现了严重偏差。

他说："后面还有其他课程，你如果想蹭课，就留下来。"

燕回那双明眸闪动不止，她撒娇说："我只想听你讲。"

湛清然皱紧了眉头："听得懂？"

燕回摇头："因为是你讲的，所以我不懂也没关系。"

湛清然往外看了两眼，问她："面试成功了吗？"

燕回心里一阵高兴："当然，我面试时——"

眼看她话匣子要打开，湛清然打断她："那就好，你把工作地址给我，我抽空把手机寄给你。现在我实验室还有事，抱歉。"

男人显然是急于抽身，燕回深吸了口气，幽幽地说："你好像很讨厌我。"

湛清然看看她，说："我们几乎是陌生人，谈不上讨厌，你不用多想。"

"那我等你，等你忙完再把手机还我。"燕回狡黠地眨眼，"不能随便上别人的车，也不能随便把地址给别人，对吧？"

她说着直接靠在了讲台上，手臂一撑，蓬松的鬈发像云一样铺展开来。

湛清然承认自己受她吸引，他克制地垂下目光，但四周全是她芬芳袭人的气息。

"也好。"他作势要往外走，思考让她在哪里等，突然身后的燕回低呼一声。

湛清然回头，燕回正在偏头摆弄珍珠耳环，不知什么时候，耳环缠住了头发。

"小湛老师，你帮帮我吧。"

她无辜的神情中带点迷茫。湛清然实在不懂这是怎么装出来的，但他依旧会为这么肤浅低级的把戏转身。

他走过来，低头就可以看到女孩柔嫩的耳垂，这像是被春风吹开的第一枝玫瑰。

她娇滴滴地催他："好疼，解不开了。"

湛清然伸出手，帮她把旁边的头发拨开。脖颈那儿，是一段曼妙的曲线。

他的手并不凉，可燕回还是很明显地抖了下，当然不是因为冷，而是心里燃着火。她真想回身抱住湛清然，用力地抱住他，好能感受一下他骨骼的力量。

燕回想起小时候生病的某个场景，她高烧不退，迷糊中希望有双温暖的手过来抱她，只要抱抱她，她就会痊愈。可是一直都没人来，她等到绝望，等到外面的树叶都掉光了，也没人来。

湛清然身上有干干净净的皂粉味道，哪怕周围满是自己身上馥郁的香气，燕回也能辨别出湛清然身上的味道。她心里忽然就涌起一股强烈的柔情来。

他怎么就在那个下雨天，坐在了那家咖啡馆呢？

燕回的心思像被湍急的水流冲刷。

她想告诉他，自己是怎么应聘上实习生的，是怎么被 Jojo 责骂又赔了一笔钱的，她有点不开心，但见到他就很开心了……

湛清然很快帮她解开了缠绕的头发，她见他退回安全距离，没说谢谢，只用美丽的眼深深看他。

"我喜欢你身上的味道，"燕回重新靠近他，头微偏，几乎要贴上他的脖颈，"用的什么牌子的香水？"

湛清然皮肤上瞬间起了一层鸡皮疙瘩。

第二章

"我不用香水。"湛清然轻轻握住燕回的手腕。

燕回望着他,瞳仁深处有什么热火在滚动:"我好像在哪儿见过你。"

直到此刻,湛清然才犹豫是否要跟她产生点什么纠葛,但他对她几乎一无所知。

湛清然的家风决定了他不该接触她这种女孩。湛清然的父亲是顶级大学的教授,对湛清然的要求从来都是价值观高于一切。

他谈过的两任女朋友皆是跟他门当户对的优秀姑娘——差不多的家世,差不多的学历,差不多的成长过程。

他就像一片风平浪静的海面,但底下暗礁无数。

"在哪儿见的?"湛清然终于正面接了她的话,唇角微挑,带点不那么正派的意思。

燕回却卖起了关子:"记不得了。"说完,还不忘打听他的相亲进度,"你跟那次雨天见的姐姐还有联系吗?"

湛清然嘴角的笑意便浅了一点:"托燕小姐的福。"

燕回一下就明白他什么意思了。有那么一瞬间,燕回觉得自己可真够差劲的,但无所谓,湛清然是她的。

她十几岁时第一眼见到他,就知道自己会嫁给这个人。

尽管,一面之缘后就是音信全无。

"那……你请我吃饭吧?"燕回的"脑回路"就是这样,跟寻常人不同。

她没继续装傻，因为她真的饿了。

湛清然就这样和燕回吃了第一顿饭。

燕回看着放荡不羁，实则养生有道，不熬夜，不吃辣，偶尔抽点女士烟，喝点红酒。她要保养好皮肤，这样拍视频才有说服力。

两人选在东门附近的宴铭园吃江浙菜。

到那儿后，她饶有兴味地盯着上头的几个字，念出声来："'江南宴，海鲜汇'，看起来很有文化，跟湛老师一样。"

听完她的胡言乱语，湛清然笑了笑："原来你认识这么多字。"

燕回娇嗔地瞪他一眼，高高兴兴地跟着他去了环境整洁、服务贴心，又有足够私密性的二楼包间。

点完菜，她剥了一颗荔枝，慢条斯理地咬着。

"甜吗？"湛清然随口问了句。

两只眼睛亮晶晶的，燕回笑着说："你尝尝不就知道了？"

她倾过身，就这么轻衔住了湛清然的嘴唇。

湛清然下意识推开她。

"我工资不高的。"他突然开口。

燕回笑出声，认真且温柔地对他说："小湛老师，你不用给我钱。"

湛清然听着这句耳熟，但此刻鼻间全是燕回身上那股郁郁香气，他实在想不起是在哪里听过这种话。

他们之间的气氛倒难得回归正常，菜上来后，燕回竟没有一点害羞的意思，好像刚才的暧昧之事没发生过。她兴致勃勃地吃这吃那，胃口奇好。

一顿饭下来，湛清然最起码知道了她今年二十岁，念不入流的大学，做化妆穿搭博主，目前在 X 杂志社实习，跟一个打算考研的姑娘一起合租。

怎么听，他都觉得这些事离他的生活十分遥远。

燕回头发披散着，只能一手按着头发，小心喝汤，不是那么方便。

湛清然看看她，出去了一趟，再回来时，手里多了个黑色皮筋，是最普通的那种。

"扎起来方便些。"他把皮筋递给她。

燕回一怔，随即喜笑颜开地把头发扎起，再低头时，脖颈处流畅的线条一览无余。

"你……"她突然抬头,"是特地给我买的吗?"

湛清然陈述事实:"问前台服务员要的,我不希望食物里有头发。"

燕回懊恼地说:"我不管,你就是特地给我买的。"

湛清然不喜欢和别人争执,尤其是对方不怎么讲理时,为了尽快结束争执,他总会表示"你说得都对"。

这时,他的手机屏幕亮了起来,是群里的学生在发信息。

燕回立刻厚着脸皮加了湛清然的微信,并主动提出送他手机壳。

"我最喜欢做手机壳了,我帮你画,你想要一个什么图案的呢?"

"你画?"湛清然似乎很难相信她会点什么。

燕回得意地撩了撩头发:"我会的可多了。"说着,她低头打开手机,给他推送自己的社交平台主页,"你可以等夜深人静的时候欣赏我。"

湛清然眯起眼,在灯光下打量她几眼。这女孩……他真的不想好为人师地教导她,虽然她很美也很年轻,但不是全世界都是围绕她运转的。

"燕回,"他叫她全名,"如果你把我当猎艳的对象,可能不太合适。吃完这顿饭后,我把手机还给你,以后我们不要再见了。"

燕回的一张小脸上顿时像挂了霜,湛清然只当看不见。

"钱是好东西,但不是什么钱都可以挣。我不想显得好为人师,只是给你一点忠告而已。"湛清然觉得这饭没必要再吃下去,于是拿起纸巾,擦了擦嘴角,"你实习的杂志社地址我知道,回头我把手机寄给你。这顿饭我买单,先走一步。"

他不是没有动摇过,在很多个瞬间,这个张扬乖僻的女孩对他充满了诱惑力。

湛清然起身,燕回也跟着站起。她拦住他的去路,一言不发地把他推到墙边,仰面看他。

"你真没用,连跟我对视的胆子都没有。"燕回轻轻吐气,挑衅地戳了戳他的肩膀,把他的脖子一钩,望着他的眼睛,"别走呀,我要和你再见面。小湛老师,你是我见过的最好的人了。不要问我怎么知道的,我就知道是这样。"

湛清然拿她没什么办法,只能抓住她的手腕把她的手放下来。

外头日光朗朗。

燕回撑开伞,"哎呀"一声,说:"我忘记还你的雨伞了。"

她根本没打算还。

湛清然没戳穿她："燕小姐，我实验室真的有事，你很闲吗？"

"我现在确实很闲，所以，你必须收回我们不会再见面的那种话。"燕回口气骄横，神情嚣张，好像没听出他隐隐的嘲弄之意。

湛清然是个对自己对学生都非常严格的人，在他这里，没有差不多之说，他对燕回这种念书不行、搞歪门邪道很行的女孩观感复杂。

他清楚，收回不收回那些话都不妨碍燕回下次再这么花枝招展地出现在自己的课堂上。

湛清然答应了她，她立刻得寸进尺，要跟他去实验室。

这次，他非常强势地拒绝了她："不行，实验室不是你随便能进的。"

"那你帮我涂下防晒霜好了，涂完我就走。"燕回随即从包里翻出防晒霜，丢过去。

湛清然下意识接住，对方非常难缠，偏偏撒娇撒得恰到好处——多一分肉麻，少一分乏味。

燕回已经把所有头发撩到一边。湛清然克制地移开目光，把防晒霜重新塞回燕回手中，说："你可以在实验室休息区等我，但不要胡来。"

他大概已经能摸到眼前这位的脾性，越不要让她做什么，她偏要做。

这时，燕回却掏出手机，快速打字，回复Jojo：是D姐准我休假的。

但Jojo很快告诉她：也是D姐让我通知你尽快过来。

燕回扯了下嘴角，遗憾地抬头，噘了噘嘴："我有事得去杂志社一趟，好烦人。"

湛清然显然是把她这有一出没一出的行为当作是欲擒故纵的把戏，他点点头，表情平静。

燕回忽然出其不意地凑过来，旋即退开，眉毛高挑着说："我做标记了，谁都不能再碰小湛老师，除了我。"

说完，她笑眯眯地转身离去，留下一个窈窕背影。空气中似乎还留着她的香气。

湛清然这才意识到，刚才那顿饭消费不低，不知不觉他被燕回敲了一回竹杠。

学校有专门供学生准备竞赛的实验室，学生主管，和大实验室分开。大家兴趣点不一，有人主攻智能手表，有人主攻音乐游戏的手柄。湛清然进来时，大家纷纷暂停了手头的活，跟他打招呼。

湛清然简单问了问进度，学生们一边跟他汇报买什么新设备需要钱，一边打听竞赛的消息。

"湛老师，您来得正好，"穿黑色T恤的男生有点腼腆，"您帮我们看看这个，主电路它一直都有问题。"

"搞了一周的测量，怎么调都不行。"男生们围上来，你一言我一语。

湛清然观察片刻，伸手摸了摸电源线："换铜芯线后再试试。"

果然，换好铜芯线后，设备一切正常。

男生们低调地彼此交换了默契的兴奋眼神，有人无意瞥见湛清然脖间一点红，问他："您是不是被蚊虫咬了？"

他确实被咬了，但不是被蚊虫咬的。

初夏的云很高，有很大一块在天上飘动。

湛清然离开实验室，没走多远，肩膀被人拍了一下。有个人骑着单车停在他身旁，是他的学长，也是历史系的老师李格。

李格跟湛清然不同，湛清然是属于那种一看就不好糊弄的年轻学者，严谨冷淡。李格总是笑嘻嘻的，一看就很好说话，但非常不幸的是，他和湛清然在指导论文时都是一样的原则：宁愿"虐死"一千，也不放过一个。

"听说了吗？叶琛近期打算回国，说不定能跟你小子成同事。"李格笑得特别开心，"清然，还等什么？趁早复合啊，喜酒钱我可是早备好了。"

三人当年都在附中念书，叶琛妈妈往学校送点吃的都会准备两份，全校都知道他俩最后会走到一起。

后来，两人一起出国，相恋多年，差的只有最后一个仪式以及红本本。

往事并不如烟，至少在这个名字被重提时湛清然会感觉胸口像是被撞了一下。

湛清然只是笑："周末要不要一起打网球？"

李格说："你别打岔，有什么别扭分开两年了还不能想通的？赶紧和好，大伙儿都等着呢。"

湛清然没解释的打算，他只是对叶琛要回来感到有些意外。

那时，因为知道她名花有主，很多想追求她的人都自动退却。他很自然地牵住她的手，在树下吻她。

他不怎么爱表达，叶琛则有些清高。

本来，一切都很简单美好，可后来他们都长大了。叶琛不知道从什么时候开始总在强调灵魂上的共鸣。他是学工科的，总是忙，难免有疏忽她的时候，但见面时，也会顺理成章地想亲近她。可叶琛不能接受。

湛清然不知道要怎么证明精神上的爱，他跟她开玩笑说："要柏拉图吗？"他本是逗她，竟惹得她动气，她责怪他怎么可以这么肤浅。

肤浅。他忽然笑了下，这不正是他对燕回的印象吗？

跟李格敷衍了几句，湛清然匆匆离去，像是逃避一样。

接到母亲电话时，湛清然正在整合表格文档。

"妈，有事吗？"他把手机放在旁边，开了免提。

程一维女士是物理系教授，去年退休后又被返聘，换了个环境，但一如既往地严谨认真。她说话不紧不慢，语气温和，很有大家风范，跟湛清然讲话时，永远带着点对学生讲话的味道："清然，妈妈本不该过问你的私事，但听说上次给你介绍的姑娘对你颇有微词，你最近是不是结识了其他女孩？如果有的话，应该跟中间人讲清楚。"

湛清然眼睛盯着电脑，一心二用："没有的事。我这边正忙，如果没有别的问题，先挂了。"

这怎么会是没有的事？湛清然向来洁身自好，是学校里教授们看着长大的，大家对他评价颇高。上一次别人对他稍有微词还是他刚回国那年。

那次，双亲热心的同事们给他介绍了某学院院长的千金，两人不咸不淡地相处了几个月，湛清然实在提不起兴致，又不想耽误女方，所以先提了分手。没想到，女孩是初恋，受到的打击比较大，哭哭闹闹跟他纠缠了一段时间，还对外宣扬湛清然始乱终弃。

那次女方是因情生恨，情有可原。但这次相亲，女方反馈给中间人的意思是，湛清然和一个看着不太正经的姑娘搅和在一起，话里有不少埋怨，好像湛清然也是个不怎么正经的人。

"清然，你跟妈妈讲句实话，是不是认识了别的女孩，不太主流的那种？"程一维措辞谨慎，因为她并不喜欢轻易给人贴标签。

这就是他的父母，永远彬彬有礼，富有教养，不会说难听话，永远会照顾到别人的面子。

湛清然听到这个评价突然笑了。不太主流,燕回行事做派确实够小众的,他没见过那么厚脸皮又矫揉造作的漂亮姑娘。

"算是吧,刚认识,我们之间没什么关系。"他说着,下意识怔了怔,起身到镜前看了眼自己脖子上留下的唇印,有点模糊,显得有点暧昧。

湛清然没怎么听清那头的母亲又说了什么,潦草应下。

因为第二天要去企业做报告,临睡时,湛清然又检查了一遍PPT(演示文稿),燕回的信息就是这个时候发来的——没有文字,只有短短几十秒的vlog(视频博客)。

黑发红唇,五彩斑斓的吊带裙,一组妩媚的照片在迷离灯光下不断闪现。

湛清然轻抚了下眉头,那边,燕回懒懒伏在枕头上,给他发了一行文字:好累啊,被使唤了三个小时。

湛清然看着这行字,有些啼笑皆非。

很快,她又发来了一条消息:我还是去小湛老师家里拿手机吧,想见你。

"想见你",这三个字很微妙。

湛清然心头有么一点异样感觉掠过,他很久没听过如此动人悦耳的词了。

见他也没个回复,燕回以自己浅薄的想象力畅想了一番,他一定伏在案头寂寞备课,好在第二天的课堂上继续游刃有余地讲课。

她不知道,其实湛清然的课不多,他忙科研项目,要开会,要出差,没她想象的那么寂寞。

燕回因为实习忙,视频更新的频率降低了。

弹幕上,粉丝们纷纷哀号,问什么时候发做海藻鬈发的教程。

粉丝给燕回寄了礼物,她对着镜头撒娇道谢。漂亮的女孩不让同性厌恶是一件很难的事,燕回的粉丝很吃她这一套。

湛清然对网络流行的东西向来不感兴趣,他露出点笑意,兴许是无聊,点开了她发送的主页链接。

"仙女回"三个字立时映入眼帘,他看了下她的粉丝数、关注数以及获赞数,意外地发现她是平台认证的知名时尚博主。

湛清然很快看到她的简介:谢谢你们爱我,祝大家都能拥有一个玫瑰色的人生。

再往下翻，是她往期的内容，有化妆教程视频，有复古变装视频，还有小电影、素人改造视频等。

湛清然微微皱着眉，看到很晚，视频里女孩熟练地使用着各种化妆品，是他听都没听过的东西。

燕回的声音在视频里跟平时同他讲话有些区别，有些慵懒。

他看到了她素颜的模样，清纯又干净，五官极其精致。

其中有一期桃花妆教程视频，她全程没说话，只是静静对着镜头一步步展示上妆过程，弹幕几乎把屏幕占满。

她有着让人心动的美貌，不必化妆，就已经足够耀眼。

湛清然忽然明白了为什么面对她的冒犯，他都会如此轻易原谅她的原因。这种女孩，别人怎么会舍得对她发火呢？

他也许真如叶琛所言：肤浅。

周六那天，D姐手下某个时装编辑通知助理们过两天要拍一个明星，让Jojo和燕回跟着过去。

好巧不巧，女星点名要孙见东来拍。这就是名气大的好处，可以随便点名摄影师拍摄。

D姐派了个时装编辑全权负责这事，时装编辑是组长，筛了半天拍摄风格，拿出方案，让助理做好PPT，再分别发给女星方和品牌方。

女星对方案不满，表示非某设计师的自创品牌不穿，搞得编辑头大。被点名的设计师还没火时倒很好说话，衣服随时能借，如今大火，开始挑艺人，杂志社只好付中介费，通过某造型师借到了衣服。

燕回和Jojo在酒店试衣，衣服铺得地上、床上、椅子上到处都是。

Jojo很喜欢那个女星，她很兴奋，一边准备夹子、胶带，一边撇嘴："她个头这么高，肯定能撑起这件衣服。"然后开始大骂品牌方。

Jojo待在杂志社两年，做的是助理编辑，自诩老人，在她们一干菜鸟实习生面前说话相当随意。燕回非常讨厌她，但依旧能做到冲对方露出虚伪的笑容："这个牌子原先不是很小众吗？做大了？"

"上了一次综艺节目，被一个'综艺咖'穿红的，其实也就那样，不知道为什么我家'仙女'喜欢这家的衣服。"

燕回好心提醒她："别针你准备了吗？应该用得到。"

Jojo嗤之以鼻："你恐怕不了解我家'仙女'的身高，不像某些人，喜欢虚报身高，其实就是个矮冬瓜。"说着，她若有所思地打量起燕回，"你有一米七吧？"

燕回淡淡一笑："没有，我腿长显高而已。"

拍摄当天，两人拖着几个32寸的大箱子及五花八门的道具提前到了片场。

孙见东看见燕回，点头一笑，算是打了招呼。Jojo看在眼里，立刻问："你跟他什么时候这么熟的？"

关你什么事？燕回虽心里这么想，但还是跟Jojo说："我们不熟啦，只是打个招呼而已。"

孙见东正在跟艺人以及编辑沟通现场布置，燕回帮忙摆道具，递衣服。

另一边，Jojo却忽然拿出一份礼物，悄悄塞给经纪人——今天是她偶像的生日。不得不说，Jojo还挺有心。

经纪人愣了一下，很快反应过来，敷衍地说了声"谢谢"。燕回看在眼里，嘲弄似的弯弯嘴角。

本来是拍外景，结果拍到一半忽然乌云滚滚，眼看要下雨，大家手忙脚乱地开始收拾东西，坐车回室内继续拍。

换到第三套衣服时，衣服大了，艺人太瘦，夹子夹上去，效果并不好。

编辑问Jojo："试试用别针，别针带了吗？"

Jojo开始支吾起来。

艺人等急了，表情显然不高兴。

经纪人走过来："你们也太不专业了吧，这种问题想也能想到吧，我们在别家拍就没遇到过这种事。"

编辑被怼得脸一会儿青一会儿红。她一直看不惯对方没什么作品只靠红毯营销的做派，但她当下惹不起。

"我包里有别针。"燕回突然开口说。

编辑长舒一口气，怪她不早说。

燕回笑笑："平时都是我自己用的，一时没想起来。"

Jojo不爽地看燕回一眼。燕回帮她解围，她显然没有领情的意思。

燕回装作看不见。

拍摄结束后，孙见东把燕回叫到一边，问她有没有兴趣当某个小设计师的试衣模特。燕回狡黠地笑道："以你的眼光看，他有没有成气候的可能啊？"

孙见东不置可否："不好说，他走的是亲民路线，现在找不到艺人来推广，想找些博主。我看你行，说不定你把他带火了呢？"

最后这句话说到燕回心里去了，她有勃勃的野心，这是她生活的最大动力。

我能行，我能把很多事都做得很棒。燕回一直都这么想。

她接受了这个提议，不忘跟孙见东撒娇："可以是可以，不过，你有空来拍我吗？你跟 X 杂志社签合同了吗？"

两人低声聊了几句，Jojo 一直往这边瞄个不停。

拍摄完，衣服、道具被带回公司。两人整理清点后，需要再把衣服寄回。

因为下雨了，有件衣服在收拾时有了污损，燕回确定那件衣服没经自己的手，便丢给 Jojo。

"你什么意思？衣服脏了还想甩锅？"Jojo 一点就"炸"。

燕回比她淡定多了："什么叫我想甩锅？这件衣服不是我弄的。当时负责衣服的，除了你就是我，既然不是我，那就是你了。还有，出了问题，麻烦你不要大呼小叫的，想办法解决才对！"

"燕回，你装什么傻？你一个小实习生有什么资格教我做事？你怎么就知道是我弄的，那么多衣服，你记得你收拾了哪些吗？"

"我记得，每一件我都记得。"燕回不客气地说，"我是小实习生，你呢？你是这里的正式员工吗？都是打工人，你比我高贵很多？我没教你做事，只是麻烦你以后不要觉得你高我们一等。有问题，大家可以一起想办法解决，本来我是这么想的，但现在不了，你搞出的纰漏你自己解决。"

燕回拍拍手，拿过包，准备打车回住处。

Jojo 冷笑："你很高贵，高贵地想往上爬，就你做事的能力强，之前是中古包，今天又是别针。"

燕回一点都不生气。她以前就习惯了各种各样的语言暴力，Jojo 这几句话的杀伤力对她来说就像羽毛一样轻。

她回眸，笑得艳丽迷人："对啊，我比你高贵，我就是能抓住每个机会，我就想往上爬，靠本事吃饭，这跟你没关系呢，大姐？"

黄昏,一轮夕阳正往高楼下坠,天已放晴,空气中有股清新的青草味道。

回到住处时,燕回才知道林嘉的男朋友来了。他戴着眼镜,个头中等,长相普通,是那种看一眼就会忘的男孩。

林嘉去超市买东西了,男孩正在给她们修坏了的洗脸池水龙头。

对方简单做了自我介绍,说他叫王伟。

燕回懒得打招呼和他客套。她对不感兴趣的人总是这样,但因为林嘉的关系,她还是逼自己寒暄了两句。

燕回回房间换衣服,检查了一会儿公众号,完全忘记了家里有人这事,出来上卫生间时,听见厨房有人说话,是王伟在跟回来的林嘉嘀咕什么。

"我看你那室友不像正经人,她是干什么的啊?你跟这种女生住一起,我真怕你被带坏了。"

王伟那种语气燕回特别熟悉,高中时有一位女老师就是这么教育学霸的。

当时,那个帮她写作业的男孩是班里前三名,燕回丢了一堆作业给他,校园里全是说她闲话的。

林嘉余光一闪,忙推了一下男朋友。燕回已经笑盈盈地进来了。她说:"哎呀,我突然想吃西瓜。"

不知道她听见没有,林嘉有些尴尬,接着洗了西瓜切成两半。

燕回抱起半个西瓜,嘴巴叼着汤匙,回了自己房间。

她盘着长腿,坐在床上一口一口舀着西瓜吃。吃到一半,林嘉敲门,探进半个脑袋,委婉说今晚她会和男友出去住,等会儿就走。

燕回轻舒口气,继续写公众号文章。

直到她觉得眼前有什么东西飞过。

起初燕回没当回事,结果那东西又飞了一次,落在地板上,不动了。

燕回蹑手蹑脚地过去查看,见地上那黑乎乎的一团伸展了下翅膀。

竟是蝙蝠!

燕回腿一软,立刻尖叫着夺门而出。她跑到林嘉的卧室里,翻出林嘉的旧手机。

她看看时间,已经很晚了,十一点四十三分。她咬咬嘴唇,最终拨出去一个号码。

过了好久电话才接通,听到那熟悉的一声"哪位"时,燕回的鼻子猛地一酸。她撇撇嘴,说:"湛老师,我家里进蝙蝠了,你能不能帮个忙?"

唯恐对方拒绝似的，燕回忙把自己的住址细致地报给他。

"我知道，这个要求很过分，但我不知道该去找谁……"她有点迷茫，声音中带点哭腔，对方却没有反应。

忽然，手机屏幕黑下去——手机没电了。

燕回找不到林嘉的充电器，只能赌湛清然会来。

之前他们拉拉扯扯几个回合，湛清然没有一次真正拒绝过自己。骄傲的燕回想到这点，把手机一扔，蜷在沙发上，随手打开电视。

电视里永远在上演二流的爱情故事，燕回打个哈欠，换了个台。

敲门声响的刹那，她跟弹簧似的蹦下来，光着脚跑到门后，透过猫眼看到了穿白色T恤的湛清然。

客厅的时钟指向十二点二十四分。

她得意地一弯嘴角，拉开门。不给他反应的时间，她已经扑了过去。

湛清然下意识地抱住她。

燕回瓮声瓮气地贴着他的胸膛说："湛老师，你终于来了，我快吓死了。"

她撒娇的声音响在耳边，但湛清然不信她会真害怕。他接到电话时，正忙着在看学生的论文，还没来得及问，燕回的电话就打不通了。

他觉得她真是花样百出，没事也要搞出点事来，很欠收拾。

湛清然驱车过来，看看她到底在作什么妖。他没想到，卧室里真有个东西在飞。燕回在他身后尖叫着躲着，不知道的，以为出了什么人命大案。

"你在客厅等着，有扫把吗？"湛清然问。

燕回哆哆嗦嗦给他递了个扫把，他刚要进去，她就拉他："你别被咬了，网上说被蝙蝠咬要打狂犬疫苗的。"

湛清然点点头，去推卧室门。

燕回又拉他："要是咬到我怎么办，我好害怕。"

湛清然淡淡地说："你再这么啰唆，它听了可能会很烦，然后真的来咬你。"

燕回悻悻地松开手，指挥道："那你进去要把卧室门关好，不许它飞出来，咬也是咬你。"

说着，她伸出手，冲湛清然做个老虎吃人的动作，笑嘻嘻地跑到阳台去了。

湛清然无语地摇摇头。他进去后，把窗户打开，拿扫把把蝙蝠赶了出去，又把窗户轻轻关上。

燕回的屋子里同样充斥着浓郁的玫瑰香气。她的电脑开着，显示屏上是公众号界面。

地上散落着花里胡哨的时尚杂志，湛清然捡起来，放在床头柜上，很自然地瞥到敞开的衣柜门。她的衣柜很大，占据了这间卧室绝大部分的空间，衣服很多。

外面的燕回难得老实，她躲在窗帘后，只露个脑袋，好半天听不见湛清然的动静，只好大声问："好了没有啊？"

湛清然没理她。

她清清喉咙，嗓门更大了："湛老师，你睡着了吗？"

湛清然走出来，看见燕回在窗帘后，莞尔道："蝙蝠走了。"

燕回半信半疑："你没捉住？"

"我为什么要捉住它，让它走不是更好？"

也对。

她推着他一起进卧室，战战兢兢地走了几步，惊奇地问："它怎么走的？"

湛清然指了指窗户。

燕回喜欢暮色一降就将窗户的窗帘拉上，因为对面有人偷拍过她，她觉得恶心。此刻，湛清然在，她轻快地跑到窗户边往外看去。

忽明忽灭的星星，徐徐的晚风，真是个美好的夜晚啊！

燕回扭头，冲湛清然笑道："湛老师，你过来看看嘛，我的窗户这儿可以看到星星。"

湛清然看着她，走了过来。燕回就开心地撑了下身体，跷着一只脚，问他有没有发现星光。

"室友呢？"湛清然低声问。

夜色里，他的声音不再显得那么清冷，带着点暧昧。

燕回冲湛清然眨了下眼："她男朋友来了，今晚不在。"余光瞥见自己的鳄鱼公仔，上面印着英文，她立刻跑过去把公仔拽过来，指着英文，问，"这个怎么读？湛老师，你教教我。"

湛清然看着那两个单词，一笑，念出来："kiss me（吻我）。"

他话音刚落，燕回踮脚在他脸颊上迅速亲了一下，手指点着他的下巴："看，我多好心，立刻就帮你实现愿望。"

她卸了妆，少了几分妩媚，可眼睛异常地清亮，像一泓泉水。

湛清然这么望着她,像是要望到她心尖上去。他笑了下,带着不合身份的一丝轻佻说:"这么多戏?"

他不再说话,拉过燕回,一手扣住她的后脑勺,一边偏头,含住她微凉柔软的嘴唇。

吻落下来,一切发生得很自然,气氛很好。

湛清然重重压着她,把她抵在墙边,不忘一把将窗帘拉上,隔绝外面的温柔星光和夜色。

湛清然这些年没闲过。在国外时,他学业压力大,半夜里老师发邮件要确定个数据是家常便饭。当然,付出就有收获,他发了实验室最高分论文,以第一作者身份登上顶刊。回国后他跟着自己当初的老师,申请课题……

湛清然觉得自己就像个陀螺,抽在身上的那根鞭子同时也在自己手里握着。他本以为,自己是没时间跟女人纠缠的。

燕回觉得自己变成了一只初春的飞虫,在惊蛰的当晚舒展着翅膀,直到所有的重量和烫意消失,她才重新蜷缩起来。

她扯过毯子搭在身上,去冰箱找吃的。

在燕回的二十年的人生经历中,做饭是非常困难的事。她曾经把没洗的鸡蛋丢锅里煮,被骂得狗血淋头。她到现在连面都下不好,动不动就烧糊,只会搞些蔬菜挤上沙拉酱,也算一道吃食。

"你会做饭吗,小湛老师?"燕回把冰箱里化冻的巴沙鱼、虾和西蓝花什么的统统拿出来,眼巴巴地望着湛清然,指望他来弄吃的。

湛清然当然有独立生活的能力,他看了看食材,问她家里有没有平底锅。

燕回摇头:"不知道。"

"有橄榄油吗?"

"不知道。"

"柠檬汁有吗?"

"不知道。"

湛清然忽然觉得很无奈,找了一会儿,把香菇切成十字花,而后起锅烧油,把去了腥的虾仁放进去和鸡蛋一起煎,最后煎香菇。

燕回饥肠辘辘地看着湛清然忙活,人有点萎靡,像一只等待投喂的小狗。

湛清然对吃很有讲究，他并不喜欢做饭，但一旦开始做，就要做好。十分钟后，燕回蹲在椅子上，心满意足地吃起男人给她弄出来的夜宵。

　　湛清然考虑，这个时间点自己是不是应该开车回去。

　　燕回立刻起身抱住他，不让他走。

　　"手头有点事没完成。"他摸摸她的脸。

　　燕回戳破他："肯定不是十万火急的事，如果是，你今晚就不会过来了。"她看着他笑，"你早对我存坏心思了，对不对？"

　　湛清然不得不承认，燕回很聪明，就是念书不行。

　　"陪陪我嘛，我一个人真的害怕，而且，我不喜欢一个人。"她晃他的手臂撒娇。

　　最终，湛清然妥协了。燕回坐回凳子上，眉飞色舞地聊起那个雨天的后续，说她看到好多鲜艳的雨伞，跟画家的调色板似的。

　　湛清然并不打算了解她的精神世界，但架不住她话稠。他不出意外地知道了她某些喜好，比如喜欢下雨天，喜欢观察颜色。

　　"很奇怪，有的人认识很久我也懒得跟他说话，但我就喜欢跟小湛老师说话。"燕回蘸着花生酱吃虾仁，乐不可支，"好好吃，小湛老师，怎么会有你这么好的人呢？哪儿哪儿都好。"

　　"别吃太多，要不然睡觉会不舒服。"湛清然提醒她。

　　燕回就真的不吃了，跑去卫生间洗漱。

　　湛清然回了卧室，把窗帘拉开，站在纱窗旁点了一根烟。屋里某些气味犹存，湿热的，熏得人灵魂出窍。

　　燕回进来，往床上一躺，头发像黑色的丝绸那样舒展开来。她摸着肚子，又开始撒娇："吃撑了，湛老师你帮我揉揉吧，助消化。"

　　湛清然便隔着那层薄薄的衣料揉了几圈，燕回闭上眼，心安理得地享受起他的服务。

　　不知过了多久。他拍拍她的脸："不困吗？"说完，顺势躺在她身边。

　　"你知道我在想什么吗？"她如在说梦呓一般。

　　"想什么？"

　　"我在想，如果你能吻我就好了。"

　　她无比专注地看着湛清然，灯光朦胧，眼波含情。湛清然敛敛笑意，他没再说什么，徐徐一动，离她更近些。

燕回觉得自己很快就会变成一枝蒲公英，随风回旋或者跌落，是最自由的植物，最后落在他这里——温暖而结实的土地。

"我真的好像认识你很久了。"

湛清然轻笑一下："睡吧，我需要早起。"

他显然被这么有套路的措辞败了兴致，逢场作戏，也要少点套路才有趣。

燕回翻个身，把鳄鱼公仔扔到地上，喃喃道："我平时都是抱着鳄鱼公仔睡，今天你在，你抱抱我吧。"

她不管他愿不愿意，就这么紧紧抱住他。

湛清然似乎没有拒绝的余地，僵持了几秒后，终于给了回应。

窗帘拉开时，旭日东升，天际线那里金光无限。

燕回问下次什么时候能见湛清然。他坐在床边穿衣服："后天我要到邻市出个短差。"

"你要送我礼物吗？"燕回趴在枕头上，懒懒地回应。

"有什么特别想要的吗？"

燕回从小到大都不缺礼物，她习惯收礼物，却不珍惜，有的没拆封就会转手送给他人。更不要说当博主后，经常有品牌PR（公关）人员送她各种东西，她也不在乎。

但湛清然不是别人。

燕回下颌抵着枕头，在那儿哼哼笑："你猜我喜欢什么？"

湛清然不是小气的男人，他说："你可以直接告诉我。"

"小湛老师说自己工资不高，我怕我要个礼物，你一个月工资没了，心疼。"燕回存心这么说，笑眯眯地爬起来。

她从后头扑过去，两手交叉垂在他的脖颈前。她很喜欢贴着他的耳朵说话，像是怕他听不见，又像是只是分享自己最隐秘的心情。

"你把自己送我吧。"

湛清然头稍稍一偏，笑道："不已经送了吗？"他捏住她过纤细的手腕，"如果去学校，我先送你。"

燕回的心里甜丝丝的，但她没跟湛清然一起出门，只在他走时又狠狠亲了他一通，霸道地嘱咐："你出差必须想我，做梦只能梦见我。"

"这有点强人所难了。"湛清然啼笑皆非。

天气说热就热了起来。

王伟在这里待了两天，燕回请他和林嘉吃饭。席间，她夹着烟，在淡青色烟雾中不时娇笑，王伟时不时对上她那双过于妩媚的眼，在陪林嘉上卫生间的空当里问女朋友："你这个室友怎么这么有钱？"

林嘉边洗手边瞪他一眼："燕回自己做时尚博主，她一直很懂怎么挣钱，我挺佩服她。"

王伟一脸不屑："什么博主？她当然比你们这种老实本分的女生更懂怎么挣钱。"

"别对燕回这么大偏见，其实她人挺简单的。"见王伟不悦，林嘉好声好气地哄，"我不是还没找着人合租吗？你放心，我绝对不会被她带坏的。"

回到饭桌上，王伟一脸不怎么高兴的样子。

燕回喝了点酒，一行人打车回去。林嘉把燕回送上楼，说王伟明天就要回去了，两人今晚自然还是住在外头。

屋里又只剩了她一个人，燕回看了无数次手机，都没有湛清然的信息。她心里骂了一句，但这不妨碍她主动找他：小湛老师，你都不想我，好忙哟。

酒的后劲不小，燕回没等来湛清然的回复，就迷迷糊糊地睡着了。

迷迷糊糊中，她似乎听到什么响动。燕回懒得起身，直到大腿上一凉，才猛地惊醒。

睁开眼，燕回就看到了一个不算陌生的身影，是王伟。

很显然，他趁她在睡梦中摸了她一把，而且此刻还不加掩饰地看着她。

燕回一阵恶心。

她语气很淡，警告道："林嘉知道你这么龌龊吗？"

王伟是谎称电脑忘拿才回来的，他用一种鄙夷又猥琐的眼神盯着她："别装了，我知道你这种女生，以勾引别人男朋友为乐，不是吗？"

燕回看着他，为他的无耻以及让人笑掉大牙的自信感到吃惊。

她面不改色地说："王伟，你要是真想拿不到毕业证书就继续在我跟前不要脸，我勾引你，你配吗？我看在林嘉的面子上不为难你，你现在立刻给我滚，你要是再敢，就不要怪我不客气。"

王伟恼羞成怒地甩门而去。

Chapter 03 第三章

屋里又静了下来。

燕回太阳穴突突直跳,她拿起手机,还是没有湛清然的消息。

时间是晚上十点半了,他到底有多忙?燕回按着胸口,直接拨了电话过去。

湛清然确实忙,他一整天都在会场,忙着给甲方做汇报。晚上有个饭局,甲方要给湛清然介绍对象,对方一直替他吹嘘,湛清然不得不委婉地纠正对方的措辞。

燕回的电话打过来时,他刚回到酒店没多久,正在冲澡。

湛清然一边揉着头发,一边回电话。电话倒是接通了,可燕回不说话。

他试探性地喊了声:"燕小姐?"

燕小姐?

这三个字,真是给人情绪火上浇油,燕回更不想说话了。

"怎么了?"湛清然淡淡地问,"你的蠢同事……是叫 Jojo 吧?"

他刻薄说话时也是含蓄的,用她的那套措辞,让人听起来感到他是和自己在同一战线的。

燕回果然笑出声,幽幽地说:"不是工作上的事。"

其实燕回没那么矫情,她不爱诉苦,也不喜欢抱怨,因为她已经习惯了总是一个人,但她觉得,她可以对湛清然说点什么,尽管她非常清楚对方不见得乐意听。而且她觉得,这种事没什么好说的,男生们总是喜欢这么看她。

她是美丽的,同时是容易被破坏的。

燕回什么都知道，她觉得湛清然大概也是这样，只不过他会伪装得文雅些，他的家教可能让他说不出粗鄙的语言，可谁知道他心里是怎么想的呢？因此，当湛清然再问燕回时，燕回轻巧回避，只是说："我想你嘛，是不是我不跟你联系，你永远都不会联系我？"

湛清然同样回避这个问题："今天忙，明天有点时间，去给你买礼物。"

"你不买也可以。"燕回无所谓地说，"我自己买得起。"

不知不觉，两人打了半小时的电话。

燕回慢吞吞地说："你什么时候回来？"

"后天。"

"不是短差吗？"

"是短差，两天时间而已。"

"我怎么感觉过了很久很久了？"

"大概是因为你想我，"湛清然逗她一下，"所以时间流逝得慢了些。"

"那你想我吗？"燕回依旧处在微醺的状态中。

湛清然轻轻笑开，"嗯"了一声。这一声太过微弱，如果不是仔细听，她会怀疑他没有回答。

"我想跟你一起住，不想住这里了。"燕回觉得有人想自己是一件特别美好的事情，她跟他说起真心话，也不管有没有吓到对方。

"我回去你来找我？我给你地址。"

燕回的心情好多了，她把门反锁，开始在网上找新房子。

第二天，燕回见了林嘉，话说得挺委婉。看林嘉那个表情，显然王伟没跟她说昨晚的事。既然如此，燕回的话就有了回旋余地。

"其实，早想跟你商量这件事了，主要是怕耽误你考研，我经常拍视频，很吵。这样吧，你开始招新室友吧，等你找到人我再搬。"

林嘉茫然地看她："可你去哪儿啊？现在找房子只怕来不及。"

找不到当然有找不到的办法了，燕回脑子转得飞快，打着自己的小算盘，自得其乐。

湛清然回来那天，燕回人在杂志社眼睛看监控录像都快看瞎了——快递师傅搞丢一件衣服，她跟周周两人脑袋凑一块儿一直盯着屏幕。

"我眼睛不行了，燕回，好疼。"周周倒了杯热水熏着眼睛。

燕回弯着腰,只是点下头:"那你歇一会儿。"

品牌 PR 给编辑们的礼物到了,周周到现在还没搞清楚谁是谁,燕回只能出马跑去快递室把礼物取回,并且毫不出错地放在各个工位上。

上次跟拍的编辑昨天去看了场秀,见燕回过来,随手把一份主办方送的小礼品给了她,想起什么似的,问:"你还做着自媒体对吧?"

燕回笑眯眯地把自己的媒体平台主页通过微信推送过去。

对方简单看了两眼,告诉她:"下次看秀跟我一起去。"

"谢谢 Amy（艾米）姐,"燕回忽然偏头,"Amy 姐这件衣服一般人是穿不进去的。"

对方眼睛明显愉快地眨了下,用吐槽的语气说:"你不知道,我十年都没吃过饱饭了。"

燕回没有像一般人那样惊叹,只甜甜地说:"那您一定能穿得上任何一件样衣。"

这样的恭维恰到好处。

"有时间吗?帮我校对一篇稿件。"Amy 随口一问。

燕回比了个手势,爽快答应。她迅速回到屏幕前,拍了下周周的肩膀:"亲爱的,这里先交给你,回头请你吃饭,下次我帮你搞定财务部。"

办公桌前,Amy 认真瞅了两眼微博上燕回的穿搭图片。不得不说,有人天生镜头感强,图片和视频的制作精良,一看就知道是用了心的。

燕回是传统美人,是能一秒抓人眼球的那种,身上有种活泼的性感在里头,视频里人很有灵气,有种天然的时尚感,甜而不腻,媚而不俗。

Amy 看那么一会儿,燕回已经把稿件发了过来,办事高效。

难得这么漂亮的姑娘还能静下心来做事。Amy 再看她,又觉得顺眼了几分,人和人之间,果然讲究的是眼缘。

Amy 问起她春天拍的那两期视频穿的是不是某快时尚品牌的衣服,随后又感慨:"应该找你带货的。"

燕回甜甜地笑:"我也想呀,可是'金主爸爸'没找上门。"

"机会总是留给有准备的人的。"Amy 鼓励了一句,话音刚落,小助理接了个电话,有事跟 Amy 汇报,燕回便又去找周周。

也是巧,孙见东这时给她打电话来,说今天模特临时出了状况不能拍封面,问她能不能来救场。

燕回觉得诧异。这事怎么也轮不到她,多少人挤破头想上 X 杂志,而且都是些正经八百的 T 台模特。她倒是做过一段时间某平台的平面模特,收入不俗,但最终兴趣寥寥,就此作罢。

这显然是孙见东给她找的机会。燕回很快醒悟,问孙见东:"你们总监,特高傲的那个,能同意吗?"

"速来。"孙见东说完就挂了电话。

燕回到了摄影棚,远远地,没瞧见孙见东,倒先瞧见了一人。对方腿长腰瘦,头发梳得一丝不乱,乍看年轻,细看起来眼角眉梢尽藏世事。

燕回认得他,是 X style 杂志的总监 Ken(肯)。

这男人的名气很大,发掘过名模,嘴巴毒,眼光刁,但据说私生活一片混乱。

燕回过去跟孙见东"嘿"了下,孙见东见她来,很自然地把她引见给 Ken。

Ken 是有中文名的,燕回之所以对他印象深刻,是因为他姓湛,单名一个航。她怀疑这个湛总监搞不好跟湛清然几百年前是一家。

只不过两人气质相差甚远,燕回嗅到一股浪子味儿。

对方眼高于顶,面无表情地瞥她两眼,直接说:"不行,她的脸不是我想要的。"

"我拍拍试试看。"孙见东试图挽救。

湛航还是摇头:"别耽误时间,再联系别人。"

燕回心里"哼"了一声,说:"我没试,您怎么知道我不行呢?能跟花一起拍的人,首先就得别被花给比下去,我不觉得世界上真有多少比一朵玫瑰更好看的人,不过,您眼前就站着一个。"

这天,两人的初次碰面确实不怎么愉快,但最后,湛航还是同意孙见东拍燕回。

效果出奇地好,她确实宛如最热烈的一朵玫瑰,旁若无人地怒放。

湛航一直站在旁边看燕回,燕回不时用余光轻扫。她知道,总监也是男人,是男人就会用男人的眼光看她,她不介意被人看,被人品鉴价值,爱怎么看怎么看,反正这个世界上的人对她来说,没几个值得上心的。

拍摄顺利,几个小时下来,燕回始终状态极佳。

等拍完,她冲对方扬起艳丽的唇,展露个似有似无的笑,潇洒走人。

到下班的点,编辑走光了,但燕回还在帮忙剪片。等出了大厦,她发现微信上有人加自己，不是别人，正是湛航。

她多少有些意外。她一个实习期的小助理，怎能劳驾他主动加微信？燕回嘲弄地笑笑，这男人……是跟她玩欲擒故纵？装什么装，假正经。

她想了想，不急着加。

风热撩人，燕回长发被吹得凌乱。走在晚风中，她随手给自己拍了一张照片，背景是墨色天幕。

转头她便把照片发给了湛清然，又补上文字：我现在去找小湛老师吧，你不是要收拾我吗？

燕回发完消息，嘴角就忍不住上扬起来。

群里消息不断，实验室里的学生一张张图片刷屏，家族群里老爷子发话说港岛的什么姨奶奶要回来探亲，招呼儿孙准备下周赴宴，底下回复一水儿的"收到"。

燕回的消息发过来前，他正在群里听学生们汇报这一天的实验进度。有人发私信给他，丧气地打出一行字：湛老师，我想换个课题。

湛清然耐心问他是不是遇到了什么问题。

燕回那句很扎眼的信息，就是这时突兀出现的。他看到了，没立刻回复，而是告诉学生不用担心论文的事，多进行几个小实验，安心做下去。

等跟学生交流完，他才拨电话给燕回，直接问："在哪儿？"

燕回自己有辆二手车，通勤从来不开，只在出外景拍视频，要拉衣服等道具时用。实习以来，她视频更新得少了，有也以室内场景的为主，车子就停在小区里"吃灰"。

她不打算自己开车去，要湛清然来接她。

"我还没吃饭。"此刻燕回人坐在小区门口的店里，正大口吃肠粉。虾仁馅儿的肠粉，一口下去，满嘴都是鲜。

燕回吃完回去洗漱，把衣柜拉开，挑半天，挑出个布料少得可怜的吊带衣。她把衣摆往上撩随便打个结，腰部的诱人曲线就更显眼了。她把头发分作两股，编了个松松垮垮的麻花辫，没怎么化妆，简单涂了个口红，把墨镜一戴，穿上高跟凉鞋，十分张扬地出了门。

燕回在门口等到湛清然时，他的车还没开进来，在路边暂时停着。湛清然一眼就看见了燕回,她整个人像花孔雀似的。

离老远,燕回冲他轻佻地送了个飞吻。湛清然忍不住轻笑,等她坐进车里,空间就被燕回独有的馥郁香气独占了。

"怎么大晚上还戴墨镜?"

燕回把墨镜取下,红唇一张:"我乐意,好看!"

一路上,她都在聒噪地分享自己工作的琐事,又问东问西。湛清然调侃她:"你高中如果有这么旺盛的求知欲,那是会考上国内顶级学府的。"

燕回立刻生气:"你取笑我。"

"这么明显吗?"湛清然瞥她一眼。

两人随意聊了那么一会儿,燕回往外看风景,许是倦了,就迷迷糊糊地靠着车窗玻璃睡了。

湛清然看看她,把冷气关掉。

车子开到学校附近,燕回还睡得昏天暗地。本来她还吵嚷着要看湛清然的居住环境。

湛清然小时候跟父母住南区,那是20世纪80年代风格的小区,房子小,又没电梯,后来他们搬到了北边新的家属区,房子宽敞许多,配套设施也更齐全了。再后来,湛清然出国再回国,便在附近买了房,从父母那里搬出来了。

车子过减速带时,燕回脑袋碰了下车窗,她惊醒过来,揉揉眼睛懒懒地说:"你技术好差,一下就把人颠醒了。"

湛清然开车向来稳妥,没被人这么评价过。他笑笑,问她:"要不要在小区里散散步?"

这听起来挺像谈恋爱的。

湛清然家里收拾得井然有序,一进门,燕回就见玄关上插着一束新鲜玫瑰。

燕回惊呼了一声,趴在玄关上面轻嗅,说:"看不出,小湛老师这么有生活情趣。"她把凉鞋一甩,跑进客厅,每个房间都忍不住看了一遍。

等湛清然进厨房弄吃的,燕回滚下沙发,跑到他书房里东戳戳西戳戳。里头的书内容很高深,每一本燕回都看不懂。她百无聊赖地翻了翻,又塞回去。

书桌上放着毛笔跟宣纸,看不出湛清然还练字。燕回的字写得跟鸡肠子似的,连小学生的字都不如。

她也不管礼貌不礼貌,乱翻一通,拉开书桌的第一个抽屉时,发现有个倒扣的相框。燕回将其拿出来，只见上头有一对少男少女，穿着校服，青春正好，笑得略矜持。

燕回花了几秒才认出少男是湛清然，十六七岁的样子，眉眼轮廓已有今时今日的模子。少年微微地笑，燕回看着他，情不自禁地笑了笑。

原来，湛清然十几岁时是这个样子。

笑着笑着，燕回心底最深处缓缓生出细密的酸涩之意。

他真英俊啊！燕回分出了点目光给旁边的少女，第一反应就是：比我差远了，最多也就是清秀吧。

"随便翻别人的东西很不礼貌。"身后一个身影罩下，湛清然不知什么时候进来了。他皱眉，脸色有点冷，声音里有明显的不快。

而后，相框立马被夺走，湛清然不动声色地把它放进抽屉，再把抽屉关上，仿佛要锁住过往所有秘密似的。

燕回盯着他，骄纵地一笑："有什么了不起，你的初恋啊？谁没谈过几个朋友！"

湛清然没回答这个问题，依旧冷冷的："燕回，你不是小孩了，在别人家做客不该乱翻主人家的东西，这是常识。"

燕回本来不是这么没分寸的，恰恰相反，她从小就能看懂人家眼色，除非她是故意的。

她潜意识里已经把湛清然当作最亲密的人了，她对他好奇，就这么进了书房。

燕回心虚地看着他，嘴巴发干——为那声"做客"。

燕回跑回客厅，端起湛清然弄的烤面包和沙拉混在一起吃，跟没事人一样。她吃得又快又大口，盘着腿，弄得嘴边全是食物残渣。

湛清然看她闷不吭声吃东西的样子，反倒觉得有些陌生。她这种太漂亮的姑娘禁不起批评，犯再多的错，也觉得大家都会原谅她。

他跟她的关系没有好到这个地步。再者，相片里的他和叶琛被燕回这种肤浅偏又自大的女孩肆无忌惮地观赏，他突然就觉得受到了某种冒犯。

照片定格的那天，叶琛竞赛刚拿了省一等奖，学校周一升旗后顺便开的表彰大会。她上去领奖，台下掌声雷动，而他当时是升旗手，升完旗就站在台阶下看她。

少女弯腰戴上奖牌，冲底下的同学微笑，等下来时，她把奖牌拿掉，直接塞给了湛清然。

她把她的荣光,送给了他。

这竟然都是十一年前的事了。

湛清然再回神,餐桌旁吃饱喝足的那位起了身。他这才发觉,燕回一个字都没说。她摆弄摆弄头发,走到玄关处,从包里翻出口红,涂了涂,迅速抿抿嘴,对着小镜子上下欣赏自己,最后,又扣上包,穿好凉鞋。

"燕回。"湛清然喊她全名。

燕回已经把墨镜给戴上了:"我是客人,这里反正不是我家,再见。"

湛清然大概明白她是为哪句话生气了,可见,什么都没她的骄傲重要。她乱翻他的东西可以,但他不能批评她。这就是燕回的逻辑。

湛清然不知道是谁把她惯成这个样子的。

他确实不知道,她爸妈忙着做生意,她从小就是没人管的孩子。她从小学习脑子就不怎么灵光,写作业费劲,天天被老师找家长,而她爸妈一接到老师的电话就会敷衍说"知道了",挂了电话就会把这事忘到脑后。

有时候,被老师说得面子上过不去,爸爸就会暴打她一顿,妈妈还会在旁边冷眼看着嗑瓜子,说:"打死你这个不省心的好了。"于是爸爸就打得更凶了。

燕回捂着嘴,也不哭,第二天脸肿到牙都不能刷。

后来,学校附近开起了一排托管之家,可以一周一接,但大部分上托管之家的小朋友都是中午待在那儿,晚上被爸妈接走。

最开始,燕回一周还能见爸妈一次,后来,家里多了小弟弟要照顾,她就直接被扔到了托管之家,一个人踩着摇摇晃晃的楼梯,在小阁楼里睡潮湿的被窝。

等她到五六年级,身子猛地长起来,因为脸蛋漂亮,放学就被初中部的人堵着送礼物。她像女王似的把礼物分发给自己的女同学,大家对她这种行为又鄙夷又羡慕,背地里说她坏话,但不忘拿走她的礼物。

再后来,她又长大些,明白礼物买不来友情,索性不再结交女生朋友,只跟男生玩。

来本市念大学,第一年,就有富家子弟对她有好感。对方特别有钱,本地人,长得不差,习惯了身边的莺莺燕燕讨好自己。

出乎意料,燕回根本不吃送礼物这一套,后来连面也懒得跟他见。有一次,那人在车里摸了一次她超短裙下的腿,两人吵起来。对方骂得特别难听,以为她怎么着也得被气哭，没想到，燕回等他骂完，轻飘飘来一句："公子哥，法治社会，麻烦你做个懂法知法的好公民。"

那天是她十八岁生日，回到寝室她还是忍不住蒙头大哭了一场。寝室人都等着看笑话，没一个人安慰她。燕回抹抹眼泪，心想：我以后决不在人前掉一滴眼泪。

就像此刻，她无所谓地说完，就要潇洒地扬长而去。

湛清然看着她，那声低笑中带着一点鼻音："这就要走？不看看礼物？"

"不稀罕。"燕回想拉开门，可门已经被湛清然进来时锁上了。她使劲拽了几下，看打不开，抬起腿泄恨似的朝门上踹了几脚。

湛清然轻叹了一口气："小孩脾气。"

就是"小孩脾气"这句话，扎进了燕回心里。小时候，妈妈最爱唠叨的一句就是"你看看你多大的人了，还得让我们操心"。她那时才八九岁。

"这么晚了，打车不安全。你要是真想回去，我送你。"湛清然过来握住她纤细的手腕，拍拍她的小脸，把她的墨镜拿掉，只见她双眼冒火地瞪着自己。

礼物在包装袋里，湛清然递给她。

是块蓝盘手表。燕回不是容易被物质收买的姑娘，她以为湛清然会送她一本书什么的。虽然这礼物中规中矩，谈不上别出心裁，但很漂亮。

"你帮我戴上。"她娇滴滴地伸出手，手腕雪白，上面很快多了一道蓝，像海。

"你送我表干吗？"

"珍惜时间。"湛清然惜字如金。

燕回偏头看他，笑得像只得意的小狐狸："哦，那你干吗跟我在这儿浪费时间呢？你读书去啊。"

湛清然眼角眉梢尽是浅淡笑意："跟你在一起不是浪费时间。"

燕回睡着时孩子气更显，嘴角微翘，脸埋在凌乱茂密的长发中。湛清然帮她拨了拨头发，动作很轻，燕回眼皮都不抬，闭着眼说："照片上是你初恋吗？你很喜欢她？她应该也很喜欢你，那她知道你跟我在一起吗？"

湛清然确定，他对她如果有那么一点怜爱的话，就是在这个时刻产生的。

女人就是女人，在这种事上一定要弄出个所以然来。

他像哄小孩一样抚着她肩头，说："都困成这样了，睡吧。"

燕回固执地抓住他的手，睁开眼："你说你爱我，已经忘记她了。"

这可真够离谱的，湛清然笑着反问："你爱我吗？"

"爱，我第一眼就爱上你了。"燕回斩钉截铁地说。

湛清然轻咳一声，扳过她的肩膀："你还小，你们这种年轻人才喜欢把爱不爱挂在嘴边。"

燕回讥讽道："是呢，有的人活一辈子入土了都不知道什么是爱。"

湛清然被她逗乐："那好，你说说，什么是爱？"

"我说不出来，爱就是爱，谁规定爱只能是什么样的？一个瞎子一个哑巴可能产生爱情，两个流浪汉也能相爱。"燕回毫不客气地把薄单一扯，将自己裹紧了。

"不要我抱着了？"湛清然看她生气，还是逗她。

燕回嘴角扯出个嘲弄意味的笑："你也不想抱我呀，你宁愿抱相框都不想抱我。去你的相框，我讨厌你那个破相框，有什么了不起。"

她说完，眼睛猛地酸了一下。她好像没进过别人的相框。

湛清然对她这种蛮不讲理的做派已经慢慢适应，他没继续这个话题，只是说："明天给你做早饭，吃了再走。"

燕回装没听到，很快睡去。

湛清然躺在她身边打量了她一会儿，她只有睡觉时才会彻底洗去那股妖媚，像个简单的小女孩。他把她从枕头上拖过来，揽在怀里。

迷迷糊糊中，他听到了那么一声响动，等他醒来，才发现枕边已空，燕回不见了。

燕回任性又骄傲地走掉了。

转头她就联系了孙见东，问他上次说的试衣那事还有没有影儿。

结果当然有。双方约了时间，燕回在孙见东的介绍下，跟小设计师见了面。对方很年轻，发型很特别，脸长得有棱有角。

巧的是，小设计师让两人喊自己"东东"就好。

燕回笑得不行："都是东东，我怎么分得清？喊你西西好了。"

双方相谈甚欢，燕回灵感大发，问对方有没有兴趣跟自己扮情侣，拍一段致敬经典影片的视频。

这种彼此都能带流量的事当然好，对方欣然同意。

拍摄那天，孙见东够朋友，开商务车过来帮燕回拉东西。同时，燕回租来一辆大摩托，问西西能不能骑。

几个人到日落大道取景，燕回性格开朗，很快搞定了这位有点吹毛求疵的设计师。日落大道是燕回自己取的名字，有一次她开车经过，正是黄昏，迎着夕阳，地平线是粉雾般的云海。云海之上，渐变作薄薄的冰蓝，再晚些，桥上又亮起灯，如散落的宝石，车流和人都很少。

燕回每次看到太过美丽的景色都想流眼泪。

"花絮也拍上。"燕回笑嘻嘻地整理头发，吩咐孙见东，"我今天美极了是不是？"

两个男人便看着她娴熟地给自己上妆、夹头发。

燕回换上了一身婚纱款的白色长裙。她早习惯拍摄时有人看，所以自然而然地从身后搂住小设计师的腰，把脸轻轻贴在他的牛仔外套上，两人像一对甜蜜的恋人。

"再拍几个你在夕阳下牵我手一起奔跑的镜头。"燕回贴心地把水递过去，"辛苦了，是不是好热？我后背已经全是汗了。"

"什么时候我能入镜啊？"孙见东问。

燕回直笑："你只能扮演我的房东。"

说到这里，燕回忽然想起湛航的加好友请求还被她晾着。她悄声问孙见东："上次拍摄分我多少钱？我那天只顾忙去了，都没问价。"

"你还想着要钱？多少人上赶着过来都排不上号。"孙见东对她这股见钱眼开的劲儿表达了鄙视。

燕回不以为意："我上赶着了吗？是你要我去的，我可没求着你们。我以前试拍一天都有一千块呢。"

她裙子还没换，现在看上去像只高傲的白天鹅。

燕回盘算得很清楚，要想继续在时尚大厦待下去，最好不要跟那个湛航有牵扯，但也没必要得罪他，所以装傻就可以了。

世界上怎么总是有一些令人不太爽的男人呢？

比如，小湛老师就令燕回非常不爽。

两人几天没再联系，湛清然犹豫过是否说点什么，但又觉得没什么好说的。他们的关系还没到他要追着她反复道歉的程度，更何况湛清然已经过了要哄女朋友的年纪，他没空，更没把燕回归到女朋友的范畴里。

直到某天晚上，他发现燕回的朋友圈更新了，只有一行字：我的男嘉宾来啦！

他的第一反应是皱眉头。他想过，燕回这种女孩身边应该不缺男人追捧。她那些甜言蜜语，能跟自己说，自然也可以对别人讲。

他点开她网站上的主页，新的视频里，多了个年轻、头发微长的男人。燕回在跟男人深情对视、相拥。慢镜头下，她拎着裙子回头的样子像一朵盛开的花。后面还有一段花絮，年轻妖冶的女孩跟人有说有笑。

她的视频拍出了胶片质感，很美。燕回笑得极其自然，好像她天生就懂得怎么跟男人打情骂俏。她娇滴滴地喊男人"东东"，也不知道叫的是谁。

湛清然忽然哂笑一声，把视频关掉。想了想，他重新拿起手机，不知怎么的就拨打了燕回的电话号码。

此刻夜深人静，其实不是个好时机。

电话响了很久才接通。燕回知道是他打来的，故意让电话响了半天。

"这个时候打过来，小湛老师寂寞了吗？"燕回像是在看他笑话似的。

湛清然的太阳穴直跳。不等他开口，燕回在电话里阴阳怪气地"哦"了一声："我差点忘了，你不会是想要回礼物吧？告诉你，我压根没拿，放你书房抽屉了，就是放相框的那个抽屉，送你初恋好了。"

湛清然沉默片刻，不明白自己是怎么想起来招惹她的。他跟她从来就不是一个世界的人，她要怎么着，确实跟自己没关系。

他最终只说了"再见"，挂掉了电话。

但令湛清然没想到的是，他跟燕回下一次碰面，竟是在那种情况下。

他接了学长李格一个电话，有个校友回国，大家给那人接风洗尘，李格把他也喊了过去。

湛清然前一天刚在家庭饭局前见过堂哥湛航，也是在这家酒店门前。

湛航身边永远不缺女伴，不是网红，就是模特。湛清然跟堂哥的关系一般，两人年龄差了好几岁，但从小常被放在一起比较。

湛航是家族里唯一念书不好的人，但在时尚圈混得风生水起，可纵使他混得再好，家里人还是不会高看他。

湛清然在下车前一秒先看到了湛航。湛航先下车，绕到副驾驶位那边给人拉开车门。

下来的那个身影，他觉得特别眼熟。

燕回穿了件露背鱼尾裙，头发盘了起来。那么高的鞋子，她踏上地面却踩得格外稳。

湛航不着痕迹地把手搭在了她的腰部。

燕回今天跟他来，是见"金主"的。

"小心。"湛航扶着她的腰，笑得很绅士，"鞋子这么高，小心扭到脚。"

"谢谢湛先生，我习惯了。"她明媚地冲他笑，完全不知道不远处的车里有双眼睛正意味深长地望着自己。

湛清然解开安全带，迈出长腿，直接朝两人的方向走去。他一出现，燕回那敏锐的第六感就苏醒了，她目光轻瞥，一颗心忽然就狂跳不止。

华灯初上，城市的夜风燥热，身量高挑、腿长腰细的湛清然就这么走了过来。

走到两人身前，湛清然连看都没看燕回一眼，只淡淡跟湛航打了个招呼："这么巧。"

湛航对于见到堂弟毫不意外，却故作惊讶："怎么，实验室不忙？"

这种似有似无的挖苦，湛清然也听习惯了，他微微一笑："做实验也得吃饭，不是吗？里头的人还在等我，先走一步。"

最后，他迈着两条长腿，轻快地上了台阶，很快消失。

燕回心里发堵，气愤于他假装没看到自己。

这顿饭，燕回吃得心不在焉，脸上倒一直挂着得体的笑。

她借口去洗手间，眼睛却挨个往两边包间里瞟。趁着服务员上菜开门的空当，她恰巧看见那人抬头，脸上有浅淡笑意。

两人对视的一刹那，燕回判断不准他是看到了自己还是没看到。她自顾自往前走，快到卫生间时，犹豫着是否再回头瞧一瞧，刚转身，就被一个阴影罩住了。湛清然似笑非笑地看着她："燕小姐是在找我？"

他乌亮的眼睛看过来，仿佛又一下看到了她心里那个很深很深的地方。

灯光下，燕回看不清他眼里的东西。她微微眩晕，但很快镇定自若："你少自恋了。"

"是吗？那抱歉，麻烦借过。"他笑笑，擦身过去，往洗手间的方向走去。

"我知道你在想什么！"燕回忽然在他身后开口道。

她的心跳还是很快。她在饭桌上才知道湛清然跟湛航原来是堂兄弟。湛航只是简单跟她说了两句，但足以在她心里掀起一阵风浪。

湛清然回头，笑着说："是在跟我说话？"

燕回朝前走了两步，她避开走动的人，快速冲湛清然眨眼："你下来，去一楼，我有话跟你说。"她先回了自己包间，跟品牌方撒谎说自己要去便利店买点东西，说完，下楼，发现湛清然已经在等她了。

"燕小姐这么忙，我怎么好耽误你时间呢？"他刻薄地说了句，还是带笑说的。

燕回忽然后悔自己为什么会产生跟他解释的念头，她看了两眼湛清然，自顾自摇摇头："算了，我没什么好说的。"

燕回想回楼上，却被湛清然捉住了手腕，她又是一个激灵。

湛清然习惯她那个挑衅的劲儿，就在刚才那一刹那，他看出她脸上闪过去的失落。他总是会在某一刹那莫名对她产生怜意。

"我出差那天，你给我打电话，本来是想跟我说什么的？"他问，"你好像不高兴，有事情要跟我说。"

燕回的眼睛迅速湿润。眼波流转着，她强忍住眼中的泪，笑得没心没肺："我忘了，反正小湛老师也没兴趣听。"

"你怎么知道我不想听呢？"湛清然笑了声，"别这么武断。"

"你对我的看法不武断吗？就比如今天，你一定在想，我真行，居然这么快就勾搭上了你堂哥。他在 X 杂志社做总监，我跟他搞好关系，有利可图。谁也不会跟钱过不去，不是吗？"燕回还是笑盈盈的，"你堂哥比你有用多了，我为什么不去勾搭他？"

湛清然静静看着她，神情有点冷，但他只是微皱眉头："我知道我说这些，你不爱听。"

"那就不要讲了。"燕回语速超快。

"我堂哥的感情史很复杂，你跟他耍心眼，根本不可能——"

"我还是那句话！"燕回打断他，盯着他的脸，"你不是我什么人，既然不打算对我负责，那也没资格管我。"

湛清然伸手摸了摸燕回的耳环，低声说："你又是怎么知道我没这个打算的呢？"

047

第四章

这话说完，湛清然突然有点后悔。

他从小就是个理智的人，对自己的规划非常明确。他念书时是好学生，工作后做青年才俊。眼下，而立之年近在咫尺，湛清然觉得自己真的冲动了些。

燕回的心咚的一声，整个人像是雨淋了一场。

"我才不稀罕。"她头一歪，"你不要跟我说话了，你不去找你初恋，在这儿干吗？"

湛清然莞尔："是你要我来一楼，有话要说，忘了？"

"那又怎么样？"燕回微恼。她一转身，带起阵阵香风。

湛清然又拉住她的手腕："别喝酒，吃完饭我送你。"他下巴一仰，"我的车就在那边，你认得。"

饭局剩下的时间里，燕回心情大好。

她酒量也好，说一句"我先干为敬"，就真的把酒一饮而尽。湛航表面要替她挡酒，其实也就说说而已，动作却跟真的似的，还不动声色地摸了一把燕回的手："还行吗？"

燕回笑着把湛航的手挪开，又去斟酒，对方问她："燕小姐是不是可以考虑组个团队？有经纪人帮忙对接，自己就不用这么辛苦了。"

"湛总监现在不就是相当于经纪人吗？"燕回扭头跟湛航开了个无伤大雅的玩笑，笑眼弯弯，心里却莫名焦躁。对于男人喜欢占自己便宜这件事，燕回的容忍度通常都很低。

湛航就坐在她旁边。今天的燕回打扮得很惊艳,禁得起细细打量。这样的女孩来时尚杂志实习,说到底是内心浮华,又喜欢装傻充愣。他不急,急了反倒失去很多乐趣,就是不知道她能装到什么时候。

一顿饭下来,燕回有点微醺。湛航扶着她下楼,几乎紧贴上来。燕回反胃,但湛航的胳膊却越箍越紧,她没办法,只好偷偷用手指抠喉咙眼,下一刻她就吐了。

空气中满是难以形容的味道,湛航条件反射般闪开。

燕回一脸无辜:"哎呀,真对不起。"她其实没怎么吃东西,光喝酒去了,临出门才拿了两片水果塞嘴里。

湛航嘴里说着"没关系"。服务员早手疾眼快地送来了纸巾,燕回扶着墙又吐起来。突然来这么一遭,湛航的兴致失了大半。

成年男女的客套很快结束,最终,晚风中只剩燕回一人。她慢吞吞地直起腰身,向服务员要了一杯水,坐在了台阶上。她拿掉发夹,让蓬松的头发自然垂落,从包里翻出支烟点燃夹在细细的手指间,四周烟雾缭绕。

湛清然比她出来得晚,他那边一桌子才俊谈了很久的未来技术发展。

有人冷不防提到叶琛:"清然,听说了吗?叶大小姐要是回来,就真要跟你做同事了。李格学长,你也听说了吧?"

李格睨了当事人一眼:"这你得问清然,他小子装傻呢。"

湛清然慢慢喝了口汤,跟那汤多有滋味似的:"问我什么?"

"你这是什么意思啊?叶大小姐那意思很明显。"

"是吗?"他微微一笑,"我没什么意思。"

"你俩这别扭劲儿。你大方方点,找人家认个错,就说这两年反思了自己的错误。既然不是原则性错误,就翻篇吧。"

确实翻篇了,湛清然想。他跟几个老同学敷衍了几句,听大家还在劝,忽然说:"谈了。"

一桌人愣住了。

"你谈女朋友了?"

李格问:"就那个院长的千金?不是早分了吗?"

"不是她,别人。"

"别人?怎么从没听你小子说过啊?"

湛清然笑笑，想尽快结束话题。尤其是他跟叶琛这些年之间的拉扯，一句两句说不清。他不习惯把私事拿到公开场合说，偏偏学长们热心，总要提这个话头。

当然，他没想到，他们会这么快见到燕回。

他们一群文化人从饭店出来，几乎都在第一眼看见了燕回。她还坐在台阶那儿，银光闪闪的裙，如云鬓发拢在胸前，背在外露着，像一只寂寞又孤高美艳的鹤。

湛清然没想到她会坐在这儿，他以为，她的饭局肯定比自己的结束得晚。

燕回的目光落到他身上，她摇晃着站起来。鞋跟太高，重心不稳，湛清然快步过去扶了她一把，也不管身后那群人怎么看。

一靠近，浓重的酒气扑鼻，他不禁皱眉："喝这么多？"

燕回顺势就倒在他身上了，轻佻地冲他吐气："对呀，我高兴。"

大家实在是惊讶湛清然竟认识这姑娘，湛清然却表情平静，扭头说："你们先走，我送个朋友。"

众目睽睽之下，他揽住燕回，把她弄到车里。

燕回的胃开始难受，她蜷着身子想把高跟鞋蹬掉，开始撒娇："小湛老师、小湛老师，你帮下我，我脚好疼。"

湛清然看看她，倾过身，帮她把鞋脱掉，看见脚趾上有红印。

"我想喝点粥，你给我买好不好？"她又提要求，湛清然便下了车，过了会儿提了一碗热粥回来。

燕回一口一口把粥往嘴里送，还喊着热，又让他关窗开冷气。

"怎么样，生意谈成了吗？"湛清然不咸不淡地问。

燕回懒懒地答道："不知道。"

湛清然失笑，轻抚她后背，又忍不住皱眉："你怎么一直穿这种衣服？"

"不好看吗？"燕回反问。

湛清然必须承认她穿这种衣服勾魂摄魄，但她这么穿，是个男的就会把眼睛黏在她身上。

"你想去我那里，还是回你自己的住处？"他换了个话题。

燕回眼皮发沉，她合上眼："我不去你那里，你又不欢迎我，而且，我不喜欢当客人。"

湛清然一阵沉默，良久没有说话。

燕回抱着他，觉得他离自己依旧很远。

"那我送你回住处？"湛清然终于开口。

燕回酒劲在身，思绪飘忽，无意间又抱紧他几分。

"不，林嘉的男朋友好讨厌，他偷摸我……我只许小湛老师……谁都不行……"她声音越来越低，低到近乎在呢喃。

湛清然微怔。燕回浓密的发拂着他的嘴唇，他嗅了几秒她发丝间的馨香，低声喊她："燕回？"

没人回应，均匀的呼吸声在他耳畔慢慢响起。

湛清然低头，吻了吻她的肩头，小心地将她放在后排座上，关掉冷气，重新开窗。

一路霓虹灯闪烁，外面热气扑进来。

到家后，湛清然把她先放在沙发上。

她对他不设防，轻易上他的车，轻易跟他回家。

湛清然简单冲了个澡，燕回仍旧睡得正香。他给她搭了块薄毯，自己打开电脑，开始写报告。

不知过了多久，耳畔传来一声闷响，他循声看过去，原来是燕回从沙发上掉下来了。

燕回揉揉太阳穴，张嘴就问："你怎么在这里？"

湛清然觉得十分好笑："这是我家。"

燕回走过来，霸道地把他的电脑挪开："我又没说要来你家。"

"摔哪儿了？"湛清然不动声色地把电脑放好。

燕回立刻换了态度，一副娇弱的模样："这儿疼，这儿也疼。"

湛清然盯着她的裙子，忽然说："以后别穿成这样跟人谈生意，本来是正经事，你穿这样，很难不让人误会，他们会想占你便宜。"

"那你想不想占我便宜呢？"燕回躺在他怀里，笑眼弯弯。

湛清然把她不安分的手摁住，喜怒难辨："有句话叫君子不立于危墙之下，自己多一分警惕总没错。"

燕回也在看他，几秒后，她一把搂住他的脖子，不无得意地说："那群傻子，我才不会真给他们便宜占，他们不配。"

湛清然搞不懂她是天真还是愚蠢，这女孩说话真真假假，不知道心里到底在盘算些什么。他主动结束争执,问了点别的:"怎么没跟他走?"

这个他,明显说的不是品牌方,燕回一下就听了出来。她笑了:"你希望我跟他走呀?"

湛清然轻笑一声:"你难道不想?"

燕回不屑地一弯嘴角:"你还去相亲吗?"

湛清然笑着点起烟:"嗯,相着。"

燕回不高兴了,把他嘴里的烟拿走:"不准相亲,你要是再去相亲,我就给女方发你跟我在一起的照片。"

"看不出你这么心狠手辣。"湛清然笑了声,听到客厅里的手机响了,起身去接电话。

电话上显示的是个陌生号码,接通后,叶琛熟悉的声音让他没来由地心头一跳。脸上不甚自在的表情一闪而过,他声音低沉地道:"回来了?"

对方沉默几秒,声音柔和:"正在办手续。"

一时间,两人似乎都不知道该说些什么。毕竟,他们两年都没联系。

"你怎么样?回国这两年还好吗?"叶琛先打破沉默。

湛清然微微一笑:"还好,就是忙了点,你呢?"

"老样子。"叶琛迟疑片刻,"我想问问你学校的情况,有时间吗?"

"有。"湛清然慢慢坐在了沙发上,手里那支烟,因为后续的对话很久没再动,渐渐熄灭。

燕回看不出他的情绪,他说话的语气让燕回觉得陌生。她见过他在课堂上的样子,也听过他深夜里暧昧的私语。而此刻的湛清然,说话不再那么模棱两可,也不再像往日里那么难以捉摸,充满了耐心。

燕回的直觉是他在跟女人通话,不会是他的学生,也不会是他的老师或者同事、朋友。

她光着脚,怔怔地看了他一会儿。

这通电话很漫长,两人足足聊了半个多小时。

"还没睡?"湛清然进来时,燕回正两眼炯炯有神地盯着天花板。

她睨他一眼:"是你的初恋吗?"

湛清然没什么好隐瞒的:"你问这做什么?"

"你们为什么分开?现在是要复合吗?"燕回坐起来,歪着头问。

湛清然不习惯被人盘问,敷衍她:"和你没关系,对不对?"说着,他不由得笑了声,"你跟你前任们的事,我都没问过,是吧?大家都有隐私,彼此尊重一下。"

燕回果然不吭声了,开始收拾自己的东西。

湛清然看她这阵势,伸手抓她:"别闹了,半夜三更你跑什么?"

燕回抬头冲湛清然笑笑,手指在他锁骨上画圈:"我想去哪里都可以,你管不着。"

湛清然想低头吻她,被她轻巧地躲开。她瞪着一双明眸,气鼓鼓地说:"我生你气了!"

"知道。"

"我很生气!"

"知道。"

"你又不喜欢我,是你说我是客人,我才不要赖在别人家里。"

湛清然压下去,含住她的嘴唇,不让她废话了。

燕回忍不住抱紧了他:"我想跟你结婚,小湛老师,我们结婚吧,我们结了婚,你赶我走,我都不走。"

湛清然俯视着燕回,他浓眉舒展,嘴角有些笑意:"我怎么才能知道你哪句话真,哪句话假?"

燕回钩住他的脖子,让他贴近自己胸口:"你听听,我的心跳不会骗人。小湛老师,我这里只为你跳动。"

年轻的女孩说起情话来一点不含糊。湛清然不知道她这又是跟谁练出来的,但他真的听到了她的心跳,震人耳膜。

他抬眼,燕回摸着他的脸,也不说话,只这样凝视着他:"你敢跟我闪婚吗?"

这是燕回当晚问他的最后一句话,湛清然没有回答。他揽过她,揉着她的肩头。

燕回要出一次差,跟 Amy 去 S 市时装周活动现场看秀。这个品牌是个潮牌,Amy 特地提醒燕回注意着装。

燕回去之前,回出租房简单收拾了行李。

她跟湛清然心照不宣似的分开,又好像什么都没发生过,那句"你敢跟我闪婚吗"像个没人搭理的旧玩具。

S市的时装周活动有超过一百家品牌展演，燕回第一次来，Amy安排她拍当天的vlog，让她回头发在杂志社的微博上。

一进大厅，Amy就带着燕回和时装编辑、品牌公关以及各个艺人问好。

燕回喜欢这种五光十色又乱糟糟、闹哄哄的场面，她趁Amy站在闪闪发光的广告牌下合照的空暇时间看了一遍名单，设计师们都很年轻。

她的梦想也是创建自己的品牌，卖自己的东西。

虽然没休息好，但燕回还是神采奕奕地在后台乱窜，拍Amy要求的花絮。她谁都不认识，但嘴甜，能跟每个人打交道。毕竟，微笑打招呼总不会出错。

Amy看秀通常坐第一排，目不斜视，脑子里却已经在酝酿专题稿件的内容。偶尔，她才跟燕回低声交流两句。

晚上，她们回了酒店。Amy在选照片，燕回不忘帮她贴上面膜："老大，有满意的吗？"

"嗯，还不错。"Amy的嘴巴动作幅度非常小，"看出流行趋势来了吗？"

燕回心里翻了无数个白眼。她并不喜欢今天的秀，最后设计师出来谢幕时，她都快睡着了，但对着Amy，她还是能胡扯一通。

等帮Amy校对完稿子，燕回才随手发了个朋友圈。朋友圈中多的是点赞之交，不过，这不包括湛清然。燕回早就把他的朋友圈看了一遍，湛清然的动态不多，以分享最新科研成果为主，不见丁点私人生活痕迹。

这次，湛清然没有给她点赞，林嘉也反常地没有点赞并问她什么。

夜深，燕回喝了点红酒，一个人在阳台看夜景。江面波光粼粼，倒映点点灯火，江水就这么从她的眼皮子底下无声流去。

晚风吹得人躁，她给湛清然发了条信息：一点都不困哟。

令人生气的是，湛清然到最后也没回复这条信息。

而他的电话是燕回在S市待到第三天，在她忙得不可开交时打进来的。燕回当时正在处理照片后期，同时在跟自己主页的粉丝互动，一心几用。

这次燕回最大的收获是在Amy的引见下认识了几个本土设计师。对方看了燕回的作品，表现出合作的兴趣，燕回一天下来两腮都笑到发酸。因此，在接到湛清然电话时，她显得有点冷漠："干吗？"

"那天没有回复信息，不好意思，看到时已经很晚了。"湛清然的声音里有种伪善的客气，至少在燕回听起来是这样。

她笑出声："不想回直说好了，何必打电话画蛇添足？"

湛清然失笑。

他揉揉眉心："这两天在外头累吗？我看你视频更新得挺勤快。"

燕回怔住。

她是那种面对别人突然的关心会不知所措的人，但又能很快找回自己惯有的状态。于是她说："我青春年少，不像你，快三十岁还没有女朋友。"

湛清然道："我一直都有女朋友的。"

这句话冷不防冒出来，狠狠蜇了燕回一下。她语塞，下一秒问他："你现在有吗？"

"有啊。"湛清然何其聪明，知道她的意思。

果然，燕回露出一副被闪光灯闪到脑筋"短路"的模样。她压下心里起起落落的情绪，笑着说："那你女朋友知道小湛老师和我在一起吗？"

湛清然笑了笑，岔开话题："什么时候回来？"

燕回情不自禁咬住手指："我们打视频电话吧。我跟 Amy 姐是分开住的。"

她合上电脑，人往床上一扑，脸埋在枕头里："我真的好想你，小湛老师。"

湛清然晚上在父母家吃饭，又陪二老散了一会儿步，没回去。此刻，他在原来住的卧室里，听燕回说要打视频电话，眼睛里便浮起层暧昧笑意。他压低了声音，不知道说了什么。

"你讨厌！"燕回在床上翻来滚去，"你怎么这么讨厌呀？"

"是吗？"湛清然轻声反问，"我以为你喜欢我呢。"

燕回一点不吝惜心意："我是可喜欢你了。"

湛清然起身，在窗前靠着，眼里的笑意始终没散。

这天，两人聊到很晚，燕回事无巨细地把这两天见到的人和事说给他听。湛清然对她所在的行业不甚了解也没多少兴趣，可他居然听完了。

燕回突然一阵恶心，跑去了卫生间。她脑子里灵光一现，惊呼："我不会怀上你的孩子了吧？"

湛清然出神的刹那，燕回已经想起来，今天自己贪凉，吃了大份的冰激凌。她身体一向好，只是偶尔肠胃会闹点事。但某种情绪忽然涌上心头，她幽幽地问："小湛老师，如果我怀孕了怎么办呀？"

湛清然没直接回答她，而是语气很淡地道："你怎么想？"

"我只想知道你会怎么想。"燕回固执地把问题还给他。她的眼睛酸酸的。

她怎么想,她这么年轻当然不会想当妈,但如果她肚子里真的有了小生命,那她就做不出残忍的事情来。

湛清然沉默了几秒,说:"你要是想留下这个孩子,我们就结婚。前提是,你真的想清楚了,想要孩子,而且想和我结婚。"

燕回没把这事放在心上,第二天她就活蹦乱跳地跟Amy去淘衣服了。

她们去的那家店门口常年停着一辆旧绿色越野豪车,每天均有三个网红会过来打卡。

这个季节,悬铃木的叶子浓郁茂密,一抬头,天空被切割得支离破碎,点点的蓝,白云缓慢移动。燕回给Amy拍了两张照片,效果极佳,Amy当时就让燕回传给她。

这家店的男女店员都很美貌,收银台设得很高,故意给人造成一种仰视"仙女、仙男"们下凡的错觉。

燕回一进来,就被人行注目礼。店员问她是不是来应聘的,燕回乐了,摇摇头,把自己塞进那些价格不贵但均码比正常码小的衣服里,众目睽睽之下换了一件又一件。她准备回去出一期这家店服装的穿搭视频。

"年轻,怎么穿都好看。"Amy罕见地对着小助理感叹。

燕回把一件针织衫往她身上比画:"您又不是没年轻过,而且,您现在也比同龄人看起来最起码小五岁。"

燕回总是有本事把恭维的话说得一点都不奉承,Amy喜欢她的聪明、会看眼色,送了她两条小裙子。

店里偶有星探出没,对方给燕回留了联系方式,但燕回兴趣不大。她下意识地给湛清然发去了无数张照片,湛清然的手机瞬间被她刷屏。

当时他在给学生们上课,手机在讲台上,屏幕持续亮,只是略扫一眼,男人心里就浮起点笑意。他当作没看到,继续神色平静地授课。

燕回回到家,没想到王伟居然还在。

燕回冷冷地睨他一眼,把从秀场带回的小礼物送给林嘉,她之前还特地给林嘉买了一件适合她的连衣裙。

"谢谢你啊,其实不用每次都费心给我带礼物的。"林嘉捏着袋子斟酌着开口,"我刚炖了点汤,你要不要喝一碗?"

燕回懒懒地伸腰:"不了亲爱的,大热天的喝什么汤?我要补觉。"她去冰箱那边拿西瓜，不出所料，走时满满的冰箱里只剩两盒酸奶。燕回虽然比较懒，但从便利店买东西很勤快，只要她在，冰箱就永远是满的。

这对小情侣把东西吃光，没有补。林嘉是要补的，王伟不让，他觉得燕回有钱，而且钱来得容易，他俩都是穷学生，犯不着跟燕回装大方。

燕回哂笑一声，慢悠悠地把冰箱门关上了。王伟就在她身后站着，她一回头，对方面带讥讽地看了看她，走开了。

燕回不确定王伟今晚走不走，因此晒好衣服，跟林嘉打了个招呼就跑了出来。

五点多，太阳依旧高挂，燕回忘记拿遮阳伞，又折回来。

一进门，她就听王伟在当"长舌妇"："你要她的东西干什么，不嫌脏？你看看她阳台上那些衣服，都是什么人穿的？她到底什么时候搬走？"

燕回敲了敲门，似笑非笑地说："王伟，卫生间有镜子，你应该照照自己。"

林嘉在一旁脸通红，她尴尬地喊了声："燕回。"

燕回冷着脸，宛如带刺的玫瑰，对王伟骂道："你少用你那双三角眼看我，看什么看？"

王伟恼羞成怒："你牛什么啊？不就是靠男人赚了两个臭钱……"

啪的一声，燕回甩过去一巴掌。王伟气得抡起拳头就要揍她，却被林嘉死死抱住。林嘉的脸早已憋得紫红："燕回，你先出去走走吧。我知道我男朋友不帅，可你也没必要这么挖苦人是不是？"

"我女朋友跟你住一块儿真是眼瞎了……"王伟对燕回破口大骂。

林嘉没阻止他骂人，只是拽着他。

燕回忽然明白女生之间的友谊是怎么破裂的了。她的朋友很少，确切地说，没几个女生能跟她做真正的朋友，她也不稀罕别人施舍的友情。

她有一点点怅然。

燕回神色漠然地看看他们，什么都没说，把阳台上的衣服快速收下来，装进箱子，然后锁了卧室门。在出门前，她对着骂累了的王伟微微一笑："你妈真可怜，养出你这种人。"

她把门关得震天响，屋里传来一阵破碎声，应该是王伟把什么东西摔了。

燕回不懂，她的人生中遇到过的那些男男女女，根本不了解她，却总能以最大的恶意来揣测她，即使她从没招惹过他们。

燕回拉着行李箱，一直走到太阳西沉。

热粥、排骨汤、虾仁小炒、带有阳光味道的枕头和被子，阳台上的蓬勃绿植……她不稀罕这些东西，她只是有些酸酸的情绪。

她没去找湛清然，湛清然中途给她打过电话但没打通，当时，她在飞机上戴着眼罩睡得天昏地暗。

燕回约了孙见东，大晚上的，两人去了酒吧。酒吧灯光迷离，燕回喝了酒，跑进舞池，跟着音乐的节奏在舞池里宣泄情绪。

晚间的车川流不息，汇成一条霓虹的河，蜿蜒而去。

那么多灯，好漂亮的夜啊！燕回感叹。孙见东问她今晚要住在哪儿，她摇摇头，又点点头，跟孙见东说了个地址。

湛清然见到燕回时，第一时间就闻到了她身上沾染的烟酒气。

两个男人简单客套完，湛清然把燕回带回了家，然后把她抱到了浴室。淋浴头喷洒出温热的水，燕回咳嗽了一声，趴在了湛清然怀里。她醉得实在厉害，嘴里一直嘀嘀咕咕，也不知道说的是什么。

湛清然想帮燕回把紧身的裙子脱了，于是伸手去摸索裙子拉链，燕回在迷糊中扬手就给了他一记响亮的耳光。醉酒也淹没不了她的警惕心。

湛清然一把攥住她细细的手腕，直皱眉："你发什么酒疯？"

燕回这才睁眼，摸摸湛清然的脸，又歪头看了看他，忽然，嫣红的唇像花瓣一样绽开："哎呀，是我的心肝宝贝小湛老师，对不起，打疼了吗？"她轻抚他的眉毛，被湛清然抬手挡过去。他语带警告："再乱闹把你扔街上去。"

"你扔啊，你扔啊！"燕回挣扎着往外走，"我有的是地方去，谁稀罕你这里……"她趔趄一下差点摔倒，又被湛清然伸手捞了回来。

燕回脸上火辣辣的，每当她被别人辱骂，脸都会一阵火辣辣，就像被人抽了耳光一样。她突然有些后悔当时为什么没用高跟鞋踩烂王伟的脸。

"我的鞋子呢？我没发挥好，我要回去！"她开始叫嚷。

湛清然听得头疼："燕回，能不能安静点？"

"我不能！"她冲他发脾气。

燕回眼睛忽然就红了，她像一朵瞬间枯萎的花，了无生气地缓缓瘫坐在了光滑的地板上。

湛清然蹲下来才发现，燕回把脸埋在膝头，似乎在哭。

"是不是……如果我没怀孕,你就不会跟我结婚?"燕回忽然又把头抬起,有点迷茫地看着他,"你从来没问过我的事……你其实,跟他们都一样,我是什么样的人你根本不想知道。"说完,她居然又冲湛清然笑了,"不过,你是文明人,至少不会骂我,对吧?"

湛清然一时沉默,片刻后,他只是说:"你喝多了,乖,洗洗去睡觉。"

湛清然的声音在喝醉了的人的耳朵里听起来低沉又温和,带着点意味不明的柔情。燕回像被蛊惑一般,听话地不再动了。最后,湛清然拿浴巾裹住她,把她抱到床上。

燕回静静注视着他:"小湛老师,我要跟你做夫妻,哪怕你不喜欢我,我也要跟你做夫妻。"她就这么专心致志地看着他,那双黑眼睛明亮剔透。

被她这么盯着,湛清然觉得自己受到了某种诱惑。他避开她直白又天真的目光,低声回答:"结婚不是闹着玩的,先别想这些了,睡吧。"

燕回也就不再多说,闭上眼。

第二天燕回酒醒,湛清然拍她肩膀让她起来吃早饭。

燕回躺在床上,花半天时间才搞清楚自己是怎么出现在湛清然家的,然后咧嘴一笑,坐在餐椅上吃东西。

"你昨天说的那件事——"湛清然捏着块全麦面包,语气淡淡地开口。

他话没说完,被燕回打断:"我不记得了,不记得的东西不算数。"

湛清然不动声色,只是眉毛轻轻挑高:"去医院检查了吗?"

他真不知道燕回哪句话能信,他怀疑她大概率什么事都没有,不过是想诈一诈他罢了。

燕回咬着汤匙:"小湛老师原来是顾及我的宝宝。"她摸了摸自己的肚子,故意道,"宝宝,你看爸爸多疼你!"

湛清然原本还想好好教导她,又觉得自己没这个立场,索性什么都没说,问她今天有什么安排。

"我刚出差回来,Amy姐放我一天假。"燕回想到昨晚的事,脸色阴沉了一瞬。房子没着落,她可以暂时借住在孙见东那里。

"那好,我带你去医院。"湛清然把话放在了台面上说,"别这么看着我,做个检查而已。"

燕回盯着他,忽然笑出声来:"小湛老师,别害怕,我没怀孕。看把你吓得,胆小鬼。"

湛清然看她这副样子，心头涌上说不出的躁意："很好玩？随便说自己怀孕，很骄傲？"

"你生气了？"燕回还是那个样子，她从椅子上跳下来，走到他跟前，把头发轻轻往耳后一绾，不由分说地俯下了脸，吻住了他。

干净清新的味道拂过脸面，湛清然下意识地搂住她的腰，把人带到怀中。纠缠中，他出其不意地咬了她一口。

燕回吃痛，眨着眼把他推开，委屈极了："我好心哄你，你还咬人，你是狗啊！"

湛清然的鼻息近在咫尺，燕回搞不懂眼前这男人是怎么了。她在他怀里蹭了蹭："小湛老师，我想你了嘛，别绷着脸，我下次不这么开玩笑了好不好？"

平心而论，湛清然是绝佳的结婚对象。他聪明、英俊又自律，容易让人沉迷。他符合自己的一切幻想，除了不爱自己。

想到这儿，燕回移开目光，说："我要回去了。"

"跟你室友怎么回事？"湛清然冷不防问。

燕回愣了半响才回神："什么？"

"昨晚，把你送过来的男人，"湛清然皱眉，"那是你什么朋友？前男友吗？"

燕回笑道："你说东东啊？他是我的摄影师，我现在签约了 X 杂志社。"她比湛清然的思维还要跳跃，"你堂兄好厉害哟，东东就等着他捧红呢。小湛老师，你是不是很羡慕你堂兄？你嫉妒他比你有名气，比你挣得多吧？"

湛清然从没想过跟他堂兄比什么，他从小到大都是目标明确的人，一直在做自己的事，别人忙什么，他不关心。

湛清然心想跟燕回果然不能纠缠，于是他快速结束话题，重说之前的事："你朋友说你跟室友闹僵了，没地方去，所以把你送到我这里来了，你让他送的。是这么回事吗？"

该死的孙见东！燕回心里直翻白眼。他怎么能这么跟湛清然说？现在好了，湛清然一定是把自己当成了无家可归的流浪狗，所以才收留自己一夜的。

她矢口否认："笑话，我怎么会没地方去？你别听他瞎讲，我跟室友好得很，我们约好今天有时间一起大扫除。"

湛清然眯了眯眼，没说什么。燕回心虚，想起自己的行李箱："我的箱子，昨天东东送我来时，有没有……"

意识到什么，燕回猛地闭嘴。她在玄关那儿看到了自己的箱子，上面贴着花花绿绿的贴纸。

湛清然没戳破她，走过去问："要不要送你？"

燕回一边换鞋一边抱怨："不用，我出差回来都没进家门，就被孙见东那家伙拉去喝酒，现在终于能回去了。"

出门前，她不忘对湛清然投一个飞吻，笑道："小湛老师不要太想我，下次见。"

她转身时，脸上的笑就消失了。她听见湛清然关了门，心情低落地盯着不断变换的电梯数字，心里只想着希望他没有看出什么，但看出又怎么样呢？

燕回拖着行李箱进了电梯，靠在角落，看着陆续进出的人，心想：我跟任何人都没关系。

燕回觉得这样贸然打扰孙见东也不合适，于是订了酒店，把行李放好，单枪匹马地回了出租房。

她遇见了正要出门的林嘉。

两人打了照面，林嘉一脸尴尬。

燕回什么都没说，直接朝自己房间走去。

燕回开房门时，林嘉喊了她一声。燕回回头，直截了当地说："我不住这里了，房租我会付到月底，也快了。另外，我想说的是，我已经给过你男朋友脸了，是他自己不要。他上回来趁我睡着偷摸我，没告诉你吧？"

看着林嘉瞬间白了的脸，燕回讥讽一笑："你爱信不信，我之所以上次没告诉你，是顾着情面。你找的男人，真的上不了台面，他要一直这样，将来进社会迟早是要被人教训的。"

强烈的羞辱感扑面而来，林嘉的脑子里乱哄哄的，她努力去思考，试图找回些自尊。有些话，自保的同时就只能伤害别人。

"王伟不是那种人，他只是愤世嫉俗了点，所以很多事情看不惯，如果不是你让他误会，他是做不出那种事的。"

燕回冷冷地望着林嘉："那我们没什么好说的了，当初好聚，如今没好散，就这样吧。"

燕回很快振作。林嘉护短，那就让她护去吧，自己确实没资格要求林嘉把她看得比男朋友重要。

她把今晚打算拍摄的主题视频需要的道具打包好，出来时，背着包，手上还拉着个箱子："剩下的东西，我会尽快搬走的。"

嘴唇动了动，最终林嘉也没挽留。

一个下午，燕回都待在酒店修改公众号文章，Amy想把自己手下一个小专栏交给她打理，她二话没说答应了下来。

邮箱里还有几十封邮件等着回复，列表里，有一封来自湛航，她点开，内容是湛航上次谈的合作的品牌让她报价。燕回一向谨慎，思考片刻，给湛航回了邮件，要求试用产品。

她的私人邮箱里，另有一封美容机构的邀请卡，机构请她过去体验，让她写一篇测评文章，燕回翻翻日历，跟对方确定了时间。

每年五六月份，湛清然都会特别忙，参加学院会议、申请课题、写论文、出差交流学习、指导学生。有时学生们问他关于论文或者实验的事情，他都要忙到凌晨才有时间回复。

于是学生开始私下议论湛老师到底是如何在如此高强度的工作下还能拥有一头茂密的头发的事。有男生在健身房碰到过他，因此他们合理怀疑湛老师的一天是三十六个小时。

湛清然这段时间没见过燕回，燕回更新的视频却提醒着他那朵玫瑰的存在。

这天在实验室，他在去卫生间的路上随手点开视频看。

学长李格拍他肩膀，调侃道："清然，亲自上厕所啊，我们的'四青'才俊这么忙，上厕所这种小事怎么还需要亲自来？"李格是院士门生，一直喜欢拿"四青"打趣他。

开了半天玩笑，李格跟他说起正事，问他听没听说叶琛伯父有工作调动的消息，那位是有名的"学阀"。

"我跟你小子说，以后你跟叶琛说不定就是竞争对手了，她心气高，你又不是不知道。现在讲究男女比例，上次那谁，本子做那么好，还是输给了刘若兰，知道为什么吗？就是因为那次男女比例太不协调了，最后定的她。"

湛清然一脸平静："这都是以后的事，谁行谁上。"

李格不明白他怎么现在听到叶琛这么淡定。

两人在卫生间闲聊了一会儿，湛清然借口实验室要忙，回去了。

湛清然半夜才抽空看了燕回最新一期的视频。本来，湛清然看她的视频习惯关弹幕，这次，他突然想看看别人是怎么评价她的。猝不及防，一行脏话飘进眼帘——是骂燕回的。大意是说她和高校教授有不正当关系。他一眼看出来，点名的高校是他们学校的简称。

后面弹幕上就开始了混战。

湛清然动了给燕回打电话的心思。他有理由怀疑，这有可能是燕回自己不知跟别人说了什么导致的结果。

"你最新一期视频上的弹幕，看到了吗？"湛清然问。

燕回这些天忙得脚不沾地，根本没时间看弹幕。

"什么东西？"她疑惑地把电脑打开。

"视频的第两分三十四秒。"

燕回看到了，忽然感到一阵愤怒，继而冷静下来，哼了声："我一定要找出是谁干的。"

湛清然沉默几秒，问她："刚看到是吗？"

"我忙死了，这是哪个不要脸的敢造谣我！"燕回骂完，居然还能笑得出，"不过，幸好没提到小湛老师，要是连累到小湛老师，我会把他'碎尸万段'的！"

湛清然听出她的笑意，静静地问道："你自己呢？"

燕回一副白痴模样："什么我自己？"

"你自己的名誉。"

"我的名誉？什么名誉啊，"燕回继续没心肝地笑，"我本来也没什么名誉，但小湛老师可不一样，你是大学老师，当然不能被这种小人诬陷，反正，我是不会允许有人这么中伤你的。"

Chapter 05 第五章

湛清然不说话了,听燕回继续骂人。她咋咋呼呼的,语气却又嗲又凶,嗲是给他的,凶是对别人的。

突然,她安静下来,气氛变得诡异。

湛清然问她:"我看你是在酒店拍的视频?"

"对啊,"燕回的语气里不见异样,"我哪儿都拍,上次我拍的日落大道好美,你看了吗?"

是很美,她跟一个年轻男人牵手、搂抱。

湛清然想了想,说:"有时间一起吃顿饭,我们聊聊。"

燕回欣然应允,又说了一通想念对方的话。

挂了电话,燕回的脸色沉了下去。她只跟林嘉说过小湛老师的事情,但从没提过"湛清然"三个字。

她给林嘉打了个电话,语气平静,开门见山:"本来我觉得事情就这样了,你问问王伟,是不是他在我主页造谣诽谤我。你可能跟他聊过我的事,我知道,你未必有什么恶意,但如果真是王伟听者有心,你告诉他,我不是吃了亏只会忍气吞声的人,他是不是以为躲在网上就没人知道?麻烦你把我的话原封不动地传达给王伟。"

林嘉的第一反应就是否认:"不可能,他没那么无聊。我是跟他说过你的事,可是燕回,你也许是跟别人也说过,怎么就怀疑到他头上了呢?"

燕回摇头:"我只跟你说过这事,我说我看上了X大的老师,我要跟他谈恋爱,除了你,我没跟任何人说过。杂志社的编辑是知道我的账号的,那是我应聘时给她们看的。但是,除了你,没人同时知道这两件事。我说这么多,我也希望不是他,可还是得麻烦你转告一声,他再敢,我就起诉他!"

不再跟对方啰唆,燕回迅速挂了电话。也许人跟人之间就是这样,她跟林嘉曾经短暂地对彼此真心相待过,然后,一拍两散,当回路人。至于名誉……在她的世界里,这种东西好像从不属于她,那些戳脊梁骨的流言,在她懵懂的青春期时,就已经把她伤得体无完肤。

她静下心来,在那期视频的评论区以及个人主页发了一篇义正词严的小短文以正视听。别人爱信就信,不信拉倒,末了,她还不忘对那个阴暗小人发出警告。

这件事,燕回完全没想到还会有后续。不知怎的,有人当天就扒出她的学历,说她就是一个"野鸡大学"的艺术生,摇身一变成了所谓的"仙女",在网上招摇撞骗。

燕回跟孙见东聊了这事,说想报警。孙见东说这点小事倒不值得,让她再等等看,要是这人继续嚣张来找事,再揪出来也不迟。

只希望林嘉能劝住她的小人男友。燕回只好咬牙这么想。

燕回跟湛清然碰面时,整个城市黑咕隆咚。远处,黑云滚滚而来,要下雨了。

燕回坐进他车里,忍不住打了个喷嚏,下一瞬间,外头暴雨如注。

"啊,大暴雨。"燕回开心地叫起来。她往外看,淋漓的大雨中亮起很多的车灯,如梦似幻。

湛清然扫她一眼,笑出声来:"下雨也觉得稀奇。"

他是第一次主动来找燕回吃饭。燕回没看他,继续看天:"我就觉得稀奇,你管不着。"

今天她穿得依旧清凉,像两人第一次相遇的那个雨天那样。

湛清然不得不承认,燕回带给他的完全是男人梦寐以求的那种体验,她性感、妖冶,又时不时流露出恰到好处的天真。但他发誓他从没想过要娶这样的女人做妻子,在他的想象中,他跟另一半应该是他父母那样的,相敬如宾,彼此扶持,一辈子都不红脸,在志同道合的路上走到白发苍苍。

那样当然是好的,但谁又知道,另一条路就不好呢?比如,跟燕回这样的女孩一起生活。

到家后,湛清然开始下厨做饭,燕回兴致勃勃地跟在他身后,一会儿摔个碗,一会儿踩他脚,湛清然下令让她离开厨房。

两人吃饭时,屋里开了灯。

"是不是得罪什么人了?"湛清然漫不经心地问了一句。

他把筷子递给燕回,她接过来,往米饭里乱戳:"不知道你在说什么。"

湛清然点点碗沿:"别装傻,你这期的弹幕和评论乱七八糟的,论坛上都有人开了帖子,你没看见?"

这事,燕回还真不知道,她疑惑不已:"你怎么知道的?"

"我长了眼睛。"湛清然刻薄地说道。

燕回倒十分开心:"原来,你一直在偷偷关注我。"她像一只威风八面又高傲的猫咪。

湛清然忍不住莞尔:"跟我说说,到底怎么回事?一件件说。没地方住了是不是?所以跑酒店拍视频。"

燕回语塞。她才不会承认:"不是啊,我是讨厌室友男朋友,所以搬出来了,没找到房子而已,我也可以回学校,但不想回。怎么能叫我没地方住呢?"

湛清然听出她嘴硬,外面雨声哗哗,她的嗓门比雷声还大。

"他怎么你了?"

燕回往嘴里扒拉米饭:"过去的事了,我能不说吗?"

湛清然点点头:"当然可以。"

两人无声地吃了一会儿饭,燕回不说话,湛清然轻咳一声,开口说:"我抽空把你的东西搬过来,你先在我这里住着。"

"我不稀罕。"燕回笑着抬头,"除非,你让我住一辈子。"

湛清然没说话。

燕回嘴角轻轻一扯,没当回事,开始夸他做的虾滑好吃。

"你那件事我可以帮忙,我有几个认识的律师朋友。"

湛清然开始说第二件事,燕回还是拒绝:"我自己解决,小湛老师其实不用操心我的事,这件事没牵涉你。"

"你以为现在是因为怕这事牵涉到了我,我才管你的事?"湛清然目光沉沉地看了她一眼。

燕回狡猾地反问:"难道不是吗?"她迅速转移话题,问湛清然觉得自己哪期视频最好看,话特别多,用语气掩饰住内心汹涌的情绪。她希望湛清然能像那天晚上一样,哪怕虚情假意地说一句"你怎么知道你不能在这里一直住下去呢"。

她希望他是一股春风,把自己的心吹起涟漪,可惜他没有。

燕回忽然很讨厌这样的自己,对别人充满期待的自己。

燕回跑去看雨。她猫着腰,上半身伏在沙发上。

屋里猛地黑了,原来是湛清然把灯关掉了。她扭头看,英挺的男人在客厅一闪不见了,应该是去了厨房。

这里虽好,却不是她家。

燕回呆呆地看着雨幕,不知什么时候,有人从身后抱住了她,湛清然的气息瞬间扑到她耳畔。他在她身后看许久了,她难得如此安静,像一只清闲又寂寥的猫。

湛清然吻了吻她的耳朵。光线昏暗,人就容易生出些更细微的情愫。

"问你件事。"

燕回微微回首:"什么呀?"

"你让我帮捉蝙蝠的那天,是第一次吧?"湛清然没想问的,但他抱着她的那一刻,这个想法就从心底升腾而出。

湛清然把燕回调了个身,迫使她看着自己的眼。

"才不是,"燕回没闪躲,笑吟吟地往窗台上靠,"小湛老师是不是吃醋了?"

湛清然不再问,把她揽过来。

纠缠中,她喃喃道:"我希望每个下雨天,都能跟小湛老师在一起。"说着,先把自己逗乐了。

湛清然猛地抱紧她:"我这两天抽空把你的东西搬过来。"

燕回直摇头:"我不寄人篱下。"

"你就是倔,什么叫寄人篱下?"湛清然深深呼出一口气,慢条斯理地说,"住酒店也不是很安全,住我这里。"

住这里,只是暂时借住。燕回想起小时候,暑假待在托管之家的事。老板是好心大叔,两口子吃喜酒都带她。但她知道,她早晚得离开托管之家,去念初中。既然注定得分别,燕回就极力压制着感情,尽量让自己不要太喜欢那对夫妻,这样分开的时候也就没那么难过了。

小学最后一个暑假过去时,她嘴上只跟对方淡淡说再见,走得潇洒,可等

067

一个人时，哭了好大一场。

这种感觉真是讨厌极了——又不能长长久久地在一起，偏让她舍不得，那还不如从一开始就没有那份感情好了。

燕回不语，继续亲吻湛清然，吻得他身体越来越烫，脑子也跟着越来越浑，那句"你可以一直住这里"，就这么冲动地说出来了。

湛清然的人生里，多的是深思熟虑，偶尔脱轨，大概就是当下的感觉。

"真的吗？"燕回眼睛湿漉漉的，口气冷硬，声音却微微发颤，"是你说的，我可没硬赖着你。"

"对，是我说的。"湛清然低头看她的眼。

燕回捉了他的手放在唇边亲了亲："可别人看到，会说你闲话的。"

"什么闲话？"

"说湛老师家里住了个看着不正经的女孩。我当然无所谓，可你被这么说闲话，会不会影响你评职称？是评职称吧？"

她记得，湛清然在电话里说过什么评职称的事。

燕回不懂这些，此刻在认真跟他确认："是不是啊？"

湛清然凝视着她，久久没言语。燕回轻哼了一声："你倒是出声啊。"

"想闪婚是不是？"

燕回被问住，但没什么不好意思承认的。她点头："不是闪婚，我就是想嫁给你，反正我只想嫁给你。我知道你觉得我幼稚，可有的男女相处很多年也未必结得成婚，有的很快就结婚了，人跟人的节奏本来就是不一样的。"

雨转小，天色依旧昏暗，像她某一刻的心情。

"那就结婚吧，你住在这里就是我太太，就没人说什么了。"湛清然忽然吻了吻她的额头。

燕回明显僵了下，等湛清然重新找到那双眼睛，四目相对时，他才发现她哭了。

湛清然伸出手，没想到燕回脸轻轻一躲。她已经察觉到有温热液体流下，一个激灵坐起来，说："那我们现在就去民政局。"

湛清然有点吃惊："现在？"

"你是不是反悔了？"燕回没好气地问。她脸上眼泪都没干就生气了。

湛清然觉得是自己冲动了，但反悔还不至于。他看着平静，但心里头总有些蠢蠢欲动的东西，他说不出是什么。他没有当赌徒的习惯，做什么都要有把握才好,如今跟燕回说结婚,简直不像他,可人生漫漫,好像注定得有这么一次头脑发热,否则该多么无趣?

"反悔什么?"他笑,"你准备好证件,别丢三落四的。再有,我得跟父母说一声是不是?还有你父母那边,你不打算商量了?"

燕回心里躁,她要说什么,可湛清然堵住了她的嘴:"一会儿再聊。"

一切都特别美妙。

湛清然贴在她肩头,他胳膊长,伸过手来和她十指交扣,有说不出的缱绻意味。他莫名觉得好笑,有种认知此刻特别清晰地浮现:他确实肤浅。

两人低声说了一会儿话,湛清然才知道,燕回的父母在一座三线城市生活,做水果生意起家,后来在本地开了大型连锁超市,不怎么管她,家里还有个弟弟正念高中,青春期的小孩天天跟家里人吵架,搞得家里鸡犬不宁。燕回刚念大学时还管家里要钱,后来钱也不要了,只在过春节时回去,最多待三天就会逃难似的跑回来。

"我觉得自己挺多余的,爸妈对我不冷不热,弟弟对谁都一脸不耐烦。"燕回困倦地说,"所以,等过年回去我再说吧。"

湛清然吻了吻她的下巴,不置可否:"那先见见我爸妈?"

燕回扭过头,湛清然便顺势翻下身,躺在她旁边。

"小湛老师,我们能先不告诉任何人吗?等我们领了证,再去见你的爸爸妈妈,或者,先不说最好。"燕回心里莫名发虚,"我怕你的爸爸妈妈不喜欢我,"她自嘲地笑了笑,"我知道我不讨人喜欢,我也学不会做那种很贤惠的女孩。我怕你说了,你爸爸妈妈根本不会答应。"

"那就先不说。"湛清然答应得很痛快。

用婚姻拴住她,她只能是他一个人的。湛清然从不知道自己有这么阴暗的占有欲。回神时,他对上燕回无比明亮的那双眼。她问他:"你不考虑其他的了吗?我知道,一个男人要结婚会考虑很多。"

"你希望我考虑吗?"他笑了笑。

燕回没说话,搂紧他的脖子,爱意像一朵荒野中的玫瑰,挣扎着生长,又像一条河流,忘情地奔涌。她是朵玫瑰,盛开到极致。

炽热的呼吸在耳旁起伏,紧跟着的,是"我爱你"三个字,他没有回应,只是把她完全地拥在了怀中。

两人第二天就去领了证，流程进行得相当顺利。

燕回头一次见结婚证什么样，稀奇得要命，一天都晕乎乎的。湛清然找搬家公司把她的东西搬过来了，全是衣服和化妆品。搬家时，林嘉不在，省去许多尴尬。

"我证件照也这么漂亮。"燕回把那个红本本翻来覆去地看，逼湛清然喊她太太，又觉得自己被喊老了。

"我们去哪里度蜜月呀？"燕回轻抹额头上亮晶晶的汗，"你暑假一定很闲吧？"

"不闲，还是要去实验室。"不是敷衍她，湛清然说的是实话，"有可能还要出差，你不也得出差？"

燕回撇撇嘴："我可以偷偷跟Amy姐说我结婚了，让她准我几天假。"

"我们之间的事最好不要跟外人说。"湛清然匆忙提醒她一句。他快步出去，拿起客厅茶几上的手机，接了个电话。

新号码，本市的。

"这是我的号码，你存一下。"旧日恋人的声音清晰地响起，湛清然心里说不出是什么感觉，他回过头，见燕回正在哼着歌挂衣服。

他默默走到书房，才回应叶琛："什么时候回来的？"

"前天。明天去学校办入职手续，一起吃个饭吧，我知道你现在在家。"叶琛声音忽然变得低沉，"湛清然，我们见见吧。"

窗外绿枝婆娑，阳光炽烈。

湛清然的心软了一下，因为叶琛从没这么跟自己求过什么。

他眉头轻皱："不是说这辈子都不会再回国，不想再见到我？"

叶琛穿着白色连衣裙，紧握手机站在树荫下，脸微热。湛清然在窗口看到她了，两人心有灵犀一般，目光交会。她跟当年中学时那个少女相比起来变化不大，那是她最好的青春，同样，也是他最好的青春。

湛清然的眉头皱得更紧。他的地址肯定是李格告诉她的。他低声说："你等我一下，我马上下楼。"

他头疼——刚稀里糊涂地领了证，前女友就戏剧性地出现在自家楼下，不知道自己是拿了什么剧本。

燕回还沉浸在刚结婚的喜悦和兴奋之中，她觉得很不真实，但又理直气壮地享受这种感觉。

"小湛老师，要不然我们暑假去……"她拎着件衣裳兴冲冲地跑出来，疑惑地看他，"你要出门？"

湛清然平静地点了下头，见她穿着自己宽大的T恤晃荡，下意识地看看窗户，把窗帘拉上了。

他转身时，燕回轻巧一跃，跳到他身上，他只能抱住她。

"你走了，谁给我弄吃的？"

湛清然无奈一笑："我问你，我什么时候能吃上一口你做的热饭？"

燕回的眼珠子滴溜乱转："我是仙女，不能沾油烟的。"

湛清然"哦"了声，笑道："既然是仙女，想必喝点露水就可以了，怎么能跟我们俗人一样还需要吃饭？你去找露水吧。"

燕回鼻子一皱，想轻咬他耳朵，被她及时制止了："乖，我出去有点事。"他的新婚妻子无忧无虑的，只想着美食和衣服。湛清然眼神变得有点冷，他在某个瞬间，不知道自己冲动之下的行为是对是错。

树下，叶琛远远地看见那个男人出来，他没变，还是那么英俊挺拔。两年没见，他眉眼间多了几分沉稳。

叶琛习惯性地微微一笑，带着点矜持。

她的心跳很快，她输了，坚持那么久还是先主动来找了他。

湛清然走到她跟前，倒很自然："这么热的天，跑出来做什么？"他像从前一样，就这么自然而然地开了口，好像他们之间没有龃龉，也没有分开过。

"熟悉熟悉环境。"叶琛抿抿唇。她手里拿着把素色遮阳伞，不像某人的伞，伞如其人，花里胡哨的。湛清然想起燕回，嘴角微翘。他打了个手势，和叶琛进了小区附近的奶茶店。

店里清凉，他习惯性地拉开门，等她先进。

叶琛没有任何不良嗜好，奶茶都很少喝，更不碰烟酒。她以前会数落湛清然喝酒抽烟的坏习惯，湛清然不以为意。

两人坐下后，寒暄了几句，无非是学校的日常生活、叶琛的新岗位、他手头正忙的课题和跟老师一起做的项目……这都是叶琛无比熟悉的东西。她话不多，基本都是在听湛清然介绍。

"叔叔阿姨还好吗？"叶琛陡然换了一个话题。

湛清然笑笑："还好，你爸妈呢？"

"我回来是因为妈妈身体不太好。"叶琛算是委婉地回答了他刚才电话里的质问。她知道他对她有怨气，但这么久了，他不该这么小气，还记着她的不好。毕竟，两人曾经那么好。

湛清然想起叶琛妈妈送饭的往事，那时，他的父母工作忙，叶琛妈妈像对儿子一样对他。想到这儿，湛清然多少有些愧疚。他跟叶琛分开后，叶妈妈找过他，为人母的忧心写在脸上，所有人都以为两人只是小打小闹，不会真的分手，没想到，因为湛清然的提前回国，他们的分手倒成了事实。

他理所当然地问了叶家阿姨的情况。

"有什么需要帮忙的，可以跟我说。"湛清然知道这话多余。叶琛家跟他家家境相当，在本市人脉关系颇广，安排家人住最好的医院这种事，根本轮不到他帮忙。

但话他总要说的。

"能陪我吃顿饭吗？"叶琛捏着奶茶杯子，"湛清然，我们好久没在一起吃过饭了。"

她低头，像是怕被拒绝似的。她几时这样过？以前，他总对她有求必应。两人在国外时，她让他陪着她参加国际科展，他有作品时，她也会陪着他去看。他们一起去看歌剧，散场后，他们会正经地讨论戏剧结构；她喜欢古典乐，他就陪她到处淘黑胶唱片……这样的回忆，蓦然想起会让人觉得酸楚。

湛清然没见到她时，心总是硬的，也冷得起来。但人跟人之间就是这么奇怪，她回来了，姿态很低，反而勾起他诸多情绪。

烈日当头，湛清然带着叶琛没走远，在附近找了家干净小店。以前，两人最喜欢去胡同里找那种开了几十年的馆子，那时真是年轻，愿意把时间耗在这上头。

店里人不多，两人坐在靠窗的位置，湛清然问她想吃点什么，她说："都行，你看着点吧。"

他拿过菜单，点了牛肉火锅。

"再要份金枪鱼沙拉？"湛清然抬头，征求她的意见。

叶琛说："你知道我的口味的，当然可以。"

他象征性地笑了一下。确实，他无比了解她的口味，所以才带她进这家店的，这家火锅的味道比较清淡。

吃饭时，叶琛习惯性地把沙拉里的黄瓜挑出来，放到他碗里。她蹙眉："我还是不喜欢黄瓜的味道。"她一向挑剔，黄瓜不吃，香菜不吃，葱花不吃，吃鱼必须要湛清然挑刺，他也惯着她。两人在国外念书的那些年，都是湛清然摸索着做饭。

此刻，鲜绿的黄瓜片横在眼底，湛清然没说什么，但也一直没动。

"学长说，你挺忙的，但在院里是最受欢迎的老师，学生们说你的课比老教授的清晰易懂。"叶琛吃饭挑剔，但坐姿笔挺，她是各方面对自己要求都很严格的人。

湛清然懒散地往后一靠，清清喉咙："你别听他吹。"

叶琛瞄他两眼。这人其实并不谦逊。他的恩师孙老是学校资深教授，手里项目无数，还能申请到国家自然科学基金。他是孙老的得意弟子，前途无限光明，是人人艳羡的对象。

他吃饭快，想点支烟，又想起她不喜欢烟味，便打消了这个念头，随意聊了几句她的近况。叶琛看在眼里，换了话题："什么时候买的房？我以为你还跟叔叔阿姨住在一起。"

这话题乍听寻常，她能想得到的回答，无非就是"想要私人空间""自己住更自在"云云，当然也有试探的成分在。她来前，早通过李格打听清楚了湛清然的一切。

湛清然没什么好隐瞒的，要了罐啤酒，呷一口："去年。"说着跟她默契地笑了笑，"贷款，你知道咱们这儿毕竟是'宇宙中心'。"

叶琛果然笑起来，也感慨："我听姑姑说过，她上学的时候跟同学一起从东门跑到铁道线再折返，回到学校，全程也就不到十公里路，房价这些年涨得离谱。"

她说话不紧不慢，又意味深长地看他一眼，心跳得快："你怎么这么急着买，怎么不等入选'人才招揽计划'再说？到时学校能送你一套房，还能帮你解决配偶的工作。"

她话里话外虽带着玩笑语气，但隐藏的那点意思湛清然早就揣摩到了。他笑笑，斟酌了片刻，开口道："等不及了。"

叶琛愣住。她下意识地看了看他碗里始终没动的黄瓜片。放以前，黄瓜片早被他不嫌弃地吃光了。

她的心便直直地坠了下去。

湛清然平静地望着她，坦然地说："我处了个女孩，还不错，现在住一起，在父母家不方便。"

叶琛的眼睛几乎是在一瞬间红透，她吃惊地看着他。很显然，这个消息对她来说太突然，但她又不能失态，仓促间，她吐出一句违心的话，笑意苦涩："是吗？这么快，那恭喜你。"

她所有的反应都落在湛清然眼里，湛清然目光没停留过久，叶琛已起身。她起得仓促，碰到桌角，眉头顿时皱起。湛清然站在一旁问："还好吧？"

眼泪就这么落了下来，她努力想掩饰，在湛清然靠近的刹那，忽然抬起头："你爱上别人了是吗？"

小餐厅的确不是说话的好地方，她清楚，因此问完这句，快速走了出来。阳光刺眼，她却觉得遍体寒意。

湛清然匆忙结账，跟着出去。

转眼间，叶琛已经到了马路对面去了，白裙飘飘，及腰的顺滑长发，怎么看，她都是个温柔得体的好姑娘。

两人隔着车流还有行人，已然像两个世界的人。

湛清然在这头看她，她倒是回了身，毒辣的太阳真是快把她心里那点歉意都蒸腾没了。他停住脚步，没追上去。

追上去说什么？解释什么？他刚刚成为别人的丈夫，事实如此。

叶琛见湛清然没有追过来的意思，心灰意冷，招手拦下出租车，汽车尾气在空气中很快散掉。

湛清然回到家时，燕回不在，她吃完饭拿着他的健身卡到小区健身房运动去了。

垃圾桶里有她吃的外卖包装盒，她今天吃的是健康减脂餐。

湛清然下午得回学校，于是躺在沙发上小憩了片刻。闹钟还没响，迷糊中他嗅到一股热气腾腾的芬芳，有人香汗淋漓地靠近他，正在数他的睫毛。

湛清然"嗯"了声，道："中午怎么吃的？"

燕回一边冲他"哼"，一边去冰箱里拿西瓜，到厨房把西瓜冲了一阵，切成两半，在其中一半西瓜上插把勺子抱过来。

"我不会做饭，就只能随便点外卖呀，你一点都不疼爱我。"燕回慵懒地往沙发上盘腿一坐。

他起身到浴室找了条干毛巾,让她把汗擦干。

"我马上就去洗澡。"燕回不动,大口吃西瓜。

湛清然坐过来,擦了擦她的脖子、额头,说:"你这习惯对身体不好,女孩家不要贪凉,生理期不会难受吗?"

燕回斜看他一眼:"小湛老师怎么懂那么多?好有经验。"

湛清然偏想逗逗她:"是啊,你也不遑多让,那么懂男人。"

燕回冲他幽幽吐气,半是撒娇,半是魅惑:"我只特别懂小湛老师。"

"那真是我的荣幸。"湛清然笑着捏了捏她鼻尖,"行了,剩下的我吃,你别吃了。"

茶几上扔着燕回花花绿绿的杂志,他随手翻了几页,看到的全是广告。

燕回告诉他,她从初中开始就大力研究杂志了。

湛清然嘴角爬上一抹笑意:"大力研究?研究出什么成果了吗?"

燕回骄傲地道:"当然,我对颜色、布料、剪裁都相当有研究,知道怎么搭配才好看。我的衣服不好看吗?你要是能在我衣柜里找出一件丑的衣服,算我输。"

湛清然投降:"燕小姐确实是很有心得。"

燕回反驳他:"一个好的博主,是应该传达一种美丽的穿搭理念,把自己弄得漂漂亮亮,开开心心过每一天,没有意义吗?"

"有、有。"湛清然笑着点头,他看看时间,"下午去杂志社吗?"

"去一趟吧,我正想着怎么跟 Amy 姐请假,这几天我要表现得更好些,好让她多给我两天假,"燕回又开始撒娇,"我们去蜜月旅行吗?不用去很远,正好我想拍一组古风主题的 vlog。"

湛清然本来是没有这个计划的,但想了想,叶琛刚回国,难免有人组饭局,两人以后都在同一所学校,抬头不见低头见⋯⋯沉默稍许,他给了答复:"我考虑考虑,看能不能凑出一周假。"

燕回立刻在他脸上重重亲了下,雀跃不已:"那我订票!我们去沙州。小湛老师,你真是太幸运了,马上就要见到飞天仙女了,不是别人,就是我,到时你千万不要被我美晕过去。"

湛清然做了个牙疼的表情:"过两天,我安排好。"

燕回欢天喜地地去了杂志社，整个人飘飘然，连带对讨厌的 Jojo 都态度很好。

燕回这段时间忙完时装周盘点工作，又被要求盘点某个明星的街拍造型。她一下午都在选图、排序，不停敲着键盘。Amy 照例过来检查，燕回委婉地跟她提了请假的事，对方一脸惊讶："你在搞什么？马上有个选题需要你来做。"

"我刚领了证，请您保密。"燕回悄声说。

Amy 震惊了。前一阵燕回还说自己连男朋友都没有。

"我跟您保证，请假期间需要我做的我一定能按时完成。"燕回软磨硬泡，说服了 Amy。

弹幕风波似乎消停了，燕回猜是林嘉在中间起了作用。于是这件事她便暂时丢在了一旁，反正支持她的人一抓一大把。

她其实不明白，到底是什么触动了湛清然，让他同意结婚。但她更看重结果——湛清然是她的了。

闪婚也可以甜甜蜜蜜。燕回美滋滋地想。

周三的一个黄昏，窗外夕阳绮丽。燕回第二天休假，下班早，没想到湛清然比她回来得更早。两人要一起做旅行攻略，湛清然先进浴室洗澡。

他出来，看到李格的未接来电，心中大概猜出了点什么。叶琛回国，似乎并未通知其他人。他这两天都在想着饭局的事，到底是没躲过去。

果然，李格给他发了地址、时间，要给叶琛接风洗尘。

湛清然应下来，一转身，燕回缠上来，要他给她吹头发。

"晚上跟学长他们有个聚餐。"话都到嘴边了，想着解释麻烦，他顿了顿，随后接过吹风机，"给你做好饭再过去，吃龙虾滑蛋吗？"

燕回听他说要出去，没有任何不高兴。她坐在地毯上，湛清然则叉开腿坐在沙发上，给她吹头发。

"吹风机要离得远一点，顺着吹啊。"燕回细致地指挥着湛清然，矫情地说，"我的头发可金贵了，你要小心呵护。"

头发吹好了，蓬蓬松松。

龙虾滑蛋二十分钟后新鲜出炉，外加一份红枣燕麦豆浆和水果沙拉。湛清然换了衣裳，燕回从身后搂住他的腰，说："你一定要记得家里还有人等你，不要太晚回。"

出去吃顿饭而已。湛清然莞尔一笑，拍拍她的脑袋，拿走了车钥匙。

等他走出单元门，燕回从窗户那儿探出头，冲他招手："小湛老师！"

她手里舞着的束头发用的丝带鲜艳明朗，一如本人。湛清然抬头，朝燕回打了个手势，示意她去吃饭。

燕回狡黠地笑起来，把窗帘一把拉上。

湛清然到时，包间里坐了好几个人。有人吸烟，隔着缭绕青烟，不知谁笑着喊了句："清然到了，压大轴呢。"

周围一片笑声。

李格说："来来来，你小子明知道是给我们的叶琛妹妹接风，还来得这么晚，摆谱是不是？"

最里头坐着穿白色刺绣裙的叶琛，她的脸似乎隐在了那片烟雾之后。湛清然觉得她脸上带着那么一点笑意，仿佛又没有。这场接风宴，众人大有重新撮合两人的意思，金童玉女要是没个完满结局，看客都要叹息两声。

主角到场，大家嚷嚷着要叶琛点菜。她微笑着，把菜单推给湛清然，说："你来点就好了，好久不见，我也不知道大家爱吃什么。"

李格立刻说"好"，笑道："清然点菜最合适了，他知道咱们几个的口味，也了解你的喜好。快，清然你愣着干什么？点吧！"

湛清然捏着菜单，只是淡笑，倒也不客气，把菜点好，便跟众人闲聊开。李格问叶琛国外的情况，大家也插几句嘴，说这两年 SCI（《科学引文索引》）来自我们国家的论文数量呈爆炸式增长。

"说明咱们啊，尤其是你们，"李格拍了下湛清然的肩膀，"科研水平那是大幅提升了。"

湛清然笑得很浅："也许是灌水了。"

李格看向叶琛，说："听听，清然这张嘴最损了，你以前怎么受得了这小子？还有啊，你小子在孙老面前也敢这么嚣张吗？"

"不敢造次。"湛清然伸手，拿过李格眼皮子底下的打火机，也点上烟。余光中，叶琛倾了下身，似乎是习惯性地想阻止他，但很明显，她克制住了，笑吟吟地跟别人聊起来。

大家也慢慢瞧出苗头，这两人，一顿饭下来就没交流几句。这个时候，湛清然的手机亮了起来。手机照片里，燕回扎了双马尾辫，正坐在他的书桌上。

湛清然迅速瞥一眼，不动声色地把手机塞进休闲裤后面的裤兜里，眼里那抹笑意若有若无地浮动。随后他正好对上叶琛的目光，那是探究的意思。湛清然敛了敛眼神，端起杯子，喝了口果汁，恢复了那个略显冷清寡淡的模样。

一个小时过去，李格说："叶琛你以后就是清然的对手了，你可是海归人才。"大家哈哈大笑，两个当事人却始终不咸不淡的，让人摸不着头脑。

散局时，送叶琛回家的任务自然落到了湛清然身上。

湛清然握着钥匙，冲叶琛一笑："走吧，送你回家。"

叶琛破天荒喝了酒，她一喝就上脸，幸亏穿的是平底凉鞋，走起路来还算平稳。她跟在湛清然身后，看着他的背影。时间过得真快，当初那个单薄的少年，如今也长成了结实的男人。

叶琛看得眼睛发热。她此刻很难受，是一种说不出的难受，以至于坐进车里时，依旧在走神。湛清然启动了车子，问她："还是老地方？"

两人相爱过，他知道她家地址，两人对彼此的一切都了如指掌。但他竟然说抽身就抽身，已经另觅他人。他的温柔都给了别的女人……这种联想，让叶琛的心跳因愤怒而变得剧烈。

他俩一路无言。

车子停下时，叶琛终于开口："送我到楼下行吗？我有点头晕。"

湛清然思忖几秒，替她开了车门。

路灯灯光昏黄，这个点不算太晚，还有人在小区散步。

"认识多久了？"叶琛问，不用说得太细，她知道他一定懂她在问什么。

湛清然觉得没必要装傻，如实回答："没多久。"

"没多久？"叶琛忽然止步，有些惊讶地望向他，"没多久，你就和她同居了？"

湛清然笑了："很奇怪吗？我觉得这很正常。我这个年龄，遇见喜欢的人住到一起是自然而然的事。"

叶琛许久没说话，也没往前走一步。

湛清然先打破僵局："叶琛，大家的生活都是要往前看的，你可能觉得我太随便了。"

"对，你就是随便。"叶琛忍无可忍地打断了他，"我认为，两个人住在一起最起码要互相了解。"

湛清然对她是有内疚的，他从她的语气、神情上看出来，她没有忘记他，是他已经被另一个人迷惑，并且潦草地进了婚姻围城。

叶琛快要哭了,她深吸一口气,决不让自己轻易失态。她快步朝前走,可是没走几步,又忽然折回来,抱住了湛清然。

她几乎是颤抖着开口:"我们和好吧。"

叶琛身上有淡淡清香,和燕回身上那种侵略性极强的玫瑰香气截然不同。湛清然双手钳住她的肩膀,轻轻放开她:"不可能了。"

叶琛觉得有什么冰冷的东西从头浇下。喉头哽住,她难堪地退后几步:"你跟她认识不久,就这么爱她了,不能跟她分开了吗?"

湛清然发现自己越来越不爱解释,无论是对叶琛还是对燕回,他总想把事情变得简单些。做研究、做实验、发论文、指导学生、跟进项目……工作上的事情已经够有挑战性了,他希望男女之间的事能让他轻松些。

湛清然隐隐叹了口气:"你这么优秀,会遇到比我更好的人。"

叶琛的眼泪流得更多了。

湛清然想从兜里掏点纸巾,无奈没有,只好去翻她身侧的包,找出纸巾,塞到她手中:"别哭了,你这样,我都不知道怎么办才好。"在湛清然的记忆中,叶琛很少哭,她学业顺利,有爱她的父母,是生活的宠儿。

叶琛擦了擦脸,平复下心情,红着眼,怔怔地告诉湛清然:"你欠我的,你知道吗?"

湛清然不为所动:"快回家吧,要不然,你妈妈会担心的。"

叶琛没再理会他,转身就走。

湛清然目送她远去,才掏出手机,给燕回打了个电话。她又在吃西瓜,吃剩下的那半个。

湛清然一边跟她说话,一边往停车的地方走:"票可以改签吗?你看看,能不能改成明天一早的,我们一早就动身。"

他们原本买的是下午的飞机票,先飞金城,再转到沙州。湛清然觉得自己现在应该尽快去和燕回度蜜月。

第六章

因为是拍沙州主题，燕回做了相当多功课，衣服、彩妆……她拖了两个大行李箱，还背着平板电脑。

湛清然惊讶于燕回的体力，她倒轻描淡写："这算什么？我刚去实习时，每天拆快递、挂衣服、贴发票，比这还累。我不仅能拖动两个32寸的行李箱，还能再扛一辆自行车。"

湛清然第一次意识到，燕回很能吃苦。

"不考虑换个实习工作？"

湛清然问这话时，燕回正在翻找眼罩，她眨眨眼："不换，我可以积累人脉，还能跟品牌方打交道，方便我以后接推广工作。"

他若有所思："看来你的计划很清晰？"

"我就知道你把我当草包，"燕回笑着戳了一下他，一副"我什么都明白"的表情，"小湛老师，我也许比你还会挣钱。"她忽然凑近，贴着他的耳朵，"不过，我还是崇拜小湛老师这种为国家做贡献的人，你永远是我心中最好的那个人。"

说着，她安抚似的拍拍他的手背。

她什么都没要，就这么嫁给了他，没有彩礼，没有婚礼，甚至连婚戒都没有。

湛清然付之一笑，帮她把眼罩戴上。

到金城后，两人住在车站附近的民宿。将行李放好，湛清然带着她去看黄河。

燕回嬉皮笑脸地说："小湛老师去哪里我就跟去哪里，我将永远追随你的步伐。"

走在路上，两人的回头率很高，燕回不无得意地说："都是看我的。"

湛清然对她这种毫无顾忌的说话风格相当头疼，也为她这种放肆和大胆感到难堪，因此他捏了捏她的手心："能不能注意下身份？你现在是人妻。"

燕回用胳膊捣他："吃醋了？其他人觊觎我的美貌，你是不是妒火中烧？"

湛清然侧眸道："是妒火中烧，要不然，湛太太收收自己的魅力？"

湛太太，燕回可太喜欢这个称呼了。她紧紧依偎上去。

金城的游客不多，黄河大桥附近本地人居多，人们穿着凉爽，坐在黄河边的遮阳棚下吃烧烤。水波粼粼，正值黄昏时分，河面一片金粉，太阳正往白色的楼间坠去，炽烈燃烧。

燕回好奇地往鹅卵石铺就的斜坡上走，被湛清然一把拉回。他攥住她的手："危险。"

"黄河水不是黄色的吗？"她迷茫地看着他。

湛清然笑笑："这段是清的，波面乍看平静，但你仔细看，其实水流速度不慢，也许，下面就藏着暗礁，很危险的懂不懂？"

燕回静静地看着河水奔流而去，依旧好奇："黄河水最终去了哪儿？"

"渤海。黄河流经九个省份，最终在山东省汇入渤海。"湛清然不指望燕回会知道最基本的地理知识，也不知道她听进去了没有。她站在岸边，长发被风吹得飞舞，脚边是一簇无名野草。

燕回忽然回头说："我明白了。"

湛清然笑道："明白什么了？"

"小湛老师就是我的渤海，我就是黄河。"她认真地说，"渤海是黄河的归宿，小湛老师就是我的归宿。"

傍晚的夏风有丝丝凉意，西北地区的昼夜温差要比他们居住的城市大。江岸边无比舒适，对面就是连绵的青山，夜晚会亮起美丽璀璨的灯光。

刁蛮任性的漂亮姑娘嘴中，也不只是惊世骇俗的蠢话。湛清然舒展眉眼，笑着摸她的头发："是吗？"

燕回狡黠眨眼："还有一层意思，就是小湛老师的胸怀要像大海那样宽广、有包容性，无论我做什么，你都不准生气。"她笑起来，露出洁白的牙齿，这是属于二十岁女孩特有的明媚和快乐。

湛清然似乎被她的笑容感染，他抱着她，在岸边看了很久的河水，吹了很久的晚风，然后他们打车去了夜市。路上，司机师傅纠正他们说没有所谓的金城拉面，本地的正宗叫法是"金城牛肉面"，顺带夸了燕回。司机师傅说从来没有见过这么漂亮的姑娘。

燕回半靠在湛清然怀中，懒懒地撒娇："听见没有？你可要把我看紧了。"湛清然含笑低头，吻了吻她耳边的秀发。

夜市的小吃琳琅满目，烤羊肉的小哥手法娴熟。燕回眼泪汪汪地感慨好吃。回到住处，湛清然给她揉肚子。对燕回而言，湛清然简直就是行走的百科全书，很多有意思的奇闻逸事，他张口就来。燕回忍不住吻他："小湛老师好厉害，什么都知道。"她一想到什么都知道的湛清然是她的，就更高兴了。

第二天，燕回自然起不来，拖拖拉拉很晚才出门。对于逛博物馆这种事，燕回一点兴趣都没有，她什么都不懂，也看不出名堂，哈欠连天。

湛清然却兴致十足。燕回实在懒得动了，索性坐在了展览室外头的长凳子上。不一会儿，就有人过来跟她搭讪，问她可不可以加微信，又问要不要帮她拍照。燕回笑盈盈地摇头，对方很失望。

坐久了，燕回察觉到有人偷拍她。她给湛清然发信息：你什么时候能看完？再不出来，我就要跟别的男人走了。

湛清然没有回复她，他压根没看到这条信息。

留学时，他跟叶琛几乎走遍了世界上的知名博物馆，两人有种属于学霸的默契，他说的她都懂，不像某人，满脑子不着边际的蠢问题。湛清然一个人在昏暗的藏馆中走着，忽然觉得身边少了点什么。

湛清然一直到快闭馆才出来。

燕回不在凳子上坐着，她早溜到了文创区。湛清然看到她时，她正兴冲冲地挑礼物。

"意思下就行了，用得着挑这么多吗？"他来到她身后。

燕回转身，立刻敛了笑："你又不陪我，我买点东西高兴一下，你还要说我，又不花你的钱。"

湛清然一算时间，确实，晾着她两个小时了。他牵住她的手："喜欢什么？我给你买。"

燕回想甩开他，湛清然把她的手攥得更紧，仍是笑："别生气，你不也没陪我吗？扯平好不好？"

趁身边没人，湛清然对准她的嘴唇轻咬了一下，低声说："乖，出来玩就是高兴的，别生气了。"

燕回终于抿嘴一笑，挑好东西，让湛清然去结账。

从金城到沙州要坐八个小时的动车。路上，Amy让燕回参加线上的选题讨论，燕回打开平板电脑，湛清然则忙着查看邮件。

外面的景色急速掠过，燕回往窗外看了眼，急着和湛清然分享："云彩就好像在我们头顶，一伸手就能够着。你快看。"

湛清然笑笑。他对沿途的风景并不陌生。他没告诉她，他和别的姑娘曾经绕整个大西北线路走了两次。但他还是侧过身子往外看，跟她开玩笑："摘一朵送我？"

湛清然顺势摸了摸她的肩膀，觉得冰凉，便站起来，从行李架上把箱子取下，找出披肩给她搭上。

燕回肩膀一抖："我不冷。"

"我觉得你冷。"湛清然重新给她披上，"还是有点凉的，别任性。"

燕回这才抿着嘴笑："那我给小湛老师个面子好了。"

不知不觉两个小时过去，窗外成片的戈壁滩，唯有丛丛低矮的骆驼刺散落其间，成为唯一的植物点缀。远处，山不高，也是荒凉的。

燕回问湛清然这儿是哪儿，他说："这是嘉关地界。"

"你前世该不会是这儿的人吧？"燕回狐疑地瞄他，"你是不是来过这里？"

湛清然没正面回答，揉着太阳穴说："我们前世有约，我是河西节度使，你是沙州飞天。"

燕回觉得不对劲："我是飞天，我在壁画上呢，跟你约个头。"

燕回坐的是靠窗的位子，湛清然倾过身："到了沙州好好拍，说不定，我就想起来我们前世约定的是什么了。"

燕回一撇嘴："我是神女，你一个凡夫俗子，配得上我吗？"

湛清然很想吻她，却也只是把她的手牵过来放在自己掌心轻轻摩挲。燕回靠着他的肩往外看，小声说："一个人都没有，真荒凉。这里是不是一直不怎么下雨？"

"嗯。"

"一千年以前也是这样的吗？"

"也许。"

"一直都没什么人吗？我都没看到有人在这儿住。"

"没有，这是古代商人们走的通道，环境险峻。唐朝后期，这条通商之路就没落了。"

"那可真寂寞啊，这片土地连花花草草都没有。"燕回闭了眼。无边无尽的戈壁滩一眼看不到头，列车里的人跟那么高的天、那么阔的地一比，可真够渺小的。

列车渺小，人更渺小，像是天地间飘飞的一粒草籽。因为这份渺小，她觉得，身边有个人非常重要。

湛清然看燕回没了动静，以为燕回睡着了，便用披肩裹紧她。燕回挣扎，长发窸窣作响，她抬眼看他："你觉得寂寞吗？"

湛清然被她没头没脑的傻话问住，一笑："怎么了？"

"你看，外面那么空旷，都没人看它。"燕回的眼帘轻轻垂下，"想到这个我就觉得很寂寞。"

燕回是个最怕寂寞的女孩，她又往湛清然身上贴了贴，好像不贴着，她就成了戈壁上的骆驼刺。

湛清然微微诧异。他看看她，又把她的手握紧了些："我陪着你，你不会寂寞的。"

燕回低低说了句："可是，你未必能一直陪着我呀。"

"你怎么知道不能呢？"湛清然鼻腔里溢出一声笑，"这是怎么了？可不像你。"

燕回哼了一声："什么才像我？"

湛清然笑笑，说："要是困了可以睡会儿。"

"我不，我要看沿途的风景。"

"从这儿一直到沙州，风景都差不多。"

"那也不，每一丛骆驼刺都不一样呢，我还要等着看夕阳。"

"沙州日落得晚，大概九点多才是黄昏，估计你看不成夕阳了。"

果然，到沙州时，太阳依旧高挂。他们住在沙州数字中心附近，民宿老板开车来接他们。

暑假还没到，住宿并不紧俏。民宿由当地人的小院改建而成，出了门，是一条乡村水泥路，路不宽，两旁多是民宿，停着本省游客的车。

六月底，沙州没那么热，尤其到了晚上，凉风习习。两人在夜市上吃完东西回来，发现到处漆黑，一问老板，才知道停电了。

老板娘一脸抱歉地说："我们这里偶尔停电，真不巧，你们赶上了。紧挨数字中心的酒店那个片区有电，如果你们想退房的话，可以退的。"

湛清然以为燕回肯定难以忍受晚上没有电，没想到她已经坐在院子门口的马扎上，吃起老板娘切好的西瓜："阿姨，我们不退。反正我好久都没看到这么亮的星星了。"

门口只有手机手电筒的微弱光亮，照出她笑嘻嘻的脸。

"小湛老师，你过来吃西瓜嘛。"燕回跟湛清然招手，她脚一钩，也给他钩了个马扎。

对面同样是家民宿，和他们一样倒霉的游客在说电工修线路的事。

"你去修吧，你不是修这个的吗？"燕回边啃西瓜，边看着湛清然。

湛清然微微挑起眉毛："谁告诉你我是电工？"

"不是吗？"燕回若有所思。以她的知识储备量，她是绝对无法理解湛清然课堂上讲的内容的，但她喜欢听湛清然讲话的声音。他声音低沉，很动听，尤其是在这样宁静的夏日夜晚。她挨着他坐，跷起腿，听着不远处草丛里的虫叫。

这里好像完全是另一个世界，短暂地将他们同灯红酒绿的大都市隔开。燕回觉得心里很宁静，像海，没有波涛，上面是无尽的星光。

停电也没什么不好的。

"听得懂吗？"湛清然笑着问她。

燕回非常诚实地摇了摇头："不懂。"

"那还要问？"

"因为是你在说，你说什么我都喜欢听，我喜欢跟你说话。选题已经确定了，我跟老大说了今晚得休息，有事明天找我。"燕回把手机丢在屋里，"阿姨给的西瓜好甜，我觉得他们这样也挺好的，开个民宿，有自己的小院子，还能看星星。"

湛清然摇头笑道："我以为你只钟爱那些浮华的东西。"

"都喜欢，"燕回笑得无拘无束，"路上的风景好，这里的民宿也很好。反正，来得特别值。"

有种纯粹的孩子气藏在她欢快的语调中。

湛清然莞尔,很自然地又握住她的手:"真的这么高兴?"

"当然!"燕回笃定地看着他,"我高兴就是高兴,不高兴就是不高兴,这有什么真的假的?你呢?你跟我一起出来,高兴吗?"

湛清然点头:"高兴。"

"有多高兴?"燕回不依不饶。

湛清然当真想了想:"这要怎么计算呢?"

燕回晃着他的手臂撒娇道:"你自己想嘛,你不是念书很行吗?"

"那就是最高兴吧。"

"什么是最高兴的?"

"就是,跟你一起来这里是最高兴的。"湛清然低笑着反问,"满意了?"

燕回撩撩头发,说:"我都让你这么高兴了,应该我问你,满意了?"

湛清然笑着摸了摸她的脸。

他们坐在树下的水泥地上,透过树梢,能看到几颗星星。不远处的草丛里虫鸣唧唧,那些讨论什么时候来电的游客也不知道是什么时候不见的。

湛清然手机还在时不时地亮屏,他正要看信息,燕回蛮横地夺过来。她起身:"我们说话嘛,不要玩手机。"

"我看下课题组有没有发什么重要信息。"湛清然虽这么说,手机却也任由燕回拿着,"明晚带你到鸣山露营,那里视野好,星星比这儿亮得多。"

第二天一早,两人去数字中心坐车。燕回拿着手机,边走边拍。她今天穿了条阔腿牛仔裤,习惯性地露着一截腰,对着镜头笑。

湛清然不小心入镜,燕回跺脚:"小湛老师,你跑到我后面干吗?"

湛清然笑道:"我怕你掉路边。"

"我又不瞎!"

"路上有车。"

"你快走开,不要妨碍我。"燕回赶他,他跟她开玩笑:"不考虑拍个情侣 vlog?"

她立刻说:"不考虑。"

"为什么?"

"省得给你找麻烦,"燕回淡淡地瞥他一眼,"再说,你其实根本不想跟我拍这个,我明白。"

湛清然皱眉道："你又明白什么了？"

燕回嘻嘻哈哈地打岔，把他推远，说："你先走没关系，我工作时喜欢独处。走吧，我会跟上你的，不就几百米远的距离吗？"

两人说话时，一辆辆大巴从身边呼啸而过，是发往千佛窟的客车。不远处，就是茫茫的戈壁滩。

湛清然在前面走着，每隔三秒就要回头看看她。燕回终于放下手机，接着跑过来撒娇："真是晒死本仙女了。"然后她把手往湛清然眼前一伸，又是一副等他伺候她的样子。

湛清然笑笑，把拧开瓶盖的矿泉水递给她。

车子行驶在唯一的公路上，白色的砾石静卧于地表。

湛清然没想到燕回会主动提出要去千佛窟，她说带了几件壁画风格的裙子，但一定要亲眼看看壁画中的形象是什么样的。

天是浅淡的蓝，薄云散开，随车移动，燕回看着荒无人烟的戈壁，渐渐安静。视线里忽然就闯入一串绿意，那是白杨。

游客多，湛清然始终攥紧她的手，低声跟她解释着什么。

窟里有时间的味道，燕回看着那些壁画，忍不住惊叹："好美呀，我真的太喜欢了。"

她就是这样，有感情就必须立刻抒发出来。小心对照着准备好的衣服，燕回心满意足，不忘跟湛清然炫耀："我准备了九色鹿的造型。"

湛清然掏出几张纸币，投进一个箱子，解释道："给文物修复的捐款。"

"那我也要捐。"燕回手自然地往包里摸，找出现金，开开心心地捐了款。

湛清然见人挤得水泄不通，便带着燕回去看特窟。看了窟顶藻井，燕回激动地说："我带的衣服上有这个图案，真的好精美，我好喜欢千佛窟。"她一边说，一边仔细观察胁侍菩萨，接着颇为神秘地告诉湛清然，"你很快就能见到'真人菩萨'了。"湛清然低笑一声，不知她是什么意思。

讲解员把手电筒的光照进又一个黑黢黢的洞窟，燕回抬头，突然瞧见一尊高大的佛正满面慈爱地看着自己。她愣了愣，安安静静地同佛对视几秒，才发现他的眼睛是琉璃做的，好像下一刻，就要有泪水从双眸中流淌而下。

"佛在这里也寂寞很久很久了吧？"她紧挨着湛清然，悄声问道。

湛清然点头："比我们的寿命长多了。"

燕回心里有非常细微而深邃的东西萌发，她忽觉一阵恐惧，又感到沉沉的忧愁。她下意识地捏紧湛清然的手,直到看完石窟,往外走。湛清然去给燕回买文创雪糕回来时,才发现燕回眼睛微红。

"怎么了?"湛清然揉揉她脑袋,"这里的游客太多,不适合拍 vlog,我们租辆车,明天带你去玉石关拍,那里人少,拍出来效果好。"

燕回抬眼看看他,没说话,专心致志地吃雪糕。

湛清然莞尔道:"燕回,你不叽叽喳喳我反而不习惯。"

燕回把雪糕递到他嘴边,有了点笑意:"你尝尝,好吃。"

湛清然咬下一口:"还行。"

他不忘看她:"到底怎么了?"

燕回摇摇头,缠着湛清然陪她一起到店里挑明信片,但是送给谁呢?送给托管之家的方伯伯夫妇?挺突兀的;送给爸爸妈妈?他们不稀罕。燕回想了一圈,决定送给同事以及孙见东。

等到临近黄昏,两人打车往鸣山去,燕回重新高兴起来。她没骑骆驼,站在旁边看。骆驼走得很慢,驼铃阵阵,往沙山上去,又下来。游客们穿得花花绿绿,形成了一道蜿蜒的彩色线路。

两人爬到山顶,往下看弯月泉,像是沙漠里的一滴泪,一抬头,大块云朵飘在宝石蓝的天空上,像是一伸手就能够着。

不远处,有人穿着从景点租来的红裙在山顶拍视频。

燕回见湛清然往那边看了两眼,扳正他的脸:"我拍那个比她们美多了。"

对面,沙丘连绵,如一道道温柔起伏的曲线,游人如蚂蚁般点缀在弯月泉边。天空广袤,视野开阔。湛清然想起抓蝙蝠那天她问过的一个问题,当时他没往心里去,如今他若有所思,侧过脸看燕回。

等到晚上露营,沙子渐渐变凉,头顶的星星好像比白天的云朵还要近,铺散在黑丝绒般的天幕上,仿佛下一秒就会滚落下来。

燕回不肯进帐篷,湛清然告诉她夜里沙漠气温会下降很多,她穿得太少,根本不行。

燕回裹着披肩,靠在湛清然身上缠着他问些琐碎的问题——问他上学时的事情,问他家里的事情。她问一句,湛清然说一句,最后,燕回终于不高兴了:"我要是不问,小湛老师就从不说自己的事。小气鬼,我都把我的事告诉你了。"

湛清然确实没什么倾诉的欲望,他并不习惯把什么事都往外说。

"不说就算了,有什么了不起。"燕回感觉到冷了,缩缩肩膀,踢了踢沙子,故意扬湛清然一脸。

湛清然握住她的脚踝:"别闹了,我们上午看窟时,你记不记得第257号窟?"

燕回想了想:"中央有柱子,上面好几个菩萨都缺了脑袋的那个?"

湛清然没想到燕回会记得这么清楚,他以为她除了会感慨"好美呀",什么都不会往脑子里记。

"对,当时没来得及跟你讲南壁上的故事,那组壁画讲的是一个小沙弥到一户人家乞食,那家的少女见他容貌英俊,硬要嫁给他。小沙弥无奈,只好自杀明志不愿破戒。"

湛清然本意只是给她讲壁画,燕回却狐疑地瞅了他两眼,璀璨明眸里闪动着某种情绪。她忽然妩媚地冲他笑笑,说:"小湛老师,我知道我们前世是怎么回事了。"

"怎么回事?"

"你前世是可恶的节度使大人,看中我,硬要抢我,我只好往千佛窟跑,后面是你的大片追兵,我无奈之下祈求佛祖救我,"燕回绘声绘色地比着手势,"佛祖见我又漂亮又可怜,就施了法,把我变成了壁画里最好看的飞天。"

湛清然了然地笑了笑:"我在你心里就这么个形象?"

燕回噘嘴:"你先说我的。"

湛清然的气息几乎要拂到她脸上来,声音变得柔和低沉:"我什么时候说你了?"

"刚刚。"

"刚刚?"

"对,你说少女看人家小和尚好看要嫁给他,结果小和尚直接自杀了。你在指桑骂槐,对,指桑骂槐。"燕回开始胡搅蛮缠,"你的意思是我硬要嫁给你,你又不想自杀明志,只好娶我。"

湛清然终于笑出声,眼睛里仿佛映着一层黄昏雾霭。

气温降得快,燕回真觉得冷了。她先是捂住湛清然的嘴,随后,往他怀里拱了拱:"小湛老师,这儿夜里好冷啊。"

燕回被湛清然带进帐篷。湛清然的手机突然亮了起来。

凌晨两点十三分。

燕回咬住唇,下意识地瞄了一眼。

手机上只有一行字:我还是很想你。

再看发信人，只看到一个"叶"字，那条信息随即收起。

燕回把手机拿到了手中，贴着他耳朵说："小湛老师，有人半夜想你。"她说这话时，感到湛清然的身体微微一僵。

燕回嘲弄地扯了下嘴角："告诉她，你和太太在一起，让她有点公德心。"她根本没问对方是谁，反正她跟湛清然已经是合法夫妻，湛清然如果爱这个发信息的人，就不会和自己结婚。之前在湛清然家中看到相片时她心里还会涌起强烈的不适，但现在她已经不想细究。

燕回点了烟，把头发挂在耳后，恶作剧似的冲湛清然轻吐烟圈。她的女士烟很好闻，但对男人来说寡淡了些。湛清然烟瘾不大，他很自然地把烟从燕回嘴里拿过来，吸了两口，又塞给她。

湛清然看了看手机上的信息，是叶琛发来的。

"你不想知道是谁？"湛清然倒也没什么好做贼心虚的，很平静。

燕回笑起来："你初恋啊？有什么了不起的？我不怕跟她比，我跟谁比都有自信赢，你要是真爱她，早就跟她结婚了。"

这话无懈可击。湛清然跟叶琛从十几岁就相识，做了多年恋人，最终没走到婚姻这一步，是因为他不爱她了。

所以，他才更愧疚。

"是我没跟她说清楚。"湛清然手掌心潮湿，他没解释更多，只是揉了揉燕回同样被汗意浸得有些湿的秀发。

燕回趴在他的胸口，眼睫毛扑闪："你们分开之后，你想过和她复合吗？"

四周安静下来。

湛清然承认："想过，我们不止一次分手，即使是最后那次，最开始我也曾想过，也许我们还可以在一起。"

真话总是伤人，燕回在心里骂了一句。

"那，后来呢？"

湛清然淡淡地说："后来，我回国，联系不上她。那时我们不仅是在小事上，在大事上也有分歧，比如要不要回国。她不想回来，一方面是觉得国外科研环境更好……"他顿了顿，又道，"分开了就是分开了，也没什么好说的。"

燕回咬咬唇："如果，你没跟我结婚呢？"

"是不是女人就喜欢假设？假设没意义，事情发生了就是发生了，我在遇到你之前相过亲，跟别人也相处过，时间不长，没可能的事情怎么都不会发生。"

湛清然抚了抚她的脸,"出来玩,应该高高兴兴的,回去我带你去见见爸妈。"

燕回的心咚咚地急跳:"你为什么突然提这个?"

湛清然的唇重新覆过来:"没什么,这事应该让我父母知道。"

燕回睡着后,并不知道湛清然起身出了帐篷。他给叶琛回电话,声音低沉,淹没在沙漠呜咽的风中。

玉石关在市区西北方,湛清然租了一辆吉普车,燕回拖了一个大旅行箱,上车就睡。两人谁也没再提昨晚那条信息的事情。

道路笔直,湛清然车速很快,燕回睡到半途醒来问:"到了吗?"

"没有,你要是困,就再休息会儿。"他似乎还想说点别的什么,看她两眼,最终也没说出口。

到景点时,人不多,一下车,骄阳和风沙扑面而来,燕回看着四野苍茫,有点懵:"什么都没有啊!信你真是上当了,还不如在千佛窟附近拍呢。"

"你这期主题就是要拍出大漠的苍凉历史感,不是吗?"

燕回一脸嫌弃:"可这里太简陋了。"

"来这种地方是要发挥想象力的。"湛清然给她撑着伞,一手往远处指,"那里就是苏赖河,从那儿往南去会抵达阳关,阳关和玉石关是我们当时通往西域的两大门户,我们现在站的地方其实是叫方盘城,这附近挖出过汉简,所以暂时把这里当成玉石关遗址。"

燕回瞅着他笑:"哎呀,小湛老师真的好博学啊!"

湛清然取笑她:"我只是不像某人那样不学无术。"

燕回把遮阳伞拉低一点,轻佻地摸了摸他的喉结:"我不学无术,可是你都被我迷晕了。"

湛清然抓住她的手:"别闹。再这样,我把你丢在这里。"

"你舍不得。"燕回把墨镜推上去。

燕回还要闹他:"小湛老师,跟我在一起的时刻是你人生中最心动的时刻了吧?"

湛清然浅淡的一抹笑浮上嘴角:"就你废话多。"

玉石关景点穿汉服的女孩不少,她们在大太阳底下,对着镜头甜甜微笑。湛清然带着燕回在景区转悠,讲典故。眼前风沙蚀城,湛清然口中说的贸易往来商队云集，已经是上千年前的时光了。

时间把一座城风化到只剩黄色的土堆，住在城里的人，早消失在历史长河深处，燕回想起壁画中的女供养人，美丽、年轻，和她一样风华正茂，但也早变作枯骨一堆。握在手里的时间，对于人类来说，不过匆匆几十载。壁画里的人，后世还有人知道她们存在过，她和他，只不过是大千世界的普通人，千年之后，谁知道他们也在这世界上爱恨情仇地走了一趟呢？

燕回的心里，充满了难言的忧伤。

湛清然的目光投向她，他把她的墨镜拿掉，发现她的眼里有水光闪动。

"这是怎么了？"他的声音变得温和起来。

鼻子忽然狠狠一酸，燕回不管不顾地抱住了他，完全不顾景区还有游客。

"我要永远跟你在一起，直到我死了。"

湛清然无声地笑笑，拍着燕回肩头："不要胡思乱想。"

"那你答应我，会和我永远在一起。"

人年轻时就爱提这种字眼，湛清然本来是不会说这种话的，但不得不回应她："嗯，我答应你。"

燕回抬头看他，感伤地说："不许变，你说的话要像玉石关的风沙一样，从没消失过。这里的人早没了，可风沙一直都在。"

湛清然低头注视着她澄澈的眼，嘴角慢慢扯开："不变。"

"你是我的。"她忽然很霸道地宣示主权。

湛清然笑了出来："好好好，你的。"

顿了一下，他又问："在千佛窟时想的也是这些？"

"人生这么短，我不能跟小湛老师分开。"燕回委屈地撇了下嘴，"我觉得很寂寞，也很伤心。"

湛清然不语，摸摸她的脸。

燕回的 vlog 没在景区拍，他带她回车上。

景区的西边，同样位处苏赖河谷南侧，那里没有游客，湛清然驱车往西南方驶去。

车子在一望无际的戈壁滩上飞驰，扬起无尽风沙。

一路时不时有烽燧出现。

湛清然没往腹地开，把车停在胡杨树下，先下来看了看地形。

燕回在车里给自己化妆、弄头发。等她换上深红配深绿的飘逸长裙从车上下来,湛清然有一瞬间的恍神。好像她真是从壁画中走下来的菩萨。

"菩萨"光着脚,叫唤着"硌死了"。

风很大,吹得燕回裙带飘飘。残垣断壁,古道西风,身后的阳光投射过来,眼前唯一的颜色就是燕回眉心的花钿和身上的彩绸。湛清然不得不承认,他以后再也不会遇到比她更美丽的女孩了。

在戈壁滩上跳舞是件很辛苦的事。湛清然见她连眉头都没皱一下,手臂柔美,腰肢婀娜,身上彩带不断随风舞动。他认出这是壁画上的动作,心领神会地笑了笑。

燕回非常敬业地完成了这期视频的拍摄,又拍了许多照片。最后,她带着满身的沙子回到了车上。

湛清然没想到她那么能吃苦,顶着烈日,每个动作都能做到最美最飘逸。一场舞下来,不知道她被晒了多久,流了多少汗。

Chapter 07
第七章

两人回家的那天在下雨。

下雨天最适合睡觉，但燕回没偷这个懒，而是抱着电脑，在沙发上认真准备她的视频。

她的蜜月之旅非常完美。

湛清然回来就往学校跑。他们团队的课题方向是大规模 MIMO（指能在不增加带宽的情况下，成倍地提高通信系统的容量和频谱利用率）。这个课题不好做，一烧经费，二烧头发。湛清然不是团队里最年轻的，却是头发最茂密的，是师生们调侃的对象。

燕回第二天去杂志社时，D 姐正召集手下一群编辑开会。这次有两个编辑出差，他们安排做了两三年的助理过来参会，会后 D 姐气得在办公室发飙："我这会是给助理开的吗？"

只有 Amy 在场，Amy 听主编破口大骂十分钟后，默默地给她端来咖啡，挪开桌子上堆积成山的礼品盒，说："我去喊人。"

一个小时后，Amy 火急火燎地安排了明天的一个拍摄任务，然后拿着杂志过来找燕回："效果不错，这几天大家都在议论你是不是跟 Ken 有私交。"

原来是 *X Style* 那期杂志的封面出来了。

燕回瞄了两眼，笑盈盈地解释："老大别开我玩笑了，那次纯属误打误撞，抓我救场呢，凑合呗。"

"跟你说正经的，我听说，Ken 有签你做平面模特的意思。这是多少人挤破头都想得到的机会,你机灵点儿。"Amy脑海中产生了一点奇怪的联想,她冷不防地问,"你不会是跟Ken隐婚了吧?"

燕回心里直翻白眼。她才看不上湛航,他有钱又怎么样?时尚杂志总监很了不起吗?

"怎么会?"燕回绝对不会说"总监怎么会看上我"这类的话,她不想谦虚时,谁也不能逼她说违心话,于是她只是坦然地说,"我真命天子另有他人啦。"

说曹操,曹操到。燕回去给孙见东送伴手礼时,一个高大的身影已经绅士地替她拉开了门。

正是湛航。

"这么巧,有段时间没见。"湛航微笑着和她打招呼。

燕回跟那个品牌方没了后续,那顿饭后,她装傻,湛航也就顺其自然地装傻,品牌方要联系燕回,被他轻描淡写地挡了回去。

"好巧。"燕回皮笑肉不笑地回了一句。事到如今,她更是没心情跟他有牵扯,她的骄傲还不允许她随便出卖自己。

燕回正要走,湛航喊住了她。他似有似无地笑着打量她,说:"有时间吗?晚上一起吃个饭。"

不等燕回开口,他又侧头特意多看了她几眼:"有点瘦了。"

燕回心想,没话找话。她笑眯眯地回:"不好意思,今晚正好约了人,下次再约好了。"

下次,下次就约湛清然家的家族聚会吧。燕回忽然恶作剧似的想。

湛航目送她。燕回是标准的尤物,隔段时间不见,他发现,自己对她的兴趣倒又被重新勾起来了。

他不信她不会上钩,无非是筹码太低。湛航无声地笑笑,插兜走开。

这两天有个拍摄,一大早,摄影师、化妆师以及明星都到了片场,Amy也到了。因为燕回已经不怎么负责服装的事,所以这活落在了周周头上,没想到,电话打过去,周周竟然还没出门。

"Jojo,昨天跟她说清楚了吗?"Amy一脸愠色,"让她马上过来,都在等她,她是没长脑子吗?"

Jojo一肚子火,跑到旁边打电话,先是把周周骂得狗血淋头,接着厉声要她必须立刻到场。

"你跟Amy说,我不干了。"

周周被骂得心情烦躁，索性撂了挑子。

Jojo 先是一愣，随后气得大叫：“你有毛病啊，说不干就不干！”

周周直接挂了电话。

Jojo 只能硬着头皮把这事告诉 Amy。

Amy 打给燕回，让她放下手头的活去找服装助理，把衣服尽快送来。

燕回正在给文章重拟标题，接到电话后，想了想，打电话给周周。电话响了很多声，那头的周周才接起。

"大家在等你送衣服，知道吗？"燕回问她。

周周忽然崩溃："我受够这里了，每天就是鸡零狗碎的破事，我不想再被别人动不动甩脸了，我没你聪明，也没你漂亮……"

"周周，你别这么激动，"燕回无奈地叹气，一字一句地告诉她，"好，可以不干，但是你知道你现在该做什么吗？去送衣服，我知道你怕被骂，但是你手里拿着人家几万块的衣服，Amy 可以报警说你带着衣服跑路了，懂吗？不要再磨叽，那边 Amy 一定会想办法让化妆师拖延时间，你加快点速度。听我的话，现在就去送衣服。"

周周哽咽着，犹豫地道："可是……"

"没有可是，我们有始有终好吗？"燕回的声音变得温柔起来，"亲爱的，去送衣服，我晚上请你吃饭。"

最终，周周在一个小时后出现在了拍片现场。

Amy 虽然已经处于极度烦躁中，但并没有说什么。

晚上，燕回在附近请周周吃了顿饭。

听了痛哭流涕的周周长达半个小时的控诉后，她总结说："不是每个人都适合待在这种地方，发现干不了，走了也好，趁早规划别的。"

周周眼泪吧嗒吧嗒地掉："燕回，我什么时候能像你这么厉害就好了。唉，我送衣服过去时，Amy 问我怎么又愿意过来了。我说你劝我来的，她说我应该多向你学习，做事靠谱点。我哪里不靠谱了？我就是很焦虑。"

"我厉害什么了？"燕回笑，"别丧气嘛，别哭了，这条路走不通就干点别的呗，你只是不太习惯这里而已，总会找到适合自己的，别灰心！"

"我看你做自媒体也做得挺好。燕回，你能跟我说说自媒体是怎么做起来的吗？"周周把她的往期视频看了个遍，特别是燕回新一期的沙州主题视频，好评如潮。

两人聊了那么一会儿，燕回送给她一份博物馆文创小礼物，周周的情绪好了许多。"买件衣服吧，开心开心。"燕回拽着她去逛商场。

周周家境尚可，来杂志社实习也是出于对其高大上、光鲜亮丽的工作性质的错误幻想：什么参加各种时装周，礼物收到手软……

现实却让人清醒，周周此刻就很清醒。

她是梨形身材，买衣服需要扬长避短，只能拜托燕回帮她挑。

就在这时，燕回遇到了叶琛。

叶琛正陪着气色不怎么好的母亲代慧颖来买东西。

代慧颖让叶琛试一条裙子，裙子颜色清新，却被燕回伸手拿走往周周身上比画。

叶琛淡淡地看了眼燕回，燕回显然是那种在人群里回头率百分百的女孩，艳光四射，却又一副慵懒模样。

燕回却没有察觉，把裙子塞给周周："你不要总是跟 Jojo 学穿什么潮牌，丑死了，不适合你，试一试这个。"

"不好意思，姑娘，这条裙子是我们先……"代慧颖话说了一半，叶琛就揽住她的胳膊，用眼神示意母亲不要跟这种女孩搭腔。

她对燕回这种看上去漂亮却不怎么正经的女孩天生反感，这是她学生时代就积累下来的偏见，来自优等生的傲慢。只不过，进了社会后，她会把这种反感掩饰得更加好。

燕回终于注意到叶琛投来的审视目光，她觉得这人有点眼熟，可又想不起在哪里见过。

对方长相文秀，站姿矜持，有种……对，那种念书很好的感觉，斯斯文文的。

最后叶琛并没有买那条代慧颖看上的裙子，她兴致不高，陪妈妈逛完商场，晚上开车回家。

叶家是独栋别墅，有花园，代慧颖经常在石子路上来回走，说是对血液循环好。人一上了点年纪，就爱养生这一套。

客厅里，叶广全刚送走客人。他叼着雪茄，笑眯眯地问："今天扫货战果如何啊，叶老师？"

叶家夫妻俩结婚晚，三十出头才生的叶琛，叶琛又是独女，从小备受宠爱。

"这也不想买，那也不想买，"代慧颖轻抚着女儿顺滑的长发，"我们叶老师可挑剔了呢。"

097

叶广全说:"人生苦短,挑剔是应该的。"

代慧颖埋怨说:"还说,什么挑剔是应该的?有些事就不能挑,挑花了眼还不如头一个。"说着她瞪了丈夫一眼,而后看向叶琛:"琛琛,你回来也都跟老熟人吃过饭了,小湛呢?你到底联系人家了没有?"

叶琛心里顿时一阵郁闷。

她语气硬邦邦的:"我联系他做什么?他都结婚了。"

夫妻俩都是一惊,彼此交换了个眼神。

叶广全问:"这怎么说?不可能呀,要真是那样,湛老师夫妻俩会通知我们的。"

叶琛的心情烦闷无比:"湛叔叔跟阿姨最能照顾人面子,他们肯定是不好面对你们,所以才没说这事。"

代慧颖忙问:"谁告诉你的?就算他父母不说,这事李格他们总清楚,也没听说过。要真是结婚了,李格还撮合什么呢?那孩子也不是个不靠谱的人啊。"

叶琛不说话了。

那天深夜,她失眠,辗转反侧睡不着,不知怎的,就厚着脸皮给他发了条信息,发完就后悔了,毕竟,回国后湛清然不冷不热的态度已经让她心灰意冷。但那晚通话后,她又得知了一个让她吃惊的消息,原来湛清然不仅跟对方同居了,还结了婚。

茶几上,叶广全玻璃杯中的茶叶绽开,脉络清晰,叶琛想起,湛清然曾送过爸爸茶叶。该懂的礼数他都懂,该体贴的地方他都体贴。

叶琛不易察觉地叹口气,忽然站起,只说:"我累了,先上楼休息。"

她噔噔噔地跑上楼,反手合上门,愣了几秒,轻轻趴在了床上。

代慧颖跟着上来,敲门进来。

"琛琛,妈妈一直没敢问你跟小湛的事,"她坐到床边,抚了抚女儿的肩膀,"能跟妈妈说说吗,到底是怎么回事?"

代慧颖不是没替女儿留心,相反,湛清然那方面的情况她一直托李格打听着。她知道,自己这个傻女儿脾气倔,事事讲究完美,年轻气盛,未免对湛清然要求多了点,但哪里有十全十美的人?小湛已经是百里挑一的人,学识、样貌、家世哪一样都占,又是跟女儿知根知底的少年同学,这世上,再找不出这么好的男孩,偏偏他俩能闹别扭闹到分手。一别两年,其间小湛去相亲,把她急坏了,亏得听说没什么下文。

也因此,当初代慧颖极力劝说叶琛早点回国:"你再不回来,小湛很快就会被人抢走,你这孩子,不知道如今的相亲市场上,优质的男孩少,女孩多,再不回来可有你后悔的。"

叶琛最不爱听这种话。多俗气啊,相亲市场,好像爱情成了标价的买卖,供人挑拣。

"别问我了。"叶琛把脸埋在枕头里。

代慧颖顿时着急上火:"是不是小湛还在跟你闹别扭,故意这么说的?要不然,妈妈跟他沟通沟通?"

叶琛把枕头一下拿开,她眼睛红了:"妈,您别掺和了,就这样吧。"

代慧颖说:"什么叫就这样吧?那孩子也是个有心气的,你都低头了,他还想怎样?他又不是不了解你,他要真这样,那妈妈这些年也是白疼他了!"

叶琛不语,眼泪开始慢慢滑落,她心里很混乱。叶琛从小到大没遇过什么挫折,她书念得好,家境优越,人长得也不差,还有湛清然这样的男友,工作上亦是一帆风顺,怎么看,都攥了一手好牌。她不能接受自己在感情上的失败。

往日的点点滴滴如今不复存在,她怎能不难过?

以前,听到什么丈夫出轨妻子不愿离婚,什么谁分手一哭二闹三上吊的新闻,叶琛都觉得那样太掉价了。她自觉道理比常人都要多吃透几分,这种毫无尊严的事情一定不会发生在自己身上。

人一定要先爱自己,才能得到别人的爱。

但如今真的身处其中,她却发现所谓的道理不过是浮云。

她嘴上说分手,可心里想的还是他,身心都还属于他。可他怎么能先丢下她,去找别人呢?

叶琛心酸异常,她伏在代慧颖的怀里,肩头一颤一颤的:"妈,他可能真的不爱我了,我只是跟他置气而已,怎么就这样了呢?"

代慧颖搂住她,说:"好孩子,别伤心,我看小湛多半是还在跟你较劲,哪能说结婚就结婚?他有女朋友这事我都没听说过。这样,你不是回来也没去探望过湛教授吗?带上礼物,咱们去看看,到那儿只要一聊就知道小湛那孩子怎么回事了,他要是真结婚了,外人不知道,父母总得知道吧?"

叶琛没说话,平复了会儿情绪,冷静地说:"看望湛教授是应该的,但这件事,别打探了,湛教授如果愿意说我们就听着,不说的话,妈也别拐弯抹角地问。"

夜色下，城市灯火辉煌。

燕回最爱夜幕下的流光溢彩，奇怪的是，她在沙州民宿小院里觉得风清人静，蛮好的，如今回来，又立马沉浸在这五光十色的浮华都会中。换言之，她是个感情切换自如的人。

喝了点酒，燕回举手投足间就显得慵懒又充满魅惑，她打电话给湛清然，撒娇让他来接她："小湛老师，你总不能天天住学校吧，你要是不来，我怕司机会对我起歹心，毕竟，我太漂亮了。"

湛清然那时刚回到家。暑假，几个研究生没走，天天在实验室泡着，他一回来仍旧按时过去指导，听学生汇报进度，明天还得开会。

湛清然赶过来接燕回时，她正站在路边。见他的车过来，她立刻高兴地冲他使劲挥手。

拉开车门，燕回跨着长腿坐进来，果然，一股淡淡的酒气迅速钻入湛清然的鼻间。

湛清然刚想问什么，这边，燕回已经迅速在他脸上亲了下。她在笑，眼睛很大，睫毛纤长浓密，投下错落的阴影，嘴唇像盛开的玫瑰。

喉咙微动，他让燕回坐好。

车子没开多远，速度放缓，湛清然在找车位，燕回往外看看，问："你要买东西吗？"

"嗯，买样东西。"

他打开车门，牵过燕回的手带着她进了一家连锁店。

那是家珠宝首饰店。

他是来挑对戒的，这是个含蓄的表示。

燕回很快明白湛清然的意图，她立马笑了，笑得一脸明媚。

店员给两人介绍灵蛇戒指，燕回一眼相中，要的是玫瑰金款。她手指一伸，娇滴滴地示意湛清然帮她戴。

戒指是经典蛇身元素，光芒璀璨。

她手指白皙修长，戴上戒指熠熠生辉，湛清然捏住她的手指放在眼底打量，问她："喜欢吗？"

燕回骄傲地、重重地"嗯"了一声，抬起下巴，女王似的扫了一眼湛清然的脸，说："小湛老师说自己工资不高，你会不会心疼？"

湛清然轻轻笑一笑："确实，不过工资在我的收入里只占一小部分，大头不在这儿，湛太太可以放心。"

燕回立刻把男款的给他戴上，晃了晃，说："你要每天都戴着，这样，大家就知道你是有家室的人了，我看谁还那么不要脸地想你。"

湛清然眉头不经意地皱了下。他当然清楚，燕回的话里别有所指。

"说话就说话，我们不随便骂人好吗？"他不动声色地看她一眼，转过身，准备结账。燕回那双眼闪闪发光地盯了他几秒，灯光下，男人的身影高大英挺，站在那儿就是幅赏心悦目的画。

他属于过别人，而且，他会不自觉地维护那个人。

燕回觉得胸口被什么东西撞了一下，有点疼。

但她不想让今晚的好心情消失，有什么好心酸的呢？

她这么年轻，早晚会彻底打败他心里的那个人。

燕回斗志昂扬地想。

她忽然冲他一笑，兴致勃勃地挽住他胳膊，伸出手，跟他对比着看："除了我，谁也配不上你。"

湛清然侧头，眼睛里笑意淡淡的。

他说不清自己是怎么了，一瞬间，强烈的羞耻感扑来。当燕回光明正大地指责叶琛不要脸时，好像连带着也否定了他，这种感受总是令人不快的。

燕回并不知道他的过去，但可以轻而易举地否定他曾经的伴侣。那种伤人的话，他自己都没对叶琛说过。

湛清然看着眼前美丽的姑娘，有些惘然。她确实是太漂亮了，所以可以肆无忌惮地嘲笑"丑狗"不配和她谈恋爱。在挖苦别人这件事上，燕回张嘴就来，心安理得。

她甚至没什么恶意，就是嘻嘻哈哈，轻浮地想说什么就说什么。

湛清然替她想了很多个理由来解释她的这种行为。

真是难以想象，如果他养了这样的女儿的话，要怎么教导。

一路上，他沉默着，只听燕回叽叽喳喳说个不停。

最终，她好像说累了，低头打开她的手机，很快又是一脸得意："我这次的主题很火爆，大家都超喜欢。啊，弹幕好有文采，小湛老师，我读给你听听好不好？"

话音刚落，湛清然的电话响起。

是他母亲打来的，她问他这周末回不回家，要不要一起吃顿饭。

湛清然的声音在夜色中总是偏沉静:"好,我正打算跟您说这周末要回家。这样吧,回头我再给您打个电话,开车呢。"

"好的好的,你慢点开,注意安全。"

电话挂断后,燕回瞄过来一眼,试探着问:"湛老师的妈妈?"

"嗯。"湛清然应了声。

"你周末要回家?"

"嗯。"

燕回还想问点什么,但看着男人波澜不兴的那张脸,勇气忽然消散——是她想多了?买戒指,仅仅是碰巧?

可之前他答应过她,回来就带她见父母。

他是忘记了,还是反悔了?

燕回满脑子乱七八糟的,不吭声了。手机屏幕黑掉,她不再打算念那些赞美她的弹幕。

"怎么不说话了?不是说,要把弹幕读给我听听的吗?"湛清然转脸看她一眼。

燕回眼睫扑闪,脸上闪过一丝迟疑:"你不一定想听,还是算了。"

"没有,我等着听呢。"湛清然笑笑。

他现在有点不一样,她知道是事出有因。

她不是傻子。

"周末,我……"燕回临时撒谎,"我也有事,正好,我们各忙各的。"

湛清然问:"很重要的事?"

燕回点点头。

"能往后推一推吗?"

湛清然用的是商量的语气,燕回心跳又不禁加快。她吞了吞口水:"干吗?"

"不是说好的吗?带你见见父母。"湛清然很平静地讲出来。

燕回忽然觉得自己很卑微。她知道,她不应该无缘无故地觉得自己卑微,没什么好卑微的,他不爱她,她一开始就清楚。

他只是说要带她见见父母,她就高兴得想哭了。

"可是,你今天晚上生我的气了。"燕回开口,接着翻包找出墨镜,大晚上的,又把墨镜戴上了。

湛清然说:"没有,我为什么要生你的气?"他看她戴上墨镜,知道她不想让别人看到她眼里的真实情绪。

他对她的怜爱,永远发生在他自己都无法预测的某个细节中。

比如此刻,燕回像小孩那样赌气又骄傲地维持着自尊,她戴着墨镜,只有红唇显眼,冷艳得不可方物,好像什么都不在乎。

湛清然把车缓缓靠边,打着双闪灯。

"我怎么觉得,你是在生我的气呢?"他笑着摸了摸她的头,她把头一偏,不让他碰。

"你对我一点都不热情。"燕回说。

湛清然轻挑眉毛,笑看着她:"要怎么热情?你说说看。"

"我不知道,反正你突然对我很冷淡,我感觉得出。"

他沉默两秒,安慰她:"没有的事,是你想多了,挑戒指时开开心心的,不是很好吗?明天我准备点礼物,周末一起回家,嗯?"

他在安慰她。

燕回嫁给他,是为了取悦自己,爱一个人是非常快乐的事情。当然,如果他也爱她,那就更完美了。燕回珍惜这种快乐。所以,当湛清然愿意安慰她时,她就顺着这个台阶,快速滑下。于是她说:"那你还要听我读弹幕吗?"

去他的初恋,现在的湛清然是我的。这么想,燕回很快就释怀了。

视频上方飘满了密密麻麻的赞美弹幕,燕回高高兴兴地念给湛清然听,末了还问:"对我这种绝世美人,你就这么无动于衷?"

她理直气壮地说:"大家都为我疯癫了,你没话对我说吗?"

湛清然笑得咳嗽了声:"我在开车,怎么疯癫?"

"你都不赞美我。"燕回语气不爽,"在沙州的时候,你一句都没夸我。东东每次拍我,总说我太好看了,都要把镜头给震碎了。"

湛清然眼尾不着痕迹地动了动:"你那个摄影师?"

"我认识好几个东东呢,"燕回趾高气扬的,"没有一个不被我的美貌折服的。"

"你现在是已婚人士,不是不能跟异性打交道,但要有边界感。"湛清然淡淡地提醒她,"不要让别人误会,觉得你好被占便宜。"

快到小区了,附近便利店里摆着各种水果,燕回听得心不在焉。她趴着窗户往外看,兴奋地说:"哎呀,我看到了,那家老板娘在呢。我去买西瓜,她家的西瓜最好吃了。"

很明显,湛清然跟她说的话,她压根没往心里去,全当耳旁风了。

买礼物是件很费劲的事情。燕回跟父母联系不多,父母平时也想不起她这号人,她挣第一笔钱时,给父母寄过电子产品,等她过年回家,才发现东西早被弟弟霸占了。

后来,她就不再买什么了。

湛清然的父母是高知,家境优越,生活品质向来有保障,她就更不知道应该给他父母买什么了。

"家里什么都不缺,我买就好了。"

湛清然在这件事上没打算让她操心,但她不同意:"那怎么行?是我的心意,你买算什么?"

湛清然微微点头:"也好,不过不用太破费,我爸妈都是比较低调传统的人。"

燕回心里有点发虚,转念一想:我又聪明又时髦,总能买到适合的礼物的。

她趴在沙发上,绞尽脑汁地想买什么礼物,一会儿翻两页杂志作为参考,一会儿呆呆地盯着桌子上的鲜花看。

湛清然从卫生间出来时,看到的就是她这副模样。他静静地看她片刻,喊她:"燕回,到我这里来。"

燕回回头,娇媚地把脸贴在手上,又趴着了:"干吗?"

"过来,听话。"湛清然的语气好似什么感情都不带,他坐下,倒了杯温水。

燕回便懒懒地坐过去,顺便吃西瓜。

"周末我们回去,注意下衣着。还有,"他的要求提得很明确,"说话不要太放肆,懂吗?你在我跟前自然是什么都可以说,但在我父母面前还是要注意下,不要说那种惊世骇俗的话。虽然我爸妈很开明,可我们是晚辈,有些话不适合说,能明白吗?"

燕回故意装傻:"不明白。"

湛清然抿了抿口水,不露声色地说:"你听懂了,别装傻。"

燕回就笑。两腮被撑得鼓鼓的,西瓜汁挂在嘴角,她还偏要说个不停。

"那我要是一不留神犯错了怎么办?我要是表现不好,叔叔阿姨让我们离婚怎么办?"

湛清然看她拼命往嘴里塞西瓜,伸出手,擦去她嘴角的猩红果汁:"又没人跟你抢,塞这么多做什么?"

湛清然手刚要缩回,却被燕回调皮地含住,她不说话,就这么看着他。

湛清然抬起另一只手，对着她的脑门狠狠地弹了下。

燕回吃痛，立刻甩开他的手指，西瓜喷了他一脸："小湛老师真讨厌，干吗弹我脑袋？都要把我弹笨了！"

湛清然笑着站起来："你本来也没多聪明，我说的话，别不当回事。"

他扬手把自己脸上溅到的碎西瓜抹去，微笑着看她："你礼貌吗？"

说完，他去洗脸，随后进了书房。

天气预报说没雨，临到了这天又变，跟人心似的说变就变。

起风了，顿时吹散了一天的闷热，叶琛往后备箱装礼物。湛清然的妈妈程教授的喜好她很清楚，其实礼物早就备好了，是从国外带回来的，只是还没找到合适的时间送，本来是计划等湛清然带她再次登门时……

叶琛给程教授买的是国外最新著作，跟专业相关的。代慧颖看她把书小心地放在车座后排后，说："湛教授的礼物呢？"

她弯腰出来，关上后门："都在，妈，你跟湛叔叔、程阿姨打好招呼了吗？"

"当然，我听程教授那语气很高兴。她说知道你回来，本来就打算请你到家里做客，但怕你忙。"

叶琛出神道："是吗？程阿姨对我会像他那样变心吗？"

湛家夫妻俩住在南区，邻居多半是原先的教职工们，彼此都相熟。这小区还是湛清然、叶琛出国那年新建的。

一番寒暄，湛教授夫妻俩把客人迎进来。程一维给两人倒茶，代慧颖连忙起身去接，被程一维轻按住："快坐、快坐。"

"程教授，看您客气的，您也快坐，别忙了，都这么熟了，又不是外人。"代慧颖气色不佳，早被程一维看在眼里，程一维随即问候了几句。

湛教授气质温文，说话不紧不慢，见叶琛来，很是高兴，一开口，问的便是与专业相关的问题。

叶琛一如从前，坐姿笔挺，两手放在膝头，文文静静地回答着，细致耐心。

"难为你了，文转理，到底是放弃了爱好。"湛教授感叹，"原先总是说重理轻文，如今理科也不比金融这些大热门，没办法，学生们也要吃饭，现在生活压力大，社会对年轻人不够友好啊。"

程一维听得笑了，说："琛琛，你看你湛叔叔，是不是还是老样子？"

叶琛微笑点头："湛叔叔一直都关心我们年轻人，年轻人是国家的希望，湛叔叔身为上一辈人，忧国忧民，令人敬佩。"

她一席话说得妥帖，气氛融洽和谐。正聊着，程一维看着叶琛说："可巧，今天清然说要回来，说有事跟我们说，"她别有意味地轻拍叶琛的手，"不会是你俩商量好的？"

叶琛露出个意外的表情，说："清然没跟我说。"

程一维怔了怔，笑道："是吗？我还以为你们俩是商量好的，一前一后都过来了。"

楼下不知是谁鸣了声喇叭，程一维到窗前看，果然，湛清然的车停在了楼下。她笑盈盈地回身说："正说他呢，这不就来了。"

叶琛矜持地抿了口茶，心跳得很快，她不由自主地看了母亲一眼。

代慧颖给了她一个鼓励的眼神。

楼下，湛清然在跟燕回分礼物。燕回今天穿着简单的一件白色T恤加牛仔裤，脚上是一双球鞋，青春逼人。

"刚才交代的，都记住了？"湛清然不怎么放心地拎起礼物。

燕回叹气，摸了摸他的下巴："唉，小湛老师一定在想——我怎么找了个这么不省心的姑娘？一句话交代不到位，她就能给我捅娄子。"

湛清然忍俊不禁："很好，有自知之明。"

"呸呸呸。"燕回扑哧笑出来，随后，对着单元门口的绿树深吸两口气，"我怕我会缺氧。小湛老师，我好怕。"

他摸了摸她的手，笑着一抬下巴，示意她进去。

门开时，程一维一眼瞧见儿子身后还跟着个姑娘，对方眉毛醒目，眼睛清亮，是个极美的姑娘，还笑盈盈，透着喜气。

程一维微微一怔。

湛清然笑道："妈，这是燕回，早该带她来见见您和爸的。"

燕回冲程一维甜甜笑着，怕吓到对方，没急着喊妈，只是稍稍一鞠躬："阿姨您好。"

事发突然，程一维心里明白了七八分。可屋里头还坐着代慧颖她们母女。她短暂地思考了两秒，走出来，把门一带。

湛清然跟燕回都被挡在了外头。

湛清然有点不解地看向母亲。

程一维含蓄地说："你代阿姨跟琛琛都在，今天来家里做客。"

湛清然也是一愣，没想到自己千挑万挑，却挑了这么个时候。

程一维深深地看了儿子一眼，对燕回客气地说："你好。"她看到了燕回手里的礼物，已经什么都明白了。

燕回也大概猜到了什么，笑吟吟地看向湛清然。

"哦，这么巧。"湛清然镇定自若地笑笑，"妈，总不能让我们就在外头站着吧？"

程一维觉得今天实在是尴尬，但湛清然已经去开门，她只能低声说："燕回是吧？快进来。"

屋里几人正疑心外头怎么回事，呼啦啦一下进来三个人，原本宽敞明亮的空间顿时暗了暗。

两个年轻姑娘都在三秒钟内认出了对方，彼此都有些诧异。

叶琛看两人放在玄关的礼物，脸忽然涨得通红，她瞬间明白了什么。

难堪、羞愤以及对燕回那种说不上来的轻视交织在一起，让她透不过气。

她快速拉代慧颖起身，冷不防跟湛清然对上目光，看到他手上明晃晃的戒指，心头一阵惊怒。她对代慧颖说："妈，湛叔叔家有客人，我们就别打扰了。"

空气仿佛凝固了，房间里一片寂静。

代慧颖古怪地看了看女儿，再看看湛清然和他身后跟着的姑娘，顿时明白了。她起身间，不小心碰到茶几拐角，发出砰的一声，声音格外刺耳。

"代阿姨好，"湛清然主动打招呼，始终淡淡笑着，又把目光移到叶琛身上，"叶琛也来了，不多坐会儿？"

叶琛脸色很差，她觉得自己这时应该维持住最基本的礼貌，但她做不到。

她的眼睛因为愤怒而没了温度，她做梦都没想到，前两天在商场见到的女孩，今天会出现在这里。她不甘心。那么清高的湛清然，怎么会把这种女孩带回家？

叶琛看向燕回，像是要看穿她似的。真是可笑，这么肤浅的女孩，装什么清纯呢？叶琛心里涌上来无尽的鄙薄之意。

代慧颖更沉不住气，试探道："小湛，带朋友来家里玩？"

湛清然正要张口，燕回落落大方地把话接过去："阿姨，我是湛老师的爱人。"

爱人，真是有年代感的称呼，此刻从燕回的嘴里说出来，显得古怪却又带着缠绵。

代慧颖把目光对准了湛清然，其中既有质疑、错愕，更有难言的失落。

107

同时愣住的,还有湛教授夫妇。

外头蝉鸣阵阵,屋里却像一幅油画,每个人都像被定住了。

"小湛,你……"代慧颖变了脸色,她几乎是不能相信地瞪着他,"你……"

"妈!"叶琛眼圈一红,"别说了,我们走吧。"

湛教授夫妇从震惊中回神,连忙挽留客人,客厅里乱糟糟的。

燕回冷眼旁观。

湛教授不满地瞥了眼儿子:"湛清然?"

连名带姓地叫,湛教授明显是带了情绪。

湛清然的神情一直淡淡的,他说:"今天确实不方便留代阿姨你们吃饭,我下去送送你们。"

"不必了,"代慧颖克制地拒绝,回头道,"你们都留步吧,我们改天再拜访。"

燕回很自然地走过去,挨着湛清然,笑眯眯地对代慧颖说:"阿姨,我们还没办喜酒,到时您一定要来呀。"

她嗓音软,正经说话时也有股撒娇的味道。

代慧颖终于认出眼前的姑娘,她顿时觉得受到了莫大的耻辱。如果,湛清然今天领回来的女孩比自家女儿更优秀也就罢了,可对方竟活脱脱是个妖精。代慧颖觉得一口气堵在胸口,语气更冷:"湛教授,您看小湛这结婚也没通知我们一声,见外了啊。"

湛教授被噎了一下,他不好说自己也是刚刚知道,只笑着说:"哪里哪里,这还没办酒席嘛,到时一定下请帖。"

叶琛觉得太过难堪,率先出了门,程一维也跟着追上去。

代慧颖为女儿抱不平,略带讥讽地说:"小湛,你这是闪婚?你是阿姨看着长大的,就算不喜欢琛琛了,也不能随便找个人凑合。闪婚,要慎重啊。"

湛清然皱眉,但显然不愿闹太僵,刚要开口,燕回又抢了他的话,笑得依旧明媚:"阿姨,我跟小湛老师是一见钟情,他非我不娶,我非他不嫁。结婚是喜事,您应该多多祝福才是,对吧?"

代慧颖被怼得只连连说了几个"你"字。

燕回又说:"以后也麻烦叶琛姐姐别半夜发信息给小湛老师,好好的知识分子,对已婚男人说我想你,影响不好。"

代慧颖一阵心慌气短,脸上挂不住,抬脚走人。

湛清然匆匆看了燕回一眼,不易察觉地轻声叹息,随后跟了出去。

屋里分外安静,一时,只剩了燕回和湛教授。

燕回回头对上湛教授文质彬彬的脸,耳尖一红。她从小就怕见到一本正经的老师。湛清然的父母,都是有真材实料的大学教授,一眼看过来,目光中透着睿智,能看透人。

"湛教授,您好。"燕回勉强笑笑,咬咬唇,说,"真不好意思,我和小湛老师也没想到今天家里有客人。"

湛教授摆摆手,招呼燕回坐。

"喝得惯茶吗?"湛教授给燕回倒水,燕回冲他感激地笑笑,接过杯子道谢。

气氛有种诡异的安静。

燕回清清嗓子,主动说:"湛教授,我跟小湛老师的事,可能他说比较好。刚才,我不是故意让谁难堪,是那位阿姨说话先阴阳怪气的,我冲动了,真抱歉,希望您不要介意。"

湛教授只是点了点头,也没说介意还是不介意。

燕回抿了口茶水,满嘴清香,不禁意外:"我没怎么喝过茶,原来还挺好喝的。"

湛教授笑了笑,这个女孩刚才虽然嘴上不饶人,却是直来直去的,有点意思。

"喜欢喝的话走时给你带点。"

"那我就不客气了,谢谢您。"燕回微微笑着,听见门响,忙站了起来。

隔着玄关的镂空隔扇,她看到一掠而过的眼神,是湛清然的。

他喊了声"爸",看看燕回,平静地说:"该说清楚的,都说清楚了。"

燕回的那颗心猛地一软,像羽毛落在了花瓣上。

湛清然像是说得口干舌燥,猛地喝了两口茶,用的是燕回刚用过的杯子。

不多时,程一维略显疲惫地回来,燕回不禁扯了下湛清然的衣角。

湛家父母把湛清然单独叫到书房说话,客厅里,只留燕回一人。

她坐在那儿,忽然觉得自己是个外人,和这里毫不相干。

虽然程教授进来时没有冷脸,但她清楚,湛家夫妻俩显然对走掉的母女更热情。

湛清然和那个女孩,是少年恋人,也许早就被双方父母认可了。

她是个意外。

燕回静静地打量起这个家。

整洁,有序,沙发背景墙上挂着湛教授自己的书法作品。家具大都是红木

109

材质，壁柜上放着的景泰蓝瓶子倒是好看，是燕回喜欢的颜色。

目光流转，落在相册上，她起身去翻。

燕回向来随心所欲，没有从第一页翻起的习惯，但这相册，她饶有兴味地从头看起，一点都不想遗漏。

相册第一页，是湛清然小时候的照片，他打小就是个漂亮的小男孩，眉眼冷傲，像一只骄傲的大公鸡。燕回偷乐，似乎把今天的不愉快都忘光了。以后，她也要生一个像他这么漂亮的小男孩，以及像自己一样漂亮的小女孩。

燕回真想穿越回去，亲亲小时候的湛清然。

小湛老师可太优秀了。他拿奖，各种奖，还会拉小提琴。照片从少年的湛清然开始，多了叶琛，她眉眼清秀。

再往后，相册里湛教授夫妻出现得更少了，基本上全是湛清然和叶琛。那么多时光，那么多回忆，那么多……青春的笑脸，是燕回不可能参与进去的。

燕回没再细看，她觉得整颗心都沉甸甸的。合上相册的刹那，她觉得有什么一闪而过，又去翻。

是千佛窟。

标志性的建筑前，站着一对年轻的恋人，湛清然的手很自然地揽着叶琛，垂在她肩前，眉目舒展。

燕回的眼睛狠狠地痛了下。她的蜜月，原来只是别人的一段回忆。

两人在西北有那么多的甜蜜时刻，他从没一次主动提及过，他们甚至没有拍合照。

燕回移开目光，看了看手上的戒指，戒指美丽，美丽地冲她露出一个嘲弄似的微笑。

她把相册合上，重新放好。

爱一个人很快乐，但当心里希求对方给予同等回报时，就不快乐了。

燕回像是突然明白了这个道理。

书房门开，湛教授夫妻客气地跟她打招呼，程一维手里拿了个红包，说："小燕，你看，这事我们夫妻俩事先没听清然提过，仓促之间，没什么准备，这个你一定要拿着。"

夫妻俩都是教养极好的人，当着燕回的面，给足儿子面子，也同样让燕回感到受尊重。

燕回倒不忸怩，连推辞的话都没说，接过红包，眼睛亮晶晶的："谢谢妈，那我改口了。"

她又看看湛教授,说:"爸,也谢谢您。"

这"爸"和"妈"她叫得极其自然,夫妻俩还有些不太习惯,嘴里说着"好、好",让两人坐。

很快,夫妻俩一起进了厨房。

燕回什么都不会做,也懒得装贤良淑德,于是坐在沙发上继续喝茶。

"还好吗?"湛清然一直留心着她的神色,她刚刚很有礼貌,只是自从他打书房出来,燕回一眼都没瞧过他。

燕回跟没听见一样,放下茶杯,开始玩手机,一副好吃懒做的做派。

湛清然看她这个样子,眉头轻蹙,又很快舒展开来——随她去了。

这顿饭吃得出奇和谐,湛教授夫妻没问燕回的家世和来历,反倒对燕回时尚博主的职业很感兴趣。

燕回活泼大方,热情回应:"爸跟妈都是教授,是手握知识的群体,等以后退休,或者是现在有闲暇时间也行,完全也可以到平台上分享自己这些年积累的知识和经验,平台上年轻人很多,做的视频有针对性的话,总会吸引到一批人,可能受众会小些。不过,我想,爸爸妈妈肯定不介意赚钱这些事,只要有人看了你们的视频能有所收获,你们的心愿也就达成了,对不对?"

她一说起自己熟悉的东西,就光彩熠熠的,而且自来熟,很有亲切感。

湛清然意外于她跟长辈聊天这么畅通无阻,他看着她,多了份欣赏。吃完饭,两人又坐了片刻,起身告辞。

外头还是热,湛清然父母坚持把两人送进电梯。

刚出单元门,燕回那张明媚的脸上就袭上一抹倦意,她坐进车里,一声不吭地系上安全带。

湛清然发动了车子,却把车停在了小区门口。他觉得有必要跟燕回谈谈。

可明显,燕回不想谈,把墨镜又给戴上了。

"我不知道代阿姨和叶琛今天在我家。"

哦,叫叶琛。燕回默默地想,这名字也没什么了不起嘛。

"我下楼送她们时,把话说清楚了。"

燕回还是无动于衷。

湛清然把手搭在方向盘上,沉默了几秒,说:"其实,你没必要敌代阿姨,她毕竟是客人,有些话,你不说她也明白。"

111

燕回倏地把眼镜拿掉，明眸闪动："你在指责我，对吗？"

湛清然不想和她争执："这话怎么说？我并没有这个意思，我只是觉得，没必要弄得人难堪。代阿姨最近身体不太好，你又何必这么刺激她？"

燕回的喉咙发堵，她看着他这张俊逸干净的脸，冷笑两声："我的难堪呢？你知道我今天的感受吗？"

不等湛清然说话，她又开口："当然，小湛老师没兴趣知道我的感受，我这种人，能有什么感受啊？你关心她的感受，她妈妈的身体，还有你父母的感受，唯独我，你不用关心，也不会关心。她妈妈有什么资格对我阴阳怪气？我认识她？我跟她很熟吗？你话里话外都在偏向着她们，不分青红皂白地指责我，好像我天生不讲理，没文化没素质就知道讽刺别人，你既然觉得我这么不好，娶我干吗？"

燕回觉得有什么东西在反复冲击鼻腔，酸涩极了。她拼命眨了两下眼，竟然还能挤出一个妩媚的笑："你娶我，只是因为我漂亮吧？小湛老师，你可真舍得下血本，你这么好的条件，现在是不是后悔了？"

湛清然终于轻皱起眉头，侧过脸："为什么一定要曲解我的意思呢？我后悔什么？你能不能不要这么情绪化？燕回，我们可不可以像成年人那样沟通？"

"她不情绪化，对吧？知书达理，又有文化又有教养，这么有文化有教养的人，为什么半夜跟已婚男人发我想你？天下男人都死光了吗？"燕回浑身颤抖起来，她想骂人，"就是她，对吧？我们在沙州时，给你发信息的是她吧？"

湛清然没办法否认。

"她可真有文化真有教养，我确实比不上。至少我做不出破坏别人家庭的事，我不屑去做！"燕回忽然抓起包，狠狠地砸在湛清然身上，一下又一下，"我讨厌你，也讨厌她！"

湛清然任由她发泄了一通，动都没动。

燕回憋着眼泪。她还有好多好多话想问他，但问不出口。

你为什么对去过西北避而不谈？

你在和我拥吻时想的是我，还是为没有跟她走到最后寻求安慰？

你为什么心里总偏向她，而没有我？

我就那么差劲，不值得你付出一点点爱意？

Chapter 08 第八章

燕回生气的时候,眼睛总是格外地亮,亮到慑人,就像正午的夏阳。

湛清然看着她,发愣。

她说话跟连珠炮似的,他听出了她的几层意思来。只是每一层,对他来说都是冤枉。

燕回说完这些,把车门一拉,砰一声给关上了。

她今天穿的是运动鞋,轻盈地跑出小区,像一跃而过的飞鱼,又美又骄傲。

湛清然顺手拿过遮阳伞,下车追她。

太阳这么晒,她最怕紫外线伤害她的皮肤。

"燕回。"湛清然在身后喊她,她头都不转,拦下辆出租车毫不留情地坐进去,跑了。

整个下午,湛清然都没见到她的人影。

燕回一个人去逛街了,买了包,点一堆好吃的摆在眼前。

她看到对面的一家三口,小女孩十几岁的样子,个头应该不矮,但还在对父母撒娇,埋怨这个不好吃,那个不好吃。

燕回发呆看了会儿,不知怎的,给妈妈打了个电话。

那头的人许久才接。

燕回还没开口,就听到背景音里弟弟正在声嘶力竭地跟爸爸吵架:

"给我这点钱,我能买什么拿得出手的礼物?同学们会笑话死我!"

"两百块还不够?你一个中学生给同学过生日,两百还不够?"

"早不是你们那个年代了，两百块能够干什么！"

然后传来清脆的破碎声，不知是谁摔了东西。

妈妈不耐烦的声音响起："你又有什么事？嫌家里不够乱，是不是？你没事打电话想干吗？"

燕回张了张嘴，硬着头皮问："我上次给你们买的烘干机好用吗？"

"说多少遍了，不要买没用的东西，占地方，我们用什么烘干机？"妈妈没好气地数落了她一顿，她默默地听着。

她还没说话，那边的人倒先把电话挂了。

大脑放空几秒，燕回木然地开始拿东西吃。

炸鸡、雪糕、咖啡……她坐在那儿翘着手指，把婚戒摘了。

有人过来搭讪，她懒得搭理。直到一个高高瘦瘦的大男孩非常清爽地出现在眼前，犹豫地喊她："燕回？"

燕回抬头，大男孩露出久别重逢的笑，很阳光。

"还真是你，我看着像你，半天了，没敢过来打招呼。"

燕回一脸"你是谁啊"的表情。

男生笑容干净："你竟然不记得了，我们是同学啊，那个年级前三。"

燕回终于想起，他是跟她同班的学霸，她经常"压榨"的对象。

"你叫什么来着？"燕回慵懒地啃着炸鸡。

男生挠挠头："真不记得了啊？"

燕回赏他一个妩媚笑容："哎呀，你知道我记性不好。你真讨厌，不说赶紧走人，我现在心情很不好哟。"

她就是这样，爱谁谁，偏偏生气也动人。

所以，男生一点都不跟她计较。

"我叫胡子明，你想起来了吗？"胡子明有点矜持地介绍起了自己。他学习依旧很好，准备出国，继续深造。

燕回一句恭维的话都没有说，懒懒地看他一眼。胡子明变得有点尴尬。

胡子明提出晚上请她吃饭，问她有没有兴趣去他的学校逛逛，以及，他反复强调自己真的不知道燕回也来这座城市读书了。

燕回无心地问了一句："你读哪个学校呀？"

胡子明说出的学校名字让燕回怔了下，那是湛清然的大学母校，也是他如今执教的地方。

燕回嘲弄般地冲他扯嘴角："哎，我问你，你们这种念书念得好的人是不是都虚伪呀？"

胡子明愣住了。

燕回看他面露局促，忽然觉得他还蛮可爱的。要知道，湛清然可从没局促过，他哪怕知道自己妻子要跟前女友碰面了，也波澜不惊。

湛清然跟二十岁的毛头小伙是不一样的，他总是很从容、很镇定。他不会因为跟一个漂亮女人说话就脸红，字斟句酌地组织措辞。只有胡子明这样的大男孩才会这样。

瞧，她这么一问，他就脸红了。

燕回觉得他怪有趣，立马换了一副表情，说："小明同学，晚上陪我去酒吧跳舞吧，我们一起玩。"

被自己心动的女生一邀请，好学生头脑一热，兴奋又拘谨地答应了她。

手机上，湛清然一共打来三个电话，发来五条信息。

燕回调了静音，置之不理。

她猜湛清然未必在家，于是决定先回去换衣服。果然，家里没人。她想湛清然一定是去了实验室，他对他的那群学生最是热心。燕回想到他半夜三更在书房回邮件，又是一阵憋闷。

谁都比她重要。

他不会在家里等她，也不会满世界找她。

这种小情侣之间的戏码，湛清然绝对不会陪她演。

燕回杀气腾腾地换上新置的裙子，一件香槟色流苏吊带连衣裙，带点奢华的感觉。

她给自己化了个妖冶的妆容，并且在胸口处贴了个玫瑰文身。

胡子明再见到她，愣了几秒，随后吃惊地看着她雪白锁骨下的文身。

燕回嘻嘻哈哈地说："假的啦，一洗就掉，小明同学你看你那个没见过世面的样子。"

很少有人这么评价胡子明。他是学校里的天之骄子，专业成绩优异，是系里的"大神"，被燕回肆无忌惮地说没见过世面，他一阵臊。

燕回在酒吧里轻车熟路，她大方，又懂酒，请胡子明喝璀璨系列威士忌。

灯光迷离，音乐轰响，燕回喝得眼波迷蒙，跟英俊的调酒师胡乱侃起来，笑得咯咯响，引得不少男人频频看她。

"不好意思,她不加微信。"胡子明僵硬地拦住前来搭讪的陌生男人,警惕地守在燕回身边。

燕回冲陌生男人笑,摇了摇头,不忘对胡子明轻吐酒气:"小明同学,你真是我的护花使者。"

胡子明被她半真半假的样子弄得有些不好意思。

快十一点时,舞池变得热闹,音乐炸响,男男女女开始扭动身体。

燕回端着酒,先是跟着节奏点头,很快丢下酒杯跑到舞池中间跟着人群摇头晃脑地跳起来。

每当寂寞时,燕回就喜欢往人多的地方跑。

她尽情地甩着头发,扭动腰肢,像猫一样柔韧,灯光不断从她年轻艳丽的面庞上闪过。

胡子明守着她的手提包,看得迷离,直到燕回的手机不断亮起。

来电显示,是字母"Z"。

这显得颇为神秘。

胡子明发现这个"Z"在不停地打电话,他很想通知燕回,但那个妖娆的身影正专心投入在交错光影下,她混在人群里,他压根挤不进去。

终于,在这个电话打进来无数遍时,胡子明犹犹豫豫地接了。他怕别人有急事找她。

"你好。"胡子明往外走了走。

湛清然已经在外头找了她两个多小时,把她原先的住处、学校以及杂志社找了个遍。

燕回的电话终于被接通的刹那,湛清然的心还没落地,又被人一把攥住。

"你哪位?"他尽量克制语气,但已经十分警觉。

"哦,我是燕回同学,那个,她……她在这边——"

"麻烦把手机给她,我要跟她说话。"湛清然打断对方的话。

"您是……"

"我是她老公。"湛清然面无表情地说。

胡子明傻了眼。

半个小时后,湛清然到了酒吧。

他皱眉,目光往舞池里扫过去,但压根看不清人影。他找了一天人,整个人紧绷着,等在群魔乱舞的人浪中看到那个流苏乱闪的身影后,眼眸中寒意顿生。

燕回是标准的辣妹打扮,身边围着一群男人。

湛清然的太阳穴突突直跳,他走进去,一把揪住正要上前搂燕回的男人,将他重重地推搡到一边。对方回头,一脸怒火,在酒精的刺激下就要对湛清然动手。湛清然目光森森,不带任何感情地说:"我现在很不爽,你敢碰我一下试试?"对方看他来势汹汹,气势一下子弱了。

湛清然吓退男人,走到燕回身旁。他无比痛恨她的这种不自爱,不懂得爱惜自己的身体,也不懂得爱惜自己的名声,放任自流,身处这种危险场合,犹如稚子怀金,招摇过市。

燕回依然忘我地跳着,所以,当湛清然出现在眼前时,燕回也只是微微一愣,随即冲他明媚地笑起来,去拉他的手:"哎呀,小湛老师你也来了,和我一起跳舞嘛。"

她一脸天真地朝他撒娇。

湛清然静静地看她几秒,巨大的聒噪背景音似乎成为遥远的回声,她就这么嚣张地继续在他的面前狂欢。

"跟我回家。"他的脸色难看到极点。

燕回几乎是被他拖着出来的。

卡座那儿的胡子明从看见湛清然的那一刻起,就处在错愕中。

他当然认识湛清然,湛清然是学校有名的"地狱使者",年轻学者里的红人,女生犯花痴的对象。

"你放开我,你弄疼我了!"燕回在生气,她使劲踩着湛清然的脚,又踢又打。

湛清然只是问她:"带包了吗?"

燕回还在挣扎:"我不要你管我,我讨厌你,我要跳舞!"她忽然想起什么,一扭头,冲着卡座的胡子明高呼:"小明,小明同学快来救我,我不认识此人!"

胡子明僵僵地拿起包,这个时候了,他不得不走过来,礼貌地打了招呼:"湛老师好。"

湛清然眉毛一挑。

"我是三班的。"胡子明觉得头皮发麻,尴尬地做起自我介绍。

湛清然冷淡到极点,他什么都没问,意味深长地看了胡子明几眼,接过包把大喊大叫的燕回带出了酒吧。

一直到门口,夜风缭乱,满眼缤纷的灯光、车流。

燕回被他拉扯得手腕痛,他手上的戒指硌得她难受。她往后看,胡子明只是跟在后面,完全没有上前帮忙的样子。

"小明同学,你愣着干吗?快来帮我啊,这个人是坏蛋,我不认识!"她又开始叫。

胡子明一脸复杂地看着两人,欲言又止:"湛老师……"

湛清然漠然地从他身上掠过去一眼:"还不回学校?我的家事你确定要管?"

胡子明连忙道歉,并且画蛇添足地表示自己一定不乱说。

湛清然不耐烦地打个手势,让他走。

然后,他把燕回塞进车里。

燕回处在一种醺醺然的状态里,异常话多,她下车,耀武扬威地冲着湛清然比了个手势,并且故意把他的车门甩得震天响。

"我要跳舞,你少管我。"

湛清然的目光直勾勾地锁住她,显得很阴沉。

他走过来,一点没犹豫,动作粗鲁地把人又押到副驾驶位上坐着,给她扣上安全带。他低声说:"我找你一晚上了,有问题我们回家谈好吗?"

"我不跟你谈,我一跟你说话就生气,好生气!"燕回愤怒地打他,他轻而易举地捉住她的手腕,两只眼寒意十足地盯着她。燕回不自觉地瑟缩了下:"你干吗,你还要家暴我吗?"

当然不是,他只是低下头,亲了亲她手腕处的肌肤。

燕回被他这么一碰,人就迅速软了。

她没再闹着要下车,甚至都没再说话。她有种肆意挥霍体力后的疲惫,因此昏昏沉沉地睡了一路。

燕回是在车子经过一个减速带时被惊醒,其实湛清然已经把震荡感降到最低,但她还是醒了。

"到你家了吗?"燕回迅速进入战斗状态,嗤笑了一声,"找我干吗?这不是给自己添堵吗?"

湛清然没说话,把车开进地下车库。燕回下车,一边的吊带松散垂落,半边雪白的肩特别扎眼。

湛清然看向她的目光毫不掩饰,就像雄性动物巡视领地一样。

燕回挑了下眉挑衅道:"哦,忘跟你说了,小明同学是我前男友,"她有意一顿,而后补充,"之一。"

"还是小明好,我们才是同龄人,你这种老头子怎么比得上小明呢?"

她非常懂怎么拱起他的火。

湛清然神色凝重地看着她,突然扣住燕回的脑袋把人压在了车上,她往后仰,长发铺展开,像草一样茂盛。

他咬住燕回的嘴唇,气势汹汹,燕回忍不住绷紧了脚尖。很快她被他拉起来,两人一路亲吻,直到进了家门。

夜色已深,燕回头顶传来湛清然低低的笑声:"你老跟我倔什么?我们谈谈?"

她语气冷冰冰的:"我跟你没什么好谈的,你不要说话,一张嘴没一个字是我爱听的,我不要听你的大道理。"

湛清然捏住她下巴,逼她抬起头。

燕回怒火冲天地瞪着他。

湛清然莞尔,哄她:"乖,我们好好聊一聊?"

燕回索性把耳朵捂住。

湛清然轻轻把她的手放下,说:"别这么孩子气。"

"我就这样,我偏这样!"燕回用手指使劲戳他,"你又不在乎我,为什么还管我怎样?我爱怎样就怎样。"

湛清然攥住她的手,只是说:"我知道今天让你伤心了,是我不好。第一,我之所以提到阿姨,是因为我送她下楼时她脸色白了,看起来真的不太好,她到底是客人——别生气,"他发现燕回脸色又是一变,及时安抚,"我的意思是说,你跟我才是一家人,我们没必要把客人搞得那么难堪。当然,她先说你不对,我下楼时已经把话跟她们说清楚了,一切都是我的责任,是我没处理好。"

当时,代慧颖出了楼梯就扶着墙不能行走,把程一维吓了一跳。湛清然确定她无大碍后,才不紧不慢把话挑明,目送叶家母女两人离开。

"你心疼她是不是?"燕回闷闷地问。

湛清然思索片刻,说:"这些年,代阿姨一直对我很好,我知道如果我跟你说这是人之常情,你肯定又不高兴,但事实如此。我跟叶琛分开了,但也不至于就此结仇,你说是不是?对我来说,分开了就是分开了,我跟她不会再有什么,这一点,你可以相信我。"

燕回别别扭扭地连瞟他好几眼,没吭声。

两人沉默几秒,她下巴一抬:"那第二呢?"

湛清然伸手揉了揉她的脑袋:"第二,我跟父母把事情也说清楚了,他们当然有点生气,不过不是生你的气,是气我这么大的事没跟他们说。"说着,他眼神柔和起来,"你很好,爸妈没理由不喜欢你。"

燕回漫不经心地"哦"了声,一副满不在乎的表情。

"还有没有第三?"

"本来没有。"

燕回狐疑地看着他。

湛清然握住她的手,轻捻她的掌心:"现在有了。"

"什么?"

"今晚你跑去夜店的事。"湛清然神色严肃,"我不是端着老师的身份教训你,我没那么古板,觉得女孩不可以去夜店,不能穿着性感,结了婚就什么社交娱乐活动都禁了。但是,"他看她心不在焉地不知道在想什么,扳过她的脸,"安全要放在第一位,那种地方鱼龙混杂,我不希望你受到伤害,明白吗?"

燕回目不转睛地看着他,突然,冲他轻浮地送个飞吻,咭咭地笑:"什么怕我受到伤害,小湛老师,你不就是怕别人占我便宜吗?"

"我是正常男人,没一个男人希望自己的妻子被别人占便宜。"湛清然正色看她,"你对我呢?如果有别的女人碰我,你会怎么想?"

别的女人……燕回一想到千佛窟那些照片,后背一阵冷。

她不敢想象。

一想到湛清然在遇到她之前,跟叶琛也亲密接触过,她就觉得烦躁。理智告诉她,"这很正常,你不能要求一个年轻男人在恋爱时当和尚",可情感上,她突然就不能接受了。以前,那个人活在相框里,她可以不那么在意,但现在见到了真人,这提醒着她,那人真实存在而且日后依旧活跃在湛清然的社交圈里,她的感觉完全不一样了。

像肉里猛地扎了根刺,一时半会儿还拔不出来。

"我们的蜜月呢?你高兴吗?"她挑起眉,注视着他的眼睛。

湛清然微微一怔,说:"高兴,当然高兴。"

"是跟我一起高兴,还是跟她一起高兴?"燕回不无讥讽地笑了。她知道,逼着他拿自己跟前任女友比较很无聊、很蠢、很煞风景，可她讨厌他的回避。

湛清然望着她，眼神里包含着无尽的情绪："你怎么知道的？"

燕回心咚咚跳："你别这么看着我，是你家客厅有本相册，我随便翻着的。对，我知道随便翻人家东西不礼貌，你用不着教育我了。"

"我没有要教育你，"他静静地说，"相册你可以看，怎么看都行，那些照片是好几年前的了，都是我爸妈帮忙洗出来放进去的，我已经很久没再照相片了。至于为什么还在，我觉得应该解释下，我跟叶琛分开时，我爸妈确实还对我们抱有希望，所以留着没动。后来，我相亲基本无果，相册一时半刻也没人想起去翻，所以没刻意丢掉。包括你在我书房看到的相框，其实，我已经放在抽屉里很久了，我们领证后，我把它处理掉了。我承认，我有过去，但过去就是过去了，仅此而已。"

他语速缓缓，燕回绷紧下巴，好半天才骄傲地说："你有过去有什么了不起，谁没有？我男朋友多的是。"

湛清然点点头，不动声色地问道："所以，刚刚的那个男生，是你过去的一段？"

燕回只知道，胡子明是个很会念书的男孩，但为了面子，她故意说："谈了一个月吧，我甩了他，他还哭，真是丢死人了，老是问我为什么分手为什么分手。"燕回又没心没肺地笑起来，"不想谈了当然就分手了啊！"

湛清然神情复杂地看着她。

他想问她点什么，但没有问出口，他所怀疑的和他隐晦的感情是一样的，谨慎地置于心底。

实际上，他在感情上非常慢热被动，包括和叶琛的开始，也是因为她矜持的示好。至于和燕回，他基本上就是被美色迷了心智，占有欲作祟，什么知识、什么人生道理、什么权衡利弊，统统抵不过眼前的活色生香。

他一直自诩理性，戴着精致的锁链，在他所属的阶层里顺利成长，学历、工作、品味……唯独对燕回是全然意外地动心。

世界变得有参差起来。

人如果永远这么按部就班，在特定的轨道上行驶，也许，足够安全，但未免无趣乏味。

他最终选择冒险，选择常规之外的一个女孩。

"我没有什么要说的了，该解释的，已经解释了。"湛清然收尾，神色淡了下来。

燕回眼睛却滴溜乱转:"你不好奇,我谈了多少男朋友吗?"

湛清然只是浅笑道:"不管谈多少,现在,你跟我才是夫妻。还有,不要再跟那个男生接触,明白我在说什么吗?"

燕回失落地垂下了目光。他不好奇,他一点都不在意这件事情。

"我们今天晚上谈了很多,对吧?"燕回忽然抬起脸,绽开个笑容,"你说得比较多,那你能听我再说说吗?"

她对他笑得毫无保留,很明媚。

湛清然对她的每种笑都很熟悉。妩媚笑容最能勾起他身为男人的反应,但他清楚,他最爱她明媚的笑,无比灿烂,无比有朝气,仿佛世界都多了无数层次和颜色。

"你想跟我说什么?"湛清然一手轻轻拨开她的秀发,看她的眼神在灯光下显得柔情万千,"夜还很长,慢慢说。"

燕回不愿意躺在床上,起身拉着他的手说:"我们去阳台吹吹风吧。"穿着黑色蕾丝睡裙的她光着脚走向阳台,坐在藤椅上朝向夜景。

她抱着膝,从侧面看显得很单薄。

燕回扭过头,示意湛清然给她点烟。

"你一定以为我是为了气你才跑去跳舞的。"燕回的目光停在远处的灯火上,夜风吹得她鬈发徐徐地动,"我没有,我只是心情不好,所以就去了,并不是为了要气谁,我根本没想这么多。很多事都是这样,就好像我嫁给你,是我想,我想我就去做,做不做得成得看我的运气,能心想事成当然更好,失败也没关系。人这一辈子,哪能只有成功呢?"

燕回夹着香烟的手微动,湛清然静静地看着她。燕回忽然转头,神情有点认真:"小湛老师,你相信爱情吗?"

湛清然是理工科出身,念书时是超级学霸,脑子聪明,他的这种聪明是全面的,不像很多理科生只能搞定理科,他也熟知历史,懂怎么鉴赏有文艺感的东西,感知敏锐。

这种聪慧,是冷静客观有距离感的,他会告诉你一本书文字、结构好在哪里,音乐、绘画好在哪里,他也会被触动,但绝不会沉湎其中并因此情绪化地影响到生活层面。所以,他注定不会是什么文艺青年和文艺创作者,尽管他看起来是学识很渊博的一个人。

就像此刻燕回提到的一个非常缥缈且宏观的概念——爱情。湛清然很少谈论这种东西，生活是具体的，非常年轻的男生、女生可能才喜欢谈论这些。

这甚至有点像小学生作文里的"梦想"，人一大了，这个词就显得荒诞起来，每天累死累活，这种有信念感的东西是奢侈品。

他实在没办法回答燕回。

"我相信欲望。"湛清然语气坦诚，"很多时候，欲望就只是欲望，大概要很幸运，才能变成爱。"

燕回非常敏锐，笑着问："你对我，是这样吧？我知道，男人对我基本是这样，我看上去，就不是可以谈恋爱结婚的。"

她缓缓吐出一个烟圈，烟圈很快被风吹散。

"我没说错吧？其实，我一直惊讶于你居然娶我。"

湛清然自己都惊讶，更何况她。两人之间那点事，他不想说破，人性里总是藏着非常暧昧的东西，说破了，彼此都难堪，他不是圣人，她也不是。

当然，做圣人是很无趣的，还是做凡夫俗子比较快乐。

"我希望自己是那个幸运的人，"湛清然不禁微微摇头，"你不必惊讶，我娶你，没人逼我。"

燕回咯咯笑起来："你是个坏男人。"

湛清然觉得这个词未免太含贬义了，忍不住轻笑："我哪里坏？"

"你不爱我。"燕回还在笑，"我在想，你为什么要跟我解释这些。是呀，我听了很高兴，但不代表我没脑子，就只会高兴。如果我说我要离开你，我自己都要气死了，你可能只会觉得有点可惜吧？所以呢，你会哄我几句表达一下你并不是一点都不在乎我。你知道我没办法拒绝你，你只要释放出一点温暖的东西，我就会被你困住，你可以光明正大地利用我爱你这件事。而且，你年龄比我大，智商、人生阅历等都绝对碾压我这种人，我说这些，是因为我忠诚于自己的内心，对你也足够坦诚。"

湛清然的眉眼隐在屋里透出的光线下，不太能瞧得清楚。

燕回也不去看，盯着远方的灯火自顾自继续说："如果你认为我说这些，是向你发泄不满，你又错了。我是不高兴，甚至还有点心碎的感觉，因为你忽视我，我难过的是我在乎的人总是要忽视我，反而是一些不相干的人会关注我。当然那些人没安什么好心，尤其是男人。可即便你是这样，我也接受，因为我跟你在一起的很多时候，快乐是实实在在且真实的。一个人怎么可能只享受快乐呢？有心动就会有失落，有甜蜜就会有苦涩，一个人都可以有很多面，怎么可以要求爱只有一面呢？"

湛清然没想到燕回会这么说。燕回通常给人一种她整个人非常肤浅的感觉，光鲜漂亮，像个芭比娃娃，只负责向世界卖弄皮囊。

而事实是，男人其实也不怎么需要女人深刻。一个丑女人，男人也许会欣赏佩服她的深刻，但很难爱上她，这很割裂，欣赏是真，不爱也是真，世界上哪有那么多灵魂之爱？

但美丽的皮囊下，显然也可以藏着一个丰富多彩的灵魂，湛清然有些惭愧。他目光沉沉地看着燕回，终于开口："我对今天的事很抱歉，但绝对不是你想的那样，是为了给你一点甜头，好让你对我死心塌地。让你有这么糟糕的感受，是我不好。"

他只能看到她光滑雪白的背，背影惹人怜爱。她仿佛是迷失在夜色深处的精灵，又仿佛是一条搁浅的美人鱼。

湛清然起身，坐到她身边，轻轻将她的头发挂到耳后，试探性地喊了她一声："燕回？"

燕回熟练地点了点手中的烟，灰烬纷飞，她扭头冲他一笑："我还是很爱你，尽管你太坏了。我一点都不怕被你利用，万一跟你分开了，那才是真的心碎。你不能再给我做早餐，不会再亲吻我，不会再爱抚我，我就会非常伤心，哪怕见了一条三文鱼、一只虾都会难过，因为那是你跟我相处中出现过的东西。所以，如果仅仅是一点点心碎的感觉，我觉得，还可以啦，这件事就过去吧。"

她主动侧过头去吻湛清然，一双手情不自禁地钩住他的脖子，天真又热烈。

湛清然觉得耳畔像是有地铁飞驰而去，心跳声轰鸣，他以同样的热情回应着她的吻，在痴缠中，他也不知道想到了什么，脱口而出："再过三两年，我们要个孩子吧？"

燕回喘息着停下亲吻，不知是不是错觉，她觉得眼前的男人深情极了。

湛清然手绕过她的脊背，滑向她温热的小腹，那里平坦、紧致，他声音有点低沉喑哑："考虑考虑这件事，如果你不想这么早生孩子，我会尊重你的想法。"

燕回确实有些乱，她的手抵在他的胸口："我一点这种想法也没有。"

湛清然笑笑，道："没关系。"

"你想跟我生孩子是吗？"燕回屏住呼吸，两眼灼灼地盯着他。

湛清然点头："我知道，对你来说这种事太早了。"

燕回伸手捂住他的嘴:"没有,我不是这个意思,我愿意给你生孩子,只跟你生,但是我现在没有心理准备,你得给我时间。"

她说着,把脸埋到他的胸膛上:"我还想跟你过二人世界嘛。"

湛清然那声"嗯"落在她的头顶,轻如羽毛。

湛清然觉得跟燕回在一起,他完全变成了另外一种人,好像不必遵守公序良俗,反而更接近一个真实的自我。他爱过叶琛,如果她没有三番五次地提分手,也许,两人会结婚。又或者,他没遇到燕回,经过反反复复的相亲,到最后,人倦怠而麻木,会找一个各方面条件匹配的姑娘匆匆完成人生大事,这也许没什么不好,人生在世不止一种活法。

如今他在冒险,却并未后悔。

一连两天,燕回都神采奕奕地出现在杂志社。大家在议论她那个出圈的沙州视频,在自媒体圈子火了,连沙州文旅官方都联系她,问她有没有意向作为沙州文化的推广大使。

"当然是答应了,"Amy踩着高跟鞋进来,啪的一声把样刊放下,一转身,咖啡在手,慢悠悠地对燕回说,"这是荣誉,跟钱不钱的没关系,你也不是那种眼皮子浅的人。不过,有件事我得提醒你。"

燕回洗耳恭听,嘻笑道:"老大的教诲我一定听。"

Amy翻她一个白眼:"你最近心情是相当不错啊,怎么着,"她目光扫过燕回手上的戒指,"新婚很甜蜜?"

燕回倒也不遮掩,挑眉一笑,露出又甜又酷的模样。

"知道人红是非多吗?"Amy对着电脑键盘一阵敲打,指着燕回的主页,"你看看,这都是什么乱七八糟的留言?还有链接。"

她一一点开链接。

燕回俯身靠近,Amy一面点着电脑一面说:"坐,最近有个彩妆公关找到我,说想跟你合作,让我评估下。我当然想给你接下这个活,我巴不得公司里的模特们也都能像你一样,把自媒体这块搞起来。但你看看,人家半夜发邮件,问我你这堆黑历史是怎么回事。"

果然人红是非多。燕回仔细看了论坛上的帖子,无非是两点:第一,不知哪个阴险小人,把她初中在贴吧里的"中二"发言都翻了出来,说她小小年纪,还欺凌女生等等;第二,有人言之凿凿地说她有"金主",平时营销美貌才华集于一身的人设,其实账号都是"金主"给她安排的专业团队在经营,她就是个有后台的草包。"

更难听的话,连 Amy 都看得直皱眉。

"怎么回事?"

燕回手脚冰冷,脑子嗡嗡的。这些人最可恨了,一堆假料里掺点真的,更容易让人信服。她初中时,确实在贴吧里混过一段时间,跟造谣自己的人激情开骂。

"我也想知道我的'金主'是哪位呢,"燕回冷笑,"每期从选题到文案、成片,都是我自己呕心沥血搞出来的,这脏水泼得真轻巧。"

Amy 一副见怪不怪的表情:"都是些常见手法。我说你也是大意了,这都开始黑你了,你还每天乐呵乐呵的,跟没事人一样。赶紧想办法澄清,这样影响你挣钱,懂吗?其他事小,影响接活挣钱就不好了。"

Amy 倒也不是看她的视频发现的,这次,是半夜有人发私信"轰炸"她,对方似乎清楚燕回在杂志社实习,顺带暗讽了一下杂志社。

"老大,谢谢你提醒我,是我大意了,本来想着不搭理的,清者自清。"燕回情绪倒还算镇定,她直起腰,"这些人就是嫉妒我。"

Amy 嗤之以鼻:"是,小人就是善妒,但你要明白,在互联网时代就没清者自清这回事,再清白的一个人,别人想搞你,总能挖出点东西来。网络上有多少人是长脑子的?落井下石、跟风起哄的不要太多。即使你没有黑料,有的人也能连夜给你造出一车来。"

燕回凑上去卖了个乖:"老大,真对不起,那您给我支个着呗?"

Amy 看中燕回是个好苗子,人聪明,眼力好,最可贵的是做事靠谱,她想留燕回在身边好好培养。因此,她认真地给了建议:"你可能是碰到别人的蛋糕了,或者是你不知道什么时候得罪了小人。最好的办法是发个律师函,同时出篇澄清长文。如果是素人造谣诽谤,你要真动用法律武器,他也就怕了。"

燕回顿时想起湛清然口中的什么法学院同事。她犹豫了,因为不想拿这种糟心事去麻烦湛清然。她心里莫名烦躁,怀疑湛清然也看到了这些令人作呕的黑料。只是他看见倒还好,万一湛教授夫妇也知道了怎么办?

湛教授夫妇一辈子清清白白,如果因为她影响到他们……

燕回心里一阵忐忑。

"老大,法律知识我不太懂,你有这方面的熟人吗?给介绍一个?"燕回跟 Amy 撒娇。

Amy在圈子里是见过大场面的人,这点破事已司空见惯,处理起来也自有一套流程,她跟燕回简单说了几句,安排法务部的人跟她见面。

燕回接下来几天都是在忙这个事,弹幕上吵成了一团。她没跟湛清然说这件事,晚上自己跑到衣帽间抱着电脑斟酌措辞。这篇文,一定要写得缜密细致,不能有什么漏洞,免得又被大做文章。

有些拍摄花絮太散,燕回本没打算上传,如今倒成了很好的佐证。

燕回忙到了半夜。她工作时,湛清然从不打扰,只是今天看时间太晚,他便过来敲门。

燕回一个激灵,抚抚胸口,头也不回地抬高声音:"快好啦!小湛老师你可以先睡。"

湛清然忍俊不禁。最近她总是很忙,比他还忙。

大约过了二十分钟,燕回溜回卧室。

湛清然靠在床头看书,见她进来,抬眉笑笑:"忙完了?"

燕回像条滑溜的鱼,钻进来,霸道地把他手里的书给扔到一边,吐气如兰:"我刚死了很多脑细胞,小湛老师要吻我,给我渡点阳气快快还魂。"

湛清然没有看到那些乱七八糟的东西,因为他后来习惯先关掉弹幕再看视频,欣赏欣赏成片,顺带当面夸夸她。沙州那期视频,他早看过,问了问反馈就没再关注。

两人开始接吻,燕回有心事,湛清然发现她在走神,便停了下来,点了点她饱满的唇:"怎么了?"

燕回眼也不眨地观察他,湛清然被她盯得莫名其妙,笑问:"到底怎么了?"

"那个,爸妈有没有说让你回去一趟?"

湛清然会错了意,摸摸她的脸:"妈说了,周末让我们一起回去吃个饭。当然,如果我们都忙,也不必每周都回去。"

燕回那颗心稍稍放下,她重新缠上去,很投入地和他接吻。

手机上进来一条信息,湛清然没去理会。他压着燕回,亲得她一会儿娇笑一会儿乱叫,两人身上湿漉漉的全是汗。

等到他看到那条信息时,燕回已经昏昏睡去。

信息来自叶琛。

两人自从上次一别,没再联系过。

湛清然刻意避开李格后来组的饭局,等李格过来找他看到他手上的戒指时,非常吃惊。李格再联系叶琛,对方也是相当冷淡,后来也就没了什么下文。

叶琛发消息说:思来想去,有件事还是得和你谈谈。

湛清然皱了皱眉。他跟她其实没什么好谈的了,该说的,早就说清楚了。

瓜田李下,他懂,她怎么会不懂?

湛清然思考几秒,跟她约了时间、地点。

湛清然对学生要求严格,让学生每天要在群里汇报情况,一周开一次大会,平时还要口头问话:最近看了哪些论文、对研究有什么想法……敢敷衍的,一定会被严厉批评。

办公室就在隔壁,电脑里一堆邮件,上头批下来的科研项目眼见又要提上日程。

湛清然先看了份硕士生的开题报告,不由得皱眉,当即把电话打过去。对方暑假没走,在学校浑浑噩噩不知道在干什么。

湛清然把人骂得狗血淋头,挂了电话。他不说脏话,但句句带刀。

他念书时脑子好使,一直不明白那种怎么都搞不定学业的人是什么情况。

大概就像燕回吧。

湛清然冷不防想到某人,唇角不由得一弯。她念书不行,但蠢得理直气壮。

想到这儿,他给燕回打了个电话,问她晚上想吃什么。

燕回在大厦15层坐着,正在跟律师谈事情。

她把湛清然的电话摁掉,直到半小时后才回拨电话,一开口,声音娇滴滴:"小湛老师是大忙人,怎么有空想我了?你想我了,又不好意思直说,只能问我晚上吃什么,我懂。"

湛清然轻抚眉心,笑道:"燕回,你自我感觉一直这么良好吗?"

燕回靠在电梯轿厢一角,眼里闪着狡黠笑意:"你就是想我了。"

下一个楼层有人进来——是熟人。

燕回瞥一眼湛航,迅速说了句"等下聊",把电话挂断。

"听说你最近遇到点麻烦。"湛航先开了口,燕回笑笑,懒得回应。

"需要帮忙尽管开口。"湛航表现出很有风度的样子。

燕回并不领情,但笑容不改:"谢谢湛先生。"

湛航不着意地上下打量她。

他还想跟燕回说点什么,可燕回已经露出一脸软硬不吃的模样,昂着头走出电梯了。

湛航咬着牙笑看她窈窕的身影远去,眼睛里闪着冷冷的光。

出了电梯,燕回重新拨回电话,湛清然问她怎么回事。

燕回微张手指,欣赏着自己新做的美甲,语气轻飘飘的:"没什么,我遇见你堂兄了,他总是盯着我看,真讨厌。"

湛清然听得薄唇紧抿,说:"我来找他。"

"别,你现在别找,我懒得搭理他呢。"她露出个恶作剧似的笑,"你们什么时候家族聚会,一定记得带我。"

湛清然笑着反问:"想干吗?"

"不干吗,要是你这位堂兄还敢对我不尊重,我就让长辈们好好教训他。"燕回哈哈大笑,"不说他了,扫兴,我们晚上在家弄火锅吃吧?我都馋了,开心一下。"

她在饮食上一向自律,吃顿火锅都可以算作自我犒劳。

湛清然听她说的那个可怜劲,不由得失笑,手指无意地拨弄了几下桌上绿植的叶子,像是在思忖:"晚上我先去接你?"

"不必啦,"燕回语气轻松,"你在家先准备吧,我自己回去。对了,家里没雪糕了,你记得给我买雪糕。"

"那东西凉,吃多了小心以后影响……"湛清然自觉这话可能听起来像他只关心她能不能怀孕,而不是在意她本身,最后道,"吃太凉的东西会影响身体,你适可而止。"

"哎呀好烦,吃个雪糕你那么多事,"燕回撩弄着头发,"只有夏天吃几支嘛,我生理期很注意的,又不碰。"

她跟湛清然聊了一会儿,挂断电话后,神情才变得有点严肃。

造谣的人,她已经查到身份信息,是王伟。

她实在想不通,过了这么久,他居然还会纠缠不休。

燕回在保留证据后,已经向平台申请删除那些言论和链接,这件事,确实影响到她的声誉了,甚至有人已经跑到品牌方的微博下,指责他们瞎了眼。

这里面难免有眼红她、掺和进来推波助澜的竞争对手。

一纸律师函发到王伟手中时,他根本不怕,倒是林嘉被吓一跳,问他到底怎么回事。

自从燕回搬走后,林嘉新招了室友,王伟因为暑期到这边实习,也住了进来。

"我造谣她什么？说的只不过是事实。"王伟用筷子挑起长长的泡面，哧溜一声往嘴里送。

林嘉很无奈地看他："都过去了，我们跟燕回再有什么不愉快，她都搬走了，你弄这事干吗？"

"我就是看不惯，你看她那个贱样。你知不知道以她的粉丝数，她一个月能挣多少？我们辛辛苦苦上学那么多年，一个月才挣几个钱？她那种女人，搔首弄姿就能把钱挣了。"王伟愤愤不平，一脸的不耐烦，"她就是个蠢货，我稍微翻翻就能搞到她一堆黑历史。"

方便面的汤洒了出来，溅到桌面上，渐渐凝成油脂，配着林嘉清理干净的桌面莫名地刺目。

林嘉默然不语。这点她不否认。她和燕回刚认识时，确实也有过微妙的心理失衡。燕回有很多漂亮衣服和高档化妆品。她记得，燕回第一次把公关包裹送给自己时，自己内心的那份惊喜以及因为这份惊喜很快产生的落差感。

但燕回为人大方热情，一切似乎也没那么让她难以忍受。

可现实残酷，王伟每天被人呼来喝去，累得像狗一样，林嘉自己还要读研，现在全球经济都不景气，不知道将来就业时又是什么光景……燕回这种对着镜头把自己打扮得美美的，就能大把挣钱的"坏女孩"所做的事，他们这种循规蹈矩的好孩子永远学不来。

"你就是被她洗脑了，"王伟冷笑，一把抹掉嘴边的油渍，"这种人就是破坏社会公平的，我只是想早点拆穿她而已。律师函算个屁，明星还一天到晚发律师函呢，有几个干净的？"

林嘉心里有隐隐的担忧，劝他："要不然跟她道个歉，这事就算过去了，我不想事情闹大。"

王伟不屑："她吓唬谁呢？反正也不只是我看不惯她，别说她的同行，就是她那些粉丝也不会一直喜欢她，你看现在知道她那些黑历史了，粉丝立马'脱粉'，大家又不傻。"

林嘉欲言又止，看看王伟，把碗里的荷包蛋挑给他，说："你待会儿下楼买点菜，冰箱里没菜了。"

她趁着王伟下楼时，给燕回打了个电话。

许久没联系，林嘉已经在王伟的要求下删除了燕回的号码，只不过那串数字她还记得。

"是我，林嘉。"

燕回正在跟 Amy 讨论封面图，听到熟悉的声音，一点也不意外。

她走出办公室接通电话。

"燕回，那个……"林嘉不知道怎么跟她开口，"我会劝劝王伟，你别跟他计较，我替他跟你道个歉，就这样吧，你看行吗？"

"你怎么这么糊涂？"燕回没想到林嘉谈个恋爱这么失智，"你男朋友现在的所作所为是违法的，你清楚吗？这事我也不想闹大，前提是他要公开道歉。你跟我说'就这样吧'是什么意思？你觉得行吗？我受的损失谁给我弥补？大家都是成年人了，既然做了就得承担后果。"

林嘉被说得满脸羞红："燕回，我们以前一起住时，总归还算朋友，我知道王伟这个人有点愤世嫉俗，他最近工作不太如意，心情不是很好——"

燕回冷漠地打断她："你不用跟我扯交情，他顺不顺利跟我有什么关系？还有林嘉，我奉劝你一句——也许你不爱听——王伟这种人根本不值得你喜欢，你好端端一个研究生，找谁不好，非得找这种看不得别人好的、心术不正的？"

一番话，猛地刺痛林嘉，她语气也冷了："燕回，你以为每个人都能像你一样有'金主'？我是普通人，我男朋友也是普通人，我们没有'金主'。"

电话里一阵沉默，林嘉的话刺伤不到她，她只是微微有点感慨。

燕回没有花时间辩解，跟这对情侣生气都是浪费情绪，于是她决定收尾："想道歉就公开好好道歉，把事情说清楚。他要真是个男人就不要使唤你私下来跟我说这些有的没的，不道歉的话，我下一步就走刑事自诉程序，做不到你就不要再联系我了。"

说完，燕回毫不犹豫地挂掉电话。她深吸一口气，换上明媚的笑脸推开 Amy 办公室的门："不好意思老大，刚有点事接了个电话。"

Amy 把手机按得飞快，她正在跟摄影师、化妆师一干人讨论近期的一个拍摄方案，见燕回进来，眼皮都没抬："你把这些图片审完，再写个专栏，明天交给我。"

说完，她眨眨眼："对了，衣服你提前跟公关打好招呼，一定要借给我们。"

燕回一一应下，Amy 又吩咐她："通知大家，过来开个十分钟的小会。"

见燕回要出去，Amy 冷不防地喊住她："你家那位是干什么的？神神秘秘，没听你说过。"

燕回笑盈盈地卖了个关子："保密。"

"怎么着，国家机密人员啊？有空出个镜，跟你做一期情侣主题视频呗？我还挺想看的。"

燕回吐吐舌头："啧，看不出老大你还真'八卦'。"随后，她动作浮夸地溜走，显然不想深谈湛清然。

炽阳如火，大朵大朵白云从城市上空挪移过去，天际线参差不齐，阳光投射到玻璃窗上，有种辉煌的感觉。

湛清然比叶琛早到了一会儿。

今天的她照例穿得清新雅致，和她的气质十分合拍。

"喝点什么？"湛清然特意避开了饭点。

"你知道我口味的。"叶琛又把话丢给他。

湛清然笑笑："不怎么记得了，还是你来吧。"

他把饮品单子推过去。

叶琛抬头，眼里说不出有什么情绪。

"有什么事直说好了。"湛清然开门见山，他往后靠去，换了个舒适的坐姿。

叶琛绾了下头发，静静地看着他："我今天找你，一是因为你，二是为了湛教授、程教授，请你不要以为我别有目的。"

阳光落在湛清然的手上，那里的皮肤近乎透明，叶琛低头时看进眼里，不由得恍了恍神，却听对面的人轻笑："看来是很严肃的事情，你说。"

就是这样的一刹那，仿佛回到从前了，意气风发的白衣少年一扬眉，笑容就属于了她。

叶琛几乎失态地想去握他的手。

她没动，极力克制着翻涌的情绪，问："你了解你那位爱人吗？"

湛清然似乎早有所料，嘴角微微上扬，淡淡地说："了解中。"

"这真不像你，你跟她应该认识没多久就结婚了，是不是？"叶琛忍住戗人的酸意，"我真的很难想象，你会这么草率地结婚。"

两人极有默契地对视一眼。湛清然知道她在想什么，轻描淡写地说："人生总会有那么一两次不需要深思熟虑的时候，不行吗？"

叶琛无言以对。她真的很想质问他，结婚这么重要的事怎么就不该深思熟虑了。他的神情间有说不出的傲慢，一如少年时，叶琛熟悉他的这一面，不够谦和，有点目中无人。

她最初的青春里，晃动着的，就是这样的一个身影。

她有点出神地望着他。湛清然觉察到了，扭头看了眼窗外，说："虽然我不够了解燕回，但至少比别人要了解一点，她不是你们想的那个样子。"

"她是哪个样子，你觉得我们是怎么看她的？其实，你是知道大家都会怎么看她吧？"

叶琛说完，不由得苦笑，其中又带点嘲弄。

湛清然转头注视着叶琛："我知道，每个人都不能保证不承受别人的误解。"

叶琛摇头："你的理智呢？你知道吗？我之前在商场见过她。她就是我们中学时你最讨厌的那类女生的样子，讽刺的是，那时的你一定也想不到自己竟然会娶这种女人。"

湛清然皱了下眉："我比你更清楚燕回是什么样的人。"

他微有不快，抿了口咖啡，冷然道："所以，你今天找我是想说什么，说她的不是吗？"

店内的冷气吹得人膝盖发凉，叶琛耳尖却滚烫。她听出他语气里的不耐烦，一阵心酸："也许，你从来都不知道她是什么人。"

湛清然居然笑了下，反问："你就知道了？"

她把手机打开，推到他眼前。

"你不要觉得我是想说她坏话或者什么，这种事我还不屑于去做，你知道我也不是这种人。"

阳光落在手机页面上，有点反光，微微刺眼。

第九章

阳光依旧落在叶琛骨感分明的手指上,湛清然低头,拿起她的手机看了一会儿。

他眼睫垂着,叶琛看不清他眼里藏着的情绪。

"我不想对她做什么道德上的评价,"她握着杯子温和地说,"但至少,我不希望你被蒙在鼓里。"

说到这儿,叶琛觉得胸腔里有什么东西涌动着,快要喷涌而出。

"还有湛教授、程教授,一辈子兢兢业业地搞科研,为国家做贡献,我不想污水到最后泼到他们身上。也许你觉得我多管闲事,是,我知道这样讨人嫌,"她忽然哽咽,忍了忍,又道,"虽然我们分开了,可我还是把两位教授当作是可亲可敬的长辈。"

湛清然好半天没回应,指节弯了弯,他放下手机,瞳仁里仿佛有一潭深水。

店里冷气四溢,吹得眼睛都是凉的。

"你从哪儿看到的?"

叶琛感到不可思议:"我看微博看到的,她是个时尚博主,对吧?你不知道她的账号吗?我偶尔刷都看到了,可想而知,这些东西他们那个圈子的人都知道。"

湛清然只是轻轻地抚着眉头,没有发表任何看法。

叶琛尽量克制着对燕回的嫌恶和轻视。她很想知道,湛清然是不是被那个轻浮的妖精下了蛊,否则,以他的智商和见识,怎么会跟这种人结婚。

又或者，湛清然当真就这么肤浅？

还是说，这是男人最大的劣根性，面对美色，无一例外都会昏头？

叶琛不愿意相信湛清然在结婚这件事上会这样冲动。他那么聪明、那么骄傲，怎么能只被美色诱惑呢？

"你无话可说吗？"她对他的沉默很是吃惊，忍不住问道，"还是说，你觉得这仅仅是谣言？"

外头的阳光如大火般燃烧着，湛清然审视着他小妻子的堆一堆黑历史。

发帖的风格确实看起来很像燕回的，尽管看时间，她那时只不过是个初中生。她那种仿佛驶着玫瑰快船般热烈杀伐的劲头，在她还是个小女孩时就显露无遗。

他念书那会儿，确实对这种女生避之不及。那时，他还是少年，清高自持，有遮掩不住的高傲漠然。

湛清然脑子里胡思乱想着，下意识地替她找借口："谁都有年少轻狂的时候，她那时还小，如果拿着放大镜去看一个人，那恐怕没几个人禁得起这种深究，人总是在成长的。"

"小是借口吗？"叶琛笑得很轻，"你清楚的，不是借口，有的人会一直是那样，到老都不变。校园欺凌呢？十几岁时的坏没有任何约束，最可怕也最邪恶。我们都经历过青春期，虽然没被别人欺凌过，但至少见过这样的事情，你想想是不是这样。"

湛清然不置可否。他抬腕看看时间，说："谢谢你告诉我这些，也多谢你为我和我父母考虑。"

无论到什么时候，他都不愿伤了两人之间的和气。不过，这件事，湛清然不想在这儿探讨出个是非对错来。他说完，就很自然地抓起桌面上的车钥匙，往外一瞥："我的车在这附近，你呢？"

叶琛看出他的回避，他这个人就是这样，不想多谈的东西你哪怕撬开他的嘴，他也不会吐露一字。

他这么说，分明是想结束这场会面了。

叶琛没强求，沉默片刻，让湛清然去结账。

叶琛看着他的背影。她和他一起长大，却没能相守，两人到底是怎么走到这一步的呢？叶琛鼻子发酸，无比失落地收回视线。

结完账，湛清然依旧很绅士，替她开门，她淡淡道谢。

一抬脸,阳光打在他英俊坚毅的面部轮廓上,半是明半是暗,叶琛不由得一阵心惊。也许,她就从没触摸到过他的另一面——深陷欲望的、不理智的、纵情的。她没见过湛清然未被阳光照到的那些面。

好了,现在他给自己的,只剩残酷的这一面,尽管他用和缓的语气和礼貌的态度来装饰了。

这反而更伤人。

"既然不需要送,我先走了,路上注意安全。"湛清然跟她告别。

叶琛"嗯"了一声,却没动。

湛清然投来征询的眼神。

叶琛说:"我先看你走。"

这种恍若往日的场景,总容易触及记忆的闸门。

叶琛就那么沉默地站在那儿。

湛清然微微一笑,攥着车钥匙往停车的地方走。

没走几步,叶琛忽然在身后喊他,他回头,叶琛的眼睛迅速湿润。她略提高了嗓门:"我希望你今天至少不要误会我,我只是希望……你值得最好的,而不是被欺骗。"

风吹动她的长发,她一字一顿,那么认真地望着他。

隔着人流喧嚣,湛清然觉得神经跳动了几下,他点点头,转头离去。

等上车,他收到叶琛的一条信息,她显然是没忍住。

她问:最后一个问题,你是奉子成婚吗?

若仔细去思量,湛清然觉得自己不会被孩子要挟,虽然当时他也为此而烦恼过。燕回一肚子歪门邪道,长这么大,说的谎话估计数不胜数,她那时如果真的怀孕了,湛清然也会怀疑一下是不是自己的,以及怎么用含蓄体面的方式劝她放弃孩子。这么想来,伪善也是他的一部分。

因此他回了句:不是,我从不会被这种事要挟。

黄昏时分,起风了,应该是附近哪里下了雨,天气凉爽。

燕回最爱盛夏,她下班时拐进商场,欢天喜地地试了一条又一条小裙子,所到之处全是一片恭维和赞美声。燕回习以为常,以甜美笑容回应。

她很少穿白色裙子,嫌清淡。这次挑的蓝色裙,穿在身上就是魅惑小妖姬,燕回十分满意,并且为了裙子又特地去配了双高跟鞋。她脚踝秀气,腿又直,踩着又细又高的鞋子还能走得极稳,每一步都摇曳生姿。

燕回顺带给湛清然买了个小礼物——香水。她记得,湛清然说他不喷香水,她也非常喜欢他身上那股干燥清新的气息。

但是,换个心情嘛。燕回惬意地想。

杂志社处于黄金地段,路上堵得厉害。燕回是个懒人,不怎么喜欢开车,因为开车这种事非常费精神。记得有一次,她开车撞到树,还被人拍照上传惹得网友爆笑。燕回不想当"马路杀手"祸害人,所以更爱坐地铁。

她大包小包地回到小区,又顺带在小区门口买了束鲜花,开开心心地回了家。

一整天过得充实忙碌,燕回进了家门,第一件事就是甩掉高跟鞋。

燕回把鲜花插好,花瓶里灌了清水,摆到客厅。

门口放着湛清然的鞋子,他显然已经回来,可厨房冷锅冷灶,没有美好的食物等待她。

她撇撇嘴,拿着礼物直接飞奔进书房,一下撞开门,喜笑颜开:"嘿!我回来啦!"

湛清然人陷在椅子里,手指间夹着一支香烟,听到声响,他迅速地把烟摁灭在烟灰缸里,抬头看向她。

许是烟雾一时未能散尽,燕回没看清他的眼睛,却听到他声音淡如流水:"进来先敲门,可以吗?"

见他一副说教姿态,燕回心里愤愤不平,皱了下鼻子,又退回去,故意把门敲得很响:"小湛老师,请问我可以进来吗?"

说完,她翻个白眼,泄恨似的又给了门一脚,才朝湛清然奔过来。

一整套动作流畅自然,隐约带着青春期的习性,湛清然皱眉看看她。

燕回已经坐到了他腿上:"你心情不好,是你的学生气到你了吗?"

她肆无忌惮地咯咯笑,不忘搂住他的脖子,亲了亲他左侧的脸颊,又亲亲他右侧的,浓郁的香气瞬间攻占他的嗅觉。

湛清然一手自然地揽住她的腰。

燕回恶作剧似的冲他的嘴唇咬了一下,笑个不停。

他不动声色地打量着她的表情,她天真,忘忧,好像世界只有明亮的色彩。

目光一斜,燕回瞥了眼桌上屏幕漆黑的电脑,连忙亲吻他的嘴唇,问:"哎呀,难道是别的事让小湛老师心情不好?"

说着，她把香水递到他眼下："别不开心了，我送你礼物。这款香水很好闻，小湛老师你要是喷上那么一点点，全世界的女人都会为你神魂颠倒哟。"

她浮夸地从他腿上下来，把湛清然往自己怀里揽，撒娇说："我现在就被小湛老师迷死了，你听听我的心跳嘛。"

这动作十分暧昧，又十分撩拨人的情绪。书房门半开，光线透进来，勾勒出她曼妙的身姿，湛清然不徐不疾地箍住她的细腰，让她重新坐到自己腿上。

"给我买礼物了？"他似乎轻笑了一声，拿过来，拆了包装。

空气中渐渐弥漫着一种类似雪松混合雨后青草的味道。

湛清然随意地嗅了嗅，将香水放下，把她的头发往一侧拨弄。

他的声音有些含糊："累吗？"

燕回被他的鼻息弄痒了，娇笑出声："我饿了。"

湛清然眼神一凝。

她却伸出一根手指，点在他的胸膛上，制止他的动作："你去弄点吃的嘛。"

趁着吃饭的空儿，湛清然又不着痕迹地问她工作的情况。

"如果遇到什么事，可以和我说。"他把她的冰镇西瓜汁换成鱼片燕麦粥，"怎么这么喜欢喝这个？"

"因为我喜欢夏天啊，夏天就要吃西瓜和雪糕。"燕回故意忽略了他的前一句话。

湛清然看看她，慢条斯理地说起自己带的一个研究生开题报告写得一塌糊涂，很让人头疼。对方又懒，老是迟到早退，屡教不改。

燕回头一次听他也会谈工作上的烦心事，觉得很稀奇。她慢吞吞地喝着粥却笑得很大声："原来小湛老师也会吐槽学生。"

"你呢？"他抽出张纸巾拭着嘴角，"念书时是不是也很让老师头疼？"

燕回拿着汤匙，开始在碗里乱捣，习惯非常不好。

"当然，要是小湛老师是我的班主任肯定要被气死。我上课听不懂嘛，只想跟男生们一起打游戏。"

湛清然目光平和地看着她，循循善诱："怎么不跟女生玩？没有要好的闺密吗？"

燕回脸上有什么表情一闪而过，快到湛清然根本来不及捕捉。

"女生大部分讨厌我，喜欢我的很少。我记得，有个黑黑的女孩人很好，她本来跟我一起上学放学，一起买零食。后来，她就突然不理我了。"燕回一脸无所谓地说起往事,"我还傻乎乎地去问,问了才知道,她要是再跟我玩,别人就不跟她玩了。她还哭了,说对不起我。这有什么对不起的,不玩就不玩呗。"

说到这儿,她停下来,仿佛出了神:"那是唯一跟我说过对不起的同学。她说,她知道我不是那种女生,但就是不能跟我一起玩了。她跟我说,即使不跟我一起玩了,她也绝不会说我坏话,她说到做到。"

一个激灵,燕回过神来,又笑了:"她叫郝芳芳,芳芳,这名字一听就很温柔,是吧?我居然还记得她的名字,记得很清楚,小学、初中大多数人的名字我已经忘掉了。"

湛清然听了沉默不语,又点了根烟。

"你不要以为我稀罕跟那些女生玩,她们嘴巴坏得很,天天在背后说我坏话,传我的谣言,一群卑鄙小人。"燕回突然冒出句脏话,而后又道,"我当时跟她们对骂,把她们骂得狗血淋头。现在想起来真傻,其实骂她们毫无意义。后来我就当看不见听不见,别人爱怎么说就怎么说吧,反正我这么漂亮,她们说什么我也不会变丑。"

仿佛意识到自己骂人了,燕回冲湛清然做了个鬼脸:"说话就是说话,不要老是骂人,我替你说了。"她学他那种温文尔雅的语气。

湛清然伸手摸摸她的脸,却说:"没关系。"

"真的没关系吗?"燕回调皮问。

"真的。"他的指腹轻轻从她脸颊上滑过。

燕回顺势捉住了他的手,说:"小湛老师,你现在的眼神好温柔,我快淹死了,你得负责。"

她忽然起身,倾过去,想去吻他,因为动作太急碰到他的烟头,烫得她闷哼一声。这疼痛被她硬生生地忍住,此时此刻她只是很想吻他,为了这个吻,再痛都没关系。

湛清然察觉到她手背缩了下,想侧过头去看,嘴唇却被她霸道地衔住。熟悉的气息一靠近,他果然又轻而易举地被撩拨到了。

分开时,湛清然一眼瞥见燕回手背上的红印。他掐掉烟,问她是不是烫伤了,起身找来药膏。

燕回看他捏着自己的手,说:"你给我吹吹。"

"什么吹吹?"湛清然拿着棉签细致地给她把药膏涂抹开。

"就是这样,"她抓起他的一只手,轻轻朝手背上吹,语气柔和,"我有次在托管之家从阁楼下来，一脚踩空，蹭破了膝盖，方伯伯说吹吹就不疼了。抹完碘伏后，吹吹果然不怎么疼了。"

湛清然笑着看她一眼："心理暗示而已。"

话虽这么说，但他真给她吹了几下。

燕回舒服地眯了眯眼，哆哆地说："再吹吹嘛。"

他一面吹，一面问："托管之家的学生多吗？"

这事有点久远了，燕回心不在焉地回想一阵，说："学校门口有好几个托管之家呢，竞争挺激烈的，方伯伯那个大概有二十多个学生。不过小孩子们晚上都会被爸妈接走，我跟着方伯伯夫妻俩住，他们吃喜酒还带我呢，我当时很喜欢吃喜酒，喜欢那个热闹的气氛。"

湛清然抬眼，温声问她："你爸妈很忙吗？"

燕回腿一抬，放到他身上，一边喝粥，一边说："忙，我爸妈做生意很辛苦，忙着挣钱，不怎么管我，我成绩太差，总让他们有点抬不起头，他们最怕老师找。"

湛清然想了想，说："你怪他们不怎么管你这件事吗？"

燕回仰起脸，思索了片刻，先是点点头，又摇摇头："怪过，但我早不怪他们了。"她忽然把头一歪，得意扬扬地笑起来，"就冲他们把我生得这么漂亮，我也应该感激他们嘛。我弟弟长得就很一般，我家的好基因全在我身上，哈哈！"

"这么说，你挺独立的。"湛清然头一次正经八百地评价她。

燕回把头发一撩，说："那当然，我是谁？我可是仙女燕回，凡人的事情根本困扰不了我。"

她的反应特别迅速，从青春期开始受尽排挤时，她就学会如何反击以及表现出最大限度的不在乎，铠甲在身，刀枪不入。

即便是在这样轻松的谈话氛围里，即便是湛清然这么评价她，她潜意识里的自我防卫依旧会不自觉地流露出来。

"我呢？"湛清然握住她的手腕，指腹贴着她最娇嫩的皮肤。

心头一跳，燕回半是撒娇半是玩笑地往他身上靠去："不知道你在说什么。"

湛清然没有深究，岔开了话："你一个女孩，有时候没必要那么独立的。"他顿了顿，又说，"我是说，我们是夫妻，有什么事你都可以和我说，无论是开心的还是不开心的。"

"那你什么事都会和我说吗？"

燕回倏地站起身，眼睛里闪动着狡猾的笑意。

"你想听什么?"

"又来!是你和我说,不是你问我想听什么,这里存在着主动和被动的区别,你不要欺负我念书少。"燕回狠狠地戳他几下,表示生气。

湛清然攥住她的手指,笑着说:"好好好,主要是我说了怕刺激到你。"

"有什么了不起的?"燕回斜他一眼,两眼水波潋滟,尤为灵动。

湛清然看着她,觉得喉头发痒。

"我上学时念书很少有考第二的时候,"他清清喉咙,"除非我没参加考试,第二名才有机会考第一。所以,父母基本没操心过我学习的事情。邻居们都是教授,没什么架子,当时家属楼里的孩子基本没上过什么辅导班、兴趣班,因为大家想学什么,去教授家里就可以。"

"那又怎么样?"燕回挑衅地一挑眉,"你是不跟我一个学校,否则,你早就被我带偏了。"她说着,在他唇上落下一吻。

年轻姑娘的唇温凉,湛清然低头,望进她的眼睛里。

"是吗?"他逗她,"那真遗憾,我念书时真的不喜欢你这种的。"

这本是玩笑话,燕回却觉得刀子突然落到心尖上,但她很快调整自己,伶牙俐齿地反击回去:"我知道,你喜欢相框里的人嘛,你们都是好学生,最般配了。你以为我稀罕你喜欢我?我男朋友多的是。"

湛清然看看她,语气平淡:"有时候,遇见太早未必是好事,人跟人的缘分是讲究机遇的。"

他过早遇见她的话,一定不会搭理她。

时间把少年变成男人,也改变了他的喜好。

他居然还有心情开她玩笑:"你跟你的学霸男友们,不也走着走着就散了?"

燕回脸一拉:"那是我根本不喜欢他们,我就是无聊。你不是。"

说完,她觉得自己未免太较真,便低头喝粥。

"我们不说过去了。"

"是你提的。"

湛清然见她显然忘记是她自己先往这话题上扯的,不免失笑。她生气时那张艳丽的小脸上五官同样生动,好像受了委屈,一怒之下,啪的一声从树上掉下来的知了。

"好,都不提。"湛清然结束争执。

燕回把汤匙一丢,说:"我还有一个要求。"

"什么要求？"他笑问。

燕回掷地有声："以后，如果我们再意外碰到你的前任，你不准偏向她，我要你明目张胆地偏爱我。"

说完，她又赶紧补充一点："而且是发自内心的。"

湛清然看她一本正经的样子，忽然笑出声："怎么个明目张胆法呢？"

燕回语塞，一时想不出具体事件，就戳了他几下："你不是很聪明吗？不是考第一吗？你自行领悟。"

"可以，我也提个要求，"湛清然点头，"以后，遇到什么事要跟我说，我不希望我是最后知道的，比如，"他缓缓地说，"你最近遇到的麻烦事，为什么不跟我说？"

不知是心虚还是什么，燕回的脑子里竟嗡了声。实际上，她确实不想把自己中学时代的贴吧过往给湛清然看，真是太丢人了，看得人脸红。

"你偷看我……"她条件反射般地开口，说着觉得不太对——沙州主题视频就是他拍的，湛清然一直都知道她的账号，最初，账号还是她自己推送给他的。

湛清然神情非常平静："你坐好，我们谈谈这件事。"

燕回狐疑地盯着他，脑子飞速运转，超快地复盘两人今晚的对话，这才明白过来，湛清然一直在套她话。这家伙，这么迂回！说来说去，还是扯到这件事上来了！

对，她自己都有点嫌弃初中时的自己，脏话满天飞，心里满是戾气，脑子里都是贱人之类的脏话，好像这些词被无数只手硬往她耳朵里塞，她怎么捂耳朵都还是能听见。她第一次听到这些词时，甚至都不知道具体含义。

燕回忽然觉得无比地烦躁。

湛清然真讨厌，为什么忽然知道了这件事？她自己可以搞定的，他就算知道了，为什么要说出来呢？他不知道她不想说吗？她如果想说，早告诉他了，他为什么要说出来，让大家都难堪呢？

燕回一瞬间又回到了初中那会儿，她已经在努力摆脱那段阴影了。但时间这东西就很不是东西，那种情绪，怎么可以在消失几年后，又说来就来呢？

"你怎么知道的？你……你什么时候知道的？"她用无比烦躁的语气问他。

燕回猛地推开椅子。她已经不想知道了，飞快地跑进卧室，咣的一声把门反锁。

她的心扑通扑通地跳，似乎要跳出嗓子眼。她靠在门后，突然就哭了。

燕回边哭，边觉得自己矫情。

可她就是很难受啊，负面情绪像海水，一下子全部涌过来，把心那么小的地方灌满了。

多么奇怪啊，心就那么大点，可怎么承受着那么多情绪呢？悲伤的，欢愉的，落寞的，孤独的。

湛清然显然没想到她的反应那么大。他来到门前，敲门喊她："燕回？"

屋里屋外，仿佛成了两个世界，燕回很不耐烦地嚷嚷起来："我不想说话！你不要问我任何问题！"

他一定觉得她没素质，一定会问她那些是不是真的。他不信任她，他也不爱她……

浓烈的情绪几乎在一瞬间把她淹没。

燕回幻想着湛清然对她说"这是我家，你横什么？你现在就给我滚蛋"。那她就得滚蛋，因为房子是湛清然买的，装修是湛清然自己设计的，她拎包入住，所以当然也可能会拎包滚蛋。

这里到底是不是她的家？

燕回连日绷着的神经松垮了，眼泪很多，她胡乱抹了两把，心想：我才不要哭，哭个屁。

燕回第一次意识到，她可能要买个小房子，还要多挣点钱，以后不能这么大手大脚地买衣服了。

想到这儿，她才意识到，湛清然的工资卡在她这里。他总是轻描淡写地告诉她，喜欢买什么就买什么，从来没限制过她的消费。

连买衣服的钱，她花的都是湛清然的。

"我的就是你的"，他曾这么说过。燕回忽然觉得心里稍微好受一点。

她脑子里的戏很多，已经演到闭幕，剧情像海水一般波澜起伏，可门外好像没了动静。

看吧看吧，他果然走了。他是高级知识分子，当然要有风度，总不好赶她走，所以，他自己走了。

燕回的心里又难受起来。海水也开始涨潮。

她贴着门去听外头的动静。

他没走吗？她眼泪汪汪地把门开了条小细缝。桌上已经被湛清然收拾干净，她看见他又抽出一支烟咬在齿间，似乎在找打火机。

男人的身影看起来格外高大,灯光下轮廓莫名有几分柔和。

他一侧眸,燕回吓得砰的一声,又关上门。

湛清然便把烟拿掉,走过来,低声问她:"现在能说话了吗?我没有问题要问你,只是想跟你谈谈。"

这语气听起来不像责备。

燕回捂住胸口,语气硬邦邦的:"那你不准……"不准什么呢?她愣了一下。

"不准我教育你,不准我指责你,不准我偏向别人,只能明目张胆偏爱你,是这样吧?"湛清然在门外平静地说。

燕回愣住,然后,滚烫的泪水滑下。

"你已经开始责备我了,我就知道。"

湛清然不由得揉了揉太阳穴。他轻叹口气:"你怎么又知道了呢?我没有责备你,也不打算在这件事上责备你。你开门,我们一起商量下怎么把这件事处理好,行吗?"

"我自己行,"燕回又抹了两把眼睛,声音闷闷的,"我不想靠别人。"

外头夜色可真好,窗外就是明亮的星星,她真想跟他在露台上吹吹风,说说话,可气氛全乱了,明明一开始好好的。

"你把我当别人?"湛清然背对着光,眼睛仿佛笼罩在阴影之中。

燕回不无失落地扭头看向窗外。她小时候总想飞,尤其在有月亮的夜晚时,好像一蹬腿,她就能飞到月亮的中心去。她总是苦恼怎么能让一个人愿意跟她聊聊天,多了解了解她。爸爸妈妈是不耐烦的,老师是不耐烦的……等她长大些,开始有男生对她耐烦了,但她知道,是因为她太漂亮了。她渐渐对这件事放弃幻想,觉得没什么了不起,不了解就不了解呗。

对湛清然,她也不抱这种幻想,她觉得两个人在一起快快乐乐的就很好了。

"燕回?"湛清然听她久不作声,又喊她,"你如果把我也当外人看的话,何必嫁给我呢?我们完全可以只维持暧昧关系,不需要进入彼此的生活当中。"他深吸了口气,点了根烟,决定就站在门外把话说了,"你为什么觉得我一定会因为这件事去责怪你呢?如果你的第一反应是这个,那是我太差劲了,没给你足够的安全感,让你不愿意跟我说这件事。我希望你能明白,我不仅仅是那种只能给你做饭的男人,也不是只对你有欲望的那种人。我说过,我娶你是心甘情愿的,我希望你在有需要的时候能意识到,你跟我已经是一家人了,可以和我说任何事,无论大小。"

夜色竟然有几分寂寥。

湛清然吸了口烟。他不知道燕回有没有听他说话。

门忽然开了，燕回扑到他怀里，踮起脚吻他。

一切发生得太突然，湛清然那口烟窝在胸腔里。他被生理反应刺激得下意识地推开燕回，剧烈地咳嗽起来。

燕回看到，忽然大笑，一边笑，一边帮湛清然拍背。刚才，隔着一道门，她怀揣着一丁点不该有的希望，唯恐他几句话就把这份希望变成了碎屑和齑粉，如今她等来了意料之外的话，就格外惊喜。

所以，燕回笑得眼睛又酸又湿润，她俏皮地说："哎哟，真对不起，我不知道你正在抽烟呢。"

她给他倒了杯温水，让他润润嗓子。

湛清然握拳抵唇，咳了小半天。

两人终于能坐下来好好说事。达成共识，是件能让心灵有柔软度的事。

没有成年人管束和关爱的青少年，最容易一不留神，行差踏错。湛清然心里非常清楚这件事，燕回很了不起了，没有走上歪路。

湛清然心中多了些怜惜。他指向沙发："来，坐到我身边。"

燕回要躺着。她把头枕在湛清然的腿上，两条腿绷得笔直。

"你想问我什么？"她眼睛朝上看，两手交叉，放在胸前。

湛清然钩起她的一缕头发绕在手指上，说："这件事你打算怎么办？我认识几个律师朋友，可以帮忙。你做自媒体做得风生水起，难免有人搅浑水，网上鱼龙混杂泥沙俱下，以后尽量少在网上说什么，因为网络环境实在不怎么样。别说普通人，就是伟人，也有不小心说错话的，你永远不知道网线那边究竟是什么人，我说这些，不是责怪你乱说话，只是提个醒，要你学会保护自己。"

燕回乖乖地点了点头。她知道，湛清然说得对。

最重要的是，她觉得，这时的湛清然眉眼很温柔，跟记忆里的分毫不差。

"你为什么不问我那些事是真的还是假的？如果是真的，不是难为你的律师朋友吗？"

湛清然只简单地说："我不必问，我知道你是什么样的人。"

燕回的心咚咚跳得厉害："我初中时确实在贴吧跟人对骂过呢。"

"我知道。"

燕回沉默了几秒，说："除了这个是真的，其他都是假的，我从来没欺凌过别人,"她是个不喜欢把气氛搞得很伤感的姑娘,哭过就完事了,此刻她忽然翻过身,仰起头,笑着撒个娇,"我没有'金主'哟,我只有小湛老师,"说完,又躺下去,长长地舒了一口气,像是在自言自语,"要是知道后来能遇到小湛老师这么好的人,我以前就不会为这些事烦心了,我真傻。"

湛清然久久地没说话,只是缠着她的头发,一圈又一圈。

他没那么完美,也从来没想过做一个完美的人。叶琛对他的要求甚高,变着花样地要求,他记得,明明少年时代的自己不是这样的。她有点矜持,很骄傲,少女心事不怎么爱明说,不知从什么时候开始,也许是两人该发生的都发生后,她开始一条条地提规章制度,说他触犯了哪一条,她会不厌其烦地纠正他,哪怕只是生活上的小事。

即便如此,他也没主动提过分手,直到她提的次数多了,他终于答应。而答应后的那种轻松,是在他回国后的某天突然意识到的,那就是你再也不用清早一睁眼便对着一个让你疲惫的人说"我爱你"。

"不要把我想得太好,以免失望。"湛清然岔开这个话题,继续说正事,"我明天联系朋友,咨询一下。"

燕回的情绪还停留在上个阶段,一回神,她连忙说:"不用了,我已经找出是谁了。我以前的室友你记得吗?她那个男朋友,又猥琐又阴暗,"她露出个极度嫌恶的表情,"Amy 帮我联系的律师已经给他发了律师函,我要他道歉,公开道歉,这家伙嚣张得很,看来没当回事。我回头再跟律师谈,要不要去法院起诉。"

"他现在是做什么的?"

"在实习。"

"知道他是哪个学校的吗?"

"知道。"燕回慢慢爬起来,手撑在男人的腿上。她一直都很迷恋湛清然。她有时觉得他就像海,阳光只能照到表层,深处有什么,她不知道,她想探索得更多,去了解他,可湛清然总是摆出那副神情,仿佛在告诫她:对我的好奇,点到为止就好。

"他是哪个学校的?我来联系他的学校。"湛清然说完,就发现燕回已经坐直了,正直勾勾地看着自己。

"你要来造访我的花园吗?"她没头没脑地就打乱了对话,仿佛被造谣被诽谤的事压根不值得她耗费心神。

湛清然露出了笑意："什么花园？"

"一座开满玫瑰花的花园。"燕回声音有点发抖，"你喜欢玫瑰花吗？"

"喜欢。"湛清然想也没想，回答道。在他的意识里，燕回等同于一朵娇艳玫瑰，凝着夜露，所以才会又冷又艳。

"那你要来吗？看看这个花园。"燕回倾过来，嘴唇几乎贴到了他的下颌线，温热的鼻息像轻柔的风吹起的一根羽毛，"我在花园里种了很多漂亮的玫瑰花，我给它们除草、施肥、修剪，每一年的春天它们都会开出最美丽的花朵，可从没一个人真正地想来看看。我知道，玫瑰开花不是为了别人欣赏它、赞美它，有没有人看到它，它都会在风和日丽的春天绽放，也不会减损它半分的美丽。但我想，如果有人愿意来欣赏它，发自内心喜爱它，它一定会很高兴的。如果你喜欢它、爱它，它一定知道。它已经很寂寞地过了很多个春夏秋冬了，你要不要来看看？"

她的声音变得有点梦幻，像添加了一对缤纷的翅膀。燕回像个小女孩一样跟他说话。湛清然注视着她，等她说完，笑了笑，没有追问她的花园在哪里，而是说："我已经在路上了，很快抵达，主人是一直在等我吗？真抱歉，我来得这么晚。"

他边说，边用手指一下下抚摸着她的头发。

灯光柔和，让两人之间变得更加缱绻，有什么东西浓稠到化不开。燕回忍不住抱住他，耳朵贴在他胸口上，一遍又一遍地强调："是的，是的，主人一直在等你！一点也不晚！"

原来，小湛老师也会说情话呀。燕回高兴得都要哭了。

后半夜突然变天，电闪雷鸣，燕回隐约听见了，把脸埋在他的颈窝里，以为是做梦。

第二天她看到湿漉漉的地面，才知道那不是梦。

那昨天说的话，都是真的喽？燕回欢快地想。出门前，她还是有点犹豫："我不想麻烦你嘛，也不是大事。还有，你不准告诉爸爸妈妈。"

"我有数，"湛清然拍拍她的脸，"交给我，这事不麻烦，你更不需要觉得麻烦我，我不是外人。"

他在她的额头上落下一吻，跟她一起出了门。

王伟的学校是一所普通二本大学，不在本市。

湛清然人脉广，联系上王伟的学校并不难。但在交涉前，他先找到了王伟的实习地点。

那栋写字楼里，遍地都是小的创业公司。

王伟在一家投资小作坊里实习，当湛清然找到他时，他显然觉得很意外，一脸狐疑又警惕地问："你是谁啊？"

湛清然告诉了他自己的单位后，他愣了下。面对顶级院校的老师，他不禁有些拘束。

"您找我有事？可我不认得您。"

"你应该认得我家属，燕回。"湛清然开门见山，他语气温和，但眼神锐利，全身散发着一种从容不迫的压迫感，"楼下咖啡馆，我等你，"他抬腕看看时间，"不要让我等太久，你知道我来是为什么事。"

王伟一阵心惊，但很快逼自己镇定，心想：你说自己是老师，就一定是了？吓唬谁呢？再说，你一个老师算个屁啊。

他临时请了假，到咖啡馆跟湛清然见面。

湛清然坐在位子上，见他来，下巴一抬，示意他坐下。

王伟刚要张嘴，湛清然就淡淡地打断他："《民法典》第一百七十九条规定，你承担民事责任的方式有四种，停止侵害，赔偿损失，消除影响、恢复名誉以及赔礼道歉。《刑法》第二百四十六条，关于诽谤罪的处罚你自己去看。第一，这件事你不要再跟我装傻充愣。第二，我今天来不是为了威胁你，没有证据的话我不会在这里。我今天来，是给你一次机会，想必你父母供你念这么多年书不容易。"他有意停顿了一下，观察他表情的变化。

王伟显然想要狡辩，湛清然手一抬，再次打断他。

"我们可以刑事附带民事起诉，同时，如果通知你学校的话，你应该知道学校还会给你相应处分，这个东西，会跟着你的档案一辈子。我不想把事情做这么绝，这就是我今天来的目的。你要是迷途知返就应该公开道歉，并且赔偿损失。你如果对我的身份存疑，可以去学校打听，我工作很忙，你已经浪费我很多时间了。我刚才说得虽然不少，但想必你听明白了，我也希望你是真明白。"

王伟瞟到他手上的戒指，跟视频里燕回戴的显然是情侣款。

他在双重震惊中呆了很久，再回神时，才发现湛清然已经离开，桌上只剩了半杯咖啡。

王伟心里恶狠狠地骂了几句，刚才湛清然举手投足间都十分沉稳，气质不俗，把他衬得更加渺小和无能。他一想到燕回居然能钓到这种男人，更觉窝火。最可恨的是，他刚才慑于湛清然的气场，竟然什么都没反驳。他决定回去好好想想对策。

学校实验室不远处有棵大树，夏天总有蝉鸣，湛清然忽然觉得这个夏天很漫长。他给燕回打了个电话，低声告诉她经过。

中途，程一维的电话打进来，她通知他周末带燕回去参加家族聚餐。

这意图再明显不过，他们是要向爷爷介绍燕回。

家族聚餐，家里人都要去，又都是功成名就的那些人，湛清然问母亲有没有提前跟爷爷说清楚。

程一维说："那是自然，你这么大的事不好瞒着老爷子，我看燕回那孩子也没什么不好，你带她过来，都是一家人，介绍介绍。"

湛清然轻抚眉骨，跟燕回商量这事，没想到她一口答应。

这天，燕回提前跑回家，在衣帽间里选了半天衣服，结果发现绝大部分衣服都不适合穿去见长辈。燕回非常苦恼。

湛清然在她身后看了半天，笑着说："上次那套不挺好？很有活力。"

"对你不利哟，"她娇媚地嗔他，"回头妈该说你了，说你都不懂得疼我，来来去去就这么一条牛仔裤和一件白T恤！"

湛清然还只是笑："这么替我着想？"

燕回最终挑了件连衣裙，方口领，湛清然瞧着那一大片雪白的肌肤，含蓄地说："加条项链会不会更好？"

"你都没送我项链，我怎么戴？"燕回撩了下裙摆，转了几个圈一扭头就扑到他怀里。湛清然搂住她腰，低头笑："这就去买。"

"现在吗？"燕回吃惊地问。

"对，就是现在，还有时间。"他亲亲她，换了衣服。

落日的余晖透过窗户洒在他身上，睫毛都跟着柔情几分。

他们一起买了项链，才往饭店走去。

燕回拿着小镜子左看右看，感叹说："我真羡慕你，小湛老师。"

"羡慕我什么？"

"羡慕你居然能娶到这么漂亮的老婆，这比见到鬼的概率还低。"她若无其事地拨弄头发，一副"老娘我最美"的表情。

湛清然余光扫了她一眼，笑而不语。

燕回身上这种目中无人的劲是浑然天成的。

饭店环境清幽，包间在二楼。

他们本以为自己来得算早，没想到其他人几乎都到了，其中有两个小辈见湛清然进来，礼貌地站起身打招呼。

湛教授夫妻自然到得最早，等湛清然他们一现身，忙做介绍。

燕回客气地跟大家打了招呼，落落大方，倒是一点矜持害羞的样子也没有。

包间人不少，却不嘈杂，燕回一边跟程教授说话，一边默默观察着在座的众人。直到有人簇拥着老爷子进来，屋子里的人全都起了身。

程一维用眼神暗示了下儿子，湛清然上前，扶着老爷子入座，说："爷爷，我今天带了个人来，您孙媳妇。"

话音刚落，燕回就甜甜地开口说："爷爷好，我叫燕回。"

老人家身体硬朗，打扮讲究，一看就是大户人家的派头。他笑眯眯地回了声："燕回小朋友好。"一桌子人开始笑。

紧跟着，服务员又引进来一人。

燕回瞧见了，镇定如常。

倒是来人先是一愣，以为走错了包间。

不过湛航什么场面都见过，他很快搞清楚状况，心里吃惊，脸上却不显，一番寒暄过后，大有深意地瞅了燕回两眼，分明是在说：好手段。

长辈们都说湛清然有出息，提起他，都是一脸骄傲，包括湛航的父母也是。

湛航觉得这局面很有意思。在座的包括老爷子，知不知道湛清然娶了个网红回家？

饭桌上，气氛很快热烈起来。大家让湛清然小夫妻给老爷子敬酒。

老爷子是老派人，非常讲究这些规矩，纹丝不动地坐着，笑呵呵的，却精神奕奕地打量着燕回。

好在燕回青春洋溢，该嘴甜时绝不吝惜甜言蜜语，把老爷子哄得开开心心的。

湛清然又示意燕回给在座的长辈斟酒，燕回照做。

湛航一直笑意十足地盯着她。

许是发觉异常，湛航的母亲忍不住捣了下儿子的胳膊，小声说："你老这么看人家干什么？"

"有点意外，我们认识。"湛航这句，是提高了声音说的。

果然，大家的目光都纷纷投了过去。

燕回脸色微微一变，没想到他会先挑事。她本想着这种场合装不认识也就敷衍过去了，省得解释麻烦，这时也只能见招拆招了。她笑着说："我在 X 杂志社实习，见过湛总监几面，以为您不记得我呢，没想到，您记性这么好。"

湛航也笑："怎么会不记得？燕小姐艳名在外，公司没有不知道的。"

这话阴阳怪气的，他说完，优雅地端起杯子，遥遥一举。

湛清然瞥了堂兄一眼，淡淡地说："'艳名在外'这词，大哥知道是什么意思吗？不知道的话，还是不要乱用。"

湛清然的大伯母立刻出来打圆场，笑着说："你哥哥从小念书就不行，现在天天又满嘴英语，我说过他很多回了。"

老爷子也开了口："知之为知之，不知为不知，用错了让人笑话。"

大家话里话外，偏袒的意思都非常明显。

湛清然笑笑，用腿碰了碰燕回，不让她跟他多搭腔。

燕回当然明白，笑容不改。

有人打圆场说："吃菜吃菜，趁热吃。"气氛这才又重新热络起来。

本以为这事已经过去，没想到湛航慢条斯理地拿纸巾拭了拭嘴角，笑嘻嘻地看着老爷子说："爷爷说得对，我本来念书就不行，这点，我跟弟媳倒一样，弟媳那个学校叫什么来着？"

他这是有心让燕回难堪，她心知肚明，自自然然地报出了学校名字，说自己确实不是读书的料。

湛教授这时开口："英雄不问出处，学历不能代表一切，小航现在不也做得挺好？各行各业都需要人才。"

"二叔过奖了，"湛航立刻把话接过去，仍是笑意不明地看着燕回，"不过，我哪里比得上弟媳？弟媳初中就懂得怎么混社会，我初中时，还是个没开窍的半大孩子。"

他不给湛清然两人任何插话的机会，话锋一转，对准了湛清然，像是在开玩笑："真看不出，清然你原来喜欢这样的姑娘，怪不得和叶叔叔家的叶琛分手了。"

桌上有刹那安静，所有人似乎都在细细品着湛航话里的深意。

湛清然皱起眉，刚要说话，燕回就笑出了声。这一声带着讽刺又带着女性特有的清脆，此刻显得尤为突兀。

她手按住湛清然，笑容浮在脸上，薄薄一层："爷爷，哥哥今天老针对我呢，您知道为什么吗？因为他想追我，我压根没看上他，哥哥这是报复呢。"

湛航的脸一下变得阴沉起来。

他从小被人拿来和湛清然比，现在按燕回的话来说，自己连追女孩都输给了湛清然。

屋里的人仿佛一下子都变成了静物，凝固在画中。

"你别不要脸了，燕回，就你这种……"湛航恼羞成怒，话还没说完，一杯冷酒就泼到了他脸上。

湛清然冷森森地看着他："你发什么疯？再骂一句试试？"

湛航气笑了："怎么着，你娶了什么人回家要不要我说给大家听听？你还想动手？"

眼看家族聚餐就要变成一出闹剧，长辈们开口，七嘴八舌地劝，乱哄哄的一片。唯独老爷子一言不发地看了看一脸漠然的燕回，若有所思。

太丢人了。

湛教授夫妻两个都是非常有涵养的人，此刻，夫妻俩都涨红了脸。

老爷子这时突然中气十足地吼了声："都先坐下！"

湛家有湛航这种人，真是倒了八辈子血霉。燕回不屑地想。他就没看出来这一家子都是要面子的吗？所以刚才都在打圆场。偏偏他把客气当福气，要撕破脸。光鲜亮丽的 X 杂志社总监，竟然这么不会看眼色，也不知道怎么在时尚界混的。

老爷子不满地瞪了眼湛航："把话说清楚，不要随便听信谣言，攻击别人。"

这顿饭注定不欢而散，老爷子起身，把湛清然单独叫了出去。

屋里的气氛压抑极了，燕回却心无旁骛地吃起菜来。她刚才一直在倒酒，肚里空空，还没吃东西呢。

两个小辈面面相觑，偷偷瞄了她两眼，燕回冲他们笑笑："吃东西呀，你们晚上还要学习的吧？"

她跟没事人似的，长辈们看着眼前这漂亮姑娘把饭局搅和得鸡飞狗跳，却还吃得下去饭，彼此交换个眼神，什么也没说。

湛航起身走人，留下他的父母一脸尴尬，不知该说什么。

"小燕，"程教授见燕回一门心思吃菜，委婉地说，"我不知道你跟湛航那孩子有什么矛盾,不过,既然是家宴,你们都是晚辈,总应该给老爷子几分面子。下次再遇到这种情况,私下里解决更合适,你觉得呢?"

燕回把筷子一放,心平气和地说:"妈,您今天看见了,堂兄一上来就败坏我名声,我要是不把话说清楚,你们怎么看我?当然,我知道,这样做不懂事,可他那么说我,就等于在说小湛老师。我不是主动挑事的人,可让小湛老师吃亏,我也不会接受,对不起。"

程教授听了竟无言以对。他们那辈人都会为了面子吃亏忍耐,也许时代变了,年轻人对于人际关系的处理,真的跟他们那代人不一样了。

湛清然再进来时,脸上表情淡淡的,喜怒难辨。他一眼瞧见燕回一个人在毫无顾忌地吃饭,没说什么,转头跟在座的长辈——斟酒道歉。

他从小家教很好,社交礼仪从来都做得滴水不漏,哪怕心里再烦,面子上都要过得去。

燕回没心没肺地看着他敬酒,迟疑着是不是也要跟着一起,转念作罢,心道:反正今天我又没做错什么,没什么可值得道歉的。

她的这种态度,长辈看在眼里,又是另一番想法。

她也给老爷子留下了非常不好的印象。

刚才他已经批评了湛清然,还说燕回乱说话,湛清然却保证说燕回是很好的,她很爱他。

可现在,湛清然在道歉,燕回却无动于衷,这哪像是患难与共的夫妻?

谁能想到湛清然这样乖巧的孩子,竟然会娶这样的女孩。

越是对他偏爱,越是期望大,老爷子今晚的失望也就越大,也越气愤。

湛清然敬完一圈酒,再次跟老爷子道歉。

这顿饭就这么微妙地结束了。

晚风中的燥意不觉间已被凉意代替,车里的人一路沉默。

她无聊地摆弄着湛清然的打火机,终于,在这种枯燥而又扰人的噪声中,湛清然说:"今天的事本来可以有更好的解决办法,为什么这么心急呢?"

车内光线昏暗,燕回像坐在阴影里。她懒懒地开口:"我知道,你想替我解围,可你看不出来吗?他就是想让我难堪。你解围无非是把话说得含蓄点,不如我一步到位戳穿他。"

她习惯在受到伤害时毫不犹豫地反击,这是她的本能。

她有一颗孤勇之心。

"那你有没有想过,今天是什么场合?那些话当着长辈还有两个小辈的面说出来并不合适。"湛清然按捺着情绪,掌心有些汗津津的,"你能听懂我的意思吗?有些话,不能放到台面上说。"

"你们真虚伪。"燕回哼笑一声,心情大变。

湛清然耐心给她解释:"这不是虚伪,而是一个人在说话之前,要考虑场合。你在我跟前,想说什么都可以。而且,一件事可以有很多解法,你这样直白地说出来,会让爷爷觉得你不识大体。第一印象很重要,以后很难弥补。"

"你觉得是我连累了你,是不是?"燕回反问,"你是不是后悔了?如果你娶了叶琛,她懂事,她有分寸,绝对不像我这么粗鲁,是不是?"

离小区近了,湛清然把车停靠在路边,扭头看看她:"对,如果今天是叶琛,她不会这么说话——如果你非要我这么回答的话。另外,我没有后悔,这种话你不必一遍遍地问,也不需要在我们争论的时候提叶琛,跟她没关系。我只想就事论事,你为什么不能信任我呢?网上的事你不跟我说,今天也不准我帮你。你什么都要自己解决,又欠考虑,本来事情错不在你,这样一来,大家——"

"我不在乎!"燕回明眸闪动,语气很冲,"我只知道是他先招惹了我,我不当受气包,我有仇必报,我从来都不是贤妻良母的性格,你觉我让你丢面子了,害你父母也丢面子了?那对不起,我主观上没这个意图,客观造成了我也没办法。可是,你别妄想改变我。什么叫粗鲁?你堂哥在那里欺负我就是高雅了?那么多人,坐在那儿脑子里不知道怎么想我,你以为我不知道?你们不去要求他懂事,不去教训他,倒来管我,是我好欺负吗?"

燕回觉得很委屈,委屈得快要爆炸了。她的心里被无数委屈的钩子钩着、缠着,她的心都要烂了。为什么没有人站在她这一边?永远都是。她被骚扰,是因为她太美了又爱打扮,性感;男孩对她献殷勤,是因为她在时时刻刻勾引他们;她看着就不正经,不像好女孩;她可以随便被造谣……

现在她成了他的妻子,他们说好了要站在一起,他也说了要明目张胆地偏爱她,可一旦遇到事情,他依旧只会在她被伤害被激怒时说她粗鲁,不识大体。

去他的识大体。

她冷冷地说完,打开门,头也不回地走了。

Chapter 10
第十章

湛清然立刻跟着下车，追上燕回。

湛清然刚碰触到燕回的手，就被她毫不犹豫地甩开。她回头，倔强地昂起头，双目中似有水光闪动。

"天黑了，有什么事我们回家谈，不想谈也可以，"湛清然又一次去牵她的手，抓住不让她挣开，"但是你得回家。"

燕回的屈辱感哽在喉咙里。

"你不必觉得丢人，因为，我当众被人骂不要脸更丢人。"她甩了甩头发，居然笑了，"没关系，难听的话我什么样的都听过。可这不代表我会接受，你这么有力气，麻烦去教教你们那一大家子有头有脸的各位。当湛航那么羞辱我时，他们在做什么呢？还有那两个小辈，正好，让他们早日见见成年人肮脏的一面。"

风把最后几个字吹到哽咽，燕回顿了顿，眼泪像依偎在眼眶里："我是被别人说过很多难听的话，但是你，你不能觉得我会把这种羞辱当作习以为常，觉得我能承受得住。我这种性格，就应该比那种文文静静的女孩更能承受，凭什么呢？对，我是比你们想象的皮糙肉厚，可这不公平。我得让你知道，你们谁都没资格羞辱我，或者是指责我说话的方式不对。"

这种类似小孩受委屈时想辩驳的窘迫与焦急感上一次有是在什么时候？燕回发现自己竟然已经记不清了。

她低下头，一眼看到湛清然的影子。

那么好看的影子,像藤蔓一样缠住了她的眼睛。

燕回忽然有种徒劳感,好像,一切都只是地上的影子。

她没力气去面对他,至少在这一刻没力气,她只有那种经过激烈战斗松懈后的茫然和疲倦。

"我们不谈这件事了,先回家。"湛清然低声说。

燕回这次没有拒绝,只是说:"你松开我,我自己可以走,你放心,我会回去,不会乱跑。"

他轻轻地松开手,燕回便把包搂在胸前,像是找个依凭似的,默默并排和他走着。

进了电梯,她站到角落里,盯着数字发呆。

是她自己忍不住撞上去的,哪怕头破血流。燕回再一次想起她明明知道湛清然不爱她,却要心机蛊惑了他,让他娶她回家的事。

燕回有点哀伤,有什么东西潦草地缠着她的心脏。

进了家门,湛清然第一句话是问她:"还想不想吃点什么?"燕回客气地说了句"不了,谢谢",把鞋子一甩,本来都走开了,想起什么,转身想去摆鞋,但湛清然已经俯身弯腰。眼睛忽然又狠狠地一酸,她过去推搡了他一把,一脸凶横:"谁要你多管闲事了?"

说着,她抢过鞋子,把它们摆放好。

他太坏了,不爱她,但擅长用这种小恩小惠让她产生错觉:也许,他多少是爱自己的,就算不爱,也至少有点喜欢吧?

可一到紧要关头,那些她最需要他站在她一旁的时刻,他又抛下她。他不能这么坏,反复地把人拉上来,又推进深渊。

这种行为太残酷了。

但是燕回又不怨他,因为有些事情是她一开始就清楚的。

燕回就像一头困兽,在这种不能自已的情绪中尽力疏导自己。

她失措地跑开,在阳台上吹风。

湛清然不知站在玻璃门那儿看了燕回多久,之后端起清洗好的水果放在她眼前。

"这件事我们先不谈,但有两点,我觉得现在得说清楚。你问我叶琛会不会做得更好,我那么回答你,其实是想告诉你,无论她怎么表现,对我来说都不重要,对我来说重要的人是你。还有,我觉得你可能误会了我的意思,我只是想寻求一个平衡点，而不是否定你。"

燕回不说话，晃荡起两条腿往远处看去。

湛清然两手插兜，平静地站在她的身后。

"婚姻既不是无私奉献，也不是一味地宣泄索求。我希望我们不要因为一两件事就对彼此丧失信心。"

湛清然说完，见燕回仿佛沉浸在自己的世界中，眉头轻蹙，转身进了书房。

不知过了多久，燕回吹够了风。她冲了个澡，趴在沙发上翻杂志。最近她开始听付费课程，跟着修美术。她想将来做自己的独立品牌，尝试着勾勾画画。

玄关那儿放着几个快递还没得及拆，燕回想起来便快速跑过去。那是某大牌给她寄的公关包裹，Amy牵的线，让她测评一下新出的口红和眼影。

燕回顿时来了精神，抱着礼盒开心地跑进了她自己的卧室。

书房里，湛清然查看了邮件，又看了会儿文章，出来时，客厅无人，阳台也无人。他隐约听到小卧室里有声音，靠近听了才知道是燕回在里头心情愉快地做开箱直播。

她很大方，试用剩下的产品会全部抽奖送给粉丝，直播间很热闹。

门外的湛清然听了片刻，没去打扰她。

夜深时，湛清然终于去敲燕回的门，提醒她该睡了。

燕回正在翻化妆棉，听到声音后一顿，先拿纸巾抿了个口红印，然后把门开了一条缝，有点挑衅地把纸巾丢到湛清然身上，刁蛮又狡黠地一笑，又关上了门。

这是两人结婚后第一次分房睡。

一觉睡醒，燕回迷迷糊糊地去卫生间，却见书房的灯还亮着。她揉了揉眼，发现门没掩实，一线灯光漏出，湛清然闭着双目坐在椅子上。他的侧影被灯光投在墙壁上，有些许孤单意味，手旁是一本倒扣的书。

燕回一时判断不出他睡了没，在犹豫是否走过去。

没想到湛清然仿佛与她心有感应，掀起眼皮低笑着问她："怎么还没睡？"

燕回立刻扭头跑开。

她睡得不好，因为挺不习惯身边没湛清然，但她还在生气。

一连几天，燕回都在公司加班，特意跟湛清然错开了时间。

湛清然打电话给她，她总是挂掉，只回信息说让他不用等她吃饭。

直到这天晚上，周周新入职了一家传媒公司，要请燕回吃饭。

周周选了一家新开的火锅店,火锅店生意火爆,很多年轻人在这里尝鲜。

燕回一进来,就发现有人盯着她看,是一桌坐了三个年轻人里头的一个,正是胡子明。

胡子明没想到会碰上燕回,脸猛地一红,不知道要不要跟她打招呼。

燕回却大方,笑盈盈地跟周周说要跟个熟人打招呼。

"嘿,小明同学,这么巧。"

她声音脆脆的、娇娇的,胡子明的脸在腾腾雾气中更红了。这下那两个男生立刻起哄,十足的毛头小伙子。

"这是我的高中同学。"胡子明连忙介绍道。

那两人在那儿一脸惊喜地笑。

燕回面对同龄人的关注,忽然开心起来。也许是火锅店气氛热闹,她同意了他们提出的跟她拼桌一起吃的提议。

到底是年轻人,两方很快就说说笑笑地聊开了。

隔着腾腾的热气,燕回手上的戒指也被瞧得一清二楚,那两个男生却视而不见。

胡子明知道燕回嫁给了湛清然,但不好明说,只能很客气地不停劝周周多吃点。

"谢谢啊,"周周矜持地笑,"我太胖了,还是不吃这么多了。"

胡子明说:"没有啊,你们女孩就是对自己要求太高了。"

两人在这边有一搭没一搭地闲聊。

一旁,燕回被两个男生逗得娇笑不止。

"燕回,你别这么看我,太残忍了。"瘦高个的男生忽然推了推眼镜。

燕回惊疑:"怎么了?"

"唉,"那男生叹气,"对我们这种丑人来说,细看是一种残忍。"

燕回一愣,又是一阵笑。

"哎呀,我以为你们都是书呆子呢,没想到你们这么有趣,再给我说点笑话听吧。"她拨弄着头发,习惯性的小动作处处透着不经意的魅力。

在他们兴致勃勃地继续说时,燕回却被桌上的肉吸引了注意力。

其实她吃不惯下火锅的这种肉,觉得它们像冷冻的木乃伊。在家里那次吃的,是湛清然买了新鲜牛肉冻四分后切的薄片。小湛老师真是个有耐心的人。燕回突然意识到自己又总想着他,连忙刹住车。

158

她不能太在乎他，否则，她只会更加难过。

燕回觉得自己应该再没心没肺一点。

趁去洗手间的空儿，燕回把账结了，男生们当然不好意思，要给她转钱，她甜蜜蜜地笑着拒绝："别不好意思啦，姐姐有钱。"

也不管自己是不是比这几个人大，燕回直接开着玩笑。

瘦高个问她们要不要去学校散步。

周周听了撇嘴："黑灯瞎火，还跑你们学校散步？"

男生们挠头，周周早看出他们这是不舍得燕回，笑着说："哎、哎，你们醒醒吧，燕大美女'英年早嫁'了！"

男生们虽然已想到了，但还是有藏不住的惊讶和失落。

燕回眼波流转，她问他们："你们学校的实验室晚上有人吗？"

这话问的范围太大，瘦高个殷勤地把各个院系的实验室介绍了个遍，只有胡子明隐约地猜到，燕回是想去电子工程系的实验室。

周周的母亲大人打电话催她回家，燕回就和男生们叫了辆出租车。

燕回也不避嫌，跟胡子明坐在后面，戳了下他的胳膊："你怎么回事？今天晚上都不跟我说话。"

胡子明心里空落落的。他不敢看她的眼睛，说："没有啊。"

燕回笑吟吟的："我们还是老同学嘛，你看你，还没我敞亮。"

进了学校，燕回见有人骑单车呼啸而去，便也要骑车去实验室。许久没骑车，燕回又忍不住笑，一路跟摇着银铃似的。

胡子明问她："你是不是想去电子工程系的实验室？"他说得含糊，但相信燕回肯定懂。

果然，燕回冲他直眨亮晶晶的眼睛。

胡子明的心跳又快了起来。

拐弯时，燕回不熟悉路没刹住车，冷不防地撞到一个人，她赶紧丢了车去扶。

男生们也都停了下来。

等看清撞到的是谁时，燕回的心快速跳了两下。是叶琛。

她的第一反应是——这人怎么在这儿？

转念一想，叶琛已经来这儿做老师了，这儿也是她的母校。

燕回跟她道歉，问她要不要去医院看看。

"学校有医务室。"胡子明说。

叶琛没想到在这里见到了燕回。叶琛猜测她是跟湛清然过来的,可她身边围了几个男生,就是没有湛清然。

叶琛想起,湛清然还在实验室呢——她刚刚才见过他,虽然只是路过。

那么,他知道自己的妻子正跟一群男生在校园里这么疯疯癫癫地骑车玩闹吗?

叶琛心里一阵嫌恶。她揉了揉膝盖,脸上那股清高的神态在枝叶间漏下的灯光下,若隐若现:"不必了。"

燕回过意不去,说:"还是看吧。"

叶琛看她一眼:"我在我们学校从没被撞过,麻烦你下次不要骑这么快。"言外之意是,她一个不速之客这么莽撞地闯进来,不知分寸。

燕回最近最讨厌"分寸"这个词,也就不再坚持,带着胡子明他们往前走。

叶琛不屑地笑笑,给湛清然发了条信息。

湛清然的学校很大,燕回也就来过那一次,这会儿跟胡子明他们骑车穿梭其间,反而有时间留意环境。

"这儿是哪儿?"

"法学院。"

"这里呢?"

"建筑学院,对面是经管学院。"

胡子明见燕回好像很感兴趣,有点纳闷:湛老师没带她来过学校吗?

燕回已经岔开话,笑嘻嘻地问:"刚才过去的同学,都是状元吧?"

胡子明委婉地说:"你眼前这三个都是呢。"

话里那种小骄傲,燕回听出来了。她哈哈笑一阵,象征性地奉承两句,直说:"好厉害哟。"

美丽的姑娘,矫揉造作起来都是赏心悦目的。

胡子明又开始脸红:"还好啦,绩点为王。"

燕回这种"学渣"当然不懂"绩点为王",笑道:"听不懂你在说什么,哎呀,说点我能听懂的吧。"

听得懂的……胡子明思考片刻,小声问她:"湛老师?"

学校的实验室有严格要求,无关人员不能随便进,胡子明把学校的规定跟燕回简单提了提。

燕回"哦"了声,说:"我本来也没打算进去看,就从外头瞧瞧得了。"

刹车一抓，燕回脚撑在地上。她嫌风吹得头发扰眼，从包里翻出条发带随意一绑，这动作落在几个男生眼里竟也格外美好。美好的姑娘，美好的初秋的夜，连灯光都很温柔。

办公室灯火通明，湛清然在忙。

在燕回一行人晃荡到实验室附近时，他才看到叶琛的消息。

叶琛说：你家属跟一群男生在学校里玩，我刚巧碰见了，不知道是不是要去你们实验室那边。

他微怔，给燕回打了个电话。

铃声响起时，燕回吓一跳。手机屏幕上闪动着字母"Z"，这个胡子明眼熟，瞥见后，连忙朝同伴打了个手势。

燕回笑意微微一敛，走开几步接了电话。

她懒懒地问他："干吗？"

"回家了吗？"湛清然边问边往外走。

燕回随意撒了个小谎："我跟周周吃火锅呢，小湛老师有事吗？"她站在一边，一手叉腰，身体晃来晃去的，雪白的胳膊在灯光下被渲染得发黄。

湛清然已经看到她了。他挂了电话。

燕回一愣："什么嘛！"

她把手机往包里一丢，摸到烟，笑盈盈地跑回来，问男生们借火。

瘦高个殷勤地给她点烟。

燕回习惯一堆异性围着自己打转，她坦坦荡荡。略一侧头，烟夹在纤细的手指间，她继续兴致盎然地问电子工程系的种种。

其实她一句也没听懂。

胡子明心知肚明，但不好直说。他看得出燕回真的在很投入地听。

燕回一扭头，看见台阶上湛清然颀长的身影后愣了愣，再转身时，不忘跟几个男生笑着摆手："改天请你们吃饭！今天我很高兴，谢谢啊！"

她一点也没有做贼心虚的感觉，相反，她光明磊落，觉得今晚很快乐——跟陌生的年轻人在一起的那种松弛感，让她很快乐。

"我不是来找你的，"燕回冲他轻佻地吐了个烟圈，"原来，你平时就在这儿忙啊。"

湛清然点点头："我知道你不是来找我的。"

他比她想的要平静得多，像风都吹不皱的水面。

燕回不屑也不会刻意跟男人装亲热来刺激湛清然，但当她意识到湛清然见到她跟几个陌生男生有说有笑还依然能保持平静的时候，她明白，这是因为他不爱她。

所以，他不嫉妒，也不生气。她爱怎么着就怎么着。

人果然傻点好，比如说，压根没留意到这个问题时，她是欢乐的。燕回怅怅地想。

不过很快，她潇洒地摁灭了烟，把烟丢进了附近的垃圾桶，说："来都来了，小湛老师请我参观参观你的办公室吧？我知道，你们实验室外人随便进不好，办公室总行的吧？"

"不行。"湛清然淡淡地拒绝道。

燕回很少被人拒绝过，确切地说，没有男人能拒绝她。她顿时觉得脸有些疼。她的心情像一张瞬间被他揉成一团的纸。

"真小气。"燕回娇声找补了句，"我偏要参观，你不能对我这么小气。"

湛清然居高临下地看着她："我没时间陪你胡闹，回家吧。"

燕回僵在原地。

他不爱她，但第一次这么冷淡。

"你呢？"燕回呼吸有些不顺。

"我晚上留这边，不回去了。"湛清然转身往里看了眼。

燕回脸上火辣辣的，她任性又固执地说："那好，你可以不回家，但你们学校这么大，我不认得路，你得送我回家。"

湛清然的头微侧，他看向的是她骑来的单车："我们的小区离学校不算远，骑车最多二十分钟，你注意安全。"

"我说我不认得路！"燕回冷冰冰地看着他。

湛清然依旧平静："不认得路？怎么来的？怎么来的就怎么回去。"

他就像在挥手驱赶无头苍蝇一样。

燕回被气得失了条理，胡乱说着："你生我的气了，你想跟我离婚了。"她非常快地下了判断，头一仰，"那我们离婚吧，彼此不耽误。我告诉你，你离了后，找不到我这么漂亮的了，而我离了，什么男人都找得到，谁稀罕你！"

湛清然静静地看了她几秒，忽然伸手拽住她，力气非常大，攥得她手臂疼。

燕回气得乱挣扎，他也不管，拽着她径自往偏僻处的树下走。

燕回想叫，下一秒，她的后背被他抓着撞在树干上。男人温热结实的身体压过来，紧跟着，她的嘴唇被堵住。

湛清然的亲吻来得有些粗暴，燕回皱眉。她像一颗熟透的樱桃，随时都会受伤。

两人像两只笼中困兽在角力。

燕回不知不觉间又陷进去了，就像她义无反顾地投身于这段充满未知的婚姻。

"你想我了对吗？"她把他搂得很紧。

湛清然沉默又凶狠地吻着她，她竟然都不知道他在生气。他以为他们只是彼此冷静一下，可燕回似乎没心没肺，竟和男学生打闹到他面前来。

燕回抬起膝盖重重地顶了他一下。

湛清然痛得哼了一声，终于在失控中寻到一丝清明。

"小湛老师，你每天是不是很分裂？"燕回唇角一勾，"你不是想赶我回家吗？但你现在却缠着我不放。"

湛清然隐忍地看她一眼，平复着呼吸，没说话。

燕回眼睛雪亮："你怎么不说话？我知道，你因为上次的事一直对我不满，今晚连送我回家都不愿意。你明知道我说的是实话，我不熟悉你的学校。"

她其实非常想念湛清然，但湛清然刚才的冷淡让她无法接受。

湛清然退后两步，说："我送你回家。"

"我不要你现在假惺惺地补救，不需要。"燕回果断地拒绝，"你已经让我伤心了。"

气氛再次陷入僵局。

夜晚昏昧的光线下看不到他任何情绪，他一贯不想也不喜欢表达他真实的当下。但他生气了，非常生气，她撒谎、讽刺他、拒绝他。

他想跟她讲道理，但她只会轻浮又狂妄地笑。他永远不知道她到底能在什么事情上严肃起来，包括那一句句告白，都像是戏剧性的表演。

她甚至……连离婚都能脱口而出，如此儿戏。

湛清然郁郁地想到这点，更觉压抑，再开口，声音很沉："那你想怎么样？"

你爱我吗？

你会爱我吗？

你可以爱我吗？

燕回的脑子里一瞬间掠过无数的念头，她不知道该如何开口。

"你抱抱我吧。"她像跳伞员需要降落伞那样开口。

湛清然怔了怔，不过很快走过去，伸出手，把燕回拥入怀中。

好像，和好其实只需要一个拥抱而已。

湛清然觉得燕回相当难缠，也相当矛盾。在他以为她不知道要闹到什么时候时，她只是需要他的一个拥抱而已。可当他以为这个拥抱可以纾解她先前的糟糕情绪时，她却推开了他："我回家了，你去忙吧。"

她非常洒脱，说完就走。

湛清然追上来，说："不是想看我办公室吗？"

燕回一脸的无所谓："你不是说不行吗？而且，我已经不想看了。"

湛清然牵住她的手，并未解释刚才为什么要拒绝她，低声说："过来看看我办公的地方。"

他不由分说地把她带了回去。

办公室里堆满了书，比燕回想象的凌乱了点。

也不知道是不是电脑辐射吃多了，桌子上那盆绿植只剩几片叶子，看起来很是可怜。

燕回一眼看到他的杯子，那是她买的。燕回总是喜欢送湛清然一些小礼物。

看到杯子的瞬间，燕回心里涌起一点细微的情绪。她坐在他的椅子上，翻了两下书，像是没事人一样："看起来很没意思嘛。"

湛清然的书对她来说本就是天书。

湛清然让燕回坐一会儿："我去和学生说一下，等下送你回去。"

湛清然一走，燕回就开始乱翻他的东西，她天生就有破坏欲，又带着点孩童式的叛逆。

抽屉里都是各种各样的表格和打印出来的报告，她瞅了两眼，什么也看不懂，一撇嘴角，又给放回原位。

角落里有个精巧的手提袋，燕回的心跳了两下，迟疑几秒，她迅速拉开，见里面放着一枚带玫瑰图案的珍珠发卡。

显然，这东西肯定不是别人送给湛清然的，那只能是他要送给谁的了。

是给我的吗？燕回底气有点不足。

不会。

要是送她的，他早就给她了。

燕回出神地看了片刻，又连忙把抽屉合上。

一直到湛清然回来，她都心不在焉的。

"回家吧。"湛清然简单地收拾了下桌面，拿过车钥匙。

燕回仿佛聋了一样，动也不动。

湛清然喊了她一声。

燕回站起身："你不是要睡实验室吗？"

他低头，淡淡的气息拂过她脸庞："本来是不打算回的。"

燕回嗤笑一声，对湛清然的嘲弄很明显，眼尾一挑，笑靥如花："别说你想念我了，所以临时改了主意。"

她语气是带戏谑意味的，然而湛清然没有计较。两人还是回了家，刚进门，燕回就蛮横地缠住他，跌跌撞撞地倒在沙发上。

湛清然被燕回抓伤，眼神变得幽深。

两人交错的喘息声很久才平息。

"为什么突然去学校？"湛清然搂着她问。

燕回眯了眯眼，娇媚地道："你们学校的男孩多。"

湛清然低头，鼻腔里溢出一声笑，他恶劣地把人翻了过去。

燕回很快失声尖叫起来。

"现在能好好说话了吗？"湛清然把她抱起来。

燕回像回归大海得以存活的鱼，她眼角全是泪痕。

"如果你拿这种事挑衅我，大可不必。"湛清然眉心沁汗，他起来倒了杯水，扶起燕回。

她懵懂地看他一眼："什么？"

她就是这个样子，把别人激怒到极点，她却显得无辜，像使完恶作剧就跑的小孩。

湛清然盯着她红润的唇："你说呢？"

"我不说，我不知道。"燕回拿起抱枕砸到他脸上，她脑子里只有珍珠发卡。

怀疑的种子像遇到了最合适的土壤，疯狂生长。

湛清然头轻轻一偏，抱枕掉在地毯上。

他坐回她的身边,正色道："有正事和你说。我说过了，如果只是想和你玩玩，我没必要娶你。"

他深吸一口气："能好好说说话吗？我是认真的。"

燕回目光灼灼地盯着他，突然问："你要跟我离婚，是吗？"

湛清然不懂她的"脑回路",语气温和了几分:"为什么会这么想?"

燕回摇摇头。其实她也不知道。

"我为什么要跟你离婚?我娶你,不是为了离婚的。"湛清然不徐不疾地说,"不要动辄把离婚挂在嘴边。我们之间有摩擦很正常,如果你愿意和我沟通,我们好好谈谈。"

谈珍珠发卡吗?

燕回心里就剩这一个想法了。

"首先,上次家里聚会的事,我想你一直对我有些误会。你以为,别人羞辱你时我在幸灾乐祸吗?还是仅仅觉得你给我丢脸了,所以迫不及待地想教训你?"湛清然抿了口水,"我这几天都在想,为什么你反应那么大,也许是我不够关心你、不够体谅你,但我绝对没有指责你的意思。你说,你不在乎我家里人怎么看你,可我在乎。"

他抬起乌亮的眼,似乎能望进她的眼睛里。

燕回饱满的唇一弯:"对,我不在乎,你要在乎就在乎好了。"

显然她又没听明白。

湛清然说:"我怕爷爷对你的印象不好,不是我有这个虚荣心,是我希望我的家人都能喜欢你,喜欢你的话就会对你更好。我希望他们对你的好是发自内心的,这样你也会开心。"

他说:"这才是我在乎的。"

燕回微怔,嘴唇翕动片刻,什么也没说出口。

"我在想,是不是当时谈话的时机不对。你受了委屈,我不应该在那个时候跟你要要怎么做,让你误解不是我的本意。"湛清然把水杯放下,直视燕回,"以后我希望能让你多信任我,有些事愿意缓一缓等我来处理。你现在不是一个人生活,你有我。"

他说了那么多,最重要的,不过是这三个字。

燕回半信半疑地凝望着他,脑子里嗡嗡的,她几乎是脱口而出:"真的吗?"

湛清然轻轻摩挲着她的手指:"当然,希望你能给我点时间,也给自己点时间,你可以信任我。"

"可你,"燕回的眼睛热热的,她心里酸得要命,"你心里只有别人。"

"谁?"湛清然打趣地一挑眉,笑了,"怎么我不知道?"

燕回美丽的眼中闪过愤怒:"你有。"

"你想说谁?"湛清然敛了笑意,"叶琛吗?"

燕回不说话了。

"我不知道要怎么解释,你才会信,或者是要解释多少次,你才不会再怀疑。我跟她是过去的事了,我很清楚我现在想要什么,想跟谁生活在一起。"他神情严肃,专注地看她,"你能说说,为什么总是怀疑我吗?"

燕回的心怦怦地跳起来,她犹豫了几秒,说:"我今天去找你的路上,骑车碰到了她。不是故意的,这件事我先跟你说一下。我道歉了,也问她要不要去医院,是她自己不愿意去。"

湛清然"哦"了声,说:"我知道了。"

燕回有点惊疑地看着他:"你不心疼吗?"

"心疼什么?"

"我把她撞倒了。"

"你是把她撞倒了,第一你不是故意的,第二你赔礼道歉了,她应该没问题,所以不需要去医院,这件事不就结束了?"

"可她是你爱的姑娘。"

"那是你想的。"湛清然轻飘飘地带过,"我跟她,现在是普通同事关系,仅此而已。"

说着,他岔开了话:"既然是来找我的,为什么后来又说不是呢?"

燕回后知后觉,脸一红,却又把话题扯回来:"你就是爱她。"

"我哪里爱她,你说说看。"湛清然伸开双臂,绕到沙发背上,一伸手,就能触碰到她蓬松的秀发。

"你不爱我,你爱她。"燕回差点说出珍珠发卡,但硬生生地憋住了。

湛清然的大拇指缓缓揉着太阳穴,另一只手摸了摸她的后脑勺:"你不要总是瞎想。"

燕回眼中水光一片,潋滟波动。

湛清然忽然站起身,从裤兜里摸出一件东西,递给燕回。

她顿时愣住了。

是那枚珍珠发卡。

他什么都知道。刚进办公室,他就敏锐地发觉到燕回翻他东西了。

她这个人,总是屡教不改,但也没什么心机。

"觉得我爱别人要离婚,是因为这个吧?"湛清然把发卡取出,戴到她头上,

"是给你的，不过你这么忙也见不到人。"

"难看死了。"燕回扬手就给拿掉。她太用劲，扯下来几根头发，又把它丢给湛清然。

这枚发卡是湛清然托远在欧洲的姑姑买到的高定珠宝发卡。

他笑笑："哪里难看？"

燕回蛮横地说："就是难看。"

"那你喜欢什么？"

"所有美丽的东西。"

"你的意思是，我选的这枚发卡很丑陋？"湛清然又给她戴上，像是哄小孩，"给个面子。"

燕回终于别别扭扭地收下："既然你都求我了，我就勉为其难地收下吧。"说着她跑到有面大镜子的衣帽间。

发卡很漂亮，燕回对着镜子左右欣赏。

燕回非常喜欢这发卡，珍珠颗颗莹润，玫瑰富丽堂皇。不然，她也不会那么耿耿于怀。

燕回对着镜子好一番欣赏，然后想起什么，换了件红丝绒裙。

湛清然不知道她在里面臭美，只见她进去后，就不再出来，等良久，过来敲门："燕回？"

他都怀疑她在里头睡着了。

门一开，一道艳光扑过来，湛清然往后趔趄了两步。

燕回的美，咄咄逼人，极具侵略性。

呼吸滞了几秒，他低笑开口："这是为我准备的？"

"才不是，我可是要去招惹年轻帅气的男学生的呢。"燕回放肆地一抬眼尾，"我们打个赌吧，只要成为我的目标的，我都能拿下。"

湛清然的笑意一敛。他摩挲着她浓密的黑发，一低头，对上她那捕捉猎物般的眼神，声音如刀片一样锋利："我只是你的一个目标吗？"

燕回目光炯炯直视着他，笑得妩媚："不然呢？"

"刚才话说到一半，我想跟你谈的，还有个事。"湛清然拉开自己和她的距离，回到了客厅。

燕回心里直翻白眼，觉得他阴晴不定，像六月天一样。

她扭着腰出来，倚在门框那儿，一脸天真无邪："还有什么事？"

"今天晚上那几人是谁？"湛清然的语调沉缓。

"你们学校的学生啊，有胡子明，你认识的，另外两个我就不知道了，他们叫什么来着？"燕回是真没往心里记。

她眼神坦荡地看着湛清然，好像在说"你要是因为这个跟我生气，那么一定是你的错"。

"你们学校的男生说话好有趣啊。"燕回笑嘻嘻地点评，全然没意识到湛清然情绪的变化。

他面无表情地看着她，说："你都不认识，就这么快跟他们打成一片了？"

燕回得意地一挑眉："我们都是同龄人嘛，怎么了？我认识新朋友很正常。"

"你怎么会碰到这些人？"

"我跟周周吃火锅，正好碰见了，然后拼桌边吃边聊，就这么认识了。"

湛清然点点头："我忘记了，你一直都是社交达人，否则我们也不会认识。"

那个雨天，他坐下来时就瞥到了燕回，她实在太过美丽，令人心跳不止。这么美的女孩，是个男人都会心生幻想，他也不能免俗，有了那么点旖旎的心思。可他明白，这只是惊鸿一瞥，像是一朵玫瑰，不经意地开在了你偶然经过的道旁，你见到这种美丽，就仅仅是见了而已。

如果不是她主动，以他的个性，他们是绝对不会有什么后来可言的。

燕回奇怪地看着湛清然，探究着他的表情："你不会是吃醋了吧？"

她问得自己都心虚，又有点兴奋。因为湛清然吃醋这种事对她而言简直是最大的奖励，她屏气凝神地盯着他。

沙发上的男人，竟然点头："对，我就是吃醋了。"

湛清然的耳根通红，脸色变得很难看。

燕回彻底愣在那儿。她眨眨眼，忽然扑哧笑了出来。

湛清然一时不知道该怎么办，她就是这样，会忽然高兴起来。

燕回跑过去，捧起湛清然的脸："小湛老师，你再说一遍，再说一遍嘛。"

湛清然把她的手拿掉："你能不能认真点？燕回，你要我说什么？说我现在有一肚子火想发泄？"

他一直比较包容她，像对待小女孩，毕竟他确实比她年长好几岁。但这次不一样，他说这话时，是把她当女人，一个鲜艳妩媚、无比灵动、非常纯粹的成熟女人。

美丽，危险，迷人。

上一秒她能跟你说甜言蜜语，下一刻就能转投进任何一个男人的怀抱。

湛清然说完这些，脸显得很紧绷。

燕回连忙亲了亲他的嘴角，有点幸灾乐祸："你真的吃醋了？我很满意。"

她趴在他的胸口，仰望着他。

湛清然垂眸去看她，捏住她的下巴，不满地道："还笑。"

燕回说："我高兴，我想笑。"

他皱眉："听明白我的意思了吗？"

燕回摇头。

湛清然立刻推开她，往书房走，

燕回从身后抱住他的腰："听明白啦，你别走嘛。"

湛清然站了片刻，回过身："明白什么了？"

燕回其实没怎么明白，脸上的懵懂一闪而过，紧接着是个假装思考的表情。

湛清然尽收眼底，不容置疑地说："第一，女孩不能随便让男人给自己点烟，这个动作太暧昧。第二，跟异性相处要有个度，这个度你明显没把握好，注意下自己的笑容。"

燕回立马笑靥如花地钩住他的脖子，说："遵命。好了，你别这么严肃嘛，跟个小老头似的。你不喜欢，那我就改呗。我可以答应第一条，可第二条不行，我喜欢跟人家笑着聊天嘛。"

湛清然说："可以笑，微笑就好了。"

燕回悻悻地道："微笑啊？可是我高兴时控制不住只微笑啊。"她埋怨地瞥过来一眼。

湛清然沉默片刻，做出让步："好，但不能有无缘无故的肢体接触。"

燕回把他的手往自己腰上一放，笑得撩人心神："只有你碰过我，小湛老师，别因为这个生气了好不好？"

他的神色未见缓和："不生气可以，你是不是应该有点表示？"

燕回紧贴着男人温热的身体，冲他吐气："我一无所有，只有一颗心，你已经得到了。我真的没什么可表示的了。"

这是矫揉造作的情话，湛清然的心却随着这几句话波动了一阵。他冷静下来，为刚才情绪外露的表达感到些微不自在，打算进书房，燕回却拉住了他："别走嘛，我们和好吧。"

燕回大胆而炽烈地注视着他，温凉的手指顺着他的手臂往上一点点游走。

湛清然低头，轻轻扣住她的手指，没说话，把人抱起。

和好这件事，令人非常愉快。

燕回第二天哪里都没去，请了假，一直睡到下午，一觉醒来，绚丽的夕阳映在窗帘上。

燕回的手机调了静音，此刻上面有一堆信息，还有两个未接来电，来自林嘉。她扯了扯嘴角，发现林嘉又给她发了信息：是不是王伟给你道歉，你就不再追究他了？

燕回想了想，回了两个字：抓紧。

为这件事，林嘉劝了王伟多次，但他嘴硬，同时担心被网暴。林嘉叹气，说："你又不是网红，没几个人认识你。"

最终，王伟不情不愿地在网上给燕回道了歉，但措辞不咸不淡。

燕回立马要求他重新写一份道歉公告。

出租屋里，王伟又用最脏的字眼把燕回骂了一顿。

"满足她吧，"林嘉疲惫地说，"别再折腾了，我告诉你，燕回说告就真的会告。我不想再惹是生非了。再说，万一真的被告呢，你还怎么考公？"

王伟本来还想发作，仔细想想，只好照做。

事情告一段落，Amy在办公室问起燕回，得到肯定答复后，让她负责下一次的杂志选题。

"对了，你下期的视频更新什么？"Amy非常关心她自媒体的运营情况，聊了会儿，话题冷不防转了，"你跟Ken怎么回事，是不是得罪了他？"

上次本市有个秀，Amy本想让燕回替自己去的，没想到Ken却直接找到D姐，说了她俩的问题，表面上是对编辑权力下放不满，实则是针对燕回。

Amy对湛总监看上燕回的事有所耳闻，但她也知道，燕回不走寻常路，早早结了婚。别看燕回平时嘻嘻哈哈的，其实心性特别坚定，绝不会为了讨好Ken而出卖自己。

"他也不嫌掉价，跟我一个小实习生较劲，"燕回讥讽地撇撇嘴，"随他好了，没品。"

Amy意味深长地看了燕回一眼。听她这口气，她是真的不把湛航当一回事了。

难道她是找了个更大的靠山？

"你对他还是客气点。"她提醒燕回。

燕回笑了笑，表面点头说"好"，心里想的却是：我至多给小湛老师面子。

因为心情好，燕回打算抽空回请周周吃饭。没想到，周周居然在医院，不知道是不是工作太拼的原因，她竟得了急性阑尾炎。

燕回没有热心煲汤的本事，她不会做饭，不过去探望探望还是可以的。

医院这种地方她记忆很深，倒不是因为身体弱，相反，她几乎没病过，没怎么来过医院。只是有一次，她生了比较严重的病，高烧不退，但没人管，因此她总觉得生病时是最让人绝望的。

那种被抛弃，整个世界只剩茫茫一片白的感觉，真是糟糕。

周周住的病房很大，一屋子六个人，再加上陪护的人，就显得房间里到处都是人。

那种熟悉的感觉扑面而来，燕回噎了下。

她跟周周的母亲打了招呼。

一屋子人都在看燕回，她生得漂亮，短短一刻钟时间里，旁边的阿姨就热情地问起燕回的个人问题来。

她倒也不烦，好脾气地跟那阿姨笑笑，张开手，露出戒指："阿姨，我结婚了呢。"

阿姨一脸失望地直摇头，说太可惜了，这么年轻漂亮，却便宜了别人。

一屋子人又跟着笑。

周周跟她妈撒娇，说想吃点辣的东西，她妈妈就批评她，说她就是管不住嘴，乱吃东西才生病的。

周周无奈地道："妈您这是自己瞎猜，人家医生也没说我是因为吃辣得了阑尾炎。"

燕回看她们母女斗嘴，有些出神。

她很羡慕她们。

燕回很快地结束探望，像是逃出来的。那种氛围，让她眼热。

刚下过一场雨，医院的草木有种干净的绿，鼓舞着病人焕发勃勃生机。

燕回被人拦住问路，她也不懂，对方的方言又难懂，于是她耐心地带对方去导医台。

倒不是她有多热心，只是因为她知道在医院无助时是什么感觉。

燕回刚出了住院部，见前面有几个熟悉的身影，不禁认真瞧了两眼。是湛教授夫妻，还有叶琛。

燕回心跳加速。

这三人同行，像是刚从住院部出来。

程教授伸手摸了摸叶琛的肩膀，神情很关切，也很心疼。

燕回看着，心里忽然就酸了下。

程教授应该更喜欢叶琛。

她们看起来，就像母亲和女儿一样。

燕回默默地看着，一时间竟没有上前打招呼的勇气。

湛教授夫妇无疑是很好的人，对她很客气，但那是种对待客人般的客气。

但他们对叶琛显然没有那种客气，那是跟对她不一样的亲热和爱护。

燕回犹豫几秒，最终也没上前，因为她忽然觉得自己像个外人。

Chapter 11
第十一章

转眼到了周末,湛清然问燕回要不要跟他一起回父母那边吃饭。燕回报了个美术班,第一次上课就请假未免显得态度不够端正,当然,也许有那么一点其他原因,燕回没说自己在医院碰到了他父母的事情。

这天,湛清然是一个人去的。

教授夫妇也是忙人,一般周末晚上才腾出空下厨。这晚有月,一枚月牙就挂在墨蓝的夜幕上,明辉落到窗棂上,映着人语。夫妻俩边在厨房忙,边聊工作上的事,感慨年轻人的不容易。

湛教授很细致地给鱼背上划了三刀,说:"小燕这姑娘还是很上进的,有想法。"

程一维低头切着姜片,轻微叹气:"上次那事给爸留的印象不好,我打了几句圆场,也不知道清然跟小燕谈了没有。"

夫妻都是老派人,但跟学生打了一辈子交道,总体是比较宽容的,对燕回那事谈不上肯定,倒也觉得不是太大的事。

等湛清然进家门时,饭菜都摆上了桌。

他把车钥匙扔在玄关,喊了声"爸、妈"。

"快去洗手,吃饭了。"程一维解下围裙,瞄他一眼。湛清然个头高,一进家门她就得跟他仰着头说话。

饭桌上,一家人照例是谈学校的事情,夫妻俩关心湛清然的项目和研究进展,知道他最近频繁开会做报告,还要出差,不忘提醒:"小燕年纪小,你这工作又忙要记得多关心关心，不要冷落了人家。"

"是的，你要让着点，有什么矛盾要及时沟通，也不知道你们有没有代沟。"程一维欲言又止，心里一直没好意思问儿子，跟燕回到底是怎么回事。

湛清然穿了件挺括的衬衫，领口那儿若隐若现的一点痕迹窝在阴影里，夫妻俩没注意到，在跟他传授着上一代人的相处之道。

湛清然听得莞尔，什么志同道合、兴趣相投，这在他和燕回身上是不存在的。父母问他燕回平时都喜欢干些什么，他总不能说她喜欢梳妆打扮逛街蹦迪，只好含糊地说爱看书，当然也不能明说这个书仅仅代指时尚杂志。

"说这么多，你老笑什么？"程一维见儿子始终挂着淡淡的笑意，敲了敲他的碗。湛清然点头："没什么，我听着呢。"

"对了，"程一维把鱼汤推到儿子眼前，"叶琛妈妈的事，你听说了吗？"

叶琛是在化工学院，也是忙人，湛清然跟她虽说在一个学校，见面却也很少。此刻母亲一问，他眉头微挑："代阿姨怎么了？"

"刚查出来病，已经是晚期，我说她这段时间瘦得异常。家里也是疏忽了。"程一维深深地叹口气，"她比我们还小个几岁，听医生的意思，没什么时间了。本来，照咱们两家的交情，怎么着你都该去一趟，但我跟你爸爸考虑上次在家里的事，所以我们单独去探望过了，跟你说一下，你心里有数就行。"

湛清然手里的筷子一顿，眼睫垂下。

他心里总归是不太好受的。

多年前的代慧颖还是个身体健康、一直拿自己当儿子看的可亲阿姨，湛清然想到那天代慧颖落到他身上的眼神，心中那股幽幽的歉疚又浮了上来。

"我抽空过去看看。"他平静地说。

程一维有点迟疑："要不然别去了，我怕她见了你反倒更伤心，我跟你爸都去过了。"

湛教授一直没怎么说话，此刻开口道："也不是不能去，叫上李格他们一起。你真不去的话，我看也不合适。你可以跟小燕提前说清楚，我觉得，小燕也不是个不通情理的孩子。"

从父母家出来，湛清然直接开车回家，到楼下时没急着下车，给李格打了个电话，问他知不知道叶琛妈妈生病的事。

那头，李格端起学长的架子："你刚知道啊？不是我说你，清然，至于吗？就算你移情别恋娶了别人，也不必躲着叶琛，朋友总能当的吧？她遇到这么大的事，你小子连个头都不冒，我真是服了你了！"

电话里背景声嘈杂，湛清然怀疑李格有饭局，有人在咳嗽。

他没解释，问道："你们都去看过了？"

"你说呢？"李格对燕回的印象很深，她太漂亮了，一个眼神过来，看谁都脉脉含情，小妖精一个。师兄弟们都在怀疑，湛清然是昏了头，沉迷美色不能自拔。听说她年龄又小，被娇宠惯了，脾气不好，湛清然这步棋走得确实令人震惊又不解。

"是不是家里那位不准你去？"

湛清然否认："没有。"

"你说你，"李格气笑了，"真不知道你怎么想的，叶琛那么好你不要，那姑娘，你驾驭得了吗？"

湛清然沉默两秒，说："你们不了解燕回，她很好。"

李格笑了两声，心道：你小子居然也有失智到如此地步的一天。李格心里觉得湛清然真是被下了蛊。

"最近抽个空，跟我一起去趟医院。"湛清然说。

李格反问他："怎么了，你自己不能单独去了？避嫌到这个地步了？"

湛清然觉得李格今晚尤其啰唆，于是约好时间，结束了对话。这时，燕回正好走到楼下。

灯光将她婀娜的身影勾勒得有点朦胧，她的长发及腰，像蓬蓬的一片云，随着步伐轻微晃动。很巧，她好像也刚挂掉个电话，在单元楼门口止住了脚步，不知道在想什么，不过很快就走进去了。

燕回是破天荒地接到了母亲打来的电话。母亲说弟弟燕天宇离家出走，她爸去找他，摔了腿，伤倒不严重。母亲絮絮叨叨地抱怨半天，才点到重点："天宇想去你那里玩两天，说想在大城市见见世面，他心情不好。这样吧，你带他好好逛逛散散心，他要什么给他买什么。不要亏待了你弟弟，钱不够，我给你打，你不要对弟弟小气。"

燕回听得头疼："刚开学，他不念书跑出来玩？"

母亲啧啧两声："你好意思说他？你俩都一个德行，不把我气死不罢休。我跟你爸还想多活两天，他要去就去吧。你爸福大命大，这次只是擦伤了，你还记不记得开托管之家的方大有？就你以前跟着去吃喜酒的那个。"

"记得，方伯伯怎么了？"

"摔死了。妈跟你说这就是命，老头刚等到不用带孙子了，去遛狗结果对面来了条母狗，引得他家那只高兴得活蹦乱跳，一挣就把人拖倒了，老头的后脑勺磕到路牙石上，人当场就没了。"

电话里母亲后面说了什么，燕回没听清，她茫然地挂了电话，心里只想着：方伯伯已经不在了。

其实，他们已经很多年没联系了，自从他们的儿子结了婚，老两口就去带孙子了，托管之家早就关了门。

尽管多年不见，但燕回一直记得他们的好。

她一个人安静地进了电梯，门缓缓合上，又缓缓打开。她抬头，看到湛清然那张清俊的脸。

"小湛老师！"她惊喜地叫了声，然后上前抱住他，"太好了，我正想着你有没有回家呢！"

燕回紧紧抱着他，生怕他飞了似的。

湛清然笑笑，看她背的大布包里露出的教材，问她："课上得怎么样？"

她仰头，身上的每一块皮肤都在战栗。喉咙发酸，她答非所问："我怎么没看见你？你刚才看见我了吗？"

湛清然摸摸她的脸："我看见你了，想喊你的，但你走得太快。"

"那你下次喊我嘛，你喊我，我就会听见的。"燕回很肯定地告诉他，踮起脚，亲了亲他，"我学得挺好，老师夸我聪明。"

湛清然皱眉："真的？"

她气得戳他一下："你敢怀疑我？"

湛清然笑着按住她："不敢，你聪明，非常聪明。"

燕回不厌其烦地跟他说了今晚课上的每个细节，甚至连注意到一只青灰蛾子飞进来的事都说了。

"你看，蛾子，哈哈！"燕回从包里掏出画本，一只肥大的绿蛾，栩栩如生地趴在白纸上。燕回对它又做了艺术处理，不像寻常的恐怖模样，反而慵懒自得，一脸无所谓地瞪着世界。

湛清然拿过画本，坐在沙发上认真看，边看边时不时地抬眼瞥她："你画的？"

燕回得意地一挑眼尾："对哟，我浑身上下都充满了艺术细胞，我就是那种，你懂吧，天才少女。"

湛清然似笑非笑，又往后翻了翻，都是些水彩花卉，色彩鲜艳，视觉上很吸睛。

"细节还可以更丰富，"他点评道，"画面的平衡感还有很大进步空间，但色彩上很有灵气，有天赋。"

燕回气得一把夺过画本："我不接受批评的，我只接受赞美！"她侧着脑袋，"你一个焊电线的，还想指导我？"

"谁告诉你我是焊电线的了？"湛清然笑着掐了她一把。她咯咯直笑，乱躲一气："你就是，你就是停电时爬电线杆的！"

"看来你对我的专业误解很大，我给你科普一下？"他轻而易举地捉住她，把人往怀里带，低头吻她。

画本掉落，湛清然抱着她低笑："宝宝，你真漂亮。"

燕回瞳孔一缩，睁大了眼："你喊我什么？"

湛清然微怔，长睫一垂，又低笑："喊你宝宝。"

燕回觉得心尖都在发颤，她想尖叫——为这个无比亲昵的新称呼。她完全陷在他的深情里："你再喊我，要喊很多声才行。"

湛清然满足了她的一切需求。

直到一切平复，燕回躺在他的怀里问："你最近忙吗？"

"嗯，比较忙。"湛清然的手指停在她的脸蛋上轻轻摩挲着，"怎么了，有事？"

燕回犹豫几秒，说："我有什么要求都可以跟你说，对吧？"

湛清然一笑，亲亲她的发："当然。"

"我弟弟要来玩，"她有点不太好意思，"我带他就行了，就是，跟你说下，他很烦人。"

湛清然说："你的家人也是我的家人。其实我一直想跟你提的，就是见你父母的事，你看什么时候合适，我陪你回去一趟？至于你弟弟，欢迎他来玩。"

燕回本来想问他能不能陪她回去一趟，听到这话，觉得什么都不必提了。她重重亲了下湛清然："你真好，小湛老师，我好爱你。"

她时不时搞这种突袭式告白，"我爱你"这三个字，总是说得不那么庄重，跟闹着玩似的，但湛清然还是喜欢听她对他这么说。

他看着燕回的笑容，最终没跟她提自己要去探望代慧颖的事情。

燕天宇没出过远门，燕回不得不先回家把他接过来。

出发前，孙见东联系她，说某宝上一个小众品牌看中了她，问她有没有合作意愿。

孙见东最近简直化身为了燕回的经纪人，很多人问他他拍的那姑娘是谁，他便趁机把燕回推出去，于是找上门的品牌方越来越多，内衣、运动品牌，车展等，什么都有。

燕回对靠脸吃饭这种事非常骄傲。这叫老天爷赏饭吃，饭都喂到你嘴边了，你还不吃，那叫"天予弗取，反受其咎"。

不过燕回的野心因为结婚打了个折扣，她不是太想出风头，怕会影响湛清然的工作还有他父母。

她以前可以做到无视别人的评价，但现在不行，至少不能再搞得一身狼藉。

所以她在准备着自己的品牌，而不是只靠吃这几年的青春饭，但青春饭的钱，也不是不能考虑挣，毕竟她需要本钱。

于是燕回打开电脑，浏览了孙见东刚提的店铺的主页，看了看衣服风格。

她很快跟孙见东回话，说两天后回来可以见个面聊下拍摄方案。

孙见东挺高兴，说现在几个小众品牌方都特别喜欢她，要她抓住机会。

燕回撇嘴，回复他：我是仙女，没听说过谁不喜欢仙女的。

发完这句，她灿烂地一笑，转头就给湛清然发了条信息：小湛老师、小湛老师，你想没想我？

湛清然很久都没回复，燕回心想：行吧，我原谅你忙。

高铁到站时，没人来接她，燕回拉着行李箱打了个车，回到家中。

她家住的小区很高档，她不怎么回来，还被保安多问了几句。

家里只有燕天宇，他正窝在客厅的沙发上打游戏，燕回进来时，他眼皮都没抬一下。

"爸跟妈呢，去店里了？"燕回环顾一圈，光洁的地板能映出人影来。

燕天宇吓一跳："你怎么回来了？"

燕回没事先打招呼，直接回的家。

"来接你，你不是要去大城市玩吗？"

燕天宇瞪大了眼："我跟你一块儿走？"

"对。"

"你有病吧，我才不想跟你一起坐车，你们女人事最多了。你们都不要管我，我自己出去玩。"燕天宇一脸的不耐烦，"烦不烦啊？多管闲事。"

燕回什么叛逆话都说过，所以，对弟弟这种小屁孩的牢骚话根本毫无感觉，眼睛都没眨一下。

"你以为我想带你？"

燕天宇眉头一皱："那正好，反正我不跟你一起走。"

"妈不放心你。这样，到时我们一起走，我给你订酒店，你带着钱想去哪里就去哪里。你当我稀罕管你呢。"燕回翻他个白眼，懒得再理会他，把箱子拎上楼。

母亲一直唠叨，说把她养坏了，老二一定得好好教育。

因此每次放暑假时，母亲总会抽空带弟弟去旅行，说多出门能长见识。燕回不知道燕天宇长没长见识，只知道他留下了一堆傻笑着比剪刀手的照片，钱也花了不少。

想到这儿，燕回默默地打开了柜子，一开门发现里面乱糟糟的，明显被人动过。她扭头跑下楼，站在楼梯那儿问燕天宇："谁动我卧室了吗？"

燕天宇头都没抬："不知道。"

父母回来时，燕回已经把柜子里的东西洗了一遍，挂满了阳台。

"你想死啊，这个被套那么贵，谁让你给我丢洗衣机里乱搅的？"母亲大呼小叫地跑到阳台上教育燕回。她总是对燕回不满意，无论燕回做了什么。燕回生气地说："是不是有人睡我的床，盖我的被子了？"

她妈闻言顿时发火："怎么啦？你表姨一家来玩，睡了两晚怎么啦？"

燕回耐着性子道："那么多房间，为什么偏偏睡我的？我不是说了吗？我不喜欢别人动我的房间，更不喜欢人家睡我的床。"

"什么你的房间？你一年到头能在家住几天？还你的房间、你的房间，这个家都是我跟你爸爸挣下来的，哪里有你的房间？你从小就这副讨人厌的德性，动不动就张嘴要钱，现在翅膀硬了，更会找事。你说你回来干什么？家里你弟弟就要把我磨死了，你回来添什么乱？家里不能睡你去住宾馆好了，我看你本事不大，毛病怪多！"

母亲越说越激动，把陈年往事又都翻出来说一遍。

燕回听得脑壳疼，一言不发，快速跑下楼。

身后的母亲却追着要把话骂完。

那种熟悉的压迫感，令人窒息。

燕回很后悔，她就不应该回家。

这个家，从来都没有她的位置。小时候家里来了客人，有小孩看中燕回的玩具，母亲就会逼迫她心不甘情不愿地送出去。稍微长大些，脱离父母的管控，她就养成了一种我行我素的心态，逆反心越来越重。

"行了行了，吵什么吵？都不要吵了。"父亲在客厅站着，满脸阴沉，瞧见燕天宇只顾打游戏，对周遭发生的一切都视若无睹，顿时气不打一处来，却又只能忍着。谁让燕天宇是他唯一的儿子，生意的继承人？

再看看燕回，穿得不伦不类的，谁家女儿这副妖精打扮？

他火一下子发出来了："你看看你，你这……"燕回已经习惯了，说："知道了，我以后注意。"

家里总是乌烟瘴气的，好像他们一家人从来都不会好声好气地交流。

父亲见她竟然没顶嘴，微微一愣，说："你怎么突然跑回家了？"

燕回说："不是天宇想出去散心吗？我来接他，他没单独出过门，我怕你跟妈不放心。"

父女之间总算能心平气和地沟通两句。

饭桌上，燕天宇边吃边玩手机，又惹来一顿骂，他把筷子一摔彻底不吃了，拿着手机上楼，砰的一声关上门，把自己锁进了卧室。

燕回看看父母无能为力的神色，竟不知道自己是应该同情还是幸灾乐祸。她草草地吃完，问父亲知不知道方伯伯葬在哪个陵园，她想去看看。

父亲提出要送她过去，她婉拒了。

燕回是打车去陵园的，一路上，她格外地沉默。

陵园一派肃穆，偶尔能见到飞鸟迅速一掠，打破幽静。

小时候燕回参加葬礼，跟着大人去吃席，只觉得热闹。现如今，当方伯伯这样亲近的人离去，她才有种生命无常的敬畏。她抱了束菊花，这是她特地挑的，几种菊花精心搭配，就像是她为拍摄挑选衣服一样。

燕回难得认真，湛清然如果在的话，肯定会对她的严肃刮目相看。

墓碑前放着已经蔫了的鲜花，燕回把它们扫到一旁，把自己带的放在中央。

盯着碑上那张既熟悉又陌生的脸，燕回挤出个笑。

四周空荡荡的，鸟鸣清晰，燕回轻轻说："方伯伯，虽然您可能不记得我了，但我一直记得您，您一路走好。"

这只是生者对逝者的安慰话。燕回以前总觉得这都是屁话。谁会心甘情愿地死去？本来活得好好的人，怎么会一路走好？肯定是不甘心，却毫无办法。

燕回莫名其妙地想起沙州的壁画还有石窟里的塑像。千百年来，那些逝去的人，有多少能被记录下来？逝去的那天，爱恨情仇似乎都统统化作佛像嘴角一抹虚浮的笑，浮生如寄。

但是人的这一生却有着形形色色的访客。有的人你未必欢迎，比如王伟那种龌龊小人，得忍，只期望着他赶紧滚；也有的人，像方伯伯，想留也留不住。这种事，不管你愿意与否，都在静静发生着。

燕回一个人想了很多。她觉得，她更得好好爱这个世界。她看青松顺眼、干净的大理石面顺眼、天空飘的那朵云顺眼，连看到草丛里的一只小蚂蚱，都怕无心踩伤了它。

活着可真好。这就是她最后的想法。

"方伯伯，我得走了。"燕回喃喃自语，低头又看了看自己精心搭配的菊花，菊花不久后也会枯萎，但没关系，它美过。

回到家中，燕回没再跟母亲起争执，对方说什么，她都当耳旁风。

燕天宇坚持不跟她一起坐高铁，燕回看他那副不知天高地厚的样子，冷淡地说："那也好，你自己买票订酒店，你不是想证明自己行吗？"

燕天宇一脸不屑："妈说你高一暑假就自己跑出去玩了，我一样行。"

可要是出事了呢？最后，姐弟俩还是坐了同一班次的车。父母送两人去车站，千叮万嘱，燕天宇吊儿郎当一脸的不在乎，只觉得烦。

燕回现在回想，当时父母怎么就那么心大地让她单独出去玩呢？

她要是出了事呢？他们会伤心吗？

大概也会伤心吧，短暂地伤心一下，然后，他们的关注点还是会在燕天宇身上，再也不会有人记得她。

燕回在车上不忘忙工作，燕天宇时不时瞥去两眼，惊奇地发现，他不学无术的姐姐居然还有一脸认真的时候。

"老姐，你看我怎么样，能不能当模特？"燕天宇身高一米八几，但相貌平平，不像燕回那么漂亮。

燕回扫了他一眼："你先念书，好歹考个大学。"

"哼，"燕天宇不服气，"你不也没好好念书。妈说你现在可能挣钱了，比名牌大学生还能挣钱。"

"我是个例，没有代表性。第一，你没我好看；第二，我虽然念书不行，可一点都不懒。你不要觉得自己能和我一样，我们不一样，燕天宇。"

燕天宇悻悻地坐回去，戴上了耳机。

回到市里，燕回先把弟弟安顿在酒店，给他做了个简单的攻略，提醒他注意事项："你说大不大，说小不小，这次过来看看也好。但不要只看到大城市的好，能在这里立足的，没几个容易的。有事跟我联系，自己注意安全。"

燕天宇很少跟姐姐说这么多话，被教导了几句，破天荒地没顶嘴。

城市的夜景妖娆美丽。

燕回走的时候告诉过湛清然，她会在家住两夜。但她住了一晚就提前回来了。她想，她可以给湛清然一个惊喜。

湛清然接到叶琛电话时，叶琛已经在楼下了。

四周寂静，小区里明显没盛夏时节热闹了，已经开学，少了很多追逐打闹的小孩，只有风吹过树叶的声音。

"想来想去，还是想跟你谈谈，白天我妈妈跟你说的那些，你不要当真。"

她的声音虚弱疲惫，人站在树下，显得伶仃孤单。

湛清然走到窗前往下看，看到了她的身影，眼底有万种情绪浮现。

白天湛清然去看了代慧颖。

当着李格的面，代慧颖拉着他的手，说了很多的话。

她用瘦下去的手紧紧地攥住湛清然，力气大得惊人，好似回光返照，那双窟窿似的眼盯住了他。

"好孩子，你要是跟琛琛成了，阿姨就是死也瞑目了，你明白吗？"代慧颖的眼泪顺着凹陷的脸颊慢慢淌下来。

她已经消瘦得不成样子。

湛清然实在不忍心，说："阿姨，您先……"

代慧颖摇头。她不放手，两只眼锁死了湛清然。

"你听阿姨说，好孩子，阿姨知道琛琛任性了，但是，你怎么能……怎么能就不要她了呢，你们是一起长大的，你不能这么狠心……琛琛有什么毛病，我们让她改，阿姨知道你赌气娶了别人，这事不能赌气。"

叶琛几乎要哭出来。她喊了声"妈"。

旁边，李格默默看了眼湛清然。

"阿姨就一个心愿。琛琛心里只有你，别辜负她，你答应阿姨，阿姨就这么一个女儿，我要是走了，谁照顾她？你答应阿姨，好好照顾她，对她好，嗯？"

"妈……"叶琛哭了出来。她捂住了脸。

湛清然轻声抚慰着代慧颖，但她不管那么多，反反复复只让他答应。

"清然，你先答应着，你看阿姨的脸色都成什么样了。"李格说着，连忙把氧气罩给代慧颖戴上。

湛清然看着代慧颖青白的脸，同意了："阿姨，我答应您，您先休息好不好？"这句话有些耳熟，唤起昔日温情记忆，叶琛的脸不觉中已变得湿漉漉。

湛清然换了身休闲服下来，他身上带着淡淡的皂香，人一靠近，叶琛就捕捉到了他身上的气息。

她勉强地冲他笑笑："这么快。"

树影下，叶琛显得格外瘦。她最近忙着夜陪母亲，又不能耽误学校的工作，两头跑，肉眼可见地憔悴了。

湛清然四下看看，树影幢幢，几乎无人影。他温和地开口："大晚上的，何必跑来一趟？"

仿佛压根没听见他在说什么，叶琛下意识地朝楼上的窗户看，问："你跟她说我来找你了吗？"

这个"她"，两人都心知肚明是谁。

湛清然摇摇头："不在，她回她父母那边去了。"

"你没陪着？"叶琛敏锐地察觉到了什么。

湛清然安静地站在一个安全的社交距离内，双手插进裤兜，淡淡地说："没有，一点小事，她没让我陪着。"略作停顿，他继续道，"今天的事情我没放在心上，阿姨的心情我理解，你也不用想太多。"

说着，湛清然突然嗅到空气中有酒精的味道，不由得皱眉："喝酒了？你怎么来的？"

叶琛没什么酒量，碰一丁点就会晕。

"我叫的车。"她很累，也很恐惧，因为她二十多年里一直都很顺利，顺利到她对世界有种误解，好像这个世界上不会发生让人难过的事情。可现在，湛清然不要她了，妈妈突然被告知身患绝症，她像一艘船，接二连三地迎接着暴风雨。

"你还关心着我，是吗？"叶琛觉得有点冷，抬起脸。

湛清然掩饰性地轻咳一声："别误会，我没别的意思，换任何同事我都会这么问一问的。"

184

叶琛一阵酸楚,她低下头:"我来找你,你也不要误会。只是,我想跟你说清楚,别因为我妈妈白天的话而怪她,她是没办法了。你知道,人一旦陷入绝望,没办法时,容易做出失态的事情。"

"我说了,我可以理解。"湛清然抬起手腕看看时间,"我给你叫车?回家吧,这件事我真的没放在心上,我希望你也是。阿姨那边还需要你来照顾,你不能先垮了。"

"我已经连续熬了一周,"叶琛轻声说,"今晚,小姨替我。湛清然,你能陪我说会儿话吗?就一会儿,你放心,我不是要缠着你干什么,就是想找个人说说话,我……"

她有些哽咽,肩头微微颤动。

她好像随时都会倒下。

湛清然没有拒绝。

"你想说什么?"

叶琛摇摇头,神情落寞:"我也不知道,我只是觉得很疲惫。以前我总以为轮到自己照顾父母大概要等到他们很老很老的时候,我姥姥身体还都很健康。可我没想到,妈妈才五十岁,就已经快走到生命的尽头了。我觉得自己很不孝,我竟然没发觉她瘦得那么快,那是不正常的,可我……一点都没想到,以为她只是最近胃口不太好。如果我早点——"

"叶琛,"湛清然打断了她,语气肯定,"别这样,不要拿你妈妈的病来折磨你自己,这件事不是你的错。生老病死自有其规律,每个人都有自己的命运,很多事,我们都无能为力。你妈妈也一定不希望你因此自责痛苦,她希望你过得好。"

叶琛忽然就捂着脸啜泣起来,她缓缓摇头:"我不好,我过得并不开心,为什么会这样?为什么你们一个个说离开就要离开呢?"

湛清然知道她话里的深意,无言地看着她。

两人的影子被拉得很长,也很寂寥。

"你需要休息,先回家吧。"他再次开口相劝。他知道她需要释放,需要找人倾诉,但那个人不应该是他。湛清然知道此时此刻的避嫌有些冷酷无情,但他也只能这么做了。

"我有时在想,时间要是能停在我们念中学那会儿就好了。我们每天坐在教室里学习,无忧无虑,什么都不用去想。"她哭着,完全没理会他在说什么,深陷回忆的沼泽,"你还记得吗?妈妈那时经常给我们送饭,你爱吃什么她都了然于胸,她总说自己虽然没生儿子,但你比儿子还好。"

你还记得吗?

这是一个人唤起另一个人酸楚记忆的开场白,像是挽留,徒劳地挽留。

湛清然当然记得,他不是无心人。青葱岁月里的点点滴滴他都记得,他不会无动于衷。

"那是我的整个青春,有你,有妈妈,还有我们敬爱的老师,但这些都会消失,"叶琛眼眶通红,她有点绝望地看向他,"慢慢地都要消失,我留不住你,也留不住妈妈,对吗?"

灯光斑驳,落在她哀伤的脸上,让她有种令人怜惜的脆弱感。

"我很害怕,湛清然,我真的很害怕,"叶琛不自觉地靠近,伸手紧紧地抱住了他。

湛清然完全没预料到,他立刻去抓腰侧的手,

可叶琛在泪水滂沱中哀求他:"别推开我,就这一次,让我抱抱你好吗?我已经很久没这么抱过你了。我知道我做错了,可你怎么能真的不要我?你这样对我太残忍了。你知不知道?我想恨你,但做不到,因为我还爱着你。湛清然,你到底知不知道我还爱着你……"

她又感受到了他的体温,触碰到了他坚实的胸膛,那曾经是属于她的,完完全全属于她的。往日的柔情和如今的陌路掺杂在一起,仿佛在眼前掀起了一场剧烈的雨。叶琛微微颤抖着抬头,一想到两人曾那样相爱过、那样甜蜜过,伤怀得不能自已。

湛清然低头,用一种很抱歉的眼神望着她:"对不起,就当全是我的错。忘了我,你得往前看,好好地生活。别这样,叶琛,我已经结婚了,我只能对一个人负责,你不能再这样知道吗?如果你再这样的话,那我们真的连最基本的同事都做不成。"

他去掰她的手。

"你要负责什么?你爱她吗?你不爱她对不对?你为什么要娶一个你不爱的人呢?你怎么可能爱上她那种人?"叶琛痛苦地问他,她不需要答案,或者说是害怕听到答案。她攥紧他的衣服,含住了他温热的唇。

这是一个极其咸涩的吻,混着泪水。

湛清然条件反射地推开她。

不远处,有脚步声传来,下一秒,一股玫瑰气息霸道地冲到他鼻端,一记响亮的耳光直接甩到了他脸上。

是燕回,她回来了。

湛清然一个趔趄,白皙的面孔上登时出现了几个清晰的指印。

湛清然错愕地看向她,下意识喊了她一声:"燕回?"

燕回冲过来,直接把两人撞开。

好了,她可以死心了。这竟然是她的第一反应。

叶琛被推到一旁后,心虚了一瞬,可很快就逼自己冷静下来。

燕回想要尖叫,觉得自己有什么软弱的东西正暴露在两人眼前,无比耻辱。

"你看我干什么?你有什么资格看我?"燕回冷笑一声,神经绷紧,眼睛却雪亮,雪亮到整个人显得阴鸷,"狐狸精,"她讥讽地吐出骂人的话,"把你的狐狸眼从我身上挪开,我不打你,是嫌你会脏我的手。你的学生知道你这么高贵地当第三者吗?"

叶琛浑身都在抖。她长这么大,从没被人如此粗鄙地羞辱过。

湛清然的手已经伸过来,他想拉住燕回,她立刻抬脚去踹他。

燕回穿的是高跟鞋,一抬腿,重心不稳,反而倒退了好几步。

胸膛剧烈起伏,她厉声喝道:"你别碰我!"说着,她的一双美目冷厉地扫过两人的脸,"你们真让我恶心,狗男女。"

灯光下,她艳丽的五官依旧醒目,却像被蒙上了一层昏暗的光。

"我们先回家好吗?"湛清然半边脸火辣辣地烧着,燕回的指甲刮伤了他,脸上渗出了点血。他心跳剧烈,有着非常不好的预感。

燕回睨他一眼:"湛清然,你也把你的狗眼从我身上挪开。"

"你嘴巴真脏。"叶琛终于忍无可忍,她哪怕提分手都不曾狠心地骂过湛清然,可眼前这个没学历、没素质的女人却随意地践踏他,"燕回,你果然跟我们想的一样,除了会骂人你还会什么呢?你真的像个泼妇,你嘴巴太脏了!"

嘴角一翘,燕回毫不犹豫地也给了叶琛一巴掌。

"你再骂我一句试试,信不信我撕烂你的脸?"

她把话吐得轻飘飘的,露出讥讽模样。

叶琛身子一晃,险些跌倒。她哪里受过这样的奇耻大辱?脑子里嗡嗡乱响,眼泪瞬间流了下来。

湛清然震惊地看着燕回,脸色微微一变。他攥住燕回的手腕,低声说:"我们先回家,好吗?"

"清然……"叶琛叫他。

他转头喝住叶琛:"别说了,回家吧,这不关你的事。"

燕回微微一笑,把头颅昂起,用明媚的五官调出个美丽的笑容:"不关她的事?湛清然你可真护着她。还有你,叶琛!世上男人这么多,你偏要偷有妇之夫。你要是真要脸,现在就给我滚。"

她狠狠地剜了湛清然一眼:"松开我。"

湛清然乌亮的眼睛深处不知藏着什么样的情绪,他这个样子,燕回看得齿冷。她有种无力感,那种清楚他知道她爱他,所以不把她当回事、可以肆意伤害的无力感。她抬起高跟鞋,狠狠地踩上他的脚背,却依旧笑靥如花:"你听见没有?我说,松、开、我。"

"清然,你还没清醒吗?你看看你娶了一个什么人。"叶琛流着泪看向他。如果湛清然娶了一个比她好的女孩,她愿赌服输,可他居然被这种烂人拖入婚姻。

湛清然皱着眉开口:"我娶了什么人用不着你来评价。"

叶琛彻底愣住了:"你还偏向着她?"

"她是我的妻子。"湛清然深深地看了叶琛两眼,说,"回家吧,你看到了,现在一片混乱,我能请你先回家吗?"

叶琛再也说不出一个字来。

燕回眯着眼,目光在两人身上打转。她忽又笑起来:"你们这对狗男女别演了。湛清然你的账我们回头细算。叶琛,你父母知道自己辛辛苦苦培养的高才生在当第三者吗?还死皮赖脸的,要不要我通知你爸妈来领人?还是要我通知你们院长?"

提到父母,叶琛的脸忽然一片死灰,她整个人都黯淡下去。

她快要没有妈妈了,可燕回还在拿妈妈刺痛她的心。

燕回这种人,真是太不堪了。

燕回看她依旧没动,没了耐性。目光落到湛清然脸上,燕回还笑得出:"挺好的,湛清然,谢谢你在我二十岁的这年给我上这么生动的一课。"

说完,她转身,心脏好像要挤破胸膛,只有跳出来后才能恢复正常。她每一步踩在地面上都格外稳定,唯有肩膀微微颤抖。

燕回咬死嘴唇。她没哭,就像野生的玫瑰。直到进了电梯,她才虚脱般地靠在角落里。电梯在上升,可她觉得自己在往下坠落。

平息片刻,她直起腰看着电梯镜子里惨白的脸和嫣红的唇,理了理头发,走出电梯。

等湛清然进家门时,她已经擦掉眼泪,正在对着镜子卸妆。

他一定是安抚好了叶琛才上来的,燕回想到这点,浑身一阵痉挛。

她知道他还爱着叶琛,但这和她亲眼见到他和叶琛拥抱接吻是两回事。

"能跟你谈谈吗?"湛清然站在门口,用乌亮的眼睛沉沉地看着她。燕回妩媚一笑,丢开卸妆水,转过身,冲他勾勾手:"湛清然,你过来。"

他脸上的印记在灯光下显得分外狰狞。

燕回轻巧地坐到了盥洗台上,修长的腿缠上他的腰,两手一搭,把湛清然困在腿间。

湛清然呼吸有了起伏。

"我知道你很生气,是我的错,可有些话我还是想跟你讲清楚。"他想去握燕回的手,被她轻巧地避开,"你不许碰我,除非我允许,但我可以碰你。我问你几个问题好了,"她的手开始按在他的颈部,动作轻佻,眼睛却极冷,嘴角甜蜜的笑容宛若有毒,"旧情复燃的感觉怎么样?是她好,还是我好?"她若无其事地朝他吹了口气,"我差点忘了,我比她年轻,是不是?"

湛清然的瞳孔急剧收缩,他刚要开口,燕回按住他的嘴唇,做了个噤声的动作,哼哼地笑道:"湛清然,一件事如果本身是错的,你无论从哪个角度去解释去找借口,都不可能是对的,我不听解释,你不用多此一举。"

她猛地推开他,跳下盥洗台,错身走开。

"燕回。"湛清然追上来。他需要一个解释的机会。

"别先做什么决定好吗?我知道,我现在说什么你都不想听,你说得对,我也能给我的行为找借口,可我只是想告诉你今天晚上到底是怎么一回事。"

他的语气微微有点急促,却依旧带着克制。

她回头,一脸漠然:"你不配再叫我的名字,如果你觉得我是那种发现这种事只会伤心欲绝跑出去找地方痛哭的人,你就错了。如果你觉得我只能忍气吞声,只要你回家我就还能跟你过下去,那你也错了。"

燕回语速很快,换了口气说:"你滚吧!要伤心欲绝、要痛哭流涕的人是你!我很累,我要睡觉了湛清然,你可以滚出去了。"

Chapter 12 第十二章

燕回嘴里说着滚,却对着湛清然慵懒地笑。

她在一些矫情的杂志上看到过一段话,说每个男人都会有个刻骨铭心的"白月光",随时都能跟其死灰复燃,烧得整个世界一片通红,就像火山喷发。

真是无耻,能把男人出轨、第三者插足这种事说得如此清新脱俗。

白月光,这个词用得多高级啊。

对啊,他们本就是高级知识分子,原来,就是这么"高级"的。

燕回的脑子很乱,心中满是酸楚、愤怒:"我跟你没什么好谈的,你给我滚,我不想看见你。"没想到湛清然竟然点头:"好,不急于一时,你现在需要好好休息。"

燕回一愣。湛清然这种时候还能保持冷静?他真的一点都不在乎。她觉得已经死了的那颗心又被人给来回踩了两脚。

他没想解释,也不会安慰,只有一个原因,那就是他不爱她,一丁点都不。

爱,到底是个什么东西呢?

她走神了三秒,把湛清然放在玄关的手机和车钥匙扔了出去。她非常粗暴,手机重重地砸在硬地面上,花屏了,车钥匙滑出很远。之后她重重地甩上门。

一道门,隔开了两个人。

湛清然弯腰捡起手机和钥匙,皱皱眉,默默地一个人走进电梯。

燕回心跳得很快。她去冲了澡,这样她即使哭了,也看不出眼泪来。

浴室墙壁上的花纹精美而虚幻,燕回想起那些美好的曾经。

她擦去泪水，也擦干自己。

"不管怎么说，我得先睡一会儿才行。"燕回自言自语道。

她吹干头发，换上极美丽的玫瑰红睡袍，像条鱼那样钻进冰凉丝滑的袍子里，然后躺下。

她以为她会辗转反侧，黯然神伤，可恰恰相反，她很快就沉沉睡去，连梦都没做。

安全通道的楼梯间，湛清然坐了一晚上——他进了电梯下去后，又走了回来。

他想着燕回在气头上，晚一些可能就会找他，但他后来打了几个电话，她都没接。

直到清晨，湛清然才疲倦地去往学校。

燕回醒来时面无表情地坐起，看着只有自己的空荡房间，只有一个想法：她得去工作。

她联系上孙见东时，他刚拍完一个身材极好的男模特。

"亲爱的，你今天没过来真是太可惜了。"他有时会跟燕回开开玩笑，但以往燕回总是一脸不屑，说她已经拥有了世上最完美的人之类的话，这次却半真半假地娇笑："可惜什么？"

她无聊地摆弄着品牌方的礼物。礼物上印着她名字的拼音缩写，甲方都比湛清然用心。

她的思绪飘了一下。

孙见东说了些夸赞男模特的话，问她："你从老家回来了？"

"对，我们先见个面，讨论讨论拍摄方案，就可以开工啦！"燕回精神抖擞地表示，自己状态非常好。

可挂完电话后，燕回脸上的笑消失了。

她开始收拾东西。她有很多美丽又性感的小裙子。打包时，她无意地瞥了眼窗外。天空中，云朵缓慢地移动，天很高，很旷远。室内冷气已经没了，一切一切都在提醒着她，盛夏已经结束。如同盛夏般热烈恣肆的感情，也应该随之熄灭。

真好啊，盛夏时节，她拥有了湛清然，和他炽热地缠绵。

要说遗憾，那就是时间太过短暂。

她决定暂时不要去想这件事，伤春悲秋这种事，只适合晚上干。

零碎的东西，燕回一样都不要，但衣服、化妆品、鞋子、杂志这些必须带，两个大箱子根本装不完。

那枚珍珠发卡，燕回直接丢进了垃圾桶，一眼都没多看。

还有戒指，她摘下来，放在了他的书桌上。

秋日正好，浪费了太可惜，燕回把化妆的那套东西又摆出来，调整好镜头，随手做了期视频，主题是"初秋温柔杏仁奶咖妆"。

"Hello（大家好），小伙伴们，不知不觉外面的知了已经不叫了，夏天已经远去啦，那就换个心情吧！"她明媚地对着镜头侧头一笑，"'金主爸爸'寄来了许多新产品，陪我试试吧！"

燕回接广告，从来不会无脑夸，一定要亲测，优点、缺点都讲清楚，说得有理有据。

除了开场白语气活泼些，她上妆时会变得十分专注，话不多，只在点评产品时会多说一些。

"这个粉底我感觉有点假白，"燕回在手背上一抹，展示给粉丝，"不知道大家看起来感觉怎么样。"

房间里空无一人，但燕回感觉自己像身处闹市，有人倾听她的话，有人在乎着她。

"哎，现在看还好。"她朝左朝右转了转脸。

很快有人开始发弹幕要链接。

燕回那颗浮荡的心安稳了一些——果然还是挣钱好。

湛清然今天状态不佳，眉眼间疲态若隐若现。他一手插兜，一手拿着PPT翻页笔，有那么一瞬间，他走神了，对着自己做的PPT大脑竟然一片空白。

"不好意思，"他顿了顿，露出个抱歉的笑容，"我刚才讲到哪儿了？"

底下有微微的骚动，毕竟在学生们看来，湛清然向来如一台精密仪器，可以高速连续运转，精力无限。

前排的学生连忙提醒他，他点点头，继续授课。

课后，他又给燕回打了电话，还发了信息，可没得到任何回应。他不知道该拿她怎么办，手机闹钟又提醒他得往实验室赶。

湛清然去年招收了一个女研究生，她信誓旦旦地说要走科研这条路。一年下来，这女生确实很踏实，湛清然也尽可能地给她各种资源，让她做项目。

他刚进实验室，女生就说有点事想跟他谈。

湛清然身为男老师，特别慎重，一般和学生谈事都在公共场合，而女生却要求单独跟他谈。他有些意外地看了看对方。

就是在这一瞬间，湛清然忽然意识到什么。对于女学生，他向来保持着安全距离，绝不会做瓜田李下的事，而对于叶琛，他自以为是地认为只要够磊落、够坦荡就没什么不能接触的。

那么，为什么对于女学生，他光明磊落，却依旧心生警惕，绝不轻易让自己陷入一种可能有危险的境况中呢？

湛清然沉默片刻，问："什么事不能在这里说？"

"私事。"

他想了想，说："那到休息区谈。"

女生跟着他走，站定后，说："湛老师，医生说我以后得少进实验室，因为我怀孕了，这个项目要不您让师弟或师妹接手？"

前期投入了那么多精力、经费、资源，现在女生突然告诉他，她怀孕了，不能做项目了，湛清然觉得这比女生告诉他"孩子是你的"还要头疼。

"怀孕这种事，你跟男朋友没有安排的吗？"湛清然窝着火，"你最开始跟我怎么说的？如果你早说清楚，我会另有计划，把事情交给别人，你现在告诉我你怀孕了……"

他深吸一口气，眉头紧皱："我对女孩没歧视，但你这样会影响到那些真正想搞科研的女孩。导师们在招人时会考虑自己如果招了个女生，她半路突然说自己要生孩子去，什么都不能做了，那我们前期的投入算什么？"

女生开始哭，也许是孕早期的缘故，她情绪不怎么稳定，直接对湛清然喊："我有怀孕的自由，也有生孩子的自由，您这样说跟社会上那些歧视我们女生的用人单位一样！"

"你是有这个自由，但如果一开始你就告诉我你有这样的打算，这个项目就可以安排给那些能坚持到底的人，这是不是会更好？"湛清然想尽快结束这场谈话，事已至此，没什么好说的了。

"算了，你把该交接的交接一下吧。"他轻轻叹气，揉着眉心又进了实验室。

一整天他的心情都乱七八糟的。

暮色冥冥，湛清然在食堂草草吃了几口饭就驱车回家。

湛清然打开音响。本来，他的车载音乐都是些古典乐，舒缓轻柔，后来被燕回霸道地换成了非常吵的"电音神曲",两人的音乐品味可谓风马牛不相及。

他需要沉思,这种音乐他听了不到两秒就关了。

车窗降下,晚风呼啸而来,湛清然情不自禁地想到白天面对女学生时的第一反应。

途经便利店,湛清然下车买了个燕回爱吃的西瓜。

燕回正在家里开party(派对)。她本来想着要搬走,后来觉得这样不对——这房子有她的一部分,为什么不能是湛清然搬出去住?

他做错了事,该滚蛋的是他。

所以,她心安理得地住了下来。她把衣服挂好,邀请了孙见东和公司的几个男模特过来玩。

男模们惊疑于燕回一个人住在这种精装修的高档小区,毕竟,她只是个公司的小实习生。

都是年轻人,在音乐和酒精的刺激下,他们很快就玩开了。

燕回喝得醉醺醺的,光脚乱跑,不断开着湛清然的香槟、威士忌。

孙见东前几天给她炫耀过的男模特比她大一岁,今天也跟着过来了。他会调酒,叫顾小畅,名字很可爱。

燕回一直"小畅、小畅"地叫着他,他有点腼腆,也有点矜持,边给她调酒边提醒她,别趴得太近,会弄脏衣服。

他刚说完,燕回就喷了他的潮牌衣服一身。她笑个不停。

湛清然打开家门时,看到的就是一群陌生男人在自己家里狂欢的场景,空气中的酒精味道、香烟味道、食物味道扑到鼻间。

激情的音乐炸得房子似乎都在震动。

客厅里满是狼藉。

燕回人坐在沙发前的地毯上,小腿雪白,上面有滴落的红酒渍,她正懒懒地把手伸出来任由一个年轻的男模特握住,像是在摸骨算命。

"那就帮我算算呗,看什么时候能发财。"燕回像是没注意到湛清然。她像没长骨头,几乎要吻上对方。她咯咯地笑着,可一扭头,迅速在他脸颊上亲了一下,像是小女孩的恶作剧。

这一幕,清晰地落在湛清然眼中,他的耳根热起来,滚烫无比。

刚从卫生间出来的一个模特看见他,愣了下:"你是?走错了吧?"湛清然耳朵上越来越烫,他冷冷地看着眼前喧嚣的一切,说:"这是我家。"

燕回早瞥到了他,此刻她站起来,将长腿一跨,告诉在场的所有人:"我老公回来了,谢谢你们今天来玩,不过,你们现在可以走了。"

她性格里乖僻的部分展露无遗——可以很快地翻脸不认人,不留任何情面。

家里终于只剩下他们两人。

燕回以为湛清然会发火,会来质问她,但他没有,只是用一种压抑又形容不出来的眼神看了看她,然后开始打扫卫生。

湛清然足足打扫了一个小时,并且下楼倒了四次垃圾,家里才恢复原状。

而燕回就在卧室睡觉。

迷糊中,燕回觉得有人进来了。她睁开惺忪的眼,灯光下,湛清然弯着腰,似乎是要给她盖毯子。

"吃饭了吗?要不要我给你弄点东西吃?"他很平静地问她,什么别的都没提。

大脑放空了片刻,随后燕回发了火。

"我知道你现在是怎么想我的。你不生气?你还是不是个男人?看到自己老婆跟一群男人鬼混,勾三搭四,你竟然——"

"我很生气。"湛清然打断她,直视着她美丽又愤怒的眼睛,"你刚才那个样子,我感觉是在羞辱我,没有一个正常的男人会受得了。"

燕回持续夯毛中:"是吗?我以为你是死人呢,原来,你也会生气、会受不了,那你怎么不骂我呢?你难道不想甩我一巴掌?"

她开始用手指狠狠地戳他,戳到她也不知道是手指痛,还是心更痛。

湛清然没有动,只是说:"我确实想发火,但我突然明白了你昨天大概是什么心情,我现在只想知道,这样做,你心里有没有好受点,如果好受些了,我们能坐下来谈谈吗?"

燕回微怔,呆呆地看着他。这和她想的一点都不一样。

湛清然的额上全是汗,他轻轻一抹:"如果真的想报复我,别用这种方法。你漂亮,把他们都当成朋友,但你应该知道一件事,那就是男人的劣根性,几乎没有一个男人会纯粹拿漂亮姑娘当朋友,不要高估任何人。"

燕回当然什么都知道。她盯着湛清然开始走神,下意识地自言自语:"我以为,你会骂我、指责我。"

她记得她在很小很小的时候,只要犯一丁点错,哪怕是生病,都会招来母亲的抱怨。燕回有时候觉得在父母眼里,钱比她重要,但她的父母又很习惯拿钱打发她。她觉得矛盾极了,搞不清父母到底爱不爱她。如果爱她,但为什么从来不关心她,只有指责和打骂?而如果不爱,又为什么把他们那么看重的金钱花到她身上?

在她的成长经历里,来自外界的否定太多,她不知道自己是什么时候看开的。

但她没想到,湛清然没有指责她,反而第一时间关心她的安全。她既意外也心有触动,就像她竖起的满身的刺在被抚平。

"我没想着报复你。"燕回敛了敛神,露出那种小女孩才有的神态,"我不知道你还会回来,你有很多地方可以去,你父母家、学校,我以为你不要我了……我没想着报复你,我就是看着家里空荡荡的,心里很烦。我没什么朋友,爸妈也不会管我,我不知道该跟谁去聊现在的心情。你现在是不是挺高兴的?你们又和好了,你的亲朋好友估计也都高高兴兴的。我不想一个人坐在家里哭。我承认,今天是我不对,我们正好扯平,互不相欠。"

说到这儿,她的眼睛又倏地变得明亮起来:"咱们离了吧。"

湛清然仿佛早有预料,没什么意外的表情:"你真的要和我离婚吗?"

屋里温度适宜,窗户开了点,有初秋的凉意挤进来。

燕回素面朝天,脸色有点苍白,可眼睛依旧雪亮:"真的。"

"你觉得我现在很高兴?"湛清然的嗓音里藏着低低的叹息,"燕回,咱们聊聊,把什么都说开了,你再决定要不要跟我离婚。"

他一这么说,燕回脸上立刻摆出一副抗拒的表情。

"不用,我想好了,本来也是我死缠烂打上赶着要嫁你,明明知道其实你并不爱我,所以,这个事我有很大问题。愿赌服输,我没什么好说的。"

湛清然默默地观察着她的神色,起身给她倒了杯柠檬水。

"我想了一整天,想着怎么跟你谈。说实话,刚回家看到家里那个样子,我很想揍人,我从小到大没跟人打过架,也不喜欢暴力。"湛清然拎过来一把椅子,坐到了她对面。

"但我某一瞬间真的想打架。燕回,你快把我逼疯了。"他顿了顿,继续说,"但我不能打人,不然我们更没法好好谈一谈。燕回,最起码听我把叶琛的事情说清楚,好吗?"

燕回不吭声,一口一口地吞咽着微酸的柠檬水。

湛清然几句话就说完了来龙去脉,缓缓道歉:"对不起,我不该瞒着你做这些,我自觉跟她没什么,但事实是我没拿捏好这个分寸。我答应你,不会再跟她私下见面,以后如果有什么事,我也会跟你说。"

他说这话时,目光直直地看着她。

燕回垂着头,罕有地安静。

湛清然不得不抬起她的下巴:"我说到做到。"

燕回对上他这双眼,心里乱乱的。她不信,她想信,可是做不到。

湛清然一直都是一副四平八稳的样子,看着好说话、彬彬有礼,其实很有疏离感。他跟谁都不轻易翻脸,客客气气的,有那种漠然的精英气,那是因为他从没把别人真正放在心里过。

她没看错,事实也就是这样。好几次,他都是以这样的姿态来解决他们间的问题的。她凝视着这张脸,忽然就想起了千佛窟里的石像,那些源自凡人的面孔的石像,被岁月不断冲刷着,被光阴不断塑造着,最终落入千年后人们的眼中,成了神明的模样。

她记忆中的湛清然,也许也是这样。他对她,是教养使然的那种好,并无其他情愫。但她少女心思缱绻,从一个眼神、一个动作里,解读出无限温柔。

她在加工他。

加工久了,就成执念。

执念久了,竟有回响。

她真的再次遇到他,她不顾一切地拼命套牢他。

其实,他没变,他还是那个湛清然,只是她对他总有许多遐思。

"在想什么,能跟我说说吗?"湛清然认真地看着她,带着探究的意味。

燕回掩饰性地侧了侧脸,手一伸,把水杯放在床头柜上。

"你有想法。"湛清然起身坐到了床边。他的气息靠近,燕回逃避似的往后缩了缩,摇摇头:"没什么。"

"你什么都可以跟我说,你不是什么都喜欢跟我分享的吗?"他的手轻轻覆在她的手背上,嗓音有些低沉,"我知道,我让你失望了,能不能给我点时间呢?"

燕回不知道他说的给他时间是什么意思。她脑子开始变得混乱。她是个在大部分时间里都很简单的姑娘,高兴就笑,不高兴就发火,偶尔也会有点细腻敏感的想法,不过很快就会自我消化掉。

但湛清然的存在,让她的世界变得复杂起来。她搞不懂了。之前,她很清楚地知道他不爱她,他对她也许有点感情,但那不足以被称为爱情。现在,他突然说这些,反而让人犯难。他居然不想离婚。关键是,燕回不清楚他为什么不想离婚。

是为了面子吗?这么一想更烦了,燕回把手抽出来:"我觉得,你其实没必要顾忌什么,现在离婚很正常。"

"你以为我有什么顾忌?"

"觉得丢人吧。"

"丢人?"湛清然的浓眉微蹙,"你觉得我不想跟你离婚,是这个原因?"

燕回不说话。

"我不想跟你离婚的原因只有一个,"他神色严峻,"就是我还想跟你一起生活,我舍不得跟你分开,即使,"湛清然略略迟疑,但还是把心里所想的说了,"即使我今晚真的很窝火,我不想因此失去你。"

燕回被前面的话搅得心里发热。第一次,这是湛清然第一次明确地跟她表达感情。她总是挑逗他,缠着他,问这问那,湛清然却连"想你"这种话都很少说,可现在,他说他舍不得和她分开。

他舍不得她。

燕回浑身的血液都往脸上涌,整张脸艳如明霞。她的心怦怦一阵乱跳,不过很快她就又想到了别处去:他是不是还没玩够?

男人对她,也就这点心思。这还是湛清然自己说的。

燕回心里从来都如明镜一般。今天,她第一次去亲湛清然以外的男人,她也不知道自己怎么了,就是想这么做,就想胡闹一次、任性一次。不过,当对方的手揽住她的腰时,她就知道不行,她受不了除了湛清然以外的男人碰她,一丁点都不能忍受。

她一点报复的快感都没有。

可湛清然呢?

他会不会一面享受着叶琛与他精神上的契合,一面又贪恋她年轻的身体?

见燕回又走神,湛清然知道她又在胡思乱想。他没有急着辩解,信任本来就不是靠说的,也不是一朝一夕的事情。他没打算一次谈成,只要燕回不坚持立刻离婚,他的第一个目标就算达成。

他摸摸她的脸:"饿了吧?你想吃点什么,我去做。"

"不用了,我想睡觉,还有,我明天就搬走。"燕回快速地说,"这房子是你的,本来就不是我的家,我心里清楚,不会再霸占你的房子。"

她说完立刻躺下,侧着身,背对着他。

身后,湛清然贴上来,燕回打了个寒战。

湛清然握住她的肩头,她以为他想对她做点什么,但他并没有:"别急着离开,好吗?如果你觉得和我分开一段时间比较好,可以,我不会逼你,但我只有一个请求,别轻易说离婚。"

燕回的心里顿时又乱成一锅粥。

她想:好吧,冷静冷静,冷着冷着就凉了。她跟他,本就是两个世界的人,八竿子打不着。

有点冷了,燕回把毯子往上扯了扯,盖住脸:"你考虑考虑吧,我也想想,但我还是要搬走。"

"不必,我这段时间住爸妈那里,你不用搬走,有什么需要可以随时找我。"湛清然慢慢起了身,关了灯,从卧室退了出来。

过了一会儿,他又轻手轻脚地进来,把做的夜宵放在她的床头。

燕回压根没睡着。她闻到食物的香气,屏着呼吸,听着他悄悄地来,又悄悄地走。她把脸探出一点点,又缩进去,哭了。

燕回还是搬走了,没打招呼。

她租的公寓是之前考虑从林嘉那里搬出去时就看到的。她找了搬家公司,把东西一股脑儿拉走了。

公寓只是简装修,干干净净的北欧风,里头没一点生气。燕回倒是挺满意,这样她可以自己设计、布置,还可以做个主题:时尚博主的一天——搬家记。

黄昏时分,孙见东打来电话,燕回嘻嘻哈哈地应付过去,末了约定明天的拍摄。

燕回一直收拾到晚上,累得虚脱,便用外卖软件点来晚餐和水果,盘腿坐在椅子上吃东西。

湛清然的信息就是这个时候发来的。

他问她吃饭了没有。

燕回心想,他这是没回家。

她简单地回了几个字:吃着呢。

湛清然便交代她晚上记得反锁门,注意安全。其实,湛清然住的小区门禁很严，治安一向很好。他这个嘱咐很有湛清然的风格，有条不紊、缜密细心。

他一直这样，在不痛不痒的事情上给足关心，给得惠而不费。

燕回怀疑，他这种对女人关心的习惯，是从叶琛那里养成的。就像当初自己和他的西北之行，不过也是他们往事的重现。

想到这儿，强烈的酸楚感又狠狠地拉扯着燕回的心房。

燕回痛痛快快地哭了很久，枕头湿尽，不知是为他不爱自己而哭，还是为迟来的那丁点柔情而哭，哭到最后，她已经没力气思索原因。

湛清然在临睡时给她发了张图片，拍的办公桌，说办公室进野猫了，盆栽翻倒，打印出的资料上全是爪印。

燕回看了一眼，继续给 Amy 的小专栏排版、配图。

她没再回复他的任何信息。

第二天的拍摄在一个创意园里，地方不怎么好找，燕回是打车过去的。

路上的时间燕回也没浪费，公司要拍一个男星，燕回软磨硬泡地在跟一个大品牌借衣服。

今天合作的是个小红的独立品牌，孙见东也在，他来拍。

燕回仿佛跟没事人一样，上来就是发出抱怨的娇笑："我还以为自己走错了，怎么在这种地方呀？"

"这儿有个拍摄基地。"孙见东一边说，一边把她带上楼，化妆师已经在等她了。

寒暄几句，对方开始给燕回做造型，燕回不忘把手机调整好对准自己。

孙见东在一旁笑着解释："她在拍自己的 vlog。"

化妆师一直在夸燕回的皮肤好发质好，燕回也不谦虚，笑得特别自然："天生丽质，没办法。"

孙见东跟燕回合作最早，最会拍她，燕回在他的镜头下也最放松，需要笑时就很松弛地笑，不需要笑时，有种酷酷的感觉。

燕回非常敬业地完成了三四个小时的拍摄，自我感觉特别好。

燕回和孙见东在电脑前看了会儿片子，她在旁边指指点点："哎，你看那个榜单了吗？就是帮奢侈品推广的合作对象的那个？"

孙见东盯着屏幕，手不停："看了，有十个博主入选。"

"我觉得我也可以，"燕回相当骄傲地说，"以前都觉得找博主做推广是整个营销里的附加项,要我说,这以后会成主流。而且,这比在时尚杂志上打广告便宜,还更有关注度,我要是奢侈品品牌方,我就找我这种。"

孙见东抬头瞥她两眼。这是他熟悉的燕回,美丽,而且有种不知哪里来的超级自信。看来,她情绪饱满得很,啥事都没有。

"奢侈品的营销一向是比较保守的,现阶段还是找大牌明星比较多,不过,以后难说。"孙见东的目光重新落到屏幕上。

燕回蠢蠢欲动,弯腰跟他商量:"哥们儿,有什么好机会你得想着我,大胆推呗,我也想给大品牌拍个包什么的。"

燕回的人生字典里,就没有"腼腆"一词,昭昭野心写在那张漂亮的脸蛋上,该争取时,她绝对拉得下脸。

孙见东每天跟各路品牌方打交道,能力已经被业内认可,他牵线,绝对比她跟 Amy 开口更合适。

孙见东侧了侧身子,用一种人精式的目光打量着她:"燕回,你跟我说句实话,你来杂志社,是把它当跳板的吧?"

红唇一弯,燕回笑得明媚:"我认认真真、兢兢业业,该我做的我一点也没少做呀。"

"那我跟你说实话吧,"孙见东说,"杂志社其实不喜欢你这种实习生,一看就知道是干不长的主,来这儿套资源的。Amy 私下跟我说是真看中了你,但大家都清楚纸媒现在一天比一天不行,现在编辑都是走一个才腾得出一个位子。你要真想怎么着,不如跟 X 杂志的东家签个合约,做平面模特,这样也好给你接单。"

签约就等于卖身,燕回目前还没这个想法。不过,孙见东是真心给的建议,她不能不领情。她笑吟吟地一撩头发,直起腰:"那我考虑考虑呗,主要是我对当模特没兴趣嘛,我大一时就干过这活,挣得也不少,那会儿电商搞活动我经常参加,没什么意思。"

"挣钱还没意思?"

燕回点点头,又摇摇头:"我要用喜欢的方式挣钱。"

"看不出,你还这么理想主义。"孙见东笑,"我说的你当回事,趁年轻。"

"我趁年轻,在我喜欢的领域也能做好。"燕回一挑眉,往外瞅瞅,天光开始暗淡,"我请你吃饭吧?快饿死了。"

"这儿能有什么好吃的?走,我知道一地儿,带你过去。"

"太好啦，我真是饿死了，抓紧抓紧。"

因为开心，所以她看起来又有以前那种自由劲，满脸的美丽，满脸的灵气，像一条无所事事的鱼，只在水中戏耍。

她忽然想起日落大道，于是跟孙见东说，她要从那儿绕一圈，正好离得近。

黄昏，夕阳，风从脸上放肆地吹过，日落大道仿佛没有尽头。燕回的眼睛里映着血红的晚霞，她忽然意识到，这种快乐她依旧想跟湛清然分享。

但很遗憾的是，他不配。

不配就不配吧。她一个人驱车往余晖的方向驶去。

湛清然一连三天给她发信息，她都没回。直到周五这天，他打了电话过来，她才接了。

熟悉的声音响起，燕回立刻鄙视自己为什么还是觉得那么动听。

她正忙，因为这几天给视频打赏的人数变多，她正高兴地一一回复说谢谢。这导致她根本没听到湛清然说了什么。

"我去接你？"

燕回听到这句时，愣了愣："什么？"

湛清然非常有耐心，温和地说道："我是说，我去接你。"

"你接我做什么？"她觉得好笑，继续甜蜜蜜地回复粉丝。

"爸妈让我们回去吃个饭。"湛清然又解释了一遍。

燕回拒绝得干脆："不必了，我没空。"她说完，立刻挂了电话，手指灵活地在电脑上噼里啪啦打了好一阵字，然后抱着鳄鱼公仔躺下——鳄鱼公仔已经被她冷落一段时间了。

自从和湛清然结婚，她就不需要鳄鱼公仔了。现在，她又拾起它来。她睡觉得抱个东西才安心。

她其实有点不能理解湛清然，他又不爱她，无非是寂寞了，直接离婚不好吗？他这个条件，找其他人应该不难。她想，他坚持不了一个月，就能放弃。

刚结婚时，她对叶琛放松了戒备。她很自信，想着湛清然既然跟她结婚了，那就是她的。她相信，湛清然一定会爱上她。

现在看，她真的低估了叶琛对湛清然的意义，也高估了自己。

她感觉很挫败，这种挫败感已经很多年没有出现过了，所以她急于摆脱这种挫败感，她的自尊心不准许她软弱下来。

不知不觉，白昼变短了，不像盛夏，白日那么长，感情也跟着在骄阳中发酵，然后消失殆尽。

湛清然好几天没回家,他尊重燕回的想法。

当他发现燕回没换密码,打开房门的那一瞬,他有着某种愉悦的情绪。

但很快,他发现鞋柜旁没有燕回的鞋子。

湛清然把车钥匙一丢,打开了鞋柜,她全部的鞋子都已经消失。

傍晚的风吹得窗帘飘拂不已。

"燕回?"湛清然张口喊了声她的名字,没有回应。

茶几上整洁如新,一本时尚杂志都没有。以前,她总是会乱丢杂志,他少不了给她整理。

餐桌上的鲜花已经开始枯萎,看着像是几天没换水。

衣帽间里空空如也,她的衣服全都被带走了,只剩下一股还能捕捉到的玫瑰余味。

餐具静静地躺着,夕阳的光线铺向露台。

这一切都在提醒着他,燕回离开了。

她像只养不熟的猫,高兴时冲你撒娇,不高兴了,亮一亮小爪子,抖抖毛,转头就走,没有任何留恋。

空虚和孤独一瞬间袭来,把人包裹,湛清然有种不真实感。他站了片刻,胸腔中似乎有什么东西要破裂而出,可他又习惯性地克制住,隐忍不发。

终于,他还是给她打了电话过去,没人接,他就一直打。

燕回裹着浴巾出来,看着手机上的几十个来电愣了下,给湛清然回了电话过去。

"你有病啊,湛清然?我不想做拉黑你的幼稚举动,大家心照不宣不联系就好了,你不是一直挺有风度挺要面子的吗?我配合你,我——"

"你在哪儿?"湛清然粗暴地打断她,"我问你在哪儿?你一个人到底在哪儿?"

喉咙忽然被堵住,他说不下去了。

她不会照顾自己,不会做饭,只会点外卖,没人管就会一直抱着冰镇西瓜把它吃光。她没什么安全意识,不知道检查门窗,喜欢光脚跑,还容易打碎东西,搞得一地玻璃碴。她没什么朋友,又盲目自信、没心没肺……她一个人在这么大的城市,到底去了哪里?

Chapter 13
第十三章

燕回一边敷着面膜，一边打开电脑处理邮件。那边，Amy催她再交出两份专题稿件。

她把手机放在一旁，把声音开到最大。

"我在哪儿关你屁事，"她粗鲁地说道，谁的账都不买，"真好笑。"

湛清然被她怼得失语了片刻，又开口说："你是不是一个人租了房子？还是住酒店？我记得你跟我说过，你一直都没单独住过，是因为不喜欢一个人。"

"所以呢？"燕回试着调整字体大小，往前倾了倾身子。

湛清然抿了抿唇："我担心你。"

"我告诉你，湛清然，你少把我当什么不能生活自理的人，我好得很。我没遇见你之前不也好好长大了？你以为你是谁？你管我呢。"她不想跟他生气的，但说着说着就来气了，烦躁得很，"你少来这一套，不要觉得给我做两顿饭、口头关心下，我就得感恩戴德地自己滚回去了，我对你很失望。你从来没对我坦诚过，你那个不要脸的前女友也是，你们假惺惺地维持着什么好看、什么面子，那你俩过吧，我看你俩超级合适。"

发泄一番，燕回深深吸了口气。

湛清然静静听完，说："有没有舒服点？如果还不够，你可以继续对我发火，我们见一面好不好？当面骂我效果可能更好些。"

燕回卡壳几秒，心想很有道理，随后给湛清然发了个定位。

这个时间点堵得厉害，尤其是从湛清然小区到燕回公寓这段路，他犹豫了下，选择坐地铁过去。

地铁拥挤，有风从通道里不断涌来，却依旧让人觉得空气不流通。湛清然随着汹涌的人流进站，上车，一张张陌生的面孔急速靠近。

外头是一闪而过的广告牌，明亮光鲜。

车厢里是数不清的人，大部分人在低头看手机，而那些抬起头的人的面孔上，又是麻木疲惫的表情。

湛清然身处其中，心里却渐渐平静下来，并没有产生类似坐着地下铁通往世界末日的那种虚无感。

出地铁后，途经一家花店，他本没有买花的计划，却停住了脚步，进了花店。

老板问他要什么，他挑了最浓艳的一朵红色玫瑰。

老板惊讶："真的只要一朵？"

湛清然点点头，连包装都没要。

燕回开门时，看到的，就是湛清然手持一朵玫瑰花出现在眼前的画面。

他拿花的样子非常随意："方便进去说话吗？"

他也没说花是送她的，只是进来后顺手将其放在了玄关。

燕回跟他的整个恋爱过程非常简单，什么暧昧拉手、试探、看电影、吃饭、送花……其他小情侣惯有的步骤，她跟他一步都没有。

她怀疑那花是湛清然在来的路上碰到做活动的商家，商家随手送的。

燕回嘲弄地笑了下，走过去，把花一拿，直接丢到了垃圾桶里。

"我家里不收破烂，麻烦你不要随便往我家——"

"送你的。"湛清然抢救不及，蹲下来，转念作罢又慢慢站直，"刚才路过花店，想送你一朵玫瑰。"

哪有人送花只送一朵的？燕回笑了："哦，你终于想起来送我花了，玫瑰花有什么了不起？你要真想送，等明年春天把玫瑰园里开的第一枝玫瑰送我。"

至于他要去哪里找玫瑰园，那就是他的事了。

"好，我答应你。"湛清然毫不犹豫地点头，"能给我点时间吗？我知道自己做得远远不够。"

燕回轻飘飘地看他一眼："什么不够？你好得很啊，我在家里好吃懒做，也就嘴巴上说点甜言蜜语，你怎么会做得远远不够呢？"

"我做的都是表面功夫。"湛清然接话。

燕回讶异地看着他，一撇嘴："我可没这么说你，你自己承认的。"

他点点头："我知道你心里是这么看我的。燕回，你想过没有？一个人如果要做表面功夫，无非是给别人看。而我是个不喜欢跟人说自己私生活的人，我做表面功夫给谁看呢？或者说是给谁听呢？"

"给我，你就是坏，我早就跟你说过了，你这人就擅长利用我。"燕回捞起沙发上的抱枕就冲他砸过去。

湛清然定了定神："说，继续说，你心里怎么看我的，今天都说出来。我利用你是不是？你说说看，我哪儿利用你了。"

"你利用我对你的感情，稍微对我好点，我就能对你死心塌地，你就能'圈养'我。"燕回最近帮 Amy 写了一个情感小专栏的板块，学了很多新词。

湛清然不否认，也不承认："你继续。"

"我从来不跟你说模棱两可的话，这一点，我比你真诚。我爱你就是爱你，我敢承认，是我主动没错，因为我想得到你，我想得到你，我就会付诸行动，成功最好，失败也没关系。可你呢？我们去沙州，我问你是不是来过，你就笑，不回答，我当时也没多想，直到看见你家里的相册。"

燕回非常大声地说道。

湛清然看着她生气的脸，目光闪烁着某种柔和的情绪："我道歉，当时是怕破坏你的心情，这不是借口，这是我当时真实的想法。你说得对，我没你真诚，我不习惯什么事情都说出来，也会掩饰，这一点，我没你纯真，这是你的优点也是我的缺点。"

燕回头一昂："我优点多的是，用不着你发现，我在你心里什么形象我自己清楚，胸大无脑、肤浅轻佻，最重要的是，你觉得我——好骗。"

最后两个字吐得慢了一拍，她挑衅地看着他笑："不是吗？"

湛清然皱了皱眉："我没法否认，起初我的确是这么看你的，但后来变了，我知道你是什么样的女孩。"

他停了停，说："那天晚上，你很紧张，也很生疏，我当时很惊讶，有点不敢相信，我这才知道自己对你的误解有多大。是我凭刻板印象看人，是我自以为是。这些我没跟你说过，现在说出来，不为别的，只想告诉你，我很幸运能拥有你。"

湛清然的神情略微有些紧绷，但语气很稳。

燕回咬了咬唇，嘟囔着反驳："我不是，你少自作多情了，我男朋友多得很。"

"我知道你是。"他轻轻说，"跟你结婚，我是有些冲动，当时有人造你的谣，你却跟我说,幸亏没牵扯到我,你自己无所谓。我那时在想,试试吧,也许跟你在一起生活会很好。结婚后,虽然有时我会怀疑我们之间有这么多不同点,这段婚姻到底能不能继续下去,但我从没有想过要跟你离婚,从来没有。"

外头的天一霎就黑了,凉凉的晚风吹起,燕回看看他,转身先去开了灯。再转身时,她眯起眼,探究似的盯着湛清然看,好像在辨别真伪。

"你为什么跟我说这些?"

"因为从来没说过。"

"那为什么现在又说出来?"

湛清然注视着她。方才在家中没有看到她的感觉异常清晰,那是一种模糊的痛苦,他意识到她离开了,而他已经慢慢爱上她。

"我不想跟你错过。"

他言简意赅地说完,垂了垂头。地板上有燕回掉落的头发,而家里,她连一根头发都没给他留下。

"我们已经错过了,"燕回一字一顿地提醒他,"在你没有推开叶琛的时候,在你给她机会吻你的时候。你不会斥责她、拒绝她,因为你舍不得。毕竟她是你付出过很多感情的人,你们一起走过很长一段路。你现在说这些,只是不习惯我突然离开你的生活,你会习惯的。"

她的鼻头一阵发酸,某种情绪袭上心头:"你对叶琛始终有一份柔情,你对我没有,你对我更多的是叛逆和冲动,失去我,不过是失去一个陪你疯狂的玩伴。"

湛清然的脸色变得难看,忽然,他讥诮地笑了声:"你的意思是,我把你当玩伴?"

"对。"

"我有病吗?"湛清然双手揉了揉脸,双眼灼灼地盯着燕回,"我如果把你当玩伴,何必娶你?别把我想得那么差劲,我娶你是冲动了、冒险了,没深思熟虑,可那也是因为你燕回在某些事上打动了我,我才会心甘情愿跟你结婚。你以为呢?我为什么不娶叶琛?因为我不想,我没有一丁点想跟她结婚的念头了。我不想做的事,没有任何人能勉强我,你听明白了吗?我要是对你没感觉,你陪我怎么疯我也不会娶你!"

他说到最后,脸色微微发红,心里满是无奈。

四周突然陷入沉寂。

两人在沉默中看着对方,燕回见他着实动了气,两道浓眉紧锁着,心中仿佛藏着无尽的叹息。

"那你现在后悔了。"燕回干巴巴地说道。

湛清然一挑眉:"后悔什么?"

"后悔娶我。"

他长长叹了口气:"燕回,我刚才白说了。"

她的脑子是乱的。听湛清然这么说一通,燕回有点懵,她固执地待在自己的一套逻辑里。也许吧,就像她想的,湛清然是对她有点感觉,现在只是不习惯而已,他不是最后也习惯跟叶琛分开了吗?

哪有什么非谁不可?他能遇到自己,也能再遇见别人。

想到这里,燕回觉得有什么东西直冲胸口,原本自尊心不允许她,她也不屑打听叶琛的事,但此刻,她改主意了。

"你为什么会跟叶琛分手?"

湛清然看她靠着墙一脸警惕,便靠近了她几步。

男人的呼吸仿佛就在头顶,燕回瑟缩一下,垂着眼睫,感受到他带来的压力。

"我以为,世界上没人爱听前任的事,从没跟你说过,你真想知道,我可以说给你听,但有个前提,不要再觉得我还爱她,我不爱。"

他握住她肩膀:"坐下来?"

燕回一把推开他:"你别动手动脚。"说着便跑到沙发上坐着。

她美丽的脸皱在一起,眉毛乌黑,眼睛像宝石那样熠熠生辉。她瞪他两眼,蜷起了腿。

湛清然坐下,压到她的脚,她立刻反击,狠狠地踢了他一脚。他脸色缓和几分,竟然笑了笑,说抱歉。

然后,他握住她纤细的脚踝轻轻一挪,却依旧让她的脚紧贴着自己的大腿外侧,隔着休闲西裤,她能感受到他的体温。

"从中学时说起?"

"随便。"燕回傲慢地往后靠去。

"那就从头说清楚,我们相识得很早,喜欢更是顺理成章。真正有摩擦,是在国外,那时我们住到了一起。在很多琐事上,我没她那么较真,所以发生了很多争执,通常都是以我让步结束。"

"什么琐事?"

燕回嘲弄地一弯红唇。看不出来,两个像只会喝露水一样的神仙学霸也会因为琐事吵架。

"比如蛋糕买错了口味,比如刚到国外不熟悉路况把车开错了方向,都是很小的事情。我的习惯是错了改了就好,但叶琛是个完美主义者,她会揪着不放,她觉得我不够在乎她。我记得最清楚的一次吵架是,我把自己的衣服跟她的一起混洗了,不小心把她的白裙子混了进去,就是深颜色和白色的没分开,她大发雷霆,说我心里没有她。我当时课业压力很大,在实验室很忙,有些细节根本注意不到。这么一直争吵,很累,真的很累,我有段时间甚至有些提心吊胆,生怕在哪个细节上又惹到她。"

湛清然说到这里,停了下来。燕回的两只眼睛亮晶晶的,她似笑非笑地看着他。

"你想说什么?"

燕回摇头,不过很快问:"你是多大出国的?"

"十八岁那年当了一年半交换生,后来大学毕业又出国,也没比你大多少。"

她默默地看着他,很怅然。她没机会参与他的青春,也不知道他第一次笨拙地爱着别人时,是怀着一种怎样的心情。他曾为另一个姑娘提心吊胆,爱得小心。

而等到她遇见他,他已经是成熟男人了。

燕回自嘲般地笑了笑,拨弄头发,果断不想那些有的没的:无所谓了,我爱时全心全意,没什么可后悔的,我对得起自己的心。她这么想着,就又对湛清然笑了笑——客气的,礼貌的。

湛清然怔了怔。燕回很少这么笑,她这个人身上没有疏离气,要么娇媚,要么骄傲。她想拒绝时,会不留情面,但现在,她身上忽然就多了一股陌生的感觉。

他忍不住去握她的脚踝,说:"如果你不喜欢听,我就结束这个话题。"

燕回不动声色地挣脱:"没有。还有吗?除了琐事,你们还有什么分歧吗?"

湛清然看了她片刻,很坦白:"她不太能接受太过亲密,我那个年纪,正是最冲动的时候,她别别扭扭地觉得我们读那么多书不该热衷于男女之情。我是正常男人,做不到只跟女朋友谈理想谈人生。总之,时间久了,她经常提分手,我们就真的分开了,我很疲惫,做不到那么紧绷地生活。"

"原来,你是个俗人。"燕回看着他嘲笑道。

湛清然说:"我标榜过自己是圣人吗?我不生活在云端。"

"可你每天都在看文献做科研,你从来都不关心钱的事情,你也不限制我花钱。"

他莞尔:"那要感谢我有个好家庭,也要感谢我自己能挣钱,所以我不关心这些事。至于你,我挣钱不给你花还能给谁花?你希望我给别的女人花钱?"

燕回语塞,丢他一个抱枕:"你休想再说花言巧语。"

湛清然抓住抱枕,视线落到她细腻白皙的面孔上,轻声说:"别跟我离婚,燕回,我是认真的。"

"叶琛跟你分手,你们最终真的分手了。"

"你不一样,我跟你在一起很松弛很快乐,你比我简单也比我热忱,我觉得生活很有意思。但我很抱歉,我没能让你也这么享受跟我在一起的日子。"

燕回否认了:"不是,湛清然,你从没真正了解我。我很快乐,嫁给你是我的梦想,我真的嫁给你了,而且嫁给你后很开心,直到我发现你真的不爱我。我打不败你的初恋,我才不快乐。所以,我要离开你,我不能因为你变成一个怨妇,我要高高兴兴地生活,就这样。"

"你还是要跟我离婚?"他凝神望着她。

燕回懒懒一笑:"亲爱的,你只是一时不习惯没有我,就算养只狗,突然丢了心里也会空几天。我们打个赌吧,秋天结束,也许不用这么久,你就会心甘情愿平平静静地跟我去离婚了。我现在不会逼你立刻跟我去民政局。"

湛清然轻闭双目,又缓缓睁开,低声说:"你知不知道,你这样说,我……"

他想说"我心里真的很难受",但最终没说出口。

"如果,秋天结束我的主意不变呢?是不是代表我还有一点机会?"他慢慢地起身,沙发上留下淡淡压痕。

湛清然的眼睛看过来,瞳仁深处仿佛藏着千言万语。

燕回的呼吸微微急促起来,她没说话,只是摇头。

她的爱与恨泾渭分明,一点都不含糊。

"那真遗憾,我给你留的印象这么糟。"心往下沉,喉头上下一动,湛清然用低到不能再低的声音问道,"我真的一点机会都没有了?"

燕回仔细望着他。这么多年,她审美固定,男人就得是湛清然这种才最英俊:浓眉高鼻,眼皮上有薄薄的一道褶儿,要干净,要清爽。她一点都不喜欢什么阳光大男孩或者花样美男子,她要湛清然这种看起来神秘一点的,又不乏柔情,有教养的。

很可惜,湛清然给她展现的只剩下教养。她太贪心了,现在全部都想要,人果然都是贪吃蛇。

她敷衍地扯了扯嘴角,这次,连摇头都懒得摇了。

沙发一头堆了各种杂志和时尚快讯,燕回很少看剧也很少看短视频,想玩了就出去买衣服做头发。茶几上放了个小本子,上面记录着一些灵感和新点子,不过字却很不好看。

"我要学习了,你走吧。"

这个场景似曾相识,她记得,有一次湛清然打趣她如果是念中学时拿出这种劲头,那是要考重点大学的。还没过多久,她竟觉得那像前尘往事。

湛清然沉默地走向门口,换好鞋子,向沙发上的燕回又看了一眼:"祝你工作顺利。"

两人的目光交汇一瞬,又分开。

她是素颜,却依旧美得让人挪不开眼,玫瑰在她面前都黯然无光。

湛清然有些怀疑:这个冷酷没有心肝的女人,到底爱过自己没有?婚姻对她,也许就是儿戏,她说风就是雨,而他,居然也跟着稀里糊涂地走了一遭。

沙发上,燕回还在为湛清然那句"祝你工作顺利"感到可笑。

"老男人,真是老男人。"她微微弯着嘴角,自言自语完,把电脑拉到了膝头。

这天夜里下了场秋雨,有些许凉。

湛清然没有回家,住在了实验室。

雨后的校园空气很清新,地上有被打湿的落叶,湛清然跟同组的师兄在办公室里等吴院士。不一会儿,吴院士到了,先安排了下下周学院承办自动驾驶主题活动的方案,随后才问起课题进展。

湛清然有条不紊地给老师汇报进度。

天气阴暗,室内开了灯,他讲话时,手上的戒指非常亮眼。

"完成芯片封装和测试后,成本大概能下降50%。"他维持着一贯清冷镇定的模样,"但这种演示,不足以实现大规模的商业行为,我们也只是处于实验阶段。"

吴院士不断瞟着湛清然。看着成长起来的得意弟子,吴院士总是格外关心,包括他的生活。

湛清然的眼底有淡淡的疲惫之意,他将自己负责的部分汇报完后,就安静了下来，几乎没怎么搭话。

他确实有点走神，在断断续续想着燕回的事情。

等讨论结束，已经是一个小时后。

课题组其他人纷纷起身，吴院士留下了湛清然。

"最近熬夜厉害？"吴院士又打量他几眼，"我跟你说过，科研是个长期的体力活，要懂得劳逸结合。我听说，你最近都睡在实验室里。"

在恩师面前，湛清然向来严谨，他坦诚地说："我和老婆正在闹离婚，睡实验室转移下注意力。"

吴院士知道他结婚的事，湛教授夫妻说了，婚礼等明年夏天办，到时下请帖。

可两人现在竟然就要离婚？吴院士吃惊地看着湛清然："你小子到现在都没跟我说你跟什么人结的婚，这马上就要离婚了？"

湛清然英俊的脸上有种说不出的复杂："我在努力挽回。您说过，对科研工作者来说，不要浮躁，不要懈怠，即使不会马上出成果，也要坚持下去。一个个成果，就是奖励，说实话，最近课题进展不大，我好久没有被奖励的感觉了。当然，我一直都牢记您的教诲，并为此努力着。"

吴院士察觉到弟子的失落，目光一动，透过眼镜仔细瞧着他："我也说过，如果发现事不可为，就得及时止损。科研方向都错了，还坚持到底，那是傻蛋！"

湛清然知道，老师这是在劝解自己。他轻轻摩挲了下戒指，说："我闹离婚的事，没跟父母说，请您替我保密。生活中的事影响到了工作状态，我很抱歉。"

"你抱歉什么？你的私人问题我这个老头子不好过问，你们年轻人也不喜欢我们插手，但有些经验我还是想告诉你，多沟通，多关心对方，这个总没错的。"

吴院士谆谆教诲，问他听明白没有。

湛清然点点头，起身准备离开。

走了两步，他听后头的吴院士传来浑厚的声音："你今晚就给我回家好好睡觉去，听见没有？"

湛清然转身，依旧是张好学生听话的脸。

湛清然从办公室出来去坐电梯时，看到前面有个人影，于是刻意放缓了脚步。没想到那人在等他，按着电梯门迟迟不关。

叶琛伸出半个脑袋，问："你进不进？"

"还有事。"湛清然打了个手势，示意她先走。

叶琛的目光还停在他身上。湛清然穿得休闲，但依旧不失那份沉稳从容，自上次的事情后，两人这是第一次在学校碰面。

叶琛想着和他谈谈。

可湛清然已经转身，徒留下个背影。

湛清然走的楼梯，出大楼时，却见叶琛在台阶那儿等着了——自然是等他。

"你躲着我。"叶琛有点伤感地开口。

湛清然盯了她几秒，说："换个地方。我本打算找你谈谈，择日不如撞日，就今天吧。"

两人一前一后来到一个僻静的小花园，四周是长长的走廊，空无一人。

湛清然站定后，直奔主题："有些事情，我本来以为点到为止就好，你我都是聪明人，你该明白我的意思，但我发现，可能你对我有什么误解。"

叶琛的心直直往下坠，她忍不住发抖："你觉得我有什么误解？上次的事，我也觉得很不好意思，被她看见……"

湛清然吞咽了下，说："不要再联系我，也不要再找我。无论你发生什么事，我们之间，以后仅限于同事关系，见面点个头打个招呼就可以的那种。"

他的声音，在雨后的秋意里有种异样的凉薄。

叶琛错愕地看着他，愣了片刻，不知道为什么，觉得嘴里苦极了。

"就因为她？"

"什么叫就因为她？"湛清然突然皱眉。有什么意识从脑中一闪而过，他却又非常清楚，确实是他做得不够，才会让叶琛误以为燕回不怎么样，燕回不值得他去跟任何人翻脸。也许，不仅仅是叶琛这么看。

"我跟燕回的感情很好，我不希望因为外人影响我们的夫妻感情。"他克制着怒意说完。

他确实做不出来像燕回那样不管不顾地把人骂一通的事。

叶琛被"外人"两个字深深刺激到，她难堪地看看他，薄唇翕动，失去了血色。

"你这么说，我心里很难过。"

湛清然头疼地摇摇头："你难过也跟我没关系。叶琛，你到底想要我把话说得多难听？我们就算不是恋人了，也还是那么多年的老同学，非要逼我说出最难听的话来吗？我结婚了，我不会娶一个我不喜欢、没感觉的人，我希望你能明白这点，到此为止好吗？"

"她有什么好的？"叶琛的脸忽然憋得通红，说不清是因为自尊心还是什么，她终于忍不住问了这个问题。

湛清然点点头:"行,我告诉你,燕回是我见过的最好的姑娘,哪儿都好,性格、相貌,没一样不好的。"

"你得失心疯了吗?"叶琛的嘴唇轻颤,"你娶了那样的姑娘回家,湛教授、程教授两人心里的失望你真的不知道?"

湛清然忽然就动了怒气,脸色直往下沉:"哪样的姑娘?你怎么知道我爸妈不满意?"

"你应该心知肚明,"叶琛的声音也冷了,"你娶她,为什么没有告诉大家?你自己也心虚,知道自己娶的人不怎么样,知道自己走了歪路。"

"叶琛!"湛清然极力克制着自己的不满,语气冷淡下来,"我和你聊,是想跟你把事情说清楚,不是来跟你吵架的,也不是来争对错的。就这样吧,给彼此都留个面子。"

"我真的奇怪,到底她有什么魔力,让你变得这样不可理喻。"叶琛没有打住的意思。她平时总是有些矜持的,文雅清高,只有在湛清然面前才会展现出真实的另一面。她较真,总要把事情闹个明白,哪怕是死胡同,她也要钻。

湛清然仿佛又回到了两人在国外求学的岁月。她对他的指责,永远没完。

他对她一直都保持了最大的耐心,也许,正是他的隐忍让她当成了爱,给了她他还爱着她的错觉。

湛清然静静地看着她,等她指责完才说:"叶琛,你知道我心里的真实想法吗?我可以告诉你,那就是我真英明睿智,没再求你复合。"

他没看她有什么表情,说完就走。

湛清然的步子迈得很大,他个头高,身材挺拔,急匆匆地行走在校园里非常醒目,路上有学生跟他打招呼,女生见到他总是很兴奋,悄悄说着"地狱使者"来了。

他回到实验室,把最近需要报销的单子拿去财务室,出来时迎面碰上李格。

李格拿着文件夹一下下拍着大腿外侧,一见到他,立刻凑上来,说:"嘿,我刚见了叶琛,眼睛都哭红了,是不是你小子不懂怜香惜玉惹——"

湛清然抬头,冷峻的脸上一点表情也没有,他直接打断道:"学长,麻烦你以后不要再跟我开这种玩笑,我结婚了,我有家庭,我非常不喜欢别人总拿这个说事。"

李格愣住了。

见湛清然一脸严肃,李格讪讪的,有些尴尬。

"那什么，不说就不说，你看你，还——"

"我是认真的，"湛清然不易察觉地皱了下眉，"麻烦学长尊重我，也尊重下燕回。"

他说完转身离开。

李格在原地一愣一愣的，面上有点挂不住，等想起来，再回头时，那个英挺的身影已经快步下了楼。

李格心里疑惑：这家伙怎么就真的不跟叶琛好了呢？那姑娘到底哪里好？

他摇摇头，深吸一口气，心想：算了算了，关我什么事。

湛清然这天回了家，家里无人，清冷得像雪洞。

他先冲了个澡，打开电脑前给燕回发了条信息：这两天降温，不要穿太少。

湛清然此刻很希望她家里又有蝙蝠出没，她会再次需要他。

这个念头很快被压住，他打开她的主页，看她最新一期的 vlog，是记录在创意园的一次拍摄行程。

随后，他又认认真真地看了她更新的微博，是讲秋季穿搭攻略的。

微博上还放了一组街拍图，不得不承认，燕回是个对色彩极度敏锐的女孩，她每次拍穿搭类视频，都会考虑到普通人的穿搭实用性，但也会搞两套特别奇特的，普通人穿了会显得奇怪的衣服。

但她穿就好看，她穿什么都好看。

湛清然不自觉地会心一笑，心情顿时放松下来。

燕回很美，她也在帮助别人怎么样做到比原来的自己更美，她笑得又甜美又热辣，让人看得也高兴。

他忽然就明白了这种让别人高兴的能量是多么可贵。

高兴不分贵贱、不分深浅，高兴就是高兴。读一篇文献觉得高兴，穿一件美丽的裙子也觉得高兴，谁都不能说哪一种高兴更加高贵。

湛清然想起她说这句话时的样子——跷着腿坐在沙发上，得意扬扬，像个无忧无虑的小女孩。

可他让她不高兴了。湛清然嘴角敛了下。他很想她。

思念的感觉浮上来时，他抓起手机，把心情告诉了她：我很想你，想抱抱你，当面喊一声你的名字。

这次，燕回十分刻薄地立刻回复了：去你的，我不会跟你复合的，你死了这条心，不要烦我！

后面还有很多感叹号。

燕回满不在乎地把手机扔了老远,力气用大了,手机从沙发那头跌落。她气呼呼地对着空气骂了声"老男人"。现在,"老男人"这个称呼是专属于湛清然的,带着强烈的年龄歧视。

她在画画,报了美术班后她简直"学究"附体。燕回所认为的学究,就是既很爱学习又很爱研究的那类人。一周两次线下课,她每次都花枝招展地过去,娇艳妖娆。有人搭讪,燕回总是眼高于顶,一脸的傲慢势利劲,眼皮子都懒得动。

但她跟老师关系很好,乐于请教。对大美人,很多人总是格外有耐心,燕回从小就知道利用这个优势,但内心并不当真。

湛清然没再说什么肉麻的话。燕回必须承认,她看到那个信息的瞬间,整个人都陷入了"我不是很明白"的心情里,因为,她从没指望过得到回报,即使是言语上的回报。

她猜,湛清然一定是寂寞到发疯了,才不惜放弃尊严地讨好。真奇怪,他那么清高,是怎么发出来那些话的?

燕回在婚后花了一段时间研究湛清然的这种清高和礼貌,他对学生要求很严格,但不会轻易骂人,惯用一种云淡风轻的腔调给学生施加压力。他在家里接电话,总是淡淡地、有条不紊地说事情,挂完电话,就一副"我跟这世界上的谁都没关系"的表情,继续看他的文献。

燕回后来就明白了,湛清然其实是个很难交心的人,他的教养,是用来跟别人划清界限的。

那跟她呢?她用热烈的话表达心中的爱,他只是笑笑。他会说调情的话,但很少见,很多时候更像是礼貌的客套。

窗外,高楼林立,灯火像巨大的银河之网,点点星星,中间横亘着一条辉煌的道路。

夜色无限温柔,也无限孤独。

燕回以为自己可以无限地付出爱意,他不爱她没关系,可他不仅招惹她,还惦记着前女友,跟世界上其他贪婪又无耻的男人没什么区别。

这就让燕回很失望。

糟糕的心情泛滥了一会儿,燕回觉得很饿,于是靠在窗前扯着帘子,心里想:我是下楼,买桂花栗子奶油派还是买酒酿红枣派呢?

可她又觉得不能这么放纵自己吃甜食,甜食虽让人快乐又上瘾,但对身体不好，就像湛清然那种老男人……

但偶尔一次也没关系吧？最终燕回还是下了楼，开开心心地买了甜品吃。

最近，燕回被一个风头正盛的国货品牌找上门，拍 TVC（以电视摄像机为工具拍摄的电视广告影片）。现场一堆人，她是第一次接触 TVC，合作的男模特就是上次来家里的顾小畅，两人年龄相当。

燕回跟他搭上了话："你不是第一次拍吧？"

顾小畅是衣架子，随便一站都好看，此刻，他好看的眉头一挑："你站远点，我记得你是已婚妇女。"

他有点生燕回的气。原本他以为燕回是单身，所以才会跟着去她家，没想到最后被无情地轰了出来。事后，他好像明白了点，燕回跟老公闹矛盾，在拿他当挡箭牌。

这么漂亮的女孩，也这么俗套。

燕回居然不生气。她早变得不那么容易生气，只有湛清然能真正气到她，所以，她哈哈笑了两声，冲顾小畅卷了卷舌，发出清脆的一声："你记仇哟，不过，等我离婚后你可以追我。"

顾小畅瞬间害羞了。燕回这个人，古怪，像专让人猜谜的斯芬克斯女妖，你永远不知道她嘴里能蹦出什么话，令人措手不及。

两人拍摄时，燕回非常自然大方，倒是顾小畅明明比她经验多，却避嫌似的跟她保持着距离。摄影师很不满，提醒了几次。

镜头里燕回眼影绚丽，红唇像娇嫩的花瓣，让人有破坏欲。

收工时，现场还是很乱很吵，摄影师在大声吼着一个小助理，说别碰坏了器材。

燕回循声望去，见对方是不怎么跟自己打交道了的 Jojo。她嫣然一笑。时间真快，她追湛清然的时候，也正在跟 Jojo 对拍。

Jojo 用一种不怎么瞧得起她的眼神瞥了她一眼。

燕回知道，无论她取得什么成绩，总有人在背后议论。

所以说，美人总是更难证明自己。

燕回不在乎 Jojo 怎么看。跟一个比自己各方面都差劲的人计较什么呀？她愉快地想。

"你要离婚了？"顾小畅装作不经意地问燕回。

"什么？"燕回正在捡掉落的杂志，漫不经心地问。

第一枝玫瑰

顾小畅很不高兴。他是从小到大被追捧惯的男孩，和燕回一样，他习惯女孩对他既热情又甜蜜。

燕回确实是热情又甜蜜的姑娘，但不是对他。

"你没听见我说话？"

"没听清，再说一遍呗。"她笑嘻嘻的。

"没什么。"顾小畅不说了，一副等燕回再问的克制表情。

燕回心知肚明，偏不问，懒懒一笑，打了个手势："走啦，休息会儿。"

顾小畅更是气得不行。这个已婚妇女……

燕回转身，嘴角露出一个嘲弄意味的微笑。她知道顾小畅对她有好感，但他一定觉得自己主动的话会掉价，毕竟从来都是女人对他主动。

这年头，大家都这么骄傲的吗？

小心翼翼地试探，唯恐受到伤害，习惯口是心非。

就好像做卷子，宁可一点没写，也不要写了很多，结果得零分。

可她自己呢？奋不顾身，每一题都认真下笔，最后还是徒劳无功。

不勇敢的人不配得到爱情，勇敢的人……也许，只是烧了一把愚蠢的火。

燕回最近灵感爆发，写起情感小专栏来，连Amy都忍不住赞叹，说："看不出，你年纪轻轻笔力却挺老到的，最近是不是读了很多书？"

"老大，我天赋异禀而已。"燕回得意扬扬地一挑眉头。Amy跟着笑，不动声色地问了句："最近没戴戒指？"

燕回失神两秒。

很快，她笑靥如花："麻烦，戴着碍事。"

"怎么，闹别扭了？"Amy有过一段短暂的婚姻，离婚的原因是她打死都不愿意生孩子。现在好了，她跟一个离婚带娃、事业有成的男人喜结连理，很快活——她不介意当后妈。

燕回不想把上司当知心姐姐。她看着没心没肺，其实比谁都能分得开公事和私事。

最重要的是，她不爱听人说教，尽管那些话有道理，但她始终觉得经验是别人的。本来她想法就跟别人不一样，所以，还是自己摸索吧。

整个秋天的每一天，燕回都过得很充实。

这期间，她收到过好几个同城直递，有吃的，有美丽的发带，有精致的首饰，还有非常好看的高跟鞋，尺码正好，款式也是她最喜欢的那种。这些礼物全都来自湛清然。两人生活的时间虽短，可他清楚她所有的喜好。除此之外，湛清然每天不厌其烦地发信息，分享他干了什么，提醒她加衣服，提醒她好好吃饭，问她工作顺利与否，甚至还点评她的朋友圈。

有一次，燕回把自己的新画作发出来，湛清然很快就发了大段评论文字：有进步，个人风格已经显现，尤其是造型、排线能力突飞猛进，线条够流畅，掌控力增强，控水惊艳，最大优点是在色彩上的天分，恭喜你。

燕回看到这段话时，扑哧一乐。湛清然把自己当成他的学生了吗？

她没头没脑地回了句：我发现，我确实是最勇敢的那种人，就是方向不太对，不过我也不后悔，我就没后悔过什么事。

湛清然看着这段很燕回的措辞，正思索着怎么回答，燕回突然发来信息：你烦死了，能不能不要跟爹似的？

秋天凉得特别快，天朗气爽，感情却缱绻如烟，缓缓流动。

湛清然给她打视频电话。燕回那张他有段时间没见的脸出现在屏幕里，什么角度看都很美。

"你又寂寞了对不对？"她嚣张地抬起下巴。

湛清然现在就像毒蜘蛛一样，耐心织网，每天都要给她发信息，就是不提离婚。

"是啊，我每天都想你。"湛清然竟然没避讳这点，"你呢？你不想？"

燕回被问得有点恼。

湛清然望着她美丽的脸："聊会儿吧，我已经两周零四天没打通你的电话了。"

"我这么肤浅，湛老师跟我有什么好聊的？"燕回反唇相讥，"啊，我不懂古典乐，也不看什么歌剧、话剧、艺术展。"

"有话直说，你是在暗示我我跟叶琛某些爱好重叠，对吧？"湛清然盯着燕回的眉毛。燕回的眉毛很黑很浓，简单修一修就很漂亮，显得很"生机勃勃"，就像她这个人，一直容光焕发，像花一样怒放，仿佛没有枯萎的时候。

燕回做个鬼脸，然后，比了个手势。

她一直都想看湛清然生气、愤怒、失控，但他没有。他关心她时也是有教养的，不会死缠烂打地演在她楼下大声喊"我爱你，原谅我"的桥段。那很俗气，燕回并不喜欢那套。她只是恨，这个男人太稳了，稳到现在都能不急不躁地跟她藕断丝连，仿佛就等着她自己回家，自投罗网。

"喜欢同一首歌,每天谈天论地,这种事也可以发生在很好的朋友身上。就像你说的,有的人认识很久也没结成婚。"

他语气格外柔和,目光也格外专注。

"你是怎么做到跟一个不爱的人这么耐心的?"燕回皱起眉,她皱眉时,人就显得有点骄横。

湛清然沉默了刹那,反问道:"你是说你自己?"

燕回冷哼了一声。

"你怎么知道我现在是在跟不爱的人对话?"他轻声说,"无关紧要的人,我从来都懒得浪费宝贵时间。"

燕回立刻炸毛:"湛清然,你知不知道我最讨厌你这样了?你最不是人了,就爱反问、反问、反问。我怎么知道的?我就是从你这不痛快的、模棱两可的语气里知道的。你是男人吗?做男人爽快点行不行?我告诉你,我比你们大部分男人都爽快,我爱就是爱,不爱就是不爱……"

"我爱你。"湛清然在她的愤怒中忽然开口,这句话很短,也很寻常,却是最有力量的一句话。

她脸红起来,像一件冷兵器突然化作滚烫的铁水。

两人一时间都没说话,燕回疑心自己听错了,不怎么确定地看着他的嘴唇。

"要我再说一遍吗?"他浓眉下眼睛乌亮,缓缓启口,"我说,我爱你,真心话。"

燕回那张脸瞬间消失在手机屏幕上,她挂了电话。

她不仅把电话挂了,还立刻把手机关机,扔得很远,像在躲什么洪水猛兽。

她感觉整个世界忽然剧烈颠簸,失重,倒转。

燕回掐了下自己,有点疼。她紧紧抱住自己的鳄鱼公仔,觉得非常委屈。她从没这么委屈过,哪怕看到他跟叶琛抱在一起接吻,也没这么委屈过。

湛清然第一反应是她那边出事了。他快速抓起车钥匙,下楼去车库。

电话打不通,湛清然的额角渐渐冒汗,他心烦气躁地一遍遍拨打,却都没什么结果。

是不是她滑倒了?手机摔坏了?又或者,玻璃碎片凑巧划到了她的大动脉……

湛清然整个心都在燃烧,这种想象,带来一股难以言说的痛苦。最关键的是,这么小概率的事此刻在他脑海中一下像成了既定事实,他试图往好的一面想,比如，她手机突然没电了，或者她断网了。

但他做不到，好的一面他没想几秒就被什么东西朝反方向拉。如果燕回真的出了什么意外，那么他这辈子都不会再好过。

他跟她认识的时间并不长，从初夏到秋天，几个月而已。可人跟人的缘分就是这么奇怪，时间短，羁绊深。湛清然眼睛一眨不眨地凝视着前方道路，没意识到自己是穿着拖鞋出来的。

霓虹灯闪烁的深蓝色夜幕下，车流不息，两边店铺明亮的玻璃窗干净气派，很像燕回，她纯粹、热烈、骄傲、脆弱，嘴上不饶人……可是，她依旧是他见过的最可爱女孩。

到公寓后，两部电梯都停在高层不动，湛清然索性从楼梯跑上去。

手叩门时，湛清然剧烈喘息，心跳得厉害。

燕回很快听到了能让邻居都要打电话报警的敲门声——非常大和密集，她好一阵哆嗦。紧跟着，她听到了湛清然的声音，他在反复地大声喊她的名字。

有病啊。燕回在心里骂道。

她连忙跑到门口，气呼呼地说："干吗呀？你疯啦！"

湛清然听见她的声音，脑中绷紧的弦忽然松弛下来。他虚脱了，人往门上一靠，闭目轻轻喘息。

手机在裤兜里一阵响，他拿出来，看是李格的，便给摁掉了，转身开口："你还好吗？"

燕回说了句什么，被他的手机铃声掩盖。电话又是李格打来的，湛清然不耐烦地接了，开口就发飙："你这么晚找我干什么？我就这么闲？"

李格被湛清然骂得目瞪口呆，以为是打错了，迟疑地喊了声："清然？"

"没重要的事以后别来烦我。"湛清然说完要挂电话，不想那头李格急急叫住他，"出大事了，快回学校，化院实验楼炸了，叶琛还在里头，你快回学校！"

Chapter 14
第十四章

湛清然先是一愣，随即，相当冷淡地说："我不是化院负责人，也不是消防员，你找错人了。"

"不是，你小子现在怎么这么——"

"我说得够清楚了，挂了。"湛清然直接摁掉了电话。

里面，燕回听得清清楚楚，她竖着耳朵，像警觉的猫。

"燕回？"湛清然在门外喊她，"燕回？"

燕回懒懒地往门上一靠，说："喊什么喊，跟叫魂似的，在呢，没死。"

她说话从没有顾忌，湛清然拿她一点办法都没有。他潦草地一抹额头，汗已经凉了。

"没事就好。"他的心跳慢慢平息下来。

眼神变化，燕回咬了咬唇："你刚才跟人吵架了啊。"

"没有，我不轻易跟人吵架。"湛清然说，想了想，又告诉她，"是学长，我们学校化院实验室出了点事，他想让我回去，因为叶琛在化院。"

他什么都说了。燕回先是错愕，然后闷闷地说："那你不回去吗？万一她出了什么大事，你会后悔莫及的。"

嗖嗖嗖……很多支箭像马蜂一样射向湛清然，然后，他变成了蜂窝煤。

燕回的脑子里播起了动画片。

湛清然的太阳穴疾速地跳，他低头，手机屏幕亮了，学校的各种群图标上都有无数小红点，他随便一点，有人拍了现场图片发出来。

"燕回,我以为你突然挂电话,是出了什么事。如果你出了事,我才会后悔莫及。"他嗓音低沉下去。燕回的手指缠着自己的头发,脚尖摩擦着地板,一下一下的:"我有没有事,跟你又没关系。"

"我担心你。"

她噘了噘嘴,说:"没看出来。"

"那你希望我怎么做呢?"湛清然离门非常近,他垂着头,目光仿佛能穿透墙壁一样投向她,他知道她就在门后。

燕回挑了挑眉毛:"你自己想,不过,我不稀罕别人关心我,有什么了不起的。"

湛清然笑了笑:"礼物你收到了吗?喜欢吗?"

"你干吗送我礼物?"

"希望你开心一点。"

"哦。"

"我下下周要出差,去参加一个学术会议,还有其他的活动,可能要在外面待几天。"湛清然把行程跟她汇报完,顿了顿,又说,"我走前能跟你一起吃顿饭吗?"

"不能。"燕回想也没想就拒绝了,没问他要到哪座城市去,反正,不关她的事。而且,下下周,早着呢。

湛清然依旧好脾气地笑:"一顿饭费不了什么时间,再忙也要吃饭不是吗?"

"是这样的,可我不想和你一起吃。"燕回的嘴巴抿成一条线。

湛清然沉默片刻,开口道:"那真遗憾。"

"你今天晚上吃的什么?"他又问。

"外卖。"

"那东西不干净,你想不想吃我做的饭?"

"不想。"燕回语气不善。

湛清然轻叹一声:"对了,有件东西,我放在车里还没寄给你,这样吧,我下去给你拿,等我片刻。"

门外很快没了动静。

燕回犹犹豫豫地探出个脑袋,果然,没人了。

湛清然干净清爽的气息仿佛飘浮在空气中,她怔怔看了几秒,又把门关上。

十分钟后,湛清然上来了,还拎着个枕头。

他再敲门，燕回却不愿开，只说："你放门口吧，等你走了我自己拿。"

"你不想知道是什么？"

"我又不瞎，自己会看。"

"希望你喜欢。"

墨蓝色笼罩着城市，这样静谧的夜晚，仿佛能听到人的心跳声。

燕回的心一直跳得挺快，不过她更想知道的是，湛清然的心跳到底有没有因为她的存在而快了半拍。

他怎么不说那些表白的话了呢？

燕回眼睛亮晶晶的。

她特地咳嗽了一声："你回去吧。"

"不急，我们说会儿话。"湛清然抱着枕头，弄出一阵窸窸窣窣的声响。他把手机调成了静音。

"最近工作还顺利吗？接广告了？"

燕回唇角一弯："本人最近在发财，接推广广告接到手软，私信不断，大家都喜欢我。"

感到她跟小孩似的，湛清然忍俊不禁："是吗？那恭喜，你要成富婆了。"

大城市里，闲暇时间，人们去处很多：讲座、沙龙、漫展、个展、酒吧……但燕回的社交动态里，没有这些东西，全跟工作相关。湛清然知道她其实很有韧性，也很有自己的想法。

他无聊时，也点开过一些博主的主页，里面有很多她们出入各种高端场所拍的照片。不了解燕回的人，也会觉得她是走这种路线的。但她并没有。

想到这里，湛清然便问了问她。

燕回嗤之以鼻："小湛老师，你好天真，哪来那么多真的名媛？很多是装的啦。蹭照而已，在二手网站上买会员卡买名牌，拍完照就退货，大家都喜欢做纸醉金迷的梦，就这样。"

湛清然低笑："那你是清流。"

燕回毫不客气地收下赞美："当然，我以后是要出个人品牌的。"她转过身，把耳朵贴在门上，突发奇想地试图去听湛清然的心跳声，意识到这完全不可能，又直起了腰，"你问这干吗？"

"没什么，只是想多了解了解你的想法。"

燕回扑哧笑出声："哎哟，我这么肤浅一草包，有什么好了解的？"

"你在时时提醒着我我对你有误解,我道歉。"湛清然知道她在笑什么,嗓音略显低沉。

燕回短暂地愣了下。她忍不住低头踢起门:"反正你也没看错,我就是这样的人啦。"

不知不觉,她带了点撒娇任性的语气。

湛清然听出来了。喉咙动了动,他提议说:"时间还早,要不要下来走走?"

"压马路吗?"燕回故意欣喜地问。

他说:"对,压马路。"

"不去。"燕回恶作剧似的说道。有点鼻音,她吸了吸鼻子,而后感觉嗓子也有点干干的,还有点痒,一摸肩头,冰凉。

"你回去吧,快去看看你心爱的姑娘怎么样了。"燕回怀疑自己要感冒了,都怪他,害得她站在这儿半天,忘记披件外套了。

说完,燕回打了个喷嚏,想再开口,又打了个喷嚏,连鼻涕都喷出来了。

燕回赶紧跑到茶几那儿噜噜噜地抽出几张纸。

"是不是感冒了?家里有药吗?我去买。"湛清然听到了她的动静,很快他又下了楼。

在公寓附近药房买了一堆药回来,湛清然敲燕回的门,叮嘱说:"注意看剂量,不要吃多了。"

"你放门口吧,我要睡觉了。"

湛清然没有强求:"燕回,照顾好自己,你早点休息。"

她没应声。

湛清然转身朝电梯走去,没走几步,又折回来,敲了敲门。

燕回裹着毯子一下从沙发上跳起,冲到猫眼处看了看,才噘嘴说:"又干吗?"

"忘记回答你刚才的话,叶琛无论怎样,都跟我没关系,即使她有什么事,我也只是她的普通同事,学校教务处、工会等自有安排。"

燕回不由得攥了攥毯子。

很快,她那股叛逆劲上来:"关我什么事?"

"没什么,跟你解释下,我现在回家。"湛清然说道,"记得吃药,早点睡,我马上走,你出来把东西拿进去吧。"

门外彻底没了动静。

燕回等了两分钟才开门。

而湛清然说到做到，已经没了人影。

燕回把东西拿进来，按说明书喝了袋冲剂，然后翻出那个枕头。

湛清然送她的枕头非常鲜艳，青色的底，上面是花草图案，油画风格，枕上去就能做五颜六色的梦。

好喜欢——这是燕回的第一反应，她兴高采烈地把枕头拿进卧室放在床上，往上一枕，开心地打了个滚儿。

出神片刻，她又一骨碌爬起，去客厅找手机，然后开始搜本地的微博，想看看化院的爆炸事件有没有被报道。

果然，有学生发了微博和视频。

现场一片火光，浓烟滚滚。

燕回看了会儿，心情乱糟糟的。

时间似乎过得非常慢，燕回怀疑湛清然买到假药了，不然她怎么吃了感冒药也不困呢？

湛清然发来信息，告诉她他到家了。

燕回立刻回了句：你没去学校吗？

湛清然的电话直接打进来，他先问她："怎么还没睡？"

"我问你没去学校吗？"燕回咬着手指头，"我看好像很严重呢。"

"没太大问题，群里消息我看到了，人受了点轻伤。"湛清然一边说，一边给自己倒了杯水。

"那你……"燕回一颗心百转千回，"那你做实验会不会爆炸？"

"不会，"湛清然耐心跟她解释，"有机化学实验室比较危险，试剂那种东西，操作不当或者安全意识不够就可能引发事故。"

燕回沉默地消化了一会儿……她啥也没听懂，心想：这可真可怕。外头起了风，窗户没关严，呜呜作响，她回过神："你其实是想去看她的，对吧？"

湛清然揉揉太阳穴："没有。"

他说得很干脆。

"你这么冷血啊。"燕回点评道。

那个语气，分明带点幽怨。

湛清然想了想，说："燕回，不用反复试探我，我不说谎。以前，我确实回避过你的某些问题，因为我的原则是不能百分百确认一件事时，就不要随便回答。但是，只要我能确定的，我就会明确地告诉你。"

"你为什么不想了？"燕回把鳄鱼公仔抛弃了，把湛清然新送她的枕头抱在胸口。

"这样对大家都好，我以前的想法错了。我以为，自己问心无愧就好，其实不够，我不想让她对我再抱有什么幻想，也不想你再误会我。"湛清然咽了几口水，解开衬衫扣子，"睡吧，我明天还要早点去学校。"

湛清然发现燕回并没挂电话。他起身，在窗户那儿站定，看着点点灯光，声音不觉温柔："怎么了，还有话想问我？"

"秋天还没有结束，"燕回把下巴抵在枕头的"青草地"上，"我想提个要求。"

"你说。"湛清然手撑在玻璃上。

"那你先答应我。"她娇蛮地要求。

"嗯，我能做到的都答应你。"

"我不管，你必须先答应我。"

"好，我答应你。"

燕回一咬嘴唇："我翻了日历，你出差的时间大概是霜降那天，对不对？"

湛清然不知道她想说什么，也翻了下日历："对，差不多就是那时候。"

"那好，你不要再联系我了，一次都不要，不要给我发信息，也不要打电话。我好不好，你看我更新的视频就知道了，但你不要再跟我有任何联系。"

她一字一字说得特别清楚。

湛清然呼吸顿时起伏不定，他声音沙哑地道："什么意思？要拉黑我了？"

玻璃上，映着男人郁郁寡欢的脸。

"是的，如果秋天最后一个节气过了，你还是不想跟我离婚，那我们再联系，"燕回一动不动地抱着枕头，"你不能老这么关注我，这样，你也容易搞混你自己的真实想法——到底仅仅是不习惯，还是别的。"

"我能把这话当作是自己还有那么一点机会的意思吗？"湛清然觉得胸口发闷。燕回像条滑不唧溜的鱼，他以为自己捉住了她，结果她一个翻身，又悄然游走。

燕回没给个明确答复，只说："你答应我的，不能反悔。"

第二天，全校上下都在谈论化院实验室爆炸的事情，网上帖子很多，老师叮嘱学生们不要在没结论的情况下在网络上随便发言，尤其是发表过激言论，一切等官方公布事故原因。

湛教授夫妻都很关心这个事，这天，程一维给湛清然打了电话，问叶琛的情况。

她好像默认他应该了解似的。

湛清然说自己并不是太清楚，但应该问题不大。

本来几句话就能过去的，可程一维又说："我跟你爸抽空去看看吧，你代阿姨病着，叶琛又出这种事。"

随即她感慨了几句，"屋漏偏逢连夜雨"云云。

湛清然没道理阻止父母的人情往来，想了想，含蓄暗示："您的儿媳是燕回，妈。"

"妈有分寸，所以才没提让你也去。"程一维对婆媳关系没有东风压倒西风，或者是西风压倒东风的老旧思想，她尊重年轻人。

燕回到底是太年轻了，二十岁的姑娘忙着热爱这个世界，五光十色、缤纷新奇的世界。也不知道什么时候会更成熟。程一维这么想着，有微微的叹息。

湛清然似乎听到了母亲心里的声音，说："燕回最近确实很忙，妈。她年纪小，而且她从小是父母放养着长大的，有些事得慢慢学，您多给她点时间，她其实很聪明也明白事理。"

"怎么突然跟妈说这个啊？"程一维笑了笑，把老视镜推了推，一扭头，冲湛教授努努嘴。湛教授摆了摆手，示意她跟儿子好好交流。

"我希望您和爸能多关心关心燕回，她爸妈对她关心很少。"湛清然已经开始明示了，淡淡地说，"您对叶琛未免关注太多了。我知道，她家里现在处于特殊时期，可她还有她爸爸，还有其他亲朋好友。我觉得，您二老是不是也应该稍微考虑下界限问题，不要太过热情了？"

一席话听得程一维语塞，手机的通话音是外放的，湛教授也听着，夫妻俩默契地对视一眼。程一维委婉地说："知道了，这不是觉得实验室爆炸事太大，应该问问吗？总不能装不知道。"

"叶琛以后也是要嫁人的，到时，人家肯定也希望不跟我们来往过多，您说是吗？"他低垂着头，耐心地跟父母沟通着。

程一维彻底没了话说，沉默片刻又问："妈一直没细问过你，你当初到底为什么跟琛琛那孩子分开？是不是犯了什么原则性错误？"

"没有。"湛清然立刻否认，"我不是那种人，她也不是那种人，我们分开，是因为在一起过得很堵，没有生活的感觉，很累很烦，就这么简单。"

程一维叹口气："你俩一块儿长大的，也磨合得够久，都没能过到一起去。妈其实有点担心，燕回这姑娘这么年轻，又是搞艺术的，跟你好像也没什么共同的兴趣爱好，不像我和你爸，我们那是相互扶持过来的。你又结婚这么快，这日子能过好吗？"

这种担忧不无道理，尤其是最近燕回没来看他们，程一维怀疑小两口闹了矛盾。湛清然笑了声，语气轻松："妈是担心我们三观不合还是什么？"

"你觉得你俩合适吗？"程一维还真拿不准这个事，年轻人的婚恋观确实跟他们那代人大不相同了。

"合适，三观这种东西不是说对所有事的看法要完全一致，大方向不错，细节上有差异很正常，最重要的是，彼此能尊重这种差异。燕回很认同我的工作，觉得科研是为祖国做贡献，这三观有问题吗？没有吧。"湛清然停了停，又说，"至于我对她的工作，还处于进一步了解中，也不是什么大问题。"

"那你们这平时……"程一维下意识瞅了眼自家丈夫，湛教授很稳，一直坐在沙发上看报，但一心二用，还听着母子的对话。他看看程一维，那表情的意思是可以继续问下去。

"有话说吗？"

父母不知道，燕回已经拉黑了他，两人得有段时间不会联系了。

湛清然揉揉眉骨，面不改色心不跳地撒谎："有，我们什么都说，燕回是个话痨，她吃过两顿家宴，妈你应该能感觉得出来。"

再细问就不合适了，程一维点点头："那就好，就是得有话说才好，有什么摩擦多沟通。"

湛清然挂断电话时，眉眼间说不出是什么情绪，他没想到，母亲没过两天就主动给燕回打了电话。

高楼上的玻璃折射着秋阳璀璨的光，空气很干，燕回穿了双皮平底鞋穿梭在样衣间，身边是新来的小助理。

小助理手忙脚乱，时不时瞥几眼燕回。看着她长长的睫毛，几乎毫无瑕疵的肌肤，看起来很娇气，又一副不爱搭理人的样子，小助理有些胆怯。实际上，燕回只是表现得专业，工作不是交朋友，没什么好热心的。

给小助理布置好工作，燕回准备去茶水间吃点水果，正好听到D姐的声音不高却很毒辣地说道："有没有搞错？这四个模特看着年纪不小吧？能给我找点年轻有活力的姑娘吗？"

燕回正好跟她对上目光,主动打了个招呼。

D姐多看了她两眼,还是没什么表情。她后头跟着抱了一堆样刊的Amy,两人进了办公室。

燕回耸耸肩,见电话响了,忙跑到一边去接。

屏幕闪烁时,她的心快速跳了几下——是程教授打来的电话。

"小燕,现在方便接电话吗?"程教授一开口,就是那种客客气气的腔调,燕回突然觉得湛清然一家人还真是格外地像,都给人一种距离感。

她露出明媚的笑脸:"方便的,妈。您瞧我,我这个做媳妇的一忙起来就什么都忘了,回家只想睡大觉。"

如果湛清然在场,一定会惊讶于燕回撒谎信手拈来,跟说情话一样甜甜蜜蜜。

"年轻人忙,妈理解,但再忙也得注意身体。我跟清然说了几次让你回家吃饭,他都说你在忙。等忙过这阵,来家里吃顿饭吧,好久没见了。"程一维听媳妇这么热情地喊妈,心里有种异样的感觉。她没女儿,听年轻姑娘这么甜甜地叫妈,不得不说,很受用。

燕回不太习惯别人的关心,尤其是这种琐碎的、家长里短式的关心,尽管程教授只是说吃顿饭。这种关心,她以前相当不屑,因为父母没给过。她极力要证明没这些关心她也能过得很好,可现在,湛清然的妈妈在主动关心她……

她忍不住拨弄起自己的鬈发,用一种甜腻的腔调说:"好的,小湛老师最近要出差,等他回来吧。"

谁知道呢?也许,那个时候湛清然已经冷静了,说不定就要跟自己离婚,那就让她儿子去跟她解释吧——自己不该和一个美丽的蠢货在一起,他想明白了,结婚是错误的,现在要及时止损……

挂断电话前,不知怎的,她脱口而出:"程教授,谢谢你打电话邀请我吃饭。"

说完,她意识到自己该喊妈,心里怦怦地跳。但她懒得解释,笑了两声就把电话挂了。

她发现,自己只是为了让湛清然感到高兴,或者想让气氛看起来其乐融融,才喊的他父母爸妈。燕回对这两个称谓感觉复杂,也搞不懂为什么结婚了一定要喊爸妈。

但她表现得很好,不是吗?

湛清然就真的没再联系她,可他为什么不跟父母说清楚两人现在的情况呢？搞得好像他俩还很和睦。他真虚伪，嫌丢人？

还是吃点水果吧。燕回眨眨眼，决定不想了。

办公室里，Amy 正在跟 D 姐汇报工作，说准备带两个小助理去参加魔都的一个秀，D 姐冷不防打断她：

"燕回吗？"

Amy 一怔："当然带着她，燕回点子很多，写稿选图样样精通——"

"你这是给谁做嫁衣呢？"D 姐的眼神犀利，"这姑娘一脸的野心，你以为她是来干吗的？这种姑娘，拿了你的资源转头就能跑路，培养她做什么？杂志的流量现在有多少随随便便就被一个小网红分走了，你不清楚？"

D 姐一向看不惯露出一脸野心的年轻姑娘，她毫不保留地把偏见表达出来。

Amy 被噎得半天没接上话。她已经跟燕回打过招呼，此刻，只能顺着老大的意思说："那我换个人带过去。"

"本来就没指望她能做多久，我更喜欢靠谱的年轻人。还有，该你的活不要都推到实习生身上。"D 姐端起一杯小助理送过来的咖啡，也不知喝了没有，就习惯性地拿纸巾擦了擦嘴，随后皱眉，"谁买的？以后少给我买这种咖啡。"

旁边的小助理吓得连忙道歉，说最近这款咖啡很出圈。

D 姐冷酷无情地打断："你不知道我最讨厌网红？"

气氛非常冷淡。

Amy 满脸复杂地推门出来，有些纳闷 D 姐怎么突然发难。燕回自从跟了自己，很少跟主编打交道，这是谁在她耳边吹了风？

身后，小助理追出来，手指往里戳了戳："Amy 姐，主编说这次 Ken 受邀跟您一起去。"

Amy 皱皱眉，内心深处并不想跟 Ken 这样难缠又"毒舌"的男人一起出差。

Amy 找到燕回时，见她正在认真专注地排版。

"燕回，这次出差，嗯……"Amy 觉得有点难以启齿，毕竟，有了燕回，自己这段时间确实轻松很多。答应好的事情突然反悔，她觉得有点抱歉。

燕回稍稍把目光从电脑上收回，嫣然一笑："老大，怎么啦？吞吞吐吐的，可不像你。"

"这次秀我跟 Ken 一起去，我在想，你跟他不怎么对付，要不然……"Amy 等燕回主动接这个话。

果然，燕回立刻猜出情况有变，笑得毫无芥蒂："哎呀，那正好，老大高抬贵手放过我吧。"

Amy 瞧了燕回两眼，拍拍她的肩膀。当然，燕回的脸上什么破绽都没有。

一直忙到杂志社一个人也没有，燕回才拖着疲惫的身体进了电梯。

她靠在角落，即使没人，脊背也挺得很直，始终吊着一口气。

有微风，秋天的夜晚清凉。

燕回坐地铁回的公寓。

道路两旁的树在夏日时遮天蔽日，此刻掉了些许落叶，踩上去，会发出轻微声响。

公寓附近有不少路边摊，整条街的烟火气都在铁板上呈现。

燕回愉快地拎着炒粉回家了。

灯光把影子拉得很长，有情侣经过，发出一阵笑声。

其实，小湛老师……也没那么糟糕嘛。燕回盯着前方年轻的情侣，突然想到湛清然。说不联系就不联系，他还真是说到做到。

燕回回想起湛清然的好：他很英俊，热爱工作，还会做饭，和专业的一样熟练，生活小细节上也对她处处关心……

接着，她又把他的坏处列了一遍：他总是把什么事都闷在心里，永远让人捉摸不透，扣分；他有个讨厌的前女友阴魂不散，扣分；他就跟她表白过一次，还不知真假，扣分；她说不让他联系她了，他居然就不联系了，可见心里是真的没怎么有她，扣分。

七扣八扣，燕回觉得湛清然考了"零蛋"。

从小就是高才生的湛清然得了零分，燕回觉得很荒谬也很好笑，不禁笑出声来。

回到住处，燕回第一件事是打开电脑。她发现微博上有私信，恰恰来自魔都这场婚纱秀的品牌方。对方邀请她去看秀，并且说可以给她一个采访机会，不过得是英文采访，那个牌子的设计师是个意大利人。

一个采访机会？

这是燕回第一次以时尚博主身份被邀请看秀，她非常惊喜，噌地站起来时把炒粉给带翻了。

她当然接受，英文采访算什么？

她也许别的不行，英文却是挺拿手的。

不过，要采访什么？

燕回的脸颊因为兴奋变得红润，杂志社不带她去，有什么了不起的？她能被官方邀请单独去！

燕回笑盈盈地往椅子靠背上一靠，眸子雪亮。她非常高兴，胸口却蹿起一股陌生的情绪来，感觉少了点什么。

等意识到少了什么后，她掏出手机，看起了日历，找到"霜降"，喃喃自语："我得躺床上再好好想想。"

婚纱秀品牌方要了燕回的尺码，给她定做礼服。燕回觉得为难，要是自己太美了，盖住人家模特的风头，多不好？她自恋地想东想西，一心琢磨着采访该说点什么。

湛清然临睡时，正在看着燕回的公众号更新的文章。

燕回的公众号个人风格强烈，经常出专门针对单品搭配的文章，能把流行和实用结合起来，对时尚小白来说是入门宝典。

当然她偶尔也会"毒舌"一把，湛清然喜欢看她的"毒舌"，仿佛看着那些文字，就能看到她仰着那张漂亮的脸，居高临下地、叽叽喳喳地告诉读者怎么避免某些烂俗搭配。

老娘就是最洋气、最美的。每个字的背后，都仿佛是她理直气壮的宣言。

湛清然不禁莞尔，顺手给了她打赏。他知道，燕回肯定看得见，但她不会搭理自己。

手头的烟有灰烬悠悠坠落，他起身到露台站了片刻，风冷，灯明，湛清然想起有那么一个夜晚，两人坐在这里，燕回说的那些话。

她说她不害怕失望，接受爱带来的快乐，也接受爱带来的痛苦，没人规定爱只能是一种形态。但他一定是让她很失望了。她根本不属于任何人，湛清然发现这点时，那种强烈的占有欲让他的脸变得格外狰狞。他无法想象，她会属于别的男人——她娇媚的笑容、可爱的语气、柔软的腰肢、花瓣一样的红唇……连有趣的灵魂，都栖息在别人的怀抱。

湛清然背过身来，低着头，接连抽了几口烟。浓重烟圈像迷雾一样笼罩，然后袅袅散去，露出他模糊又坚毅的脸。

实验室爆炸一事终于有了后续，官方公布了事故原因——操作失误。

这几天有好事者在学校论坛发帖，没点名，但一看就知道是在说叶琛，意思是因为她精神状态不佳才出的事故。又有人出来说叶琛的母亲身患绝症，叶琛最近也和相恋多年的男友分了手,男友就是本校电子工程系某新锐导师⋯⋯

他的名字,以这种暧昧的形式出现在别人的"八卦"之中。

湛清然进阶梯教室时,教室里嘈杂一片,见他来,学生们立刻安静不少,但大都似有似无地盯着他的手看。

他手上依旧是那枚华丽的戒指。

那戒指本就不是低调的款,跟湛清然本人的气质不怎么相符,但他一直戴着。

学校工会去医院看了叶琛一次。叶琛在医院住了两三天就不愿再住下去,她的脸上受了点伤,不过等痂掉了就好了,她没敢惊动母亲。代慧颖本就只剩一口气,叶琛和爸爸只求她能挺到年关。

李格则是和几个朋友去的。去之前,其他几人问起清然怎么不去,李格笑着说:"清然现在是老虎屁股,摸不得,你们谁爱问谁就问去。"

"到底怎么回事?叶琛出这事,他都不露头?这小子也忒绝情了。"

李格也想不通,不知道湛清然哪来那么大火气。好歹他们几个都相识多年了,湛清然和叶琛两家的长辈也走动多年,人情网都在一条脉络上,又不是小孩,还真搞绝交?

照理说,湛清然不是个不顾大局的人。

李格说:"上次在饭店门口见的那姑娘还记得吧?清然的老婆,多半是避嫌,所以这事得了,不强求他。"

几人提及往事,感慨了一阵。

他们在叶琛家里时,谁也没提湛清然。

叶琛送他们下楼时,李格略略留步,宽慰了她几句。叶琛隐忍不下去,眼睛突然就红了:"学长,别说了,我什么都明白。"

"嗐,"李格故作轻松地拉了个长调,"往前看小妹妹,没什么大不了的。"

叶琛深吸一口气,把头发往耳后挂:"嗯,我知道,我跟清然就像一根弹簧,拉扯次数太多了,早就回不到原状,是我不懂事学长,"她抬起头,眼睛湿湿的,"你知道吗?我只是觉得挺有挫败感的,他要是移情别恋爱上了比我好的姑娘,我会祝福他,可是⋯⋯"

说着,她又垂下了眼眸:"我现在真的很迷茫,感情到底是怎么回事。"

李格在心里叹气,心想:不管是学霸还是"学渣"遇到感情这事都一样。他能理解叶琛的不甘心,却不怎么能理解湛清然的选择,燕回那种小姑娘,怎么能娶回家呢？

"感情这事，谁也不好说。"李格开始废话。

湛清然那天发飙，让李格明白了一件事，那就是，这两人是真的没可能了。

"是，感情的事，没人能说得清。"叶琛暗暗擦了下眼睛，冷静一下，恢复成寻常的矜持文静模样，"再说，我现在也没力气想这些了，我得做个真正的了断。"

李格苦笑，拍拍叶琛的肩膀："行了，上楼吧，在家好好休息几天。"

"学长你等等。"叶琛让他留步，自己转身上楼。

李格在下头点了支烟，吹着冷风，等叶琛再下来，发现她怀里多了个小箱子。

"这是什么啊？"他叼着烟，接过箱子。

"你还给他。"叶琛淡淡地说。

李格一想到湛清然骂人的样子，就觉得这是个烫手山芋，他觉得自己不能再掺和这事了。

"妹妹啊，不是我不帮你，你俩的事你要想真正解决，最好直接跟他沟通。这是什么？他以前送的礼物？"

叶琛没说话，影子投在地上显得很孤独。

李格只好劝她："要我说，算了吧，我跟你说男人送你的东西，哪怕分手了，只要不是太逊的男人，他都不会要的。我估计清然也早把这给忘了，他也不在乎，你要真不想要了，扔垃圾桶里就成。这年头，谁离了谁都能活，别再拿这事折磨自己了啊。"

往事一帧一帧在脑海里闪现，叶琛又想哭了。

最终，她把那箱子东西再次默默地搬上了楼。

一连几天都是阴雨天，雨不大，淅淅沥沥的，像某些情绪一样如雾如丝，飘个没完。

燕回为这次魔都之行准备充分，不过，她谁也没告诉，每天照旧在杂志社勤勤恳恳地当着她的打工人。

一大早，杂志社就满是"八卦"的快活气氛，燕回习惯编辑们私下对明星和公关的吐槽，从来懒得聊这种"八卦"。但这次不同，网上爆出了 X 杂志社总监湛航性骚扰某模特的丑闻。

一时间，网友不是在骂湛航，就是在怀疑模特玩仙人跳，还有的猜测他们就是你情我愿后价格没谈拢，所以关系崩了。

杂志社当然要紧急公关一番，燕回鄙夷地翘了翘嘴角。这种事，不管真相是什么，湛航都脱不开干系。

"听说，总监还追求过……"有人欲言又止，看着燕回。

燕回用木签扎了块火龙果，嘴巴张得老大，唯恐碰到口红："没有的事，我们互相看不惯。"

她一点也不想跟湛航沾上关系。

她甚至为湛清然每次参加家族聚会时要见这种堂哥感到遗憾——倒胃口。

想想真是好笑，老爷子那么有头有脸，如果知道湛航做的这些破事，会不会气得胡子都翘起来？

燕回想起那次吃饭时不爽的场面，只剩一个想法：我不要再跟一群虚伪的人一起吃饭。

当然，为了小湛老师，她是可以忍一下的，如果他们能重修旧好的话。

燕回最近总是想很多。她跟湛清然到底算什么关系？

这种断断续续的思绪，一直持续到她要飞往魔都前。

收拾行李时，她才发觉，原来湛清然已经不知不觉地送了她很多礼物。

即便是两人彻底不联系的这段时间里，湛清然也送了她一件礼物——一个大牌小手提化妆箱。燕回猜，这应该是在古董箱包市场淘到的。

燕回喜欢包，而且，湛清然送的每一件美丽的礼物，她都十分没骨气地一眼就喜欢上了。

她把要用到的化妆品全丢了进去。

燕回提前一天去了魔都。品牌方给订的酒店离秀场不算远，一进酒店，她就看见房间里摆着品牌方准备的小礼物，桌子上还放着邀请函。燕回抽出邀请函念了几句，觉得自己也算熬出头了，能独自拥有一张请柬。

燕回将衣服、鞋子、包都摆放好，先去逛街。

燕回进了一家小众首饰店，试了几款耳环还有戒指。

燕回看着自己手上空空，想起湛清然送她的戒指——已经不在了。她的心头闪过那么一丝异样的感觉。不过很快她就看中了一款戒指，莫比乌斯环的造型，做了旧，价格不贵，但她很喜欢，因此高高兴兴地买下来，立刻套到了手上。

魔都的秋天别有一番风味，梧桐树很多，燕回捡了片落叶回去。

看秀这天，有化妆师来给燕回化妆，燕回拒绝了，因为她更喜欢自己做的妆造。

这种自信和挑剔在燕回的工作上得到了淋漓尽致地展现，她想着，化妆师化的妆哪有她自己化的好看？

品牌方给她送来的礼服是一件白色婚纱款的裙子，"仙气"十足。

燕回把自己塞进去，纤腰一束，几乎一掌就可以握住。

于是，今天她的妆容也比较偏仙女风。

秀场布置得如梦似幻，像星系爆炸后的宇宙那样辉煌，燕回虽是第一次单独受邀看秀，但丝毫不紧张。她走到哪里都一副旁若无人的做派，在巨大的 logo（标志）前拍照、被压根不认识的人搭讪也能应付自如，只要对着镜头，她都会甜美微笑。

走秀开始前，她见到了那位意大利设计师，对方戴着墨镜。燕回用蹩脚的意大利语神色自如地打了招呼。反正，在燕回的认知里，语言是用来沟通的，发音标准固然很好，但只要彼此能听得懂就行。

设计师点头微笑，用英文回了"你好"。他虽然年纪有点大，但声音年轻，充满活力。

随即，燕回用流利的英文问了他几个问题，比如对这边市场的期待，关于这场秀的灵感来源等等。

最后，两人合了影，设计师自然地搂住她的腰。

燕回毫不介意，对于工作中的肢体接触她接受得很坦然。大家都爱美人，燕回很快认识了很多人。

直到她坐在秀场前排，看到眼熟的身影——湛航跟 Amy 跷着腿，两人都是一副面无表情的高冷姿态。

湛航看到了她，她没躲闪，下颌微微一扬，连个笑容也没给。

秀后有个 party，说是 party，更像是商业洽谈会，很多合作就是在这种所谓的 party 上谈成的。湛航端着酒杯直接晃到燕回眼前，皮笑肉不笑地压低了声音："蹭谁来的？"

燕回说出设计师的名字，扬了扬手中的邀请函。

湛航错愕的表情一闪而过，随即，他了然似的笑了："大腿抱得可以。"

燕回明眸流转，语气轻飘飘的："不如 Ken 总监的大腿好使，我以为您现在人在拘留所呢，没想到，还能在这儿蹦跶。"湛航正要反诘，燕回果断堵死话头，"其实你要是进去了也挺好，能混个黑红。对了，你一身倒霉味，离我远点。"

说完，燕回扭头就走。

身后，湛航在心里骂燕回是个小妖精。他把火发到 Amy 身上，问她知不知道燕回是怎么来的。

Amy 确实不知道，一脸无辜地摇了摇头，心里的白眼已经翻到天上去了，湛航这种小肚鸡肠的男人真是刻薄又恶心。直到凌晨，燕回简单地跟 Amy 道别，才神采奕奕地从秀场出来。她很开心，一点没感到疲惫。

今晚，她微信通讯录里的人多了许多，这就是她的收获。

凉意弥漫街头，燕回已经换回了自己的衣服。

她一路兴奋地走回酒店，在一楼大厅沙发上坐了片刻，脱掉高跟鞋，揉一揉脚踝。

服务生非常殷勤，给她倒了花茶。

很快，一个身影通过旋转门闪了进来，她抬头，居然是湛航。他跟踪她！

燕回的心口顿时升腾起难言的愤怒，但她冷静一想，也许他也住这个酒店。

但湛航很快证明了他不住这个酒店，只是过来找事的。

"只要你能让我满意，这种秀我能带你看一百场。"湛航很自然地往沙发上一坐，用看货物的目光看她。

燕回什么都没说，直接把还烫着的花茶全泼到了湛航脸上。

湛航蹦了起来，他脸上还挂着泡涨的柔软花瓣。

"燕回，你别给脸……"湛航刚要对她破口大骂，话没说完，只觉得一股凉风冲至耳旁，下一秒，他的鼻梁便挨了重重一拳。

有人一把拖过燕回，挡在她的身前。

"清然，你怎么在这里？"湛航看清来人，又惊又惧。

Chapter 15 第十五章

兄弟俩转眼就打起来了。

燕回怔怔地看着。湛清然穿了件黑色衬衫，很帅气。

燕回的"脑回路"永远跟别人的不太一样，这种时候，她还能在意湛清然的衣着。可惜他穿的不是白衬衫，不能上演白马王子从天而降拯救公主的戏码。

燕回的小脑袋胡思乱想着。她赶紧把这些矫情的思绪赶走，抱紧了手包，闪到一边，拉开一个安全的距离，偷偷观赏着。

啧，真看不出，湛清然斯斯文文的，打起架来倒挺像那么一回事。

大厅里一片乱哄哄的，很快，有人把两人分开。

湛航捂着下巴，鼻子直冒血。他两眼冒火，狠狠指着湛清然，一副"你小子有种"的表情。

有人问要不要报警，湛航一听，怕再次卷入丑闻，连忙摆手说不用。

湛清然弯腰捡起自己的外套随意掸了两下，低声警告："你要是再敢对燕回动手动脚或者出言不逊，我一定还会揍你。"

他说完，把湛航拖出去，拦下一辆出租车，告诉司机去医院。

旋转门的玻璃清晰明亮，燕回站在那里，隔着玻璃看湛清然这一系列动作，有种"啊，这男人帅极了"的感觉。

湛清然的衬衫一边有些凌乱，他低头，简单将衣摆往腰间收了收，穿上了外套，再进来时衣冠楚楚，好像刚才打架的人并不是他。

燕回看他穿得正式，顿时想起他提过的什么学术会议。

两人目光一碰，湛清然温和地笑笑，道："好久不见。"

好久不见。

燕回的心突然就不可思议地柔软了下去。

秋天很快就要结束，她在毫无预兆的情况下跟湛清然在另一座城市乍然相遇，这种邂逅……很美好。

一对俊男美女站在这里，很惹眼。燕回不喜欢被人像看猴似的盯着，脸上闪过为难的表情，湛清然就提议出去走走。

"你想冻死我呀，没看见……"燕回一开口就很像撒娇，她直接往电梯方向走。

湛清然从身后赶来，拉住了她的手。

燕回像被火烧一样甩开他："哎呀你干吗？干吗呀，不要烦我。"

湛清然的手里除了公文包，还拎着两个袋子，也不知道他刚才把袋子放在了哪里，一下子又变了出来。

"送你的。"湛清然把袋子塞到燕回手里。

她一愣："如果我没记错的话，你是来开会的吧？"

湛清然笑意温柔："是，你呢？我不知道你也来了这里。"

燕回骄横地瞪他一眼："我想干吗就干吗。"

电梯到了，门缓缓打开，湛清然果断地拉住她的手，往边上靠了靠。

他的掌心有一丝暖意。

等里面的人全走出来了，燕回立刻甩开他跑进电梯，站在角落，唯恐湛清然听到她的心在怦怦地跳个不停。她抿着嘴角，极力克制住某种情绪。

"这么巧，主办方给我们订的酒店也是这个。"湛清然走进来，问她住几楼。

燕回没接话，自己上前按了按钮。

"请你喝咖啡，一起吧？"湛清然一直看着她，锲而不舍地找她说话，熟悉的玫瑰香气弥漫在狭窄的空间里。

有些冷，燕回不禁抱了抱肩，也不说话，两眼认真地盯着电梯上的数字。

湛清然要比她先到，电梯门要开的那一瞬间，燕回才礼貌地冲他一笑："湛老师，再见。"

他没说话，乌亮的眼睛里不知闪烁着什么，接着他直接拽过燕回。

燕回被吓了一跳，对他一番拳打脚踢。

但女人在力气上天生处于劣势，湛清然抱着她，一言不发地走到房间门口，拿出房卡，开门，把东西全都扔在地上，才把燕回朝门上重重一抵。

"你放开我……"燕回叫着。

湛清然扣住她柔软的腰肢，开始强势地吻她。

燕回一点都挣扎不起来，他的唇刚刚碰到她，她身上的每一个细胞就又喧嚣地复活了。

屋里灯光幽幽。

两人的呼吸交缠，燕回任由他凶狠地吻她，整个人忍不住往下滑。

下一秒湛清然握住燕回的肩膀，把人按在桌子上，继续亲吻她又软又热的红唇。

桌子光滑冰冷，燕回娇气地抱怨。

湛清然看她的眼神复杂了两分。他亲了亲她的手指，在她耳边不知说了什么，燕回又是一抖。

…………

窗外起风了，风越来越大，梧桐树树叶寥落，打着旋儿落地。

燕回听到湛清然贴着自己的耳朵说："别生气了，宝贝儿，我们和好吧，嗯？"

他亲昵地喊了她很多次宝贝，声音很低，像梅雨季节那样困扰着人的情绪。

燕回笑着去咬他："不，你的甜心宝贝还在生气，不想跟你和好。"

湛清然就继续吻她，甚至使坏地去挠她痒痒。燕回东躲西躲，差点掉下床，被男人手疾眼快地一揽，又捉到怀里来。

不知过了多久，外面天色依旧昏昏沉沉，天开始下雨。

燕回缩在他怀里，头发凌乱微湿。她已经睡着了。

湛清然则搂着她，全无困意，手指不住摩挲着她的肩头。他轻轻开了床头灯，认真打量起燕回。

她累了，睡得很熟，有点稚气，但是很美丽。

燕回微微上翘的睫毛不经意地颤动着，湛清然伸手碰了一下，很快又缩回来，怕弄醒了她。

燕回突然开始说梦话，像小朋友那样，短促地哼了两声。

湛清然一怔，随即笑了。娇媚性感的女人偏偏在某些时刻像个孩子，有时候他真不知道该怎么办才好。

他爱怜地把她的长发轻拨到一边，忽然发现她紧挨着左耳的地方有颗非常小的褐色的痣，以前他竟没注意到。

外面的雨声渐渐清晰，湛清然很自然地想起她以前说过的话。每个雨天，她都想跟他一起睡觉，什么也不干。

但他上午还有个活动，要去参观某高校的实验室，还要做个报告。

湛清然眯了会儿，勉强起身，吵醒了燕回。

她惺忪睁眼，发现床前站着湛清然，他正在穿衬衫，腰身劲瘦。

"吵到你了？"湛清然回头。他正在系扣子。

燕回眨了眨眼，有点头疼，没睡够。她浑身骨头像被湛清然重新组合了一遍，全身酸痛。

"外面下雨了，"湛清然摇摇她的小下巴，印上一个吻，"我给你叫了早餐，你吃完可以继续睡，等我回来。"

燕回打个哈欠，看着湛清然一副干练的精英打扮，目光渐渐聚焦："你去干吗？"

湛清然把他的行程汇报了一遍，补充道："一上午就结束了，等我。"

"等我"，这两个字好像就能组成一个完整的情感世界。

燕回嘴唇直撇："我为什么要等你？我要回家。"她说这话时，带着娇俏的怒气，她直勾勾地瞪着湛清然，但半点生气的影子都没有。

他倾过身来："乖，你再休息一下，等我回来好不好？别跑，"他垂着头，视线停在她细腻的脸庞上，"我还有很多话想跟你说。"

燕回不说话，狠狠咬着他的手指。

湛清然吃痛，轻拍了下她脑袋，笑道："你是小狗啊？"

"你才是小狗！"

"好，我是小狗，别生我的气了好吗？"

"不好！"

"那你要怎么样才会不生气？"

"你只想占我便宜，算了，反正我也很寂寞，就当是互相占便宜好了。"燕回无所谓地讲，那种轻佻的浮浪劲，是独属于燕回的。她大概是世界上唯一一个能把深情搞成薄情的姑娘，浑然天成。

燕回也不知道自己此刻为什么要掩饰真心，大概是，真心廉价。以前，她把自己所有的心情都展示给他，包括脆弱，可她暴露了脆弱，他却伤害了她。

湛清然立刻扳起她的下巴，四目相对，他的眼睛里那股笑意带着寒气："你说什么？"

"你听清了啊,又不是聋人。"

"小白眼狼,"湛清然咬牙低骂了一句,他神情严肃,"明天就是霜降,我想法没变。"

"我也没变。"燕回怼他。

湛清然不跟她硬碰硬,突然转变态度:"仙女,饶了我吧,别再这么折磨我了。"

燕回咬着唇看着他笑:"我什么时候折磨你了?真奇怪了,你都不爱——"

"我爱你。"湛清然打断她的话,迎上她炯炯的目光。

燕回语塞,不过很快就斗志昂扬地说:"鬼才信。"

"你就是鬼,一只小艳鬼,撩完就跑概不负责。"湛清然眼神中带点戏谑,他捂了捂额头,"等我回来再谈好吗?我是认真的。你看,我昨天为你打了架,还累了一晚,今天还有这么多事,体谅一下?"

燕回脸突然就热了,她气得伸腿踢他。

湛清然笑着一把握住她细细的脚踝,一边又把手表丢到燕回怀里:"时间快到了,帮我戴上。"

燕回瞪他一眼,拿过表给他戴上,他顺势扣住她的后脑勺,密密地吻她。

燕回又气又笑地推开他:"你不怕迟到?快滚蛋吧,回头人家见你迟到,该对你印象不好了。"

"这么关心我?"湛清然低笑着在她脸颊上亲了最后一下,捏捏她的掌心,"等我。"

他又来。

燕回没说话,就静静瞅着他。

"记得吃点东西,毕竟,"他边换鞋边不动声色地停顿了数秒,"仙女昨晚也累了,小心低血糖。"

天哪,湛清然什么时候变得这么无耻,大清早就撩人?偏偏这人又一副衣冠楚楚的样子,斯文有礼,说起这种话来用的都是做报告的语气。

"你真不要脸!"燕回骂了他一句。

湛清然似笑非笑地拿过公文包,包上的 logo 不怎么显眼,那是燕回送他的,他一直在出差的时候用。

"我不要脸你又不是第一天知道,很惊讶吗?"他淡淡反问,随后,想起一件很重要的事,"别拉黑我了,我会给你打电话。"

"你做梦!"燕回弯唇得意地笑笑,"我偏不。"

"给个面子。"

"不。"

"这么难说话?"

"对!"

湛清然莞尔,无奈摇了摇头:"答应我吧,要不然,我一天在外都不得安宁。"

燕回冲他做个鬼脸:"你不安宁关我什么事?懒得理你。"

湛清然含笑,低声说了句:"乞求仙女,不要不理我。"

说完,他转身要走。

燕回一怔,忽然从床上跳下来,光脚踩在他的鞋上。

湛清然下意识去搂她的腰,她身上软软的,像没长骨头一样。

他搂住了她,认真看着那双晶莹的眼睛,去捕捉她最细微的情绪。他知道,燕回很不按常理出牌,她妖娆妩媚的外表下,藏着一颗小女孩的心,惹人爱又令人无奈。

燕回神秘地笑了,手指轻轻拨拉了几下他胸前的扣子,随后勾勾手,示意湛清然弯腰听她说话。

湛清然笑着乖乖俯身。

她身上的香气仿佛不会散,充盈鼻腔,湛清然要动用很大的意志力才不跟她亲昵,不然他会永远出不了门。

可燕回像有心捉弄似的,在他弯腰聆听时,又冷不防地推开他:"笨蛋,我故意耍你的!"

湛清然很快转身咬了下她的下唇,出了房门。

燕回潦草地洗漱,潦草地吃了点东西,身体有种极度空虚被填满后的倦怠感。

湛清然简直不是人,燕回觉得他相当虚伪,一个好好的大学教授,却像头饿狼。

雨声不住,却很轻微,燕回趴在窗子前慢吞吞地吃着东西,吃完她伸伸懒腰,回到自己房间把行李搬过来,又睡了个回笼觉。

屋里光线昏暗,让人分不清白天和黑夜。

湛清然这两天的行程很紧,中途,他抽空给燕回打了个电话,没打通,估计她正睡得天昏地暗。

湛清然便发条信息跟燕回道歉，说自己不能陪她一起吃晚饭了，问她有没有吃东西。

燕回一直昏睡到晚上七点，醒来时，以为自己在家，好半天才清醒。

此时，饭桌上的男人们正从国际局势聊到国家政策。

湛清然找借口出来，又给燕回打了个电话。

外头风凉，吹得人清醒了几分。

他身上沾染了饭桌上的味道，需要散散。

这次电话打通了。

"刚醒？"他听出了她声音里的迷糊之意。

燕回当然第一时间就听出是他，哼哼笑了两声，说自己已经回去了。

湛清然觉得好笑地握着手机。燕回随时随地都能扯谎，更多的时候，她想怎么说就怎么说，他了解她这点。

"你想吃什么？我这边结束后给你带。"

燕回倒没觉得饿，她抬了抬眉毛："你在跟谁吃饭啊？"

女人就是敏感。尽管眼睛都没完全睁开，但燕回的第六感告诉她，湛清然在跟人一起吃饭。不过，她没查岗的习惯，只是随口一问。

"谈项目，顺道吃饭。"湛清然简单解释，"回去聊好吗？你吃什么发给我，我给你买。"

燕回"嗯嗯"了几声也没说清楚想吃点什么，最后，扔给他俩两字——随便。

挂了电话，燕回精神许多，往窗户边上的圆沙发上一坐，打开电脑，开始选这场秀的图。她偶尔抬头，玻璃上映出她半张线条优美的脸。

湛清然回来时，快十点钟了。

燕回是狗鼻子，立刻嗅到一股浓重的酒精味道，于是她微微侧头，打量他片刻。

"带你去吃东西。"湛清然一点醉态也无。刚才打开房门看到燕回依旧好端端地坐在里面时，他是高兴的，非常高兴。

燕回却嫌弃地捂住鼻子："你身上全是臭男人的味道。"

湛清然把她膝头的电脑挪开，说："吃了吗？再给你打电话你没接。"

燕回依旧捏着鼻子，瓮声瓮气地说："可是你好臭。"

"臭男人臭男人，你都说了我是臭男人，香不了了。"湛清然神色自若地接了句，随后把她的手拿开，"先去吃饭，我也没吃好。"

245

那也行吧,反正我也饿了。她想。

一场秋雨一场寒,雨停了,可层层叠叠的铅云依旧堆积在城市上空,缓缓移动着。

燕回没有带厚一点的衣服,湛清然便把自己带的那件黑色毛衣外套给她裹上。

衣服上是熟悉的皂粉香气,燕回低头嗅了嗅,湛清然说:"行了,干净的。"说着,他主动伸出手。

燕回啪的一声打掉他的手,穿了双平底鞋,跑到门外。

"你吃了一晚上的饭,还好意思喊饿。"她抱肩进了电梯,笑盈盈地瞅着湛清然。

他摇头:"酒喝多了,有点不舒服,菜倒没怎么吃。"

燕回看他眉头不易察觉地皱了一瞬,忍不住问:"你不是科学家吗?科学家也避不开酒桌文化吗?"

湛清然失笑:"我什么时候说自己是科学家了?民工,科研民工。"

燕回有点惊奇地看着湛清然,好像又看见了他一个新的侧面。他像个多面体,燕回希望看到他的每一面,只不过湛清然这个人隐藏得很深,总是淡淡的,淡着淡着就让人糊涂了。他心里到底在想什么、在意什么、高兴什么、失落什么,统统让人捉摸不透。

"我以为你多冷傲呢,原来也得在饭桌上陪酒啊,是不是?"燕回抿着嘴笑,有点幸灾乐祸,"陪吃陪喝陪聊,哈哈。"

两人走出酒店,一阵冷风吹来,湛清然很自然地把她往身边揽。

"不能免俗,有些酒必须喝,"他轻描淡写地说,"我不是象牙塔里头的书呆子,该懂的都懂。"

燕回止步,抬了抬头,她的眼睛亮晶晶的,像星星似的。她把柔软的手伸向他的胸前,一边揉,一边小声笑:"那我给你揉揉吧,小湛老师,你是不是胃里不舒服?"

湛清然却捉住了她柔软的手,往下挪了挪,纠正:"宝贝儿,胃在这里。"

燕回尴尬了两秒,但很快镇定如初,坦然地说道:"有什么了不起的?"

但湛清然那声"宝贝儿"她很受用,她脸红了。

两人没走远,就在附近的一家小店里坐下。燕回体贴地点了些清淡爽口的菜品,香菇蒸鸡、红枣炖鲈鱼,又要了个芦笋炒虾。都这个时间了,她象征性地吃了几口。

湛清然果然饿了，把一堆东西全部吃光，食欲惊人。

最后，他还吃下了送的一份水果。

燕回啧了声，说："你晚上吃这么多，不消化的。"

湛清然慢慢抬眸，目光闪烁："没关系，可以多多运动。"

燕回反应了片刻，忍不住踢了他一脚。

燕回很少穿黑，也很少穿白，她不爱那么严肃或者纯净的颜色。她披着他的衣服，形体纤长，更莫名添了几分沉静色彩。

湛清然热热的掌心覆过来，他说："谢谢你陪我吃饭。"

"谁陪你了，我自己也没吃，好吧？"燕回抖了下手腕，倔强地抽回手来。

"你就算喝酒，也可以吃点东西嘛，真是的。"她转移了话题，眨眨眼，"我以为，你们科学家都不会这么拼的。"

湛清然吃得微微出汗，便拽了张纸巾，随意抹了抹额头："应酬嘛，怎么可能不会？一个课题结束了要聚餐，放假前要聚餐，谈项目要聚餐，要组饭局总有五花八门的由头，别把我们想得太清新脱俗。"

"你是不是很烦？"燕回托起下巴，认真询问。

湛清然要了杯温水，一边喝，一边回应："刚开始不习惯，现在还好，我有自己的底线，所以，谈不上很烦吧，平常心对待就好。"

"其实，你评不评职称，我无所谓啦。"燕回不知怎的脱口而出，很快，她觉得这话好像不太妥当，于是掩饰性地咳嗽了下，"我没别的意思，当然，你喜欢就去做嘛。"

"那你是什么意思呢？"湛清然捏着玻璃杯，挡住嘴角的笑意。

燕回恍惚了下，她就是没怎么过脑子，想到了这话，就说出来了而已，被湛清然这么一问，倒认认真真地想了想。

"就是，你不是教授什么的，我也不介意啊，你就是个小老师……"越说越不对劲，她感觉自己像在表白了：无论你贫穷还是富有，我都爱你。

燕回觉得自己真是天使。

"今天霜降，燕回。"湛清然放下杯子，很认真地瞧着她，"我不知道你现在到底怎么想的，我现在足够冷静，会为自己说过的每个字负责，你能说说你的想法吗？"

湛清然在公共场合习惯压着声音交谈，不过，他知道燕回都听清楚了。

247

霜降吗？真快啊。"

燕回弯了下唇角，很快又垂下去。

"我不知道，因为，我们分开的时间还是很短。"

"还想跟我离婚吗？"

"不知道。"

湛清然正视着燕回，燕回倒是躲躲闪闪的。他说："你有什么顾虑，可以直接说。"

"我觉得，我们不合适，"燕回立刻想起叶琛，她觉得有些惘然。她是认真想过很多问题的，只是觉得似乎无解，"以前，我觉得你学历高、我学历一般也没什么，现在看，可能还是门当户对好一些吧。我想了想咱们的事，无非就是你冲动了，我又从来都是一根筋，结婚本来就是个错误。"

"我能问一问，你最开始为什么一根筋地想嫁给我吗？"湛清然揪住她话里的漏洞，"我记得，你说你见过我，本来我以为是句玩笑话。"

燕回拨弄了下她的秀发，摇头道："是玩笑话呀。"

"燕回。"湛清然心里叹息一声，"别折磨我，有话好好说，如果你现在不想告诉我，我不强求，等你想说的时候希望你记得，我什么都愿意听你说。"

他跟叶琛确实有些共同爱好，恋爱时，他也会顺着她谈论她感兴趣的话题，但两人的对话，往往到最后就变成了学术性的探讨，一本正经。燕回不同，她天马行空，有种天生的魅力，她的话像个迷宫，永远在他的设想之外，光是听她"胡说八道"，他就觉得很有意思。

他以前最讨厌别人说话跟没长脑子一样，燕回却屡屡突破他的认知，他反而觉得这种体验非常美好。

当然，除了燕回，别的人这么跟他说话，他依旧会觉得厌恶。

人果然会因为爱情而变得"双标"，或者说，他被吸引而不自知，所以忍不住替她找借口来合理化她的种种行为。

"那你为什么会冲动？"燕回反问起湛清然，他落落大方地承认了："见色起意。我没见过你这么漂亮的姑娘，如果能拥有你，大概满足了我潜意识里男人的那种虚荣心，这是最开始那会儿的原因。"

燕回咬了咬嘴唇："看吧，你对我只是有新鲜感。你从小念书就好，跟你谈恋爱的也是叶琛那种人，你们都是好学生，最般配了。等时间久了，你会发现我就是一个草包，很没意思。"

"你看你，我从没说过你是草包，"他笑了下，"你是那种会贬低自己的人吗？"

"可你心里一定这么想过，因为我从你的眼神里看到过。你其实对我很不屑，我什么都知道。也许，你觉得自己隐瞒得很好，可是，你忘了，我见过太多这种眼神，我再蠢，也知道有些事并不见得说出来才能表达那个意思。"

燕回别过脸，瞧了瞧窗外的行人，五彩缤纷的灯光又闪烁起来了。

湛清然愣了愣，他心里的愧疚感翻腾着，咽喉处像堵着一团什么东西，他低声说了句："对不起。"

"没什么呀，"燕回也不看他，手指在玻璃上随意画几下，"反正，你不是第一个，也不是最后一个，我早习惯了，我才没那么容易被打击。"

她转过脸，笑得嚣张跋扈："你也看过我以前那些黑料嘛，也不能说全是假的，我就是很凶，也没什么教养。"

"你不是，我知道你是什么人。"湛清然的语气很软。

燕回懒懒地往后一靠，翘着手指，欣赏着她新做的漂亮指甲，心不在焉地说："我是什么人呀？"说着，她奚落似的看向他。

"纯真又慧黠，非常自我，但其实很善良；受到伤害时会狠狠反击不怎么给别人留情面；有时会装坚强，会装作不在乎。我希望你以后不用这样，遇到什么事记得有我，不用一个人……"湛清然忽然停下来，因为燕回的脸色已经很不好看。她是那种被人说出心事会既难堪又很难过的人。

燕回霍然站起身，头也不回地走了出去。

路边树影斑驳，晚秋的街头一片肃杀，昏黄的灯光将人笼罩，像是琥珀色的岩浆。

燕回走得很快。她突然就生气了，非常生气，他什么都知道，他知道她在乎，他也知道她最柔软的地方。

湛清然匆忙结账，追了出来。他小跑几步，一下就拽住了燕回。一个转身，燕回抬头，眼睛里有灼人的火光，好像能射出两把匕首，可这又让她显得很脆弱。她捶了两下他的胸口，就哽咽了。

湛清然把她紧紧地搂在怀中，嘴唇擦着她的秀发，柔声轻哄："好了，我不该说得那么直接，让你觉得难为情，我道歉。"

他的胸膛坚实温暖，燕回攥紧他的衬衫，把脸埋上去，流了很多眼泪。

"你最坏了……"她呜咽不已，"我讨厌你。"

湛清然低头亲了亲她的额头："好，我最坏，要不然你再多骂几句？"

"你就会让我难受。"燕回一面抽噎，一面解开他的纽扣，扒拉开，重重咬了湛清然一口。

薄而紧致的肌肉上留下了清晰的牙印，湛清然笑着忍着，感受到燕回带着温度的眼泪打湿了他的衬衫。

"以后我会尽量让你满意，好吗？"他握住她的肩头，宽慰地说。

燕回不说话，只是像八爪鱼一样箍着他。

湛清然逗她："勒死我对你有什么好处？最起码，今晚……"

燕回猛地抬头，在湛清然的下巴上亲了一下，湛清然扯了扯嘴角，说："原谅我吧？过去做得不好的地方请你多包涵。"

"那你承不承认，你是我的，我一个人的，只能爱我，眼睛里心里都只能有我一个？"她胡乱地把眼泪往他身上抹，开始撒娇。

湛清然心里又是一阵叹息，他说："如果你觉得难受还想发泄，不用这么快逼着自己切换状态。"

"看吧，你就是爱转移话题。"燕回娇滴滴地拖长声音，"你就是坏。"

湛清然摸了摸她花瓣一样的红唇，轻声询问："真的好点了吗？"

燕回哼了一声："我已经好了。"

"这么快？"湛清然顺手拨了拨她眼前的碎发，他跟她在一起时小动作很多，总是喜欢碰她。

爱侣之间的神情，爱侣之间的动作，燕回感受到了，一切变得很自然，也很温柔。

所以，她理所当然地在他面前变得比之前更娇气："可是你还没回答我，你又想逃避。"

"没有，我只是……"湛清然面对她的胡搅蛮缠，心情出奇地好，他顿了顿，又继续笑说，"不希望你在我面前强颜欢笑，至于刚才的问题嘛，我承认，我是你的。"他的手扶着她曼妙的腰，跟她暧昧地开了个玩笑，"我卖身给你。"

"呸，我才不稀罕。"燕回踩了他一脚。

湛清然便加了句："灵魂也卖给你，身心都打包。"

燕回侧着头："你好会说情话啊。"

湛清然学她的神情语气："对啊。"

燕回伸手就要打湛清然，被湛清然一拦，他捉住她的手往嘴边递，说："我只准另一半打我，你是吗？"

燕回挑眉："你管我是不是，反正我要打你。"

湛清然笑道："那可不行，我很严格的，不接受除了爱人以外的人对我动手动脚。"

"我偏动。"燕回快速摸了他两下，又攥住他的手臂掐了掐。

湛清然由着她闹了片刻，听她忽然打了个喷嚏，于是一把揽过她："回酒店。"

两人一起洗了热水澡，浓浓的爱意融入氤氲迷离的水汽之中。

湛清然一遍遍地逼着她表白。

燕回趴在他的肩头，给了他一个甜蜜蜜的吻，然后露出恶作剧似的表情："我下次吃大蒜吻你好不好？"

湛清然拒绝道："多谢，不过免了。"

他摸了摸她柔软的耳郭："刚发现，你的耳朵长得这么小。"

"你不困吗？"燕回看他精神依旧好得出奇，难免心生不平。他可是忙了一天的。

"你要是困，可以先休息。"

"那你干吗？"

"和你一起休息。"

"哦，"燕回点点头，依偎到他怀里，一面手指乱动，一面开始吊他胃口，语气又嗲又神秘，"我告诉你一个秘密吧。"

湛清然却哑着声音警告她："说话就说话，别乱摸，我禁不起你撩拨。"

没想到，燕回更来劲了，俨然忘了刚才要说什么，一个劲地闹他。她肩头裸着，在黑色丝绸睡衣的映衬下，更显得肤白如雪。

两人呼吸渐渐加重，心跳也跟着加速，燕回趴在湛清然身上用枕头压住了他的脸。

下一秒，湛清然反客为主把燕回固定在了身下。男人目光下落，燕回讨饶："哎呀，不玩了，你松开我嘛，我告诉你个秘密。"

湛清然便轻轻松开燕回。燕回一骨碌爬起，先亲他一下，随后，附在他耳朵边说："我其实是个男的。"

说完，燕回笑得直不起腰来。

湛清然一把将人捞过来，看着她这副笑脸："想说的不是这个吧？"

"就是这个。"燕回嘻嘻乱笑。

湛清然静静地凝视她，拨弄一下她的头发："不打算说说什么时候看上的我吗？"

湛清然心里隐隐有了猜测。

不过，他对燕回真的是丁点记忆都没有。他从小就在本市长大，她不是本地人，两人差七岁，既非故交，也不是同学，他实在想不出两人在什么时空里相遇过。

当然，也许这只是燕回的一个玩笑。

"你臭美吧。"燕回点了点湛清然的额头，往他怀里一钻。湛清然的体温清晰传来，燕回的情绪忽然就变得沉静似海：不重要了，他显然不记得自己。

对她而言，这件事也不再让她耿耿于怀，而是更像个私人小秘密，偶尔想起时，甜甜蜜蜜的。

他们在一起的当下最重要。

湛清然见她没有要说的意思，并不勉强。

两人一道坐飞机回来，燕回很快就开始发烧，得了重感冒。

这可能就是所谓的乐极生悲。

她那几天太喝瑟，仗着身体好，穿得美而少。飞机落地时，她只是觉得鼻塞，第二天一早，她就浑身关节疼得厉害，头重脚轻，咽喉疼得像刀割。

湛清然起得早，给她弄好早餐，见她缩在被窝里不动，就留了张便条在饭桌上，嘱咐她记得吃饭，自己先去了学校。

也不知道是几点，燕回艰难地爬起，翻箱倒柜地想找点常备药。她不常生病，对头疼脑热时该吃什么药也不清楚，最终自然是没找到。

燕回的扁桃体肿了，她疼得想哭，越疼越想咽唾沫，越咽越疼，好像喉咙里哽了一块大棉花，还带刺。

她喝了很多水，又昏沉地爬上床。嗓子疼得太厉害，呼吸也令人难以忍受，燕回格外烦躁，又觉得自己未免太娇气。在床上躺了很久，头疼得要爆炸，她开始怀疑自己是不是得了什么大毛病。

犹豫了半天，燕回摸到手机，给湛清然打了个电话。

可电话被他很快摁掉。

燕回一愣，呆坐片刻后开始使劲揪喉咙——怎么这么疼呢？

大概二十分钟后，湛清然的电话打了回来。

"我生病了，好难受……"燕回声音很小，"喉咙特别疼，不知道怎么了。"

湛清然刚才在上课，此刻正往办公室方向走，听她这么说，立刻掉头："怎么才跟我说呢？别急，我马上回去。"

燕回烦躁地挂了电话，趴在被子上。

时间特别漫长，湛清然回来时，她有气无力地瞅了他两眼。

湛清然的手探了探她的额头。

他给她弄了盐水，让她漱口。

燕回疼得不想说话，一声不吭地照做。

他给她拿过来外套，要带她去社区的诊所看看。

燕回是那种什么情况下都不能忘记漂亮的姑娘，所以坚持去衣帽间选了最漂亮的裙子，又配上大衣。

"都什么时候了，还这么讲究。"湛清然无奈摇头，带她下楼。

燕回病恹恹地把脑袋靠在他肩上，一个字都懒得说。

医生先听了听燕回肺部的声音，又让她张大嘴巴，连湛清然都看见了，她的扁桃体肿得惊人。

医生说："扁桃体已经化脓，得输液。"

湛清然握着她的手，问她冷不冷。

戴上口罩的燕回只露了双眼摇头，疲惫无力，跟生瘟疫的小鸡崽似的。

她不想说话，用手机打字，让湛清然回去忙他的，输完液她自己回去就行。

湛清然又握着她的另一只手，说自己不忙。

当晚，湛清然一直没睡，按亮床头灯，坐在那儿看书。

一旁，燕回晕晕乎乎的。她半夜醒来，发现湛清然长长的睫毛在柔和的灯光下投下一片阴影。

他扭头，把书放下，倾过身来揉了揉她的秀发，随后把手放在她额头上："醒了，感觉怎么样？"

燕回轻声问："你怎么不睡觉？"

湛清然笑笑，道："我怕你夜里难受，万一再起高烧就麻烦了。"

果然，床头放着温度计。燕回看在眼里，只觉得被窝暖烘烘的，她整个身子陷在里面，忽然有种空前的安全感。

燕回想起小时候唯一一次住院的经历，那时没人守着她。她一直期待着父母能来摸摸她的额头，陪陪她，可是到最后也没等来父母。

燕回觉得眼睛湿湿的，她嘴唇很干，呼吸间喉咙依旧发痛，于是说："我想喝点水。"

湛清然给她调了杯蜂蜜水,试好水温,扶她坐起来。

一杯水下肚,燕回摇摇晃晃地去卫生间,湛清然也跟着,怕她意外摔了。

燕回坐在马桶上。她习惯关门,见湛清然模糊的一团身影映在门上,发了会儿呆。

这么折腾半天,燕回觉得喘不过气,天旋地转的。再次躺下后,她看湛清然还没睡的意思,忍不住说:"你睡吧,我没事,比白天那会儿好一些了。"

"不要紧,你睡,我也不怎么困。"他揉了揉她头顶的头发,温柔地笑笑。

"小湛老师。"燕回喊他。他抬眉:"怎么了?"

"没事,我就是想喊你,"燕回也笑,"你对我真好,是世界上对我最好的人,我真幸运。"

"好了,我知道了,等你病好了再跟我表白心意也不迟。"湛清然笑着在她额头上吻了吻,"听话,睡吧。"

"我是认真的,我想跟你说话。"燕回直勾勾地看着他。

湛清然"嗯"了声。

也许他跟她不是那么匹配,学历、家世,那些世俗的标准未必是错的,而且也被这个世界上的一些男女广泛运用着。但燕回渐渐明白,对她而言,湛清然就是最好的,她最爱的。

她忍不住想往他身边凑,但又怕把感冒传染给他。

这么一个细微的进退小动作落在湛清然眼里,他俯身,又亲了亲她的额头,一双眼深情款款地望着她。

"休息吧,等病好了我们再聊天。"

燕回这次休息了整整一周,病才算好利索。

城市迎来入冬的第一场雪,一觉醒来,外头的雪花纷纷扬扬。

燕回惊喜地瞅了半天,但看到楼下有物业的人在清扫,心里有些失落。

杂志社那边催着她去上班。燕回更新了微博,放上了魔都那场秀的采访视频以及精修图,反响很好。不少MCN机构(指有能力服务和管理一定规模的微博账号的内容创作机构)向她示好,表达了合作意向。

同时,某奢侈品方找上门,想让她做个手提包的预售,不多,数量才五十个,当作品牌的一次试水。

燕回毫不犹豫地答应了,果然,产品预售两分钟后告罄。

杂志社里的高层也注意到燕回，但他们认为燕回有这么好的资源估计很快就会辞职，毕竟谁在乎这么个日落西山的纸媒呢？Amy旁敲侧击地问了问燕回，她露出明媚的笑容，打了个太极："老大，很多东西我还需要学习。"

回到家中，燕回觉得自己该问问湛清然的意见，话到嘴边，又想他每天忙着看文献写论文，肯定没时间。

病好后，燕回吃得很多，湛清然不得不提醒她小心积食，说容易上火。

燕回娇滴滴地说："你会照顾我嘛。"

"上次谁疼得都要哭了？"湛清然打趣她。

燕回很不雅地冲他翻了个白眼，转头就笑，"嗯"了几声，拐弯抹角地说："我最近又涨粉丝了哟。"

"知道。"

"有大品牌都找我带货了哟，两分钟抢光，漂亮的包。"

"知道。"

"虽然我现在还不是头部的人，但在平台上，能挤进前二十了哟。"

"知道。"

湛清然好像什么都知道，燕回很惊讶："你怎么知道的？"

"我比你想象的要更关注你。"他淡淡地说。

燕回有点心虚地应了声。她可不知道湛清然发了些什么文章，职称评得怎么样了。她不懂，问了后，发现还是一个字都不懂，于是就只能算了。她只需要知道她男人很厉害就行了。

"我对你没要求啦，你自己开心就好。我的意思是说我可没当科学家夫人的虚荣心。"燕回像只猫，轻轻地"挠"着湛清然的听觉。

他点点头："我知道。"

燕回说了声"讨厌"，又哼了几声。

湛清然笑着问："有什么事想跟我说？"

"哎呀，是你自己问的，不是我要说的。"燕回笑吟吟地把汤匙一丢，不喝雪梨茶了，坐到了湛清然的怀里。

"你确定跟别人说事时，这样做好吗？"湛清然笑。她回到家后就换了一袭滑溜溜的睡袍，双腿雪白修长，他边说，边不动声色地多看了两眼。

"你不喜欢吗？"燕回侧头揪着他的耳朵问。

湛清然揽住她的腰，低笑两声："说吧，有什么事？"

燕回便把MCN机构找上门签约的事一说，湛清然微微颔首："你有什么想法？"

"哎呀，我现在其实有点累，什么都是自己一个人弄，有团队当然好了，分工明确，而且公司会帮我洽谈商务合作，很多事省去我的麻烦。但我又有点担心，"燕回话锋一变，幽幽叹气，"假如我半途觉得不合适，退出来要赔天价违约金，肉痛。"

她唯恐湛清然不了解什么是MCN，刚要解释，他就抢先说："听过，大概知道怎么回事。这样，我问你，你觉得你现在是遇到什么瓶颈了吗？还是想再多涨粉、多接广告，想大红大紫？"

"谁不想？当然，我最终是想做自己的个人品牌，我喜欢设计衣服啦。"燕回的手指在他的衬衫扣子上打圈，"最近我看网红和MCN之间的纠纷挺多的，所以有点纠结到底要不要签约。我查了查，那些顶级网红有相当一部分都被MCN签了，但是吧，跟公司闹翻的也不少。"

"说到底，还是一个字，钱。在利益分配上双方没达成共识。有合同吗？我帮你看看。"湛清然推了推她。

燕回起身，把打印好的合同拿给他，上面已经被她圈圈点点做了标注。

湛清然仔细翻了翻，看到那条单方面解约，不仅要赔偿违约金，还要继续履行合同义务的条款后，皱了皱眉，随后笑了声："这种公司是靠违约金吃饭的吧？MCN，这是舶来品，正处于野蛮生长期，所以肯定存在鱼龙混杂的职业乱象。你很急着成名吗？或者说是发财？"

燕回戳了他两下，嘬了嘬嘴："你好讨厌，跟瞧不起我似的。"

湛清然笑着道歉："不好意思，让你误会了，我没这个意思，只是想问问你的真实想法。如果签约了，对方可能做出些你不能接受的要求，比如一个广告，你不想接，你觉得虚假，到时你要怎么办？"

"我就是在犹豫这个嘛，"燕回目光幽幽地看他一眼，"但我又需要一个团队。"

湛清然沉吟片刻，说："不急，你这么年轻，如果真想做出点什么，我的建议是沉下心，好好经营，哪怕到最后只是很小众，那也没关系，有自己的受众群体就好。家里不需要你挖空心思养家，所以，做自己喜欢的事情吧，这个我不建议签。"

"那我迟早要弄一个团队嘛。"

"我有个想法，不知行不行，你可以找那种刚起步的传媒公司，当然，不是那种想骗一圈就走的皮包公司，而是真想做成点什么的。团队不需要大，最重要的是大家理念差不多，能在一起做事。"湛清然谨慎地给了意见，摸摸她的脸，"不小心搞砸了也没关系，我给你兜底。"

　　他永远是一个思量周全的男人。

　　"哦，"燕回抿唇笑看着他，"你这么有钱的啊？"

　　"是啊，有点小钱吧。"湛清然刮了刮她的鼻梁，然后侧过头咬了下她的下巴，她的下巴像需要被爱抚的一块白玉，肌肤尤为细腻，微凉。咬完后，他随即直起身子，低头注视着她，眼睛里映着她的美丽脸庞。

　　燕回立刻深深吻住他。

　　呼吸沉重，她在一股热力中挣扎了下，娇滴滴地吩咐："我还想吃点水果，你去洗嘛。"

　　"喂你好不好？"燕回整个人娇艳欲滴，她冲他吹了口气："你越来越坏了，小湛老师，爸妈知道吗？"

　　湛清然笑意深深："我伺候你吃水果，你还说我坏，该罚。"

　　他把人丢到床上，燕回心跳得很快。

　　不知什么时候，她左手的无名指被他举起，凉凉的戒指重新被套到了上面。

　　燕回拨了拨湿透的长发，仔细瞧着戒指，却说："我丢了发卡，有点后悔，我好喜欢那个——"

　　"说的是这个吗？"湛清然像变魔术似的，从床头柜里取出那枚发卡，珍珠莹润，玫瑰红艳。

　　燕回一个激灵，错愕地道："我那天明明把它扔进了垃圾桶里。"

　　说完，她脸一热，有点不好意思地垂了垂头。

　　湛清然握住她的肩头轻吻，鼻息像羽毛，拂过她的肌肤。他声音很低："答应我，以后不要再扔了，好吗？"

　　燕回把发卡往头上一卡，抱紧了他："那我再告诉你一个秘密好了。"

　　雪一直在窗外悄声而细密地下着，天色青灰，整个世界都十分宁静。

　　原来，冬天也可以如夏日那般热烈绵长。

Extra 01

番外一

燕回高一那年暑假，跟着同学的姐姐来过北城。

当时的学校里，大部分女生为了方便打理留着短发，也没长开，有的一脸青春痘，有的头发因为用功而很油，肤色暗淡。

燕回那时很扎眼，她腰细腿长，发育得跟寻常女生迥然不同。她留着乌黑油亮的长发，即使冒着被教导主任骂的风险，也要披散着头发。

燕回偷买了针织吊带衣，横条纹，颜色鲜亮，一般人很难穿得好看，但燕回换上，娉娉婷婷，像标准的花骨朵，差一点就要绽放。

同学的姐姐说："哎呀，可别穿成这样，小心被色狼骚扰。"

燕回天天嘚瑟，尚不知社会险恶，就想臭美。姐姐笑着叹气，说："你们小屁孩就爱装成熟，等到了我这个年龄，又想装嫩。"

但为了配合那位姐姐，她在时，燕回只能换回一本正经的学生打扮。

有一天，几个人正窝在酒店里午休。燕回挎着小包，拎了个口袋装着衣服、鞋子，偷摸跑了出来。她先在厕所换上了吊带衣、高跟鞋，又把嘴巴抹得通红，完了抓两把头发，喷一身香水，摇曳生姿地出了酒店。

果然，一路上她收获了无数注目礼。燕回好不得意，青春期那点小心思得到满足，巴不得全世界都注意到自己。她那时还不习惯穿高跟鞋，但为了好看，便直挺着腰，就这么顺着马路招摇过市。她还给自己买了个雪糕。

至于小包里的手机和现金什么时候被偷的，她浑然不觉。

有人上前搭讪，是个成年的男人，燕回到底是个十几岁的小女孩，只觉得对方又老又丑。人家跟她说话，她也不搭理，专心啃雪糕。

"小妹妹，一个人逛街啊？"男人不死心，嬉皮笑脸地跟着问。

燕回警惕地看着他，连忙走开，不料那人一直跟着她。燕回不傻，就往附近的公交车站台方向快步走。

她走着走着，闷雷滚滚，远方天际线墨云如浪，很快遍布城市上空，天色昏暗下来。

燕回躲到站台没两分钟，雨就下下来了，豆粒那么大，直射地面。

一辆公交车驶来，身边黑压压的人群差点把她给挤上车。混乱中，有人隔着裙子摸了她一把。她感到一阵恶心，顿时明白那姐姐说的骚扰是什么意思。

她有点怕，恐惧中夹杂着厌恶，心里只想着赶紧回酒店。

但她光顾着高兴去了，乱走一气，也不知道走到了哪儿，再一摸包，发现手机没了，钱也不见了。燕回垂头丧气，心想自己也太没用了，紧接着一扭头，发现那男人还在。车站人少了许多，男人的脸上闪着不怀好意的笑。仿佛是本能反应，燕回拔腿就走。

她记得自己是从马路对面过来的，于是她不顾红灯亮着，拼命往对面跑。慌里慌张间，她没注意到一辆黑色轿车冲了过来。

听到一阵紧急刹车声，燕回吓得坐到了地上。她狼狈不堪，妆早就花了，头发淋得一缕一缕的。她头一次窘迫得想哭，但还是挣扎着从地上爬起来。

车上下来个大男孩，二十出头，眉眼英俊，看起来干干净净的。

燕回跟人一对上眼，那颗心，就活蹦乱跳起来，跟刚上钩的鱼似的。

"受伤了吗？"撑着伞的男孩开口。

燕回怔怔地看着对方，脸上雨水直淌，她傻乎乎地抹了一把，低下头，才发现膝盖擦破了皮。

再抬头，她残余的口红几乎被她擦到了耳朵边上。

男孩心里一沉，迟疑地打量她两眼——别说没有擦到她，就算她被擦到也不至于吐血吧？

"哪儿疼？"他侧头，上下查看了一番。燕回弯腰摸了下膝盖，摇摇头，雨下得大，砸进眼睛里生疼。

车子打着双闪灯，旁边有别的车开过，有人询问："要不要报警啊？这姑娘闯红灯。"

"我没有，我是……"燕回急忙辩解着。

男孩对那个车主说没事,让他们先走。

见人有点呆,估计受了惊吓,他笑了笑:"别怕,下次过马路一定要走人行道,别闯红灯,这样很危险。要不,我们带你去医院做个检查?"他掏出手机,又说,"知道父母电话吗?先给你父母联系下。"

去医院……燕回本能抗拒起来,手攥着包:"我没钱。"

男孩轻笑了声:"你不用付钱。"

她看着他弯起的嘴角,一阵恍惚,头顶雷声不断,闪电落下,带着开天辟地的劲头,燕回却觉得闪电像是劈了她的心一下。

"那你带我去医院吗?"站在伞下的她问道。

漆黑的伞布上雨声急,啪啪啪,男孩的衣服也湿了。他说话一直温和有礼,目光也很礼貌:"可以,不过你不能随便坐陌生人的车,所以我让你先跟你父母联系下。"

燕回一听说联系父母,顿觉沮丧。她才不要对着爸妈哭鼻子。

"我觉得我不用去医院了,"她磕磕巴巴地说,"刚才,有个人一直贴着我,还摸我,所以我才……我想回酒店。"

男孩闻言,笑意渐敛,他看了周围几眼,问:"你住的酒店在哪儿?你不是本地人?"

燕回摇摇头。她听他声音温柔,居然想哭,刚才心里的慌张和不安渐渐散去。男孩个子很高,身上还有几分学生气,燕回没来由地信任他。

"我迷路了,搞不清是从哪边过来的,不过我记得酒店的名字。"

燕回报出酒店名字,男孩用手机导航一搜,转过身,把车停到一边说:"我送你过去。"

燕回有点疑惑:"你不能开车送我过去吗?"

男孩解释:"那边交通不好,还是步行过去更快。"

两人走了一段,他又含笑问她:"你多大了?"

燕回小心思多得很,听他这么问,青春期的那种敏感跟骄傲就上来了,故意往大了说:

"我十八岁了,是大人了。"说着,她还不忘挺了挺胸膛。

但男孩显然看破了她那点小心思,也知道她在撒谎,没有点破,只是莞尔:"十八岁是吧?那你父母或者老师有没有教导过你,女孩不能随便上陌生人的车,尤其是异性的?"

"可你看着不像坏人。"燕回脱口而出。

男孩保持着和她的距离,伞却尽量往她那边打,他一边的肩膀早被雨水打湿。

他也看出燕回穿高跟鞋不怎么熟练,小姑娘,有着可爱的好胜心。

"坏人不是写在脸上的,不要轻信别人,注意安全,能听懂我的意思吗?"

"你几岁了?"燕回脚趾紧紧扒着鞋,她脚很痛,脑子却已经活络起来。

男孩笑了笑,没回答。

燕回脸皮相当厚,见人不说话,锲而不舍地问:"你到底几岁了?"

"快到了,"男孩低头看导航,"还有一百米左右。"

燕回不觉"哐"了两声,雨水打到膝盖,破皮的地方沾了水,有点疼。

男孩看看她,随后往四下环视一圈,把伞给她,进了一家药房,给她买了碘伏和棉签。

燕回一愣,眼睛一弯,笑容甜美:"你人真好!"

"下次过马路不要闯红灯了。"男孩一脸大人嘱咐孩子的表情。

燕回嘟嘴:"有人跟着我,我很害怕,就没看见红灯,我不是故意的。"

"嗯,那就赶紧回去,下次不要一个人乱跑。"他微微一笑,神情从容淡泊。

燕回盯着他那张线条流畅的脸,发现他鼻梁很挺,也很高,下巴很完美,她觉得他真好看,声音也好听,说话的神情很迷人……"你叫什么名字?"燕回有点恨路怎么这么短,一百米……要是一万米就好了。她急着问东问西,男孩没有回答。

燕回一着急,差点崴了脚。幸好男孩反应机敏,一把扶住了她。她细细的手腕被他攥出淡淡的一道红印。

"看路。"他又淡淡地提醒她。

燕回悻悻地"哦"了声:"你人真好,我就没遇见过像你这么好的人。"

她的小嘴像抹了蜜一样。

男孩其实对她这种夸张又有点做作的女孩不感兴趣,但他的教养让他依旧用一种很谦和又很包容的目光看着她,她是小孩,他一个二十来岁的人怎么能跟她计较?

酒店就在眼前,燕回很是遗憾。

"回去擦几次碘伏就好了,问题不大。对了,还有什么地方不舒服吗?"

男孩最后一次跟她确认。

燕回脑子嗡嗡的，只想着他要走了，她以后再也不会见到他了，他也不会记得自己……

复杂的情绪突然席卷而来，燕回没出息地想哭。她还没跟他说够话呢，她对他一无所知。

"我叫燕回。"她驴唇不对马嘴地说。

"你是本地人吗？"她不死心地又问。

这次，男孩点点头。

"你要是没事的话，"他抬头看看酒店，依旧笑得客气，"那我就送到这里，再见。"

燕回快哭了。青春期，所有的情绪来得都很突然，或者说，她从小就是这种性格，心里像有座火山。

"我以后还能见到你吗？"她的鼻子、眉毛、眼睛都皱到了一起。

男孩只是笑笑："以后多注意安全，进去吧。"

他的声音那么柔和，像春天校园里飞来的柳絮。

燕回的心口顿时空茫茫一片，她生气似的突然跺了两下脚，大叫一句："烦死了！"

她跑向酒店。

湛清然微微一怔。这个插曲，他压根没往心里去，很快就忘记了，所以，他也没有把她和他后来的妻子燕回对上号。

是的，那个男孩就是湛清然。

燕回一直记得他，再次见到他的第一眼，她就认了出来。

然而，湛清然竟然完全忘记了她的脸。

小湛老师，你真是坏透了！

Extra 02

番外二

元旦期间,燕回带着湛清然回了趟老家。

燕回家住小别墅,装修风格一派暴发户式的金碧辉煌。

回家前,她给家里人打了招呼,说自己已经结婚了。

这下立刻招来母亲劈头盖脸的一顿骂,说她就是缺心眼,这么大的事也不知道跟父母商量。母亲吵得燕回耳朵痛。

燕回只能提前跟湛清然打预防针:"我父母文化水平都不高,家里天天鸡飞狗跳,那个,你要有心理准备。"

父亲知道她是跟大学老师结的婚,倒是很吃惊。燕回的母亲嘴里没好话,说肯定是燕回被大学老师搞大了肚子,人家甩不掉了只能把她娶回家。

夫妻俩开始对吵,各自指责对方没把女儿教育好。

他们先入为主地认定,湛清然也不是什么好人,大女儿七岁呢,老牛吃嫩草。

等到见面这天,离老远,夫妻俩就瞧见一个高高的、拎着礼物的年轻人。走近了,他们看到男人眉眼英挺,气质绝佳,一看就是文化人,一面不免得意,一面怀疑燕回是不是讹上这小伙子的。

湛清然跟他们打了招呼,"爸、妈"喊得很自然。

饭桌上,燕天宇充分表现出了青春期男孩的别扭劲,勉勉强强地叫了姐夫,几口把饭吃完就要上楼打游戏。

燕回的父母尴尬地笑,说:"这孩子就是不懂事,小湛,你当老师的传授传授经验，你看，我们都不懂教育。"

燕回忍不住咳嗽一声，一边夹菜，一边漫不经心地说："燕天宇这种人，小湛老师也没办法管，随他去吧。"

当着女婿的面，母亲只能暗暗踢了燕回一脚，咬牙切齿地瞪了瞪她。

湛清然接了话，说："我没接触过中学这块，没什么经验，不敢随便指导，不过我也是从中学时代过来的，还是要好好沟通，少责骂，这样可能会好些。"

燕回就咬着筷子含笑看他，母亲眼看她还在饭桌上就跟对方眉目传情，暗送秋波，一点也不矜持，于是又给了她一脚。

父亲则只会尴尬地聊天。

"小湛家里有几口人？"

"我们是三口之家。"

父亲点点头，沉默两秒，又问："你父母都是干什么的？"

"都是大学教授，我母亲已经退休返聘。"

"哦，大学教授，大学教授好，文化人。"父亲还是点头，接着开始问年龄，"你父母岁数不小了吧？"

燕回忍不住插嘴："爸，湛教授还没退休呢，不是你想的老头子。"

"你看看你，你爸就是这么一问。"母亲暗暗拽她一下。

"你这一个月能拿多少工资？工资肯定很高吧？"父亲终于问到最关心的问题。

燕回学会了抢答："他工资不算高，不过小湛老师是学校的青年才俊，跟着他的院士老师做项目，院士知道吗？大科学家，这不是用钱衡量的。"

"院士啊！"父亲惊呆了。

燕回的父母顿时肃然起敬，饭桌上充满了笑声。

燕回跟湛清然对上目光，她笑得像只小狐狸。

接下来，母亲问两人办婚礼的事，燕回说："您别操心了，我们夏天办。"

母亲心不在焉地点点头，欲言又止。等这顿饭吃得差不多了，燕回帮忙把餐具收拾到厨房，母亲拉住她，说："你得提彩礼。"

燕回立刻不高兴地一撩头发："什么啊，您这是打算卖女儿？小湛老师的房产证上加了我的名，刚给我又买了车，该给的一点都没有少，他对我是最大方的，从不计较钱的事。"

"你以为妈会要你的钱？彩礼你都带走，这是面子问题，给少了那是瞧不起你,也瞧不起我们家。你小孩家,脑子里光想着情啊、爱啊的,那都没用。"母亲把碟子、碗都往水槽里摁,围上围裙,让燕回帮她挽下袖子。记忆中仿佛没有这种温情时刻,燕回一愣,有点忸怩地帮母亲把袖子挽起来了。

"我看你就是缺心眼,怎么就不能提彩礼了?该提就提。"

燕回心情复杂,她想,也许父母对她有那么点疼爱,只是这疼爱简单、粗暴,又或者稀薄了些。

她扭过头,看着客厅里坐着的湛清然,他正跟父亲交谈着什么。

燕回心里一软。她到底还是幸运的,遇到湛清然,以前岁月里所有不好的都可以一笔勾销,她也不用在乎了。

在家里多待半天,母亲就要原形毕露,于是燕回缠着湛清然赶紧走,他点她的鼻子:"我还没急,你急什么?"她在卫生间跟他咬了会儿耳朵,准备走人。

父母送她时,喊燕天宇下来,那小子一脸的不情愿。

湛清然跟他说等假期可以去北城玩,燕天宇这才来了精神,说:"姐夫你有车吗?到时候借我开开呗,我爸妈不准我碰车。"

燕回听到了,立马让弟弟打消这念头。他是个不靠谱的人,回头只会给湛清然惹麻烦。

像是完成了一项必须完成的任务,燕回长舒一口气。只要离开家,她就还是那个明媚活泼的小仙女。

"我爸一直跟你这么聊,你尴尬吗?"

湛清然笑笑,道:"还好,第一次见面简单了解下很正常。"

燕回噘了下嘴:"哦,你这么淡定的啊?"

"不然呢?"

"好像也没什么好办法。"

湛清然握了握她的手,候机的时候,接了个电话。

电话是李格打来的,说叶琛的母亲去世了,问他要不要一起去吊唁。

"帮我带份礼钱,我就不过去了,我爸妈会去。"他神色泰然地挂了电话,正对上燕回探究的眼神。

湛清然主动告诉了她这件事。

"就算是同事,你也应该去的吧?"燕回依偎在他的胳膊上,仰起脸,"你放心好了,我不会吃醋,她没了妈妈一定挺难过的。"

"我父母去也是一样的,再说,这种场合,我想,她跟她爸爸未必想看见我,就这样吧。"

燕回眨眨眼:"你真的不去?"

"嗯,不过去了。"

"这样不太好吧,我允许你去。"燕回晃了晃他的胳膊。他无奈地把她往怀里一揉:"是不是在试探我?"

"有一点吧,"燕回倒是坦诚,"但也不全是,我觉得你该去。"

湛清然揽紧她,气息从她头顶轻轻拂过:"代阿姨走了,我有这个心理准备,她能撑到现在已经是奇迹,你要说我心里一点触动都没有那是假的,但是,你知道我现在在想什么吗?"

"想什么?"燕回摩挲着他大衣的纽扣。

"珍惜眼前人,珍惜当下,就这么简单。"湛清然说着,在她的头顶落了个轻吻。

燕回心里像被投下颗石子,顿起涟漪,她把脸贴在他的衣服上蹭了蹭,说:"你好坦诚啊。"

"我答应过你,什么事都不会再隐瞒你。"湛清然低头,"可有个人,好像一直都瞒着我一件事?"

燕回怔怔抬头:"什么?"

"我没来过你们的城市,从没有,这点我可以肯定。"湛清然眼睛里有了点笑意,"到底第一次见我是什么时候?"

啧,这男人记忆力真好。燕回在两个月前说再告诉他一个秘密,结果又瞎扯一通,他却记在了心里,还几乎猜到了

燕回嫣然一笑:"没影儿的事。"

她有时特别让人生气,她要是不想,就会没个正形,湛清然在她的额头上弹了下。

学校期末很忙,湛清然中午一般不回家,反正燕回也不回,他发现她的日记,完全是意外。

很难想象燕回是会记日记的姑娘,确实,笔记本上也就那一篇,这完全是燕回的风格。

湛清然这天回来得早,见她衣服没收,想起天气预报说有雪,便给她收进来叠放好。

他不小心被她乱扔的杂志绊了一下——燕回这个乱放杂志的坏习惯,是他

说多少遍都改不了的，他一旦给她收拾整齐了，她还会生气，说什么"你不收拾我立刻就能找到我的杂志，你一收拾，我什么都找不到了"。

歪理一堆。

湛清然随手把杂志放到了她的一个箱子边，那只大塑料箱子里全是她的杂志，但放得歪歪斜斜，他忍不住都给她拿出来，按年份整理好。

他真不知道她是怎么做到乱中有序，准确搜找的。

一个粉色笔记本就是这个时候映入他的眼帘的。本子有点陈旧，还有密码锁，湛清然用她的生日一试即开，忍不住莞尔。虽然知道看别人的日记很不道德，但他实在好奇燕回这种古灵精怪的人会留一个什么样的笔记本。

本子一打开就是一股浓浓的"中二"少女风，前面抄了很多歌词，旁边贴着各种贴画，还有她随心所欲的涂鸦。她的字真是十年如一日地差，水平稳定。

湛清然渐渐明白她为什么念书那么差了。他都能想象得出，少女时代的燕回每天无所事事地坐在教室里，别人奋笔疾书，而她却在抄歌词的样子。

最后几张则是简笔画，她那时的梦想大概就是做个时装设计师，她画了很多小人儿，小人儿都穿着夸张的裙子和高跟鞋。

湛清然看得直笑，本来都打算合上本子了，翻回去时，却意外发现了一篇日记。

日记的格式是错的，她把天气写在了最前面。

湛清然不由得蹙眉。这不是小学生都知道的事情吗？

才近黄昏，外面已经有灯火亮起来，他打开灯，饶有兴味地往下看。

我永远不会忘记一个人。

开头就让湛清然觉得惊悚，湛清然看着那个日期，仔细算一下，她不过十五六岁。

这个人，我不知道他叫什么。

但我觉得自己不会再忘记他了。

为什么这么说呢？是因为他很帅，长得正正好，他下车看我那一眼时，我觉得有把冰锥刺进了我的心窝，我整个宇宙都破碎了。

这是什么？湛清然看得牙酸，十五六岁的燕回真是有一股最纯正的"中二"少女气质。

当然，我不是个肤浅的人，除了帅气外，我觉得他是个好人，是我有生以来见到的最好的一个人。当我狼狈地坐在水里时，他从天而降，简直就像传说中的白马王子，虽然他穿的是件黑色T恤。可惜的是我淋了雨，看起来很丑，真是想死的心都有了！回到酒店我才发现，自己的口红都在腮帮子上，天哪，都被他看到了，我说他为什么老笑，笑得神神秘秘，我以为他是觉得我很漂亮。

相遇总是那么短暂，我啥也没问出来，不过，我勇敢地说出了自己的名字，不知道他听见没有，他一定是把我当小屁孩看了，真火大，我是小孩吗？当然不是了，我已经是个成熟的高中生了，他怎么能当我是小屁孩呢？真是眼瞎得厉害。

他虽然瞎，但人实在太好，这样的人我从来没见过，如果世界上都是他这样的人该多好！

他要走的那一刻，我很急，形容不出来地急，长这么大，我从来没有那么迫切地想留住什么。我也很慌，就差上去抱他的腿不让他走了。

理智告诉我，不能在首都丢人现眼，我焦躁得不知怎么办才好，生平第一次体会到什么叫绝望。我只能抱怨一句"烦死了"冲进酒店，一身湿漉漉的，连心情也是。但我还是爱上了这个雨天。

我不会忘记他的，并且打赌，我再见到他，一定会认出他，哪怕他变成了个老头子，白发苍苍，说话漏风。

可我现在还是很忧伤，淡淡的忧伤，因为我知道，我再见他的概率约等于零。

他可真是个好人啊，他看我的样子，很慈爱呢；他的声音真好听，像水一样温柔。他是个大人，可他看起来也很年轻啊，我真的很气愤自己为什么不老几岁，这样的话，他就不会把我当小孩了，我们就能像大人那样对话了。

快点长大吧，我要去北城念书，哪怕只是跟他待在同一个城市，想想也是很好的事情啊！

全篇日记洋溢着"中二"少女的快乐，直到湛清然留意到"首都""北城"这样的字眼。

他的眼前仿佛出现雨帘，有个模模糊糊的影子，他想看清，却很模糊。

Extra 03 番外三

燕回的日记中，每一页纸的四周，都画着花草点缀，要多幼稚有多幼稚。

湛清然神情复杂地看着日记，心里有十分微妙的醋意在发酵，尽管理智告诉他，这不值得一提。

暮色渐浓。燕回兴高采烈地开了门，把手撑在玄关上，将鞋子一甩，车钥匙一丢，探了探脑袋："小湛老师，你今天回来这么早呀？"

湛清然在准备晚饭，闻言应了声。

燕回把外套挂起，钻进卫生间洗手，洗完了，蹑手蹑脚地靠近湛清然，从身后搂住他的腰："你都没说想我，就'嗯'了声，也没有吻我。"

湛清然扭头，亲了她一下。

燕回不满意："你敷衍我，不够甜蜜。"

湛清然笑道："我刚切了辣椒圈，怕你承受不住这么火辣的吻。"

说着，他作势要把手指往她嘴巴里伸。

燕回避开，一脸的嫌弃："你讨厌死了。"

"讨厌死了？"湛清然意味深长地看着她笑，把饭菜摆放好，说，"你坐下，我有事得好好审审你。"

燕回扑哧一乐，弯腰去捏爆炒的虾仁，把虾仁送到嘴里后，又笑嘻嘻地把手上的油往湛清然身上擦。他也没阻止她。燕回身上小毛病多得很，跟她日记里的标点符号一样随心所欲。湛清然猜，这是她自小没受到管束的结果。

"什么事？说得我好像违法犯罪了一样，警察叔叔都没说审我呢！"

"先吃饭。"

"到底什么事？"燕回撒娇。

湛清然有心吊着她，不急不躁地问她今天一天都在忙什么。

燕回注意力很快被转移，小嘴说个不停。

"杂志社准备搞个新刊，想把原来属于时尚博主的流量拉过来，或者说，想找个时尚博主加入，我就是最优的选择啦。"

湛清然吃相文雅，坐有坐相，不像燕回，她撩撩头发，摆弄摆弄裙子，吃个饭花样也很多。

她说着，把手机里存的 Look（时尚圈中的时尚单品、外表、妆容等，这里指服装搭配）翻出来给湛清然看："大概想走这种风格。"

这些服装颜色太饱和，湛清然看得晕，说："有点花里胡哨。"

"你懂什么？都是干货，而且接地气，普通妹子也能穿着出门，这个定位，有点像 R 国的那种时尚杂志。"

湛清然笑了声："R 国？"

"对呀，"燕回眼如明珠，她忽然想到什么，冲湛清然暧昧地一抬下巴，"嘿！"

湛清然看她神神秘秘的，说："怎么了？"

"你喜不喜欢 R 国妹子啊？"

"不喜欢，她们普遍都偏矮，腿也不好看。"

"果然很了解，"燕回点点头，"你是不是看过很多？"说着，她做作地冲湛清然说了句 R 国语，表情娇羞。

湛清然头疼地抬眼，脑子里只有一个想法：如果生了女儿，他一定不让燕回插手教育的事情。

吃完饭，燕回勤快地擦桌子，一面擦，一面问："今年除夕回去吃饭？"

"是的，年初二的习俗是回娘家，到时我陪你。"

燕回表现得还不如湛清然孝顺，她撇撇嘴："今年就不回了吧，元旦不是才回过吗？给我爸妈打视频电话拜年就行了，明年再回。"

"合适吗？"湛清然皱眉。

燕回含糊带过："什么合适不合适？我给他们发个大红包。"她想了想，认真说道，"我爸妈觉得我是可有可无的，我们最好的相处方式就是电话联系，别多说。"

她既然不愿意,湛清然也就不强求。他洗了些水果,放到她眼前。

"你这几天不是很忙的吗?总是有应酬。"燕回伸出舌头,一点点舔起草莓,没个正经样。

燕回终于咬了一口,满嘴猩红果肉,她过来,毫不客气地坐在湛清然的大腿上,搂住他的脖子:"你买的草莓好酸。"

湛清然一手揽住她的腰,一手伸出去,拿了一颗草莓。

"是吗?老板说很甜。"

话刚说完,草莓被燕回低头用嘴巴叼了去,她的发丝落下,轻拂过湛清然的脸颊,一股香气掠过,含香。

湛清然被她弄得心猿意马,一抬眸,她的嘴唇已经贴上来,她想喂他吃草莓。

"你尝尝嘛,看是不是酸的。"她娇滴滴地催促。

湛清然咀嚼几下,笑笑:"这不挺甜的吗?"

"是吗?"燕回蹙起秀眉,好像咬着牙齿,幽幽地吐气,"那你再尝尝,是我甜,还是草莓甜?"

湛清然目不转睛地看她两眼,低头开始吻她。

燕回很快就软了下去。

湛清然却在这时在她耳畔低笑了声,问:"谁是你的白马王子?"

燕回已经情动,她茫然地说:"什么呀?什么白马王子?真肉麻!"说着,她不管不顾地去脱他的衣服。

湛清然把那双柔若无骨的手摁住,继续说:"我要去北城念书,哪怕只是跟他待在同一个城市。找到他了吗?"

"啊!"燕回立刻尖叫,跟弹簧似的一把推开湛清然,生气地说,"你偷看我日记!"

湛清然直起腰身,把手臂张开搭在沙发上,似笑非笑地看着她:"不好意思,不小心看见了,聊聊吧。"

燕回自己都觉得臊。有一次重温,她不忍直视,心想:自己的日记真是够辣眼睛的,为什么当时不写得深沉点啊?为什么措辞都那么幼稚啊?

关键是,现在被湛清然看到了。

她难得脸红,连耳朵都红了,打定主意死不认账:"有什么好聊的?你最坏了,偷看别人的日记,你……你还是老师呢!"

"不会是写我的吧？"湛清然依旧嘴角噙笑看着燕回，她霍然起身，被他一把抱着跌进他怀里，"想干吗？毁灭证据？我早都看完了。"

燕回硬挣，嚷嚷着："我要把它烧了！"

"别这样，这样就没意思了，对不对？"他诱惑着她，轻轻拨弄着她的长发，将她的头发挂到耳后，发现她耳朵是红的。

湛清然忍不住笑出声："这么害羞的啊？"说着，他用手指捏住她的下巴亲了亲，耳语，"那看来，只能是写我的了。"

"你真自恋！"燕回操他一下。

湛清然的唇从她下巴那儿开始游移，往脸颊上走，最后停在她耳郭那儿，燕回忍不住哆嗦了一下。

"跟我说说，当时是什么情况？"他语气温柔，但动作很强势，不准燕回挣扎。燕回笑着捶他肩膀："就不说，偏不说，不是写你的！"

湛清然漫不经心"哦"了声，手指换了位置，忽然揉弄，轻而易举地逼得她摇摇欲坠："叫这么大声？那更是写我的了。"

燕回呼吸跟着直颤，她抓住他的手臂，说："别……别弄，我说还不行吗？"

"乖孩子，"湛清然赞赏似的弹了弹她的脸蛋，"我们见过？"

燕回脸很烫，她有点不高兴："看吧，你都不记得我，有什么好说的？"

这话激起了湛清然更大的兴趣，他觉得非常意外，也非常惊喜："真的见过？你认得我？"

燕回用一种很复杂的眼神看着他，说："你都不理人，问什么都不回答，好像很瞧不起人一样。"

"我不是那种人。"

"你是。"

"好，我是。继续。"湛清然静候下文，燕回却又道："算了，说也没用，你根本不记得我。"

"你都没说呢。"

燕回皱了下鼻子："说了也白搭。"

"试试？"湛清然又开始亲燕回，燕回越动，他便将她箍得越紧。

她被他吻得近乎窒息，身体敏感到不行，只好求饶："你放开我，我快被你勒断气啦！"

湛清然松开了她。

她理理头发,把很多年前那个雨天的事仔仔细细说了一遍,中途,她留意着湛清然的神情变化。

说实话,燕回从没想过要说出这个秘密,这个秘密,伴随着她整个动荡的青春期,让她既甜蜜又忧愁。它像她珍藏的珠宝,一个人在静静深夜时会拿出来摩挲爱抚,它的光芒,始终是她眼睛里的星辰。

直到燕回跟湛清然和好,他总是喊她宝贝儿,燕回觉得,这个秘密无须说出口,作为她的私人记忆就好了。

但那篇令人难为情的日记,居然暴露了。她承认自己在听到湛清然那一句带戏谑语气的话时,有些慌乱。少女时代的心思突然大白于天下,像私藏的糖果被打翻一地,而你必须给出解释:你什么时候藏的?

可她很快就镇定下来。承认自己的感情,没什么丢人的,她一向坦坦荡荡,忠于内心。

湛清然像是在努力捕捉记忆中的缥缈身影。

非常糟糕的是,他已经想不起燕回当时长什么样子了。

燕回失望地看着他,嘴角往下垂:"看吧,你不记得我。"

她声音里有小小的伤感,湛清然有些尴尬,很抱歉地开口说:"真对不起,我真的没什么印象了。"

燕回努力弯起嘴角,笑笑:"没关系。"

湛清然便把她的手牵过来放在掌心,揉了又揉:"我以后补偿,认真的。"

燕回的眼睛往天花板上看:"怎么补偿啊?我喜欢小湛老师的时候,你又不在。"

她忽然又收回目光,明媚地冲他俏皮一笑:"但我还是挺高兴,就好像,你一直陪着我,我一想到有那么好的人在北城,心里就很亢奋。你不知道,你相亲那次,我见到你,感觉像又被雷劈了一样。"

"又被雷劈了?"湛清然莞尔一笑。

燕回理直气壮地点头:"你知道吗?我一眼就认出了你,心脏差点从我嘴巴里蹦到你桌上。"他凝视着她,一直微笑。

燕回不耐烦地推了他一下:"你老笑什么?"

"没什么。"

"不行,你必须说,你觉得我很可笑是不是?"燕回马上要发火。

湛清然摇摇头:"不是,你很可爱,我为自己发现得有些晚道歉。"

燕回的嘴角扯了扯,她忽然说:"反正我超级幸运啦!"

"我也是。"湛清然静静地接话。燕回一愣,冲他眨巴眨巴眼睛:"你幸运什么?"

"能娶到你,是我遇到的最幸运的事。"湛清然低声说,"我就冒过一次险,非常美好。"

燕回的瞳仁晶莹剔透,她直勾勾地看着湛清然,咬了下唇:"那你……你什么时候对我有感觉的呀?"

问完,她觉得有点不好意思。这也太不符合她潇洒的人设了,她纠结这个做什么?

什么时候有感觉?湛清然思考着这个问题。

她不知道,这要比她想象的早。不是他陪她去西北时,也不是她在露台那么坦诚地剖析自己对爱情的看法时,更不是后来她闹着要离婚要离开他时……

是那个雨天。

他刚进那家咖啡店,就看到了她。

谁看不到那么耀眼的姑娘呢?

外面雨声不断,天色苍茫,咖啡店里的灯光柔和,她像朵娇艳的玫瑰,忽然就开在了他的视线里。

店外有隐约雷鸣,却淹没在店里放的黑胶唱片的歌声中。

但他能听到自己的心跳声。

她一个人坐在那里,却像是在等人,湛清然有那么一刻非常希望自己的相亲对象是她,但理智告诉他,不会是她。

所以,他克制地收回目光,不动声色地坐下,直到他发觉,她在看自己。他花了一点时间来确认这件事。他心不在焉地翻着咖啡店的杂志,一个字都没看进去。

他没自恋到认为一个尤物一般的女孩会对自己产生浓烈的兴趣。

就在他心里波澜不定时,她走了出去,他余光瞥到那个身影往外走去,心里有种非常明显的空落感。

他没想到,她那么快就折回来,并且直接走到自己对面坐下,甜蜜开口:"等我很久了吗?"

一瞬间,他对上她那张无比明艳的脸,心律彻底失控。

这种感觉非常强烈,是最原始的男人对女人的感觉。

他不知道自己用了多大的自控力才做到看起来云淡风轻,应付自如。

即使,他知道她撒谎,也知道她危险,他跟她绝不是一个世界的人,不会在同一轨道。

他非常感激她的主动,她永远是最勇敢的那一个。

湛清然想到这里,抱住了燕回,一双乌亮的眼睛认真地望着她:"夜还很长,我慢慢说给你听?"

Extra 04

番外四

天气转暖，白昼变长，两人吃过晚饭后，湛清然带燕回去学校散步。此时，学校已经有很多师生都知道了湛清然结婚这事。

都说湛老师娶了个非常美貌的女孩，因此背后难免会有些闲言碎语，比如男人到底是视觉动物云云，又说智商再高、学历再高的男人也逃不开喜欢美女这一点，说得跟谁喜欢丑八怪似的。

学校很大，又是湛清然母校，他带着燕回到自己当年上课的教学楼、吃饭的食堂，跟她讲当年学生时代的趣事。

灯光昏黄，空气都是暖的，浮动着隐秘的花香。燕回少有地没用香水，但整个人仿佛早被玫瑰腌透，她的发丝、她的皮肤……每一处都芬芳馥郁。

湛清然习惯性地侧头，亲了亲她的头顶："怎么这么香？"

"我，香香公主，打钱。"她张嘴就是一阵娇笑。湛清然说："你还看过金庸的小说啊？"

"谁？"

"金庸笔下的香香公主。"

"听不懂，我没文化，"燕回不以为意地撇撇嘴，"不认识。"

湛清然存疑："那你怎么知道香香公主的呢？"

"我自封的，"燕回得意地冲他抛了个媚眼，眼波似水，"怎么样？"

湛清然这才明白，这名号是她胡诌的，这只是碰巧了而已。他无声地笑笑，道："不错。"

"你喜欢香香公主？"

"我喜欢你。"

啧，现在小湛老师总是能出其不意地给人惊喜。

燕回抿嘴一笑，紧紧地依偎着他的手臂。

"你刚念大学的时候，嗯……"她仰起脑袋开始算，"我小学毕业吧，没办法跟你做大学同学呢。"

"你觉得你跟我同岁，就能和我做大学同学？"湛清然笑了声。

燕回非常不屑地弯弯唇角："我念书不好，成绩差，喜欢买漂亮衣服，喜欢打扮自己，在你们这种天之骄子看来，我肤浅又喜欢浪费时间，但事实是，我无论怎么过，都是我自己独一无二的人生啊，我高兴啊，人这一辈子就应该怎么高兴怎么来。"

本来，湛清然是要夸她很有主见的，没想到她抢在他前面先自夸起来："我跟你说，我最近思想深刻很多，没办法，我的人生总是在不断升华。"

湛清然皱眉："我觉得，大概我们对深刻和升华这两个词的理解不太一样。"

"什么鬼？"燕回扫他一眼，揶揄道，"这两个词小湛老师还能理解出花来吗？你没看我最近的更新视频？春季穿搭理念那个。"

湛清然笑着揉了揉她脑袋："嗯，你思想最深刻了，人生每天都升华到新高度。"

"我看你很不服气的样子，语气不对，眼神也比较闪烁，说，你是不是心里在鄙视我？"

"没有，你很可爱。"

"可爱都夸过无数次了，小湛老师能不能换个词啊？"燕回故意踩了踩他的脚，突然让他站在那儿不动，跑到他影子的头顶那儿站着，哈哈笑两声，又蹦几下，心满意足地重新牵起他的手，说，"走吧！"

每当这时候，湛清然心里都会对燕回产生一种无奈的柔情。

湛清然的助教是他的研究生，是一个非常优秀的女孩，跟其他同学一样偶尔会私下里讨论下他。

小助教说自己家在郊区，还种了片玫瑰园。湛清然年前就到处打听哪里有比较纯正的玫瑰园，而不是月季园，没想到得来全不费工夫。

湛清然驱车过去的那天，风和日丽，天像浅淡的蓝丝绒一般铺开，蓝色之下，是一片片青翠的枝叶。湛清然第一次见到真正的玫瑰，花形比较小，颜色也非大红，但据说开花时香气浓郁。玫瑰花枝带刺，一不留神就会被扎到，湛清然觉得这跟某人很像，他在花园里找了很久，挑出花骨朵最大的一枝剪了下来。

小助教见他如此行为，忍不住问："湛老师，这是要送给师母的吗？"

"师母"这词用在燕回身上，未免显得她太老了，但湛清然听得莞尔，点点头算是应了。

"师母一定很优秀吧？"小助教试探道。

湛清然不太喜欢谈私人话题，语气淡淡："是，她很优秀。"

"您一定很爱她吧？"

他这次答得简洁又认真："很爱。"

小助教一脸复杂地看着湛清然。她听说，老师找了个花瓶，对方天天打扮得花枝招展，很张扬很高调。有人撞见过他们一道散步，说人长得确实漂亮，说话娇得不行，一开口，能听得人骨头都酥了。

湛清然把这枝玫瑰带回家，找了个玻璃花瓶，灌上清水，插起来。

有水的滋养，加上这天温度又上升得快，燕回当晚开门就嗅到一股幽香，很快，她看到了瓶里的花。

因为这跟平时买的所谓的玫瑰不同，燕回有点认不出来，于是随口一问："小湛老师，你偷掐你们学校的花了？既然都做坏事了，还不做得彻底点？你应该掐一束的啊！"刚进门，她就开始叽叽喳喳说个不停。

"玫瑰，"湛清然解释道，"是园里开的第一枝玫瑰。"

燕回眼睛一亮，当即扑进他的怀里。

湛清然抱紧了燕回，燕回紧紧搂着他的腰。

"你还记得呢。"

"记得。"

"我好高兴啊。"

"看出来了。"

燕回使劲地亲了湛清然一口。

"你在哪儿买的呀？"

"不是买的，在学生家的玫瑰园里找到的，都还没开花，我挑了一枝看起来能最早开的。"

燕回的眼睛亮闪闪的，唇一弯，用甜到发腻的嗓音说："谢谢你啊，我以为你都忘了呢，我自己都忘了。"

"答应你的事，我会尽量做到。"湛清然还是淡淡的，怎么都不显山露水。

燕回捧住他的脸："这样吧，你再从学生家的园子里多掐几枝，布置婚礼用。"

湛清然失笑："那恐怕得把人家园子里的玫瑰掐秃了。"

燕回身为时尚博主，对婚纱的要求相当高。婚礼可以简单办一办，但婚纱，一定要惊艳。

当初在魔都看秀的那个意大利设计师知道燕回要办婚礼的消息后，说要给燕回设计婚纱。

燕回对婚纱的要求是要高调，拒绝简洁，也拒绝任何别出心裁的布料，她就是要一层层的纱、要蕾丝、要大裙摆、要珍珠。

婚礼即将到来，燕回提前接来了父母还有几个重要的亲朋好友安排入住酒店。她一向懒得跟七大姑八大姨以及各种叔叔、伯伯尴尬地聊天。

他们不打算请太多人，燕回只给娘家安排了一桌酒席，至于湛清然这边，吴老为首的院士、教授一桌，加上他父母的好友、他的同事同学，乌泱泱的全是高知。

湛教授亲自写的喜帖用词文雅、包装古朴，燕回心道：这果然跟我的气质不怎么搭呢。

那天，燕回是独自入场的。

无他，婚纱从里到外十多层，没有裙撑，纯手工一层一层纱和蕾丝堆上去，又重又贵又美，任何人走在她身边都是一种对美的破坏。

宾客中发出一阵惊呼，燕回完全是拖着漫天星河出现在众人眼前的，风姿无限。

燕回走得很慢，纤纤细腰仿佛不能承受裙子这重量。她微微地抬着下颌，眼睛含笑，每一步都走得很稳，湛清然就在前方等她。

她看到了湛清然脸上那一瞬间的恍神。

湛清然确实正处在头晕目眩之中，燕回美得惊人，像身披万千星辰，唯一的艳色，只有她手里的玫瑰捧花。

只剩最后几步，燕回骄傲地伸手搭在湛清然递过来的手上，他轻轻一握。

燕回眼波流转，对他娇媚地笑。

湛清然眼眶酸涩。他忍不住揉了揉鼻梁，稍作掩饰。他很自然地想起那篇日记，有那么一个雨天，非常偶然的邂逅，支撑着十几岁的少女，最终走到了他的眼前。

他是个很少哭的人,但此刻,他的眼眶实实在在地红了。有那么一瞬间,他觉得自己实在亏欠燕回很多,他没她勇敢,也没她热烈,他生活在最安全的地带,只冒险了一次,上天居然如此眷顾他。他是如此幸运。

"你可以吻我啦!"燕回侧头小声提醒着他。她发现,湛清然竟然好像在走神。他在走神……这场合他敢走神?难怪吴院士说证婚词时,他也心不在焉的。

燕回不知道湛清然为什么会犯这么低级的错误,有点生气。她撩了撩头纱,警告道:"注意我的口红。"湛清然这才回过神来,深情地印上一吻。

台下响起一片热烈的掌声。

燕回觉得自己两腮都笑酸了,幸亏到换敬酒服的时间了,她拉着湛清然进到化妆间,把门一锁。

"你怎么回事?吴院士讲完后,大家都在那里鼓掌,你跟才反应过来似的,就鼓了两下掌。"她明眸闪烁。

湛清然抱歉地微笑:"你今天很美,哪里都好看。"

燕回本来在生气,此刻绷不住,扑哧笑了:"这还要你说?本香香公主早就知道,我一出场,万众瞩目。有谁见过这么漂亮的新娘子?"

她的一双眼里水波荡漾。

她找到秀禾服,撒娇似的让他帮忙。

"你帮我一下。"燕回背对着他,白皙修长的脖颈一览无余,往下,是纤秀无比的蝴蝶骨,再往下,是柔韧又坚挺的细腰……

"亲爱的,我告诉你怎么弄。"燕回自顾自说着,身后,湛清然却忽然贴了上来。他的气息重重地喷在她的颈窝,声音低沉:"我想抱你,宝贝儿……你太美了。"

燕回觉得湛清然疯了,毕竟外面还有那么多人等着。她惊疑地转过脸,刚要开口,下巴就被抬起,湛清然衔住了她的嘴唇。

"不行,你要把我裙子弄皱了,"燕回艰难地按住他的手,"你疯啦?大家都在等我们呢。"

湛清然却继续亲她的脖颈。燕回的装扮神秘、圣洁、如梦似幻,越是这样,他越想破坏,肆意占有。

燕回伸手捂在他唇上,一双水波潋滟的眼望着他:"我们还有任务没完成呢。"

谁能想到,这场婚礼,燕回是最守规矩和成熟的那个?

湛清然放开她，又亲了亲她的鼻子。

"我的裙子真的太好看了。"燕回俏皮地吐了下舌头，"我要美美的，让你余生都记得我，不会再忘记我。"

"不会的，我再也不会忘记你。"湛清然敛敛心神，许下承诺。

婚礼结束，两人累得够呛。

燕回对收红包什么的全然不放在心上，她对着自己的婚纱亲了又亲，像小女孩珍爱自己的洋娃娃那般。

湛清然简单地把家里收拾妥当，本以为燕回在忙着剪视频——她说过，要放个新婚 vlog——却见她穿着红彤彤的秀禾服，正跪在衣帽间里给婚纱铺裙摆。

他走过去把人拦腰抱起，轻巧地压在衣柜上："我觉得，你今天对婚纱的专注度远远超过了对我的。"

湛清然有心离得近，他低头，两人几乎是鼻尖碰鼻尖。也许因为这几天操持婚礼事宜，他的声音变得低哑。

燕回闻到他身上熟悉的气息，一下松弛，娇笑说："小湛老师，你好小心眼啊，连婚纱的醋都吃，真是的，小心眼！"

湛清然在她唇上狠狠亲了下。

燕回脸上滚烫，湛清然在她耳边低语："我爱你。"

声音仿佛被煮沸过，一字一字，烫得人心尖发颤。燕回忍不住回身，颤抖着去吻他："我也爱你。"

他们蜜月旅行的地点不远，就在近郊，用燕回的话说是，趁着周末，权当散散心。

去之前，燕回把婚礼 vlog 放在了微博和网站主页。新郎虽然出镜了，但大部分都只是高挺的背影，只有一张侧脸，迎着光，线条格外流畅。粉丝纷纷哀号，不能相信"仙女回"年纪轻轻就嫁了人。另外，大家也忍不住好奇她的另一半到底是何方神圣。燕回神神秘秘，不轻易吐露半字，她称呼湛清然为"我的雨天王子"，"中二"气息十足。

最惊艳的当属燕回的婚纱，有粉丝要链接，燕回适时推荐起那位小众的意大利设计师，特地配了文案鸣谢。粉丝纷纷含泪表示：为什么人和衣服都这么好看？

视频数据大涨,燕回这次和意大利设计师的合作相当顺利。

湛清然当然看到了她更新的视频,被"雨天王子"这个称呼酸到。他指着弹幕,问燕回有没有男粉丝。燕回嘻嘻一笑,说:"你猜啊,我可是有个打赏王子呢!默默无闻地在角落里关心我支持我!"

冷不防提到这个,湛清然居然很冷静。两人闹别扭期间,他注册了账号,给了她价值不菲的打赏礼物。

看燕回耐人寻味地看着自己笑,湛清然知道她大概猜出来了什么,便淡淡承认了:"是我。"

燕回立刻一把抱住他,得意地说:"这么爱我的啊?这么在意我的啊?粉丝都要嫉妒死了,我也好爱你啊,我的王子殿下。"

湛清然莞尔,给她一个牙酸的表情。

时值盛夏,城市的骄阳晒得皮肤痛,写字楼里的光鲜男女们像一只只蛹,蛰伏不出。

湛清然开车带着燕回进山。

车子开了很久,路有些窄。

地界一变,仿佛换了人间,山里凉风习习,满目青翠,洗得眼睛都跟着为之明亮不少。

山上的绿意浓郁到化不开,再往上,湛蓝的天空飘着大块云朵。

燕回惊叹了一路。

车子驶上一个缓坡,参差绿枝下,一个村落悄然映入眼帘。

整个村落被一条主干道分成两块,民居在北面。燕回见到水泥墙上写着一个笔画非常多的大字,立刻拍了拍湛清然:"学霸、学霸,这个字读什么?"

"cuàn,第四声。"湛清然利索地告诉她。

燕回漫不经心地"哦"了声。她就是这样,问的时候兴致勃勃,听的时候却可能变得兴致缺缺。所以,几十秒后,她又问了同样的问题:"学霸、学霸,这个字念什么来着?"

湛清然微微一笑:"随便。"

燕回还愣了下:"嗯?"很快,她反应过来,跳到他身上,两条长腿乱蹬,"你最坏了!"

他笑着托住她,燕回嘟囔了两句,趴在了他的后背上。

村里到处是石板路,高低不平,但古朴安静,偶尔有小孩蹦跳跑过,远处鸟声缭绕，犬吠隐隐。

燕回觉得自己也跟着慵懒了几分，沉静了几分。

村里有来写生的美术生安静地坐在那里画画，有个戴眼镜的男孩主动跟他们打了招呼，说想画燕回。

燕回就笑盈盈地抿嘴看湛清然："这个弟弟想要画我哟。"

"你随意。"湛清然含笑点头。

"谢谢你，不过现在已经快下午五点了，有点晚，下次有机会再画吧。"燕回却委婉拒绝了对方。

"离太阳落山还早。"湛清然说。

燕回摇摇头："不了。其实，"她仰起脸笑，"我也可以画你，就是没准备东西。"

"以后机会多的是。"湛清然把人一搂，继续漫无目的地散步。

"我们往哪儿去？"

"不知道，随便走走。"

黄昏的余晖透过百年老树的枝叶投下道道金光，映得人眉眼柔和，心也渐渐沉静。

"这里的建筑都是明清时期留下的，有些年头了。"脚底踩着石阶的湛清然指着那片淡灰瓦檐。燕回调皮，一蹦一蹦跳上去。他无奈笑看她：小心摔了。"

燕回在他跟前站定，一双眼跟被清水洗过一样，明亮无比。

"这儿怪偏僻的，你说，以前住这里的人是不是都不怎么出去？"

湛清然远眺，望着袅袅升起的淡淡炊烟，点点头："日出而作，日落而息，这里的人应该一直都是这么过来的，不怎么出去。但现在不一样了，你看，那片房子都是民宿。"

"很矛盾啊，"燕回若有所思，"不搞商业开发，就挣不到钱，开发了又觉得破坏了点什么。"

"世界总是在不断变化的，"湛清然打趣似的捏捏她的脸，"湛太太最近读什么书？思想这么深刻，人生又升华了。"

燕回冲他扮个鬼脸，娇嗔道："我才不看书呢，我自动升华。"

"这么厉害的啊。"湛清然开始学她说话。

燕回立刻学起他，淡淡地说："嗯，还行。"

说完，两人四目相对，不约而同地笑起来。

山里空气清新，暮色四起，那份盛夏中难得的凉爽愈加明显，燕回跟湛清然在订的民宿小院里吃饭。

两人吃的是铁锅炖菜,炉子里烧着红彤彤的火,大娘则在一旁娴熟地往锅边贴饼,锅里有很多辣椒,两人都吃得直冒汗。

大娘在贴饼时,介绍着村里的情况,说生活越来越好,大家聊得很开心。

燕回夹粉丝时频频手滑,湛清然见状要帮她,她撒娇托腮:"王子给我夹块猪肉吧。"

"香香公主是仙女,吃猪肉太玷污你了,喝露水吧,看夜里会不会下露水,明早我去竹叶上收集。"湛清然顺势跟燕回开起玩笑,逗得燕回大笑。她捧腹大笑,叫道:"你多损哪,我偏要吃猪肉。"

炖菜又香又辣,两人吃得满嘴都是油,十分过瘾。

燕回时不时地娇笑,惹得狗叫,湛清然便压低了声音,笑她:"狗在抗议。"

"抗议什么?我这么漂亮……"燕回想了想,觉得她再漂亮那只土狗也欣赏不来,便撇撇嘴,冲趴在门口的黑白花狗皱了皱鼻子,"再叫?再叫我就生气了。"

湛清然慢悠悠地来了句:"怎么,你生气还能咬它?"

燕回往他嘴里塞了截干辣椒,看他呛红了脸,幸灾乐祸地笑。

"哎呀,小湛教授,你怎么了?要不要紧?"

湛清然只能无奈地笑了笑。

吃着聊着,不觉间,漫天星星浮现于夜空,虽比不上沙州沙漠里的星夜,但对于习惯在都市生活的红尘男女来说,已经很美好。

"哎呀,星星,"燕回笑吟吟一指,故意碰碰他,"有你跟'白月光'一起看过的多吗?"

湛清然看了下,没搭理她。

燕回却偏要捉弄他,继续笑道:"星星再璀璨,也比不上白月光一片清辉。"

湛清然看着她,闷笑一声:"煞风景。"

"怎么了?我就是问问。"燕回高高兴兴去挽湛清然的胳膊,湛清然被晃了晃。他呷了两口手里捏着的啤酒,男人喉结微动,在昏暗灯光下显得别样性感。

燕回不禁摸了摸,冲着他的喉结轻轻地吹了口气:"你不怀念以前的美好时光吗?"

"你想说什么?"湛清然侧过头,目光落在她秀挺的鼻端。

说完,他就势捉住了她的手。

燕回眨眨眼:"随便说说喽。"

"我不怀念,也没有去回想,你不要自己瞎琢磨,"湛清然中指一弯,用骨节轻轻叩了叩她的脑袋,"听明白没?"

燕回装傻:"没。"

"我看你是想找事。"湛清然挠她痒痒,她笑着躲开。忽然,腿上一阵微痒,她被蚊子咬了。

是那种细长腿的大花蚊子,不知不觉,她的腿被叮了好几处,亏她还是穿的长裙。

很快,她的腿上起了数个大包,痒意袭来。

湛清然听她娇气地抱怨完,带她进了房间。屋里有空调,木床上挂着轻纱帐子,家具全是木制的,返璞归真,造型各异。

燕回没心情欣赏,把裙子撩起,将白生生的腿搁在湛清然身上,湛清然给她涂了点风油精。

随后两人又出来散步,这次燕回换了条牛仔裤。

村里没那种高高的路灯,灯都嵌在石屋脚下,石阶一级一级,仿佛通向无边的夜色深处,而远处,白日青翠的山这会儿看起来黝黑黝黑的。

草丛里有小虫子在奏鸣,空气中有草木混着泥土的气息,燕回深吸一口气,掌心微微沁汗。她一直被湛清然牵着手。

"小湛老师,我跟你在一起很快乐,现在觉得特别快乐。"她开心地说道,"只要跟你在一起就很快乐,无论我们是在家里还是出来玩,都很好。世界很美好,很顺眼。"

燕回不忘娇滴滴地拉长音:"谢谢你呀,让我觉得活在这个世界上很好。"

湛清然心里柔波泛起,他嘴角一弯:"真巧,湛太太,我现在跟你一个想法,所以,我也十分感谢你,希望以后合作更加愉快。"

燕回哼哼笑了两声,挨他挨得很紧。

湛清然低声问有没有蚊子再咬她,她摇摇头。四周寂静,两人的球鞋踩在石板上,落地声轻微又清晰。

"我第一次发现,脚步声也很好听呀。"燕回说,"平时在城市里生活,没怎么留意过。"

万籁俱寂,听觉格外敏锐,燕回突然想到什么,不等他回答,停了脚步:"会不会有狼什么的?"

他忍笑道:"你想太多了,不过,"他不动声色地揽住她的腰,"可能你眼前有只色狼。"

两人说笑着打闹一番,回了住处。

燕回洗漱慢,还要吹头发,于是她先洗了,洗完穿了条蜜色吊带裙,还拿出自带的床单铺在了床上。

湛清然从浴室出来时,她正在吹头发。

"要不要帮忙?"他走了过来。

桌前放了把看看就很沉的木头椅子,燕回让他坐在上面,自己则蹲在他的腿间,让他帮自己吹头发。

燕回坏心眼地揪了揪他腿上的汗毛,他佯装不知,等到头发吹得差不多了,把人提溜起来,一个掉转,燕回坐到了他大腿上。

湛清然眼睛微红,湿漉漉的黑发挡住眉毛,他轻笑:"我看你今天是欠收拾。"

"那就快亲我。"燕回钩住他的脖子,命令道。

湛清然笑着把她的头发往后拨,很快,扶着她的脖子低头和她接吻。他掌心还有潮气,她的脖子上也是,空气中飘着沐浴乳的清香。

燕回趴在湛清然的胸前,灯光下,湛清然锁骨上的汗水像亮晶晶的碎钻,她笑笑,用手指点着。

湛清然有些痒,笑着揉了揉她的头发:"你属狐狸的。"

"我的眼睛比狐狸的大,好不好?"燕回不忘纠正,"我们在这儿多住两天吧,明天继续散步。"

"好。"

"我今天看见路边那种大太阳伞下有卖雪糕的,明天买,我最起码吃两根,反正不在生理期。"

"好。"

"明天上午如果遇到那些美术生,我就当模特,让人家画我。"

"好。"

"我觉得今天的小饼很好吃,明天还想吃。"

"好。"

两人有来有往的,无论她说什么,湛清然都含笑应"好"。

"那有什么事是不好的?"燕回用指尖戳戳他。

湛清然思考片刻,说:"提过去的事,不太好。"

燕回了然，笑哈哈的："你小气！"

"不是，"湛清然用指腹在她脸上摩挲，"过去的就过去了，纠缠没意义。"

"开玩笑也不行？"

"尽量不说这事吧。"他敲了敲她的脑袋，"最重要的是，我不是那么习惯天天跟你表白，说我爱你，这种事，彼此知道就好。"

燕回想了想，说："行吧，我答应你。对啦，我想跟你说个事，我打算辞掉杂志社的工作，专心弄我的工作室，虽然也不知道能走到哪一步。"

"做你喜欢做的事情就好，无论你做什么，我都支持你。"湛清然很认真地看着燕回回答。燕回的眼珠子一转："万一我搞砸了呢？"

"这不是有我吗？我觉得你行，一步步来，不着急。"

"你真的觉得我行啊？"

"嗯，你有天分也足够努力，有什么事做不成呢？我对你有信心。"

燕回抿着嘴瞅他："哎呀，什么时候我在你眼里形象这么正面了？"

"来，让我看看反面。"湛清然邪邪地说了句，把她翻过去。

燕回的脸陷在枕头里，闷闷地笑："你好沉，你想压死我。"

"我怎么舍得……"湛清然的声音低下去，那一声笑，也瞬间结束在落下的亲吻之中。

院子里的公鸡扯着嗓子打鸣，早上，燕回是被鸡吵醒的。她迷糊地睁眼，视线里人影晃动。

原来，湛清然早早起床，已经散步回来了，只是看她睡得香没有打扰她。

"你干吗不喊我？我想跟你一起去嘛。"燕回一边揉眼，一边生气。

湛清然笑着递来一杯温水："不是怕你起不来吗？"

燕回哧哧笑了两声，爬起来，跪直了上半身，去搂湛清然："小湛老师，抱抱我。"

湛清然张开胳膊，揽住她，低头一笑："洗漱吧，我带你去附近峡谷看看，那儿更凉快。"

"好嘞！"燕回脆生生地应道，两人相视一笑。

窗外，世界好像永远像盛夏这般富有生机。

Extra 05 番外五

湛清然三十岁那年有了个女儿,因为女儿是春天生的,所以乳名为小桃子。小桃子长到四五岁,十分叛逆。

一日,湛清然检查小桃子背诵古诗的情况。

小桃子眼泪汪汪地说:"你别吼我,你越吼我,我越背不出来。"

湛清然两手插兜:"我什么时候吼你了?"

小桃子还是眼泪汪汪,委屈死了:"你眼神不对。"

"什么?"

"你不耐烦了。"

湛清然被气笑:"我什么时候不耐烦了?我刚说什么了?我就说了一句,这首诗不是背很久了吗?"

"你在怪我!"

"没有。"

"你语气也不对,天天的爸爸就很温柔。"

湛清然皱眉:"我哪里不温柔了?"

"现在就不温柔。"

"那你希望我怎么做呢?"

"我背不出来时,你要温柔地看着我,温柔地跟我说话。"小桃子振振有词,一双大眼睛扑闪扑闪的。湛清然心想:这风格都是跟你妈学的。

燕回的基因果然很强大,小桃子长大必定是美人,一个娇蛮美人。

"好，现在爸爸就温柔地跟你说，背古诗时要专心一些，不能一会儿要上卫生间，一会儿要喝水，要把一件事完成了再去做别的事。"

"可我尿完尿就是很口渴，"小桃子不服气，指了指爸爸的书房，"你有一次，还跑出来拉屎。"

湛清然哭笑不得，两手一摊："可我不是每次都这样，对吧？你自己想想，每次到你学习的时候，你是不是总是要去卫生间或者是吃东西？"

小桃子语塞。湛清然蹲下来，摸摸她的小脸蛋，温和地说："我们对待一件事要么不做，要么用心做，好不好？我相信你一定能做到。"

"如果我不会背古诗，那你还爱不爱我？"小桃子问。

湛清然笑了："爱，当然爱，爸爸的意思只是希望你无论做什么都能用心一点，你一定可以做到。"父女俩重归于好。

晚上，小桃子睡着了，湛清然带燕回去另一个卧室。燕回一手下意识地抚着肚子，一手撑在他的膝盖上。她有孕在身，四肢却依旧纤细。

"小桃子说你今天凶她了，"燕回娇笑道，"但是，她说最后还是跟爸爸和好了。"

湛清然扶住她的腰，眉眼间有些隐忍："她像你，总是歪理一堆，我拿她没办法，只希望下一个是小子，我非揍他不可。"

燕回忽然哼了声，她头上有细汗："小湛老师怎么一点耐心都没有？"

孩子的教育由湛清然负责，燕回自觉不能胜任。

"你们母女俩就是专门来克我的。"湛清然笑了声，慢慢坐起，从身后抱住燕回，在她的肩头轻咬，"其实，有小桃子就够了，你不必这么辛苦。"

燕回抬手，摸了摸男人汗湿的头发："我是希望小桃子有个小伙伴，要不然，她就太孤单了。"

"你呢？"湛清然低声问，"你还好吗？"生完小桃子后，燕回有点抑郁，觉得整个世界都不对了，湛清然非常细致地爱护着她，她的世界才恢复原样。

"我这次心理准备做得挺足的，别担心我，不是有你吗？"燕回侧过脸亲湛清然的嘴唇，湛清然十分艰难地克制了下自己。

他用额头蹭蹭她的秀发："谢谢你。"

"谢我什么？"

"所有。"